# MATTHIAS ODEN

# JUNKTOWN

Roman aus einer psychotropen Stadt

Originalausgabe

WILHELM HEYNE VERLAG
MÜNCHEN

Verlagsgruppe Random House FSC® N001967

Originalausgabe 6/2017
Redaktion: Catherine Beck
Copyright © 2017 by Matthias Oden
Copyright © 2017 dieser Ausgabe by
Wilhelm Heyne Verlag, München,
in der Verlagsgruppe Random House GmbH,
Neumarkter Str. 28, 81673 München
Printed in Germany
Umschlaggestaltung: Das Illustrat, München
Satz: KompetenzCenter, Mönchengladbach
Druck und Bindung: CPI books GmbH, Leck

ISBN 978-3-453-31821-2

www.diezukunft.de

*Meinen Eltern*

# Inhalt

Aber unser Trip war etwas anderes. Er war die klassische Bestätigung aller richtigen und wahren und anständigen Eigenschaften unseres Nationalcharakters. Er war eine derbe, physische Ehrenbezeugung an die fantastischen Möglichkeiten, in diesem Land zu leben – aber nur für diejenigen mit echtem Mumm. Und davon hatten wir überreichlich.

*Hunter S. Thompson,*
*»Fear and Loathing in Las Vegas«*


Die Prohibition überschreitet die Grenze jeder Vernunft, indem sie die Bedürfnisse des Menschen durch Gesetze zu kontrollieren versucht und Verbrechen aus Dingen macht, die keine Verbrechen sind. Ein Prohibitionsgesetz ist ein Schlag gegen die Prinzipien, die die Grundlage unseres Staates sind.

*Abraham Lincoln*


Und deshalb sage ich, dass der ganze Faschismus eine fehlgelaufene Drogengeschichte ist, falscher Umgang mit Ekstase.

*Wolfgang Neuss*

# ERSTER TEIL

## Tod einer Brutmutter

# 1

Die Sonne hievte sich über den Horizont und schien nieder auf ein Junktown, das den Morgen so teilnahmslos über sich ergehen ließ wie eine Cracknutte den letzten Freier nach einer viel zu geschäftigen Nacht. Dunkel ging über in Hell, ohne dass sich die Leblosigkeit der einen Tageshälfte von jener der anderen unterschieden hätte. In der Nördlichen Industriebrache bretterte Solomon Cain auf seinem Adrenalinchopper durch eines der vielen Gewerbegebiete der Stadt, die bereits vor Jahren den Tod konjunktureller Unterkühlung gestorben waren und nun tagein, tagaus unter einem gleichmütigen Himmel vor sich hinrotteten. Von Sandstürmen angenagte Schlote reckten sich windschief ins fahle Firmament, die rotbraun oxidierten Tanks und Förderbänder zu ihren Füßen wirkten wie ein Stillleben, das ein manisch-depressiver Künstler arrangiert hatte. Ein gutes Dutzend Morphin-Silos lag, zusammengebrochen unter der Wucht der Jahre, wirr durcheinandergetürmt wie gigantische Kegel, die niemand mehr aufstellen würde, und über einer zerplatzten Bitumenauffahrt schwappte an quietschenden Ketten ein ausgeblichenes KRAFT DURCH KONSUM-Banner in der Morgenbrise hin und her.

Cain war froh, das Elend nur undeutlich wahrzunehmen.

Die drei Zäpfchen, die er sich vor Dienstantritt in den Mastdarm geschoben hatte, fingen an, ihre Wirkung zu tun: 900 Milligramm

Tramadol schwemmten seine Blutgefäße. An den Rändern zerlief seine Sicht wie die Farben auf der Palette eines Malers, und er musste die Augen zusammenkneifen, um mit seinem schummrigen Tunnelblick die Schlaglöcher rechtzeitig zu erkennen. So konnte er sich wenigstens auf die Stöße vorbereiten, denn an Ausweichen war nicht zu denken: Cain wusste aus leidvoller Erfahrung, dass er unter Tramadoleinfluss seiner Auge-Hand-Koordination so viel Vertrauen schenken sollte wie einem verschuldeten Meth-Dealer. Wenn er erst mal damit anfing, um die Schlaglöcher herumzulenken, würde seine Fahrt sehr schnell in einer der Fabrikmauern enden, von denen er wusste, dass sie sich hinter den graubraunen Schlieren zur Linken und Rechten seines Blickfelds verbargen.

Aus dem Limbus seiner Wahrnehmung erschien ein weiteres Schlagloch, raste ihm entgegen, eine Monstrosität des Asphalts, deren unheilvolle Annäherung er ebenso schicksalsergeben wie angespannt zur Kenntnis nahm. Das Weiß seiner Knöchel wurde noch ein bisschen weißer, als er den Griff um den Lenker verstärkte. Der dunkel gähnende Schlund kam näher, kam näher und – *Ka-zang!* – war er hindurch und darüber hinweg.

Schweiß legte sich wie ein eiskalter Quecksilberpanzer um seine Schultern, rann das Rückgrat hinab, durchnässte seine Dederon-Unterhose und versickerte zwischen seinen Arschbacken. Abwärtsspirale, dachte er, das Leben ist eine beschissene Abwärtsspirale. Hätte er sich nicht die Zäpfchen reingedrückt, hätte er den Schlaglöchern ausweichen können, würde sein Steiß nicht schmerzen, würde sein Schließmuskel nicht im körpereigenen Kondenswasser schwimmen. Hätte, hätte, würde, würde – die Poesie der Fatalisten, dachte Cain, und er war einer ihrer Meister, ein ganz Großer, ein lamentierender Dichterfürst mit einer nassen Rosette.

*Ka-zang.*

Die Leiche wartete direkt hinter den stillgelegten Heroinfabriken auf ihn.

Cain fuhr durch das Geländetor auf sie zu, ihr massiger Leib zeichnete sich dunkel gegen den Himmel ab. Lang und hoch wie ein Häuserblock war sie, ganz brauner Stahl, die Signalleuchten an ihrer Flanke erloschen. Oben auf der Gangway des ersten Stocks tauchte aus den Farbschlieren ein fettiger Klecks auf, eilte die Steigleiter hinab und auf Cain zu.

Es war Wachtmeister Zachäus Brom, und er walzte durch den Morgen wie eine Dampframme. Cain stellte sein Krad ab und seufzte.

»Ah, die Gemapo!« Broms Stimme war der tonale Zwillingsbruder seiner Erscheinung: ungeschlacht und schwer zu ignorieren. »Immer wieder eine Freude, die Kollegen zu sehen! Vor allem am Wochenende, fleißig, fleißig.« Er steckte die Daumen in den Gürtel, wippte auf den Absätzen und musterte Cain mit impertinenter Amüsiertheit.

»Was ist hier los?« Cain wedelte mit der linken Hand in Richtung Brutmutter, ohne Brom eines Blickes zu würdigen. Der Wachtmeister der Bedarfspolizei war ein Kotzbrocken in Uniform, fantasielos bis zum Abwinken, selbst wenn man ihn bis zu den Augäpfeln mit Dope vollpumpen würde. Es passte ins Bild, dass er hässlich war wie die Nacht. Unter einem pomadisierten Haarkissen kämpften ein schiefes Augenpaar, eine mitesserzerpolkte Nase und die grobschlächtigen Lippen verbissen um den Titel des missratensten Körperteils – nur um von der fassförmigen Leibesmitte klar auf die Plätze verwiesen zu werden. Zwei viel zu kleine Füße rundeten alles auf eine zwar lächerliche, aber durchaus konsequente Art ab.

Cain kannte die Akte von Brom. Ein mies gelauntes Schicksal wollte es, dass er immer wieder mit ihm zusammenarbeiten musste, und irgendwann hatte er sie sich kommen lassen, nur um zu wissen, wer ihm da regelmäßig den letzten Nerv raubte. Brom war, so hieß es in den Unterlagen, *maximal für den mittleren Dienst geeignetes Genmaterial mit teilweise deutlich ausgeprägten Defiziten im Humankontakt. Von Verwendung in eigenverantwortlichen Arbeitsprozessen ist abzusehen.* Selten hatte sich Cain einer Dienststelle so verbunden gefühlt wie beim Lesen dieser Zeilen. Das eigentliche Problem war nur: Brom hatte von seiner Unzulänglichkeit keine Ahnung. Und aus irgendeinem Cain schleierhaften Grund neigte Brom dazu, jede ihrer Begegnungen mit der Theatralik eines gönnerhaften Vorgesetzten zu beginnen.

»Der gute alte Adrenalinchopper!«, startete Brom einen zweiten Versuch, Herablassung mit Small Talk zu verbinden, und tätschelte Cains Krad. »Immer noch nicht befördert worden, was? Hab gehört, die Gemapo hat jetzt für Hauptinspektoren welche mit Amphetaminmotor. Die gehen ab wie Zäpfchen.«

Zäpfchen. Cains Unterhose klebte plötzlich noch ein bisschen klammer an den Backen, aber er schluckte seine Antwort hinunter. Heute Morgen hatte er sich selbst im Spiegel seines Bads gesehen: ein Mittfünfziger mit ergrauten Haaren und jener Art von Falten, die zu wenig Schlaf und zu viel Drogen gruben. Und jetzt gerade fühlte er sich noch fertiger, als er aussah. Aber so weit, dass er sich von Brom würde provozieren lassen, so weit war er dann doch noch nicht. Unsicheren Schritts wankte er in Richtung Brutmutter und steckte die Hände in die Taschen seines stahlgrauen Uniformmantels. »Also, was ist hier los?«, wiederholte er seine Frage.

Brom, der sich nach zwei gescheiterten Gesprächsversuchen schließlich doch seines niedrigeren Dienstrangs besann, zuckte mit den Schultern. »Bislang ungeklärter Maschinenexitus. Meldung kam gegen halb sechs Uhr morgens. Bin gleich los, und als ich gesehen habe, dass die Leiche ein HMW ist, hab ich bei euch Jungs durchgerufen.«

Natürlich hast du das, dachte Cain. Dienstvorschrift ist Dienstvorschrift, und ein Höheres Maschinenwesen, das ist so weit über deiner Zuständigkeit, dass du dein Hirn sofort wieder in den Dämmermodus zurückgeschaltet hast. Andererseits: Was hätte ein mitdenkender Brom schon für einen Beitrag leisten können?

Cains Blick zitterte von der toten Brutmutter hinaus aufs Gelände. Ein hoher, engmaschiger Drahtzaun umgab das Areal, darauf dichte Wolken Stacheldraht als Übersteigschutz. Ein gedrungenes Gebäude, ein Transformator- oder Wartungsschuppen vielleicht, in der vorderen linken Ecke. Auf der anderen Seite glaubte er, eine Pumpstation ausmachen zu können. Er ging ein paar Schritte, bis er an der Brutmutter vorbeischauen konnte. Vierhundert Meter bis zum Zaun, schätzte er, und da, am anderen Ende, da reckten sich noch eine Handvoll weiterer Maschinenkörper in den Himmel.

»Sind das auch Brutmütter?«, fragte er, während er die Augen gegen die Morgensonne abschirmte und vergeblich versuchte, die Kolosse näher zu bestimmen.

Brom, der ihm gefolgt war, grunzte zustimmend. »Sechs an der Zahl. Und ein Brutpfleger.«

»Sind die etwa auch …?«

»Schlafen.«

»Wenigstens etwas.« Cain nahm die Hand wieder runter und wandte sich um. »Was ist das hier überhaupt? Eine illegale Brutstätte? Ich hab kein Firmenschild am Eingang gesehen.«

»Gehört alles Pregnantam. Nutzen die als Reserve, wenn die Gebärhöfe überfüllt sind. Ist hier zwar verkackt hässlich, aber die Grundstückspreise sind kaum zu unterbieten – wer will schon in die Nördliche Industriebrache? Und mit den Brutmüttern können sie's ja machen.«

»Hm. Pregnantam weiß Bescheid?«

»Sind auf dem Weg.«

»Und der Mechapathologe?«

»Müsste jeden Moment hier sein.«

Pregnantam. Cain kramte in seinem Hirn nach dem, was er über den Laden wusste. Viel war es nicht. Ein Gebärkonzern mittlerer Größe, Hauptsitz hier in Junktown. Eines der Unternehmen, die Generation um Generation neuer Staatsbürger ins Land pressten, Junkies für die Partei, maßgeschneidert und nach den Vorgaben des Fünfjahresplans. Bislang hatte er nicht mit Pregnantam zu tun gehabt, aber – der Tunnelblick inspizierte den stählernen Leib vor ihm – das würde sich nun ganz sicher ändern. »Verdammt jung«, sagte er.

»Was?« Brom betrachtete abwesend Cains Chopper.

»Holen Sie das Absperrband und sperren Sie die Umgebung ab, weiträumig. Jetzt ist es« – Cain bemühte sich, die Zeigerstellung auf seiner hervorgeholten Taschenuhr zu erkennen – »sieben. In spätestens einer halben Stunde werden die ersten Brutmütter ihre morgendlichen Krämpfe bekommen und aufwachen, und bis dahin sollte der Tatort gesichert sein. Das Letzte, was ich gebrauchen kann, sind ein paar Gebärmaschinen, die hier in heller Aufregung rumwalzen, weil ihre Kollegin hops gegangen ist.«

»Tatort?« Brom fuhr herum, sein Gesicht zwei glotzende Augen.

»Was glauben Sie denn, Mann? Die Brutmutter hier hat noch keine drei Jahre auf dem Buckel, an Altersschwäche wird sie kaum gestorben sein. Und wenn hier nicht der sehr unwahrscheinliche Fall eines letalen technischen Versagens vorliegt, dann muss wohl jemand nachgeholfen haben, oder? Brom, wachen Sie auf, Sie sind mittendrin in einer Mordermittlung.«

Die Mischung aus Sensationslust, plötzlich aufflammendem Diensteifer und Sorge vor unbekannten Arbeitsabläufen, die über Broms grobporiges Gesicht flackerte, amüsierte Cain beinahe. Dann entschied er, dass er dafür keine Zeit hatte, eilte mit unsicheren Schritten auf die Brutmutter zu, zog sich das Geländer der Gangway hoch und verschwand, den völlig überforderten Brom sich selbst überlassend, in der Einstiegsluke.

Stille empfing ihn.

Tote Maschinen waren nichts Ungewohntes für Cain, sie waren Teil seines Berufs, aber die Atmosphäre, die ein HMW nach dem Ableben in seinem Innern hinterließ, war jedes Mal aufs Neue überwältigend. Nichts regte sich. Kein rhythmisches Stampfen von Pleuel- und Kolbenstangen, kein Belfern der Kessel mehr, das von den Wänden wieder und wieder zurückgeworfen wurde, kein Stakkatorattern der Lochkartenstanzer – vollkommene, totale Geräuschlosigkeit.

Cain legte eine Hand auf das Geländer des Laufgitters, auf dem er stand. Nichts. Der Motor, der sonst jede Strebe und jede Schraube dieses Körpers leicht vibrieren ließ, war nicht mehr. Zum ersten Mal seit ihrer Fertigung war die gigantische Maschine zur Ruhe gekommen. Verstummt für immer.

Wir, dachte Cain, wir sterben, und unser Körper bekommt Flecken, fängt an zu stinken und wird von Bakterien zersetzt. Und irgendwann sind wir weg. Ein Höheres Maschinenwesen aber wandelte sich nach seinem Tod zu etwas Ehrfurchtgebietendem, zu einem Mausoleum der Ingenieurskunst, ein stilles Sinnbild des strebsamen Schaffensprozesses, für den es einst vom Band gelaufen war; erhaben, edel, ewig.

Wieder fiel ihm auf, wie jung die Brutmutter war. Nirgends

entdeckte er Rost, das Laufgitter war blank und das Geländer noch nicht abgewetzt. Die Luft roch nach kaltem Stahl und nicht nach dem Mief aus Östrogen, Schmieröl und Babypuder, der für ältere Brutmütter so charakteristisch war. Die Menopause setzte bei ihnen mit etwa fünfundzwanzig Jahren ein; die meisten ließen sich dann umrüsten und nahmen eine Stelle als Drogenküche an oder als Geldwäscherei, bis irgendwann die ersten Verschleißerscheinungen auftraten, ihr Innenleben immer störanfälliger wurde und sie schließlich den natürlichen Tod der Materialermüdung starben. Aber selbst die Billigmodelle unter ihnen konnten das Aussetzen ihres Zyklus um gut zwei Jahrzehnte überleben, und die hier hatte noch nicht mal die erste Hälfte ihres ersten beendet.

Er trat ein paar Schritte vor, weiter hinein in die Tote. Der Klang seiner genagelten Stiefelsohlen auf dem Laufgitter hallte metallen nach, und jedes Echo kam ihm beinahe vor wie ein Sakrileg. Ein paar Notleuchten, die beim Tod der Brutmutter automatisch eingesprungen waren und die Standardbeleuchtung ersetzt hatten, glommen im Dunkeln. In ein paar Stunden, wenn ihre Batterien erschöpft waren, würden auch sie erlöschen.

Cain legte den Kopf in den Nacken und sah bis ganz nach oben. Sein Sichtfeld franste an den Rändern immer noch aus, aber das änderte nichts an dem Anblick, der auf ihn niederstürzte. Es war ein Übereinander von Ebenen und Halbebenen, mit Steigleitern verbunden, halb verschluckt von der Dunkelheit und acht Stockwerke hoch bis hinauf zur Hirnkammer. Metall türmte sich auf Metall: Röhren, Kessel, Laufgitter – ein Industriepark, der in die Höhe gewachsen war.

Von hier sah jede Ebene mehr oder weniger gleich aus, aber Cain kannte die Anatomie einer Brutmutter besser als seine eigene. Erster und zweiter Stock: Brutkammern, fing er stumm an, die

Stockwerke abzuzählen, und seine Lippen formten die Silben mit wie die Worte eines Gebets. Dritter Stock: Gebärstation. Vierter Stock: Eichstation. Fünfter Stock: Aufzucht und Pädiatrie. Sechster Stock: Kindergarten. Siebter Stock: Kontrollstation und Lebenserhaltung. Achter Stock: Nervensystem und Hirnkammer. Unter ihm das nach oben offene, zwei Stockwerke hohe Erdgeschoss: Maschinendeck, Motor und Kettenlaufwerke. Brutmütter bewegten sich nicht oft. Taten sie es aber doch einmal, dann war es, als würde ein Berg beseelt. Cain ließ den Kopf nach vorne klappen und schaute hinunter. Im Halbdunkel erspähte er einen der gigantischen Gleiskettenantriebe hinter den Motorblöcken.

Und irgendwo zwischen all dem Stahl wartete er auf ihn: der Grund, warum diese Gebärfabrik ihr Leben hatte lassen müssen. Cain spürte, wie sich bei diesem Gedanken die Atmosphäre wandelte, so wie sie es immer tat. Die andächtige Stille wurde zur Sprachlosigkeit des Opfers, das Mausoleum verschwand, und was es zurückließ, war ein Rätsel aus totem Metall, eine Leiche, aus der er die Antworten, die er brauchte, herausklauben würde, ein Mittel zum Zweck, um am Ende eine Akte mit einem Stempel versehen und vergessen zu können.

Barnabas Stukk kam gerade rechtzeitig.

Die spillerige Gestalt des Mechapathologen schlüpfte durch die Einstiegsluke.

»Sol.«

»Bas.«

»Siehst scheiße aus.«

»Tramadol.«

»600?«

»900.«

»Oha. Bluttest?«

»Morgen.«

»Klar. Dass Solomon Cain die Mindestwerte auch mal ohne Endspurt erreicht, werde ich wohl nicht mehr erleben.«

»Du mich auch.«

»Ist doch so. Alle ABS sofort am Monatsanfang verbrauchen, dann Prokrastinieren bis ultimo, und zum Schluss alles auf einmal. Quasi auf den letzten Drücker.« Stukk kicherte über sein Wortspiel, und seine spitze Nase zitterte dabei, als schnupperte sie dem Witz nach.

Stukk, ging es Cain durch den Kopf, fehlten nur noch die Schnurrhaare, und man könnte ihn überhaupt nicht mehr von einem Maulwurf unterscheiden. Von einem ölverschmierten Maulwurf. Keine zwei Stunden nach Schichtbeginn sah sein Partner aus, als hätte er in einer Werkstatt übernachtet. Wahrscheinlich hatte er das sogar. Aber leider war er gar nicht so im Unrecht: Cain verbrauchte seine Abstinenzberechtigungsscheine in aller Regel, sobald er sie bekam. Und wenn er keine offenen Fälle bearbeitete, konnte er auch keine weiteren beantragen. Das würde sich jetzt zwar ändern, trotzdem bildete Stucks Spott sein Konsumverhalten zwar überzogen, aber doch recht wahrheitsgetreu ab.

»Sehr witzig«, knurrte Cain. »Aber dir wird das Lachen schon vergehen. Hier wartet eine Menge Arbeit auf dich.«

Bei Untersuchungen von Todesfällen setzte die Gemapo Inspektoren und Mechapathologen immer als Gespann ein. Der eine war für die eigentliche Ermittlung zuständig, der andere für die Arbeit am und im Opfer. Es war eine erprobte Zweiteilung, die aber in Fällen wie diesem die Lastenverteilung etwas ungleich erscheinen ließ: Die vollständige Obduktion würde Cains Partner Ewigkeiten beschäftigen.

Stukks Knopfaugenblick wanderte durch die Brutmutter. »Mach dir um mich keine Sorgen, aber du siehst aus, als ob du was gebrauchen könntest.« Er griff in eine Tasche seines grauen Uniformblaumanns und zog zwei Spritzampullen heraus. »Na, wären diese Babys hier was für dich? 0,8 Milligramm Naloxon. Ich mache dir einen guten Preis.« Er kicherte wieder.

Cains Hemd klebte am Rücken, die Unterhose war feuchter Stoff zwischen seinen Beinen. Sein Atem ging schwer, und die Welt sah immer noch aus wie ein Fensterbild. Der Opioidantagonist in Stukks Hand war so verlockend wie ein Glas Wasser in der Hölle.

»Geht schon, danke.«

»Wie du meinst.« Stukk zuckte mit den Schultern und steckte die Ampullen wieder ein. »Also, was ist hier passiert?«

»Das, mein lieber Barnabas, würde ich gern von dir wissen. Ehrlich gesagt, habe ich keine Ahnung, noch nicht.«

»Aber eine Vermutung.«

»Dann sperrt Brom also das Gelände ab?«

»Wie ein Besengter. Ich habe ihn selten so dienstbeflissen gesehen.«

Cain schnaubte.

»Du glaubst, dass das hier ein Tatort ist?«

»Ich habe noch nie eine so junge und so tote Brutmutter gesehen. Du etwa?«

Stukk schürzte die Lippen. »Damals auf der Akademie, da hatten wir einmal diese Brutmutter, eine Uteri 911, flottes Teil. Die war in einen Kinderhandelring verwickelt gewesen oder so. Irgendwas in der Art. Wir haben sie nach der Giftspritze direkt in die Sezierhalle bekommen. Als Anschauungsobjekt. Das war was, sage ich dir, Jungejunge! Fünfzehn Monate war die erst in Betrieb gewesen, so was Frisches hast du noch nicht gesehen. Und die hier dürfte etwa doppelt so alt sein. Insofern …«

»Bas.«

»Schon gut, schon gut, ja, hast recht, das Mütterchen hier wird kaum eines natürlichen Todes gestorben sein?«

»So. Und was hältst du dann davon, wenn du jetzt deinen Arsch nach da unten oder nach da oben schwingst oder wohin auch immer du willst, und mit der Arbeit anfängst?«

»So gute Ideen bin ich von dir gar nicht gewohnt.« Stukk grinste ihn an. »Ich nehme mir als Erstes die Lebenserhaltung vor, vielleicht finde ich ja da schon was. Aber weißt du, was du inzwischen machen kannst?«

»Ermitteln vielleicht?«

»Wenn du willst, nur zu. Aber erst mal darfst du dem Tross von Pregnantam-Anzügen, die ich auf dem Weg hierher überholt habe, erklären, warum du ihren netten kleinen Brutpark dichtmachst.«

Cain stöhnte auf. Daran hatte er überhaupt nicht gedacht. Eine maschinenpolizeiliche Ermittlung in einem Kapitalverbrechen stellte die Betriebsstätte automatisch und für ihre gesamte Dauer unter die Leitung der Gemapo, die erst mal die Produktion stoppte, um Ruhe zu haben. Standardvorgehensweise. Dass er den Brutpark von Brom nun unwiderruflich und offiziell als Tatort absperren ließ, bedeutete für Pregnantam vor allem eines: Verdienstausfall. Sieben Brutmütter, die unnütz rumstanden und das Gebären auf unbestimmte Zeit einstellten – das würde teuer werden.

Sechs, korrigierte sich Cain, nur noch sechs. Aber er wusste, dass das nichts änderte und dass der Konzern alles tun würde, um die Freigabe des Brutparks so schnell wie möglich zu erreichen.

Die Gruppe, von der Stukk gesprochen hatte, bestand mit Sicherheit zur Hälfte aus Anwälten, und sie würden seine Entscheidung anfechten, weil es das war, was Anwälte eben machten. Kübel voll notarieller Scheiße würden sie über ihm auskippen.

»Du brauchst nicht zufällig Hilfe da oben?«, fragte er resigniert und wusste schon, wie die Antwort ausfallen würde.

»Nicht um alles in der Welt.« Stukks Grinsen wurde noch breiter. Der Mechapathologe ergriff die nächste Steigleiter und fing an, an ihr emporzuklettern. »Ich wünsche dir viel Spaß.«

Cains Antwort ging in ohrenbetäubendem Tröten unter. Er schloss die Augen und stöhnte abermals. Die restlichen Brutmütter waren aufgewacht, und ihre Signalhörner gaben ihm unmissverständlich zu verstehen, dass sich gleich zu erbosten Anwälten auch noch aufgebrachte HMWs gesellen würden. Mit einem Mal tat er sich selbst sehr leid.

Von oben regnete Stukks Kichern auf ihn herab.

»Bas?«

»Sol?«

»Steht dein Angebot noch?«

Die Naloxon-Ampullen kamen angeflogen. »Aber nicht gleich alles auf einmal, alte Naschkatze!«

Cain fing die beiden Fläschchen mehr mit Glück als Geschick. Seine Hände schlossen sich um das kühle Glas. Er hatte noch nie auf Stukks Ratschläge gehört.

Heute würde er bestimmt nicht damit anfangen.

# 2

»Herr Direktor, Inspektor Solomon Cain. Von der Geheimen Maschinenpolizei.« Die Sekretärin schloss die Tür mit einem sanften Schmatzen hinter Cain. Er dankte ihr im Stillen. Sie hatte keinen Ärger gemacht und ihn sofort vorgelassen. Dabei hatte er an ihrem Blick gesehen, dass er einen ziemlich derangierten Eindruck machte. Es hätte zwar nichts geändert, aber eine biestige Sekretärin hätte ihn im Vorzimmer rösten können. Und Cain war nicht unbedingt in der Verfassung, in der er dem etwas hätte abgewinnen können.

Der Geburtsvorstand von Pregnantam stand am Fenster, die Arme hinter dem Rücken verschränkt, und schaute in den Hof hinunter.

»Setzen Sie sich, Inspektor, ich bin gleich bei Ihnen.« Geistesabwesend deutete er in Richtung der Besucherstühle vor seinem Schreibtisch und nahm dann wieder seine ursprüngliche Haltung ein. Cain stiefelte los, über die braunen Teppichfliesen und an zwei eingestaubten Plastikpalmen vorbei. In der Luft hing der Duft verbrannten Styropors: Crack.

Beim Hinsetzen blieb sein Blick am Namensschild hängen, das neben einem Uterusmodell auf dem Schreibtisch vor ihm stand. *Jedediah Eigenbedarf Kort, Vorstand Nataldivision* war dort zu lesen, und das war keine gute Nachricht. Kampfnamen aus der Revolutionszeit – die trugen heutzutage nur noch die 110-Prozentigen, Ultras, deren radikale Auslegung des Parteiprogramms den Umgang mit ihnen so angenehm machte wie den mit einer stumpfen Nadel.

Im Paradies sind die Tugendwächter die Schmeißfliegen, dachte Cain, bohrte sich in den Sessel und stellte sich auf die Fortsetzung des Empörungsstakkatos der Pregnantam-Anwälte ein – als Solovorstellung zwar, aber dafür in konzentrierter Form. Politschranzen wie Kort hätten eigentlich mehr als alle anderen Verständnis für die Arbeit der Gemapo haben müssen, aber stets waren sie es, die am meisten Scherereien machten. Durch den goldenen Lotus der Inneren Parteimitglieder am Revers wähnten sie sich über die Niederungen des Alltags erhaben, und das schloss natürlich auch polizeiliche Ermittlungen mit ein. Das war es vor allem, was sie Cain verhasst machte: dass sie sich erdreisteten, ihm bei seiner Arbeit reinzureden, und mal plump, mal durch die Hintertür mit ihren Verbindungen zum Politlabor drohten, wenn er sich weigerte, nach ihrer Pfeife tanzen.

Natürlich war Kort von seinen Anwälten über Cains Vorgehen unterrichtet worden. Das hier, das Aufbauen am Fenster, das Schweigen, das alles war die Ouvertüre für den üblichen Großkopferten-Bullshit, den er nur allzu gut kannte. Aber sollte Kort mal nur ruhig kommen, er war ganz gut darin, Bonzen auflaufen zu lassen, und mit jeder Sekunde, die verstrich, fühlte er sich besser: Er mochte zwar immer noch aussehen wie ein halb sedierter Heroinstudent im ersten Trimester, aber das Naloxon hatte ihn mittlerweile von den Tramadolnebenwirkungen befreit. Einzig seine Unterhose war immer noch klamm. Cain rutschte auf ihr rum und fühlte sich gleich erheblich grimmiger. Und wenn Kort ihn nicht für voll nahm, konnte ihm das nur nützen.

»Sind Sie sicher?«

Das allerdings war eine Überraschung. Damit hatte er nicht gerechnet. Die Frage war noch nicht mal entfernt verwandt mit den Eröffnungsklassikern »Haben Sie den Verstand verloren?« und »Wissen Sie eigentlich, wie viel Geld Sie mich kosten?« Interessant.

»Wie bitte?«

»Ob Sie sicher sind. Dass sie ermordet wurde.« Kort drehte sich um und suchte seinen Blick, Anfang dreißig vielleicht, mit Halbglatze, in einem orangen Frack und orangen Gamaschen, ein weicher Körper, den nur der regelmäßige Heroinkonsum vor der Verwanstung schützte und ihm so die seiner gesellschaftlichen Stellung angemessene Wespentaille ermöglichte. Seine Stimme war leise, beinahe belegt.

Cain war auf der Hut. Er konnte keine unterschwellige Aggressivität spüren, aber das musste nicht heißen, dass sie nicht da war. Gerade die Stillen machten oft mehr Ärger als die Schreihälse. Waren hartnäckiger. Hinterhältiger. Nein, er würde nicht den Fehler machen, Jedediah Eigenbedarf Kort zu unterschätzen. Wenn er sich jetzt auch nur die kleinste Blöße gab, einen Zweifel an seiner Entscheidung zuließ, dann würde der Geburtsvorstand ihn in der Luft zerreißen.

Der Tanz hatte begonnen.

»Sicher?« Cain beugte sich im Sessel nach vorn, breitbeinig, und stützte seine Unterarme auf die Schenkel. »Direktor, ich habe keine Beweise, ich habe keine Verdächtigen, ich habe kein Motiv. Ich habe bislang noch nicht mal eine Todesursache. Aber was ich habe, das sind zwanzig Jahre Berufserfahrung, und manchmal ist das alles, was ich brauche. Wissen Sie, wie viele HMWs ich in dieser Zeit gesehen habe, die noch vor ihrer ersten Hauptuntersuchung eines natürlichen Todes gestorben sind? Keine einzige. Aber ich habe mehr Maschinen gesehen, denen die Adrenalinleitungen zerschnitten, die Hirnkammern aufgebrochen und die

Kardiomotoren manipuliert wurden, als auf ihren Betriebsschrottplatz passen würden. HMWs sind die kompliziertesten, komplexesten Konstrukte, die wir je erschaffen haben, und sie schaffen es auch nach Jahren, selbst die zu überraschen, die täglich mit ihnen zu tun haben. Ich schließe mich da nicht aus. Aber es gibt eine einfache Regel, Direktor, die stets und immer zutrifft: Ein früher Tod hat genau eine Ursache – den Menschen. Sie wollen wissen, ob ich sicher bin?« Cain holte tief Luft und atmete dann aus. »So sicher, wie Sie feststellen können, ob eine Ihrer Maschinen schwanger ist oder nicht.«

Kort hatte ihn die ganze Zeit mit geweiteten Crackpupillen angeschaut, ein stummer Strich vor dem hellen Fenster. Jetzt ließ er den Blick los und fixierte einen Punkt hinter Cains Kopf.

»Vielleicht war sie ja krank.«

»Ja, genau.« Cain schnaubte empört, aber sein Unbehagen wuchs. Korts Äußerung war so hanebüchen, dass es ihm selbst nicht entgehen konnte. Welche Fallstricke legte er ihm gerade aus? Was übersah er?

»Direktor, zeigen Sie mir die Brutmutter, die eine Krankheit entwickelt, von der die Zuchtaufsicht nichts mitbekommt – und die obendrein noch tödlich ist. Binnen kürzester Zeit. Bei Schwarzgebärenden mag das vielleicht passieren, in einem von zehntausend Fällen. Aber bei einem börsengelisteten Gebärkonzern? Sie wissen, dass das nicht möglich ist.«

»Kindbetttod? Technisches Versagen?«

»War die Brutmutter ein Westimport?«

Kort schüttelte den Kopf. »Sie war die Beste.«

»Dann können Sie sich die Antwort selbst geben.«

Für einen Moment hingen die Worte im Raum, mischten sich mit dem süßen Duft des aufgekochten Kokainhydrochlorids und fügten ihm eine bittere Note hinzu. »Ich weiß, Inspektor«, sagte

Kort schließlich und rieb sich mit Daumen und Zeigefinger die Augen. »Ich weiß. Aber sehen Sie es einem wie mir nach, dass er sich der bitteren Wahrheit erst stellt, wenn er den letzten Strohhalm der Hoffnung hat davonschwimmen sehen.«

Ungläubig kniff Cain die Augen zusammen. Was war das jetzt bitte?

»Ich sehe Sie erstaunt, Inspektor, meine Wortwahl überrascht Sie offensichtlich«, sagte Kort und drehte sich wieder zum Fenster. »Eine Brutmutter wurde ermordet, es gibt jetzt einen Haufen Scherereien mit den Behörden, und natürlich ist das ein herber finanzieller Verlust. Alles unangenehm und sicher auch schmerzhaft, aber doch eigentlich kein Grund, melodramatisch zu werden. Das ist es doch, was Sie jetzt denken, oder?«

Das war genau das, was Cain dachte. Aber Kort war wieder in sein Schweigen versunken, und sein Rücken wirkte nicht, als warte er auf eine Antwort.

»Ich will Ihnen etwas erklären«, setzte Kort nach einer Weile wieder an. »Pregnantam ist ein Gebärkonzern, und als solcher arbeiten wir profitorientiert, keine Frage. Aber Sie täten uns unrecht, wenn Sie uns auf das reduzierten. Die Worte sind abgedroschen, vor allem für ein Unternehmen wie das unsere, aber das macht sie nicht weniger richtig: Pregnantam ist eine Familie, wir sind eine Familie, und nur als solche funktionieren wir. Wir arbeiten zusammen, wir leben zusammen.« Er holte tief Luft. »Und wenn jemandem aus unserer Mitte etwas zustößt, gleich ob Mensch oder Maschine, dann ist das so, als ob es uns allen zugestoßen wäre. Es ist immer tragisch, wenn jemand vor seiner Zeit von uns gehen muss; an einem Ort wie diesem, an dem Leben produziert wird, Tag für Tag, spüren wir das vielleicht stärker als anderswo. Eine Krankheit, ein Unfall, ein unglücklicher Zufall – das alles wäre schlimm genug gewesen, wenn auch etwas, mit dem wir uns hätten abfinden können. Aber ein Mord? Das verändert alles. BM17 mag tot sein, aber ihr Mörder hätte ebenso uns alle angreifen können. Dieser heimtückische Akt ist ein Anschlag auf unser Gemeinwesen, auf unsere Familie. Und wissen Sie, was eine Familie macht, wenn sie angegriffen wurde?« Kort drehte sich wieder um, die Stimme ein hartes Knirschen. »Sie wehrt sich.«

Cain hielt seinem Blick stand. Korts Kiefer mahlten, noch vor wenigen Augenblicken hätte er das als typisches Symptom eines Crackheads angesehen, aber jetzt war er sich da nicht mehr so sicher. Allerdings war er auch noch nicht ganz bereit, an diese Wendung zu glauben – sie war einfach zu schön. Entweder war Kort tatsächlich erschüttert über den Tod seiner Brutmutter, und dann hatte er sehr gute Chancen, seine Ermittlung so durchzuziehen, wie er es für richtig hielt. Oder aber Kort war ein mieses Stück, vor dem er sich hüten musste.

»Und damit wollen Sie mir was sagen?«

»Dass Sie diesen Mörder zur Strecke bringen sollen, Inspektor. Finden Sie ihn und bringen Sie ihn zur Strecke. Das will ich Ihnen damit sagen. Und dass Sie dabei meine vollste Unterstützung haben. Was immer Sie brauchen – Sie bekommen es. Sperren Sie den Brutpark, so lange Sie wollen, nehmen Sie auseinander, wen oder was Sie wollen. Befragen Sie meinetwegen die gesamte Belegschaft, durchleuchten Sie unsere Zulieferer, unsere Tochterfirmen, unsere Kunden. Jeden. Nur: Finden Sie den Mörder. Und wenn Ihnen jemand Steine in den Weg legt, kommen Sie zu mir.«

»Ihre Anwälte haben dieses Angebot ein wenig anders ausgedrückt.«

»Sie werden Sie nicht mehr belästigen.« Kort machte eine wegwerfende Handbewegung. »Kettenhunde, die wieder an der Leine sind.«

Cain versuchte, in Korts Gesicht Anzeichen von Unaufrichtigkeit zu entdecken, fand aber keine. »Na schön. Aber ich warne Sie, Direktor. Wenn Sie irgendwelche Spielchen spielen, dann hören Sie besser jetzt damit auf. Ich werde auf Ihr Angebot zurückkommen, wahrscheinlich früher und öfter, als Ihnen lieb ist. Und ich werde dann besser nicht feststellen müssen, dass Ihre Worte nur leeres Gewäsch sind. Das da«, er deutete auf das goldene Blinken in Korts oberstem Knopfloch, »mag auf manche vielleicht Eindruck machen. Aber die Gemapo ist keine Parteiorganisation, und soweit mir bekannt ist, auch keine Abteilung des Politlabors. Wenn Sie kooperieren wollen, ist Ihre Hilfe willkommen. Wenn Sie mich verarschen, wird es Ihnen leidtun.«

Kort hob beschwichtigend die Hände. »Sie können mir glauben: Das ist nicht der Fall. Ich kann mir gut vorstellen, dass Sie misstrauisch sind und dass Ihr Misstrauen durch leidvolle Erfahrung gerechtfertigt ist. Aber ich habe nicht vor, Spielchen mit Ihnen zu spielen. Sie wollen einen Mörder fassen, und ich will, dass Ihnen das gelingt. Und wenn Sie mich lassen, beweise ich Ihnen das. Sie müssen mir nur sagen, wie.«

»Kein Problem. Was ich von Ihnen will, ist die Akte der Toten, die komplette: medizinische Unterlagen, Führungszeugnisse, Produktionsberichte. Wartungsprotokolle. Wenn es sie gibt, Tagebücher.«

»Betrachten Sie das als erledigt.«

»Dazu eine Aufstellung aller Angestellten, die mit ihr zusammengearbeitet haben, und deren Dienstpläne. Für welche Kunden hat BM 17 im letzten Jahr geboren?«

»Nur für einen: die Generalinspektion des Ministeriums für den Wiederaufbau der Bevölkerung.«

Cain runzelte die Stirn. Ein privater Kunde wäre ihm lieber gewesen, von ihm aus auch ein staatliches Unternehmen. Ein Regierungsauftrag aber, das klang nach Behördenmikado und Büroautisten, die den ganzen Tag nichts anderes taten, als Mauern aus Akten zu errichten.

Kort musste seinen Gesichtsausdruck richtig gedeutet haben, denn diesmal war er es, der auf seine Anstecknadel deutete. »Jetzt kommt Ihnen ›das da‹ gar nicht mehr so ungelegen, oder?«

»Wir werden sehen, Direktor. Es kann sicherlich nicht schaden, wenn Sie Ihre Kontakte spielen lassen. Aber erst, wenn ich Ihnen das sage, verstanden?« Das Letzte, was er gebrauchen konnte, war ein übereifriger Bonze, der Beamte aufweckte, die man besser hätte schlafen lassen. »Für den Moment reicht es, wenn Sie mir die Ansprechpartner nennen.«

»In Ordnung. Kann ich noch etwas für Sie tun?«

»Ja. Um das hier alles zu beschleunigen, können Sie mir sagen, ob es unter den Kollegen der Brutmutter vielleicht jemanden gibt, den man sich als Allerersten anschauen sollte.«

Kort nickte und ging zu seinen Schreibtisch. »Als ich vom Tod BM17s gehört habe, bin ich vom Schlimmsten ausgegangen«, sagte er dann. »Ich wusste, dass die Gemapo hier vorbeischauen würde, und habe geahnt, was Sie für Fragen stellen würden. Entsprechend habe ich mich über das soziale Umfeld von BM17 informieren lassen, und vielleicht gibt es tatsächlich jemanden.« Er machte eine Pause. »Epaphras Thon. Der Ontogenetiker von BM17. Die beiden waren liiert. Ich kann mir eigentlich nicht vorstellen, dass er etwas mit der Sache zu tun haben sollte, aber die Partner von Verbrechensopfern stehen wahrscheinlich immer ganz oben auf Ihren Verdächtigenlisten, nehme ich an.«

»In der Tat. Wo finde ich ihn?«

»Er hat heute seinen freien Tag. Meine Sekretärin hat Ihnen die Adresse aufgeschrieben.« Er schob Cain einen Zettel zu, der auf dem Tisch lag.

Cain klaubte das Papier von der Tischplatte.

»Gut. Weiß Thon schon Bescheid?«

»Nicht dass ich wüsste.«

»Das soll auch so bleiben. Ich will sehen, wie er auf die Nachricht reagiert. In den meisten Fällen reicht das bereits aus.«

Die Sekretärin lugte herein. »Herr Direktor, ich habe einen Anruf.«

»Nicht jetzt.«

»Er ist für den Herrn Inspektor. Aus der Brutmutter.«

»Mein Mechapathologe«, sagte Cain schnell. »Das wird wichtig sein.«

»Stellen Sie ihn durch.«

»Sehr gern.« Die Sekretärin zog die Tür wieder zu, und wenige Augenblicke später klingelte der Fernsprechapparat auf dem Schreibtisch. Kort machte eine einladende Handbewegung. »Ihr Anruf.«

Cain erhob sich, griff über den Tisch und holte sich den klobigen Kasten heran. Er nahm die Ohrmuschel von ihrer Aufhängung und den Sprechtrichter zum Mund. »Bas, was gibt es?«

»Ich hoffe, ich störe dich nicht bei einem Schwätzchen mit deinen Pregnantam-Freunden?«, knisterte Stukks Stimme aus der Muschel. »Mit ihren Anwälten hast du dich ja prima verstanden – ich konnte euch selbst noch in der Hirnkammer schreien hören.«

»Bas.«

»Ich hab was ziemlich Interessantes gefunden, das solltest du dir mal ansehen. Ist zu kompliziert, um es dir am Telefon zu erklären. Die Leitung ist auch nicht sehr stabil.«

»In Ordnung, ich komme vorbei. Wo finde ich dich?«

»Ich bin ab jetzt in einem der Fruchtwassertanks.«

»Alles klar, ich bin auf dem Weg. Aber sag mal, ist Brom noch bei dir?«

»Na, was denkst du denn? Der muss doch schließlich aufpassen, dass hier niemand seinen Tatort betritt.« Stukks Kichern ging in statischem Rauschen unter.

»Sag ihm, dass er jemanden für mich aufs Präsidium bringen soll. Und zwar einen gewissen Epaphras Thon; der Mann ist Ontogenetiker bei Pregnantam und müsste heute zu Hause sein.« Er schaute auf den Zettel. »Die Adresse lautet: Südwestdistrikt, Wohnareal 14 428. Aber er soll seine Schnauze halten – ein Wort von der toten Brutmutter, und er regelt den Rest seiner Dienstzeit den Verkehr.«

»Wird erledigt. Bis später.« Stukk legte auf.

Cain hängte die Muschel wieder zurück und steckte den Zettel ein. »Ich werde mich jetzt wieder auf den Weg machen.« Er stand auf.

»Gibt es etwas Neues?«

»Mein Kollege ist auf irgendetwas gestoßen, keine Ahnung, was.«

»Aber Sie halten mich auf dem Laufenden?«

»Über alles, was Sie wissen müssen.« Er wandte sich zum Gehen. Kurz vor der Tür hielt er noch mal inne. »Da wäre noch etwas, das Sie für mich tun könnten.« Cain waren die sechs Brutmütter wieder eingefallen, die wie verstörte Zuchtkühe über den Brutpark blökten. »Sie können die Medikation Ihrer Brutmütter doch aus der Zentrale regeln, oder? Auch die der Brutmütter in Ihrem Industriebrachen-Brutpark?«

»Es gibt für den Notfall eine Fernsteuerkonsole, sicher.«

»Dann pumpen Sie ihnen so viel Diazepam in den Leib, wie Sie gerade noch verantworten können. Ich hätte gern meine Ruhe.«


Es war auf der fünften Transversale, ungefähr auf der Höhe des Denkmals des Unbekannten Drogentoten, als Cain entschied,

Brom die Abholung des Ontogenetikers nicht allein überlassen zu können. Die Angelegenheit war zu wichtig, um der Verschwiegenheit des Wachtmeisters zu vertrauen. Aufgeputscht durch seinen ersten Mordfall wie nach einer Doppelration Speed, würde Brom den Mund nicht halten können, und wenn sein Leben davon abhinge.

Cain lenkte den Chopper durch den morgendlichen Verkehr. Acht Autos zählte er und drei Kräder, viel für diese Tageszeit. In Junktown war eine Ecke so schäbig wie die andere – wo sollte man also schon hinwollen? Vor allem, wenn man sich zu Hause an bessere Orte spritzen konnte. Im Politlabor würden sie wohl auch das als Erfolg werten, dachte er: Wer daheim an der Nadel hing oder vor der Stimmungsorgel hockte, konnte eben nicht draußen unterwegs sein.

Er gab Gas und überholte einen Psilocybin-Laster, die Mulde voll mit gelbbraunen Pilzköpfen, unterwegs zu den Tryptamin-Raffinerien im Westen der Stadt.

Fünfspurige leere Hauptstraßen als Beweis für den Sieg des Konsumismus, das war nicht schlecht, das war selbst den Halbhirnen im Ministerium für Öffentlichkeitsarbeit noch nicht eingefallen, vielleicht sollte er ihnen das mal rübertelegrafieren. Eine Weile hing er dem Gedanken nach, ein spöttisches Grinsen erschien auf seinem Gesicht.

Andererseits – hatten sie nicht schon damals, als die KP die Bahnhöfe und Überlandstraßen dichtgemacht hatte, die Parole ausgegeben: *Die einzigen Highways, die dieses Land braucht, sind die Venen seiner Bewohner*? Womöglich, musste sich Cain eingestehen, während er auf der neuen Spur weiterfuhr, war seine Idee doch nicht ganz so frisch.

Genau wie die, Brom zu Thon zu schicken. Selbst wenn der den Mund halten könnte: Wäre Thon tatsächlich der Mörder, würde ihm bereits das Auftauchen eines Polizisten verraten, was die Stunde geschlagen hatte. Und die Miene, die Cain auf dem Präsidium zu Gesicht bekäme, wäre eine Maske geheuchelter Betroffenheit. Keine Chance mehr auf spontanen Selbstverrat. Nein, er musste der Erste sein, der an Thons Tür klopfte, und seine echte, wahre Reaktion sehen, wenn er ihm den Dienstausweis hinhielt.

Cain zog die Nase hoch und spuckte aus. Der Fahrtwind wehte den Klumpen sofort nach hinten weg, in wenigen Augenblicken würde er auf dem Asphalt aufschlagen, ein abruptes, hartes Ende eines viel zu kurzen Flugs. So wie bei seinen Gedankenspielen. Im Laufe der Jahre hatte er sich schon so oft in die Tasche gelogen, jedes Mal kam dasselbe dabei heraus, jedes Mal versuchte er es aufs Neue – nach einer kurzen Flucht in die Illusion folgte der Aufprall auf dem Bitumen der Realität. Er konnte noch so viele Gründe für seine Planänderung aufführen, am Ende musste er doch zumindest vor sich selbst eingestehen: Es war völlig egal, wer Thon abholte und wie lange dieser sich auf sein Verhör vorbereiten konnte – am Ende würde er die Wahrheit so oder so aus ihm herausbekommen.

Aber was spielte das schon für eine Rolle, wenn er einen Vorwand finden konnte, an der Goldenen Reihe vorbeizufahren?

Da vorne kam sie bereits in Sicht, ein Stelenfeld zur Linken und zur Rechten der Prachtstraße, 15 422 Quader in je acht Reihen auf beiden Seiten, und jedes Jahr wurden es mehr. 15 422 Vorbilder, denen er nie nacheifern würde. 15 422 graue Blöcke, 15 422 Goldene Schüsse. Für die Partei, für die Sache feierlich in die Venen gedrückt vor den Augen der aufmarschierten Konsumgemeinschaft. Ein Opfer, dargebracht in den Lichtdomen der großen Rauschparteitage, als quasi-sakrale Hingabe für die Neue Ordnung. 15 422 Fixerheilige, deren heroininduzierter Übergang ins Parteinirwana hier seine Verewigung in Beton erfuhr.

Cain raste hinein in das Feld und war mitten unter ihnen. Er spürte, wie sein Nebennierenmark Adrenalin ausschüttete, das ihm mit hellem Stechen in den Körper fuhr, wie immer, und er spürte die Sogwirkung, die von dem Monument ausging. Der Einzelne verschwand zwischen den haushohen Stelen, und die Geschwindigkeit der Fahrt verdichtete die vordersten Reihen zu schier endlosen grauen Bändern, zu zwei Leitplanken am Straßenrand, die die einzig richtige Richtung wiesen: hin auf die Zentrale der KP.

Aber das war es nicht, was ihn immer wieder zwang, diesen Weg zu nehmen. Nicht das Gefühl, Teil einer Sache zu sein, die größer war als man selbst, eins mit ihr zu werden auf dem Weg zum alleinseligmachenden Zentrum der Welt. Das nicht. Es war der Name, der irgendwo im letzten Drittel des Felds auf einer der Stelen stehen musste, links hinten in der sechsten Reihe. Ihr Name.

Tabea Cain.

Er hatte ihre Stele nie gesucht, dabei hatten sie ihm in den Schreiben sogar die Nummer und den genauen Standort mitgeteilt. Stele 9212 im Planquadrat L PQ 17. Alles, was er je gemacht hatte, war, die Straße entlangzufahren. Mehr Nähe ging nicht, nicht mehr. Aber weniger ging auch nicht. Er brauchte diese Vorbeifahrten. Weil sie schmerzten, weil sie guttaten. Weil sie bewiesen, dass er recht und alle anderen sich geirrt hatten: Er würde nicht verstehen, nicht in hundert Jahren. Täte er es, würde er am Proliferationstag einen Kranz am Fuße ihrer Stele niederlegen, und gut wäre es.

Aber nichts war gut. Er war noch da, allein, weil sie gegangen war und ihn zurückgelassen hatte.

Seine Fahrten waren keine Trauerbekundungen. Sie waren Anklagen.

Er beschleunigte den Chopper abermals und trieb die Tacho-nadel tief hinein in den roten Bereich. Der Motor röhrte gequält, und Cain spürte die Wut in sich hochkochen, ein ungebändigtes Tier, fauchend, aber hilflos. Er passierte die Stelle, auf deren Höhe sich ihre Stele in etwa befinden musste, zum zweiten Mal an die-sem Tag verengte sich sein Blick zu einem Tunnel, und wie immer fand er erst wieder im Kreisverkehr hinter der Goldenen Reihe zu sich. Schwer atmend, erschöpft, sterbende Wut im Bauch und den Kopf voll weißen Rauschens. Seine Augen tränten vom Fahrtwind, und das war der Teil der Lüge, den er sich sorgsam hütete nieder-zureißen.

Über dem Südwestdistrikt lag ein Hauch von Marmorkuchen. Heute war Gebäcktag, und das Viertel war noch nicht so weit ver-fallen, dass sämtliche Straßenbedufter ausgefallen waren.

Wohnareal 14 428 war so charmant, wie sein Name es vermuten ließ. Eine Parzelle grauen Grases, aus deren Mitte sich ein ebenso graues Wohniglu aus Bakelitziegeln erhob. Der brusthohe Ma-schendrahtzaun, der das Grundstück von der Straße und den Nachbarparzellen abtrennte, war ein braun korrodiertes Netz aus Beulen, das sich tapfer an die wenigen Pfosten klammerte, die noch niemand aus dem Boden gerissen hatte. Das, was der Immo-bilienprospekt einmal als Garten bezeichnet hatte, war leer bis auf die obligatorische Mülltonne. Ein Kleinbürgertraum, wie ihn die Partei ihren Mitgliedern millionenfach im ganzen Land mit güns-tigen Krediten verwirklicht hatte. Die unterste Stufe der Mittel-schicht wohnte in solchen Iglus – Wachtmeister wie Brom waren hier zu Hause, Affektanten, die nur Standardemotionen destillie-ren konnten, Genbäcker, Schichtleiter. Und Ontogenetiker wie Epaphras Thon.

Cain trat durch die offen stehende Zauntür und ging auf die Mülltonne zu. Sie war abgeschlossen, ein Umstand, der kein allzu gutes Licht auf die Gegend warf. Müll war der offenkundige Beweis, dass man seinen Bürgerpflichten als Konsument nachkam, dass man es sich leisten konnte, ihnen nachzukommen, und entsprechend wertvoll. Dass Thon seine Mülltonne mit einem Schloss versehen hatte, bedeutete entweder, dass er seinen Nachbarn nicht über den Weg traute. Oder dass er nicht so viel Müll produzieren oder kaufen konnte, wie es sein sozialer Status verlangte, und diesen Makel mit einem Vorhängeschloss zu verbergen suchte. Im ersten Fall waren Thons Nachbarn wahrscheinlich Diebe, im zweiten ließen sie einem der ihren eine offensichtliche soziale Schlamperei durchgehen. Was wiederum Rückschlüsse auf ihre eigene politische Zuverlässigkeit zuließ. In Cains Wohndistrikt hätte ein Schloss an den Mülltonnen zu sofortiger Kündigung geführt und zu einer Meldung bei den Behörden. Aber das war schließlich eine Gegend, die für Ontogenetiker und ihresgleichen unerreichbar war. Zum Glück, dachte er, denn Gesellen wie Brom auch noch als Nachbarn zu haben … Er schüttelte sich.

Er ließ von der Mülltonne ab und wandte sich dem Iglu zu. 56,95 Quadratmeter Wohnfläche, zwei Stockwerke, fünf Fenster, Adrenalinheizung – das Standardmodell für die Humanklassen Ba3 bis Baa1, eine Unterkunft, so durchschnittlich wie ihre Bewohner. Das Alter schätzte er auf zehn, fünfzehn Jahre; der Flugsand aus der Graubeigen Sandeinöde hatte bereits angefangen, die Bakelitziegel zu zerkauen. Dieselbe Zeitspanne in die Zukunft, dann, wenn der Kredit abgezahlt wäre, und von dem Iglu würde nur noch das Skelett aus Plastitstahl übrig sein, ein von der Witterung glatt geschmirgeltes Überbleibsel eines gebrochenen Versprechens.

Das Gesicht am Fenster verschwand beinahe in dem Augenblick, in dem Cain es sah. Die Gardinen im ersten Stock zitterten leicht, dann war der Mann weg.

Die Reflexbögen von Cains Muskelapparat übernahmen die Steuerung und ließen ihn nach vorne schnellen, auf die Rundtür des Iglus zu. Sie war abgeschlossen, natürlich, und Cain ließ zweimal vergeblich seine Schulter gegen sie krachen, bevor er sich der Feuerleiter auf der anderen Seite des Iglus entsann.

Mehr Zeit brauchte der andere nicht. Als Cain um das Iglu herumgeschossen kam, war der schon die Leiter hinunter, über die paar Meter bis zur Grundstücksgrenze hinweg und gerade dabei, durch ein Loch im Zaun zu schlüpfen.

»Gemapo, stehen bleiben!«, schrie Cain. Er jagte dem Fliehenden hinterher.

Sand knackte unter seinen Stiefeln, als er über das Grundstück flog. Der Fliehende verschwand hinter dem benachbarten Wohniglu. Cain setzte durch die Zaunlücke. Sein Mantel blieb an einem Drahtende hängen und riss knirschend. Er stolperte, mühte sich, das Gleichgewicht zu wahren. Rannte weiter.

Als er um das Iglu bog, war der andere verschwunden.

Die Grundstückstür stand offen, die Straße dahinter erstreckte sich zu beiden Seiten in Leblosigkeit. Eine Parzelle wie die nächste, die Gartentüren offen, und durch jede hätte der andere entkommen können. Cain fluchte.

Auf gut Glück wählte er eine aus, rannte durch den Garten bis zur anderen Grundstücksseite und sah sich um. Nichts.

Das Blut in seinen Ohren rauschte vom kurzen Sprint. Er schluckte einen Mundvoll Speichel und musste sich eingestehen, stoßweise atmend und mit vor Anstrengung verzogenem Gesicht, dass die Verfolgung zu Ende war, bevor sie richtig angefangen hatte.

Voller Frust stampfte er mit dem Fuß auf und krallte die Hände in den Mantelstoff.

Auf seiner Fahrt hatte er unweit von hier eine Terrorwache der Bepo gesehen, die gelangweilt auf ihrem Posten die Stunden bis zum Schichtende zählte, aber bis er den Beamten erklärt hätte, was los war, wäre Thon selbst auf allen vieren kriechend entkommen. Fluchend ging er zurück.

Als er die Notrufsäule an der Ecke sah, besserte sich seine Laune schlagartig.

»Inspektor Cain, Gemapo«, blaffte er noch immer leicht atemlos in die Sprechmuschel. »Habe hier einen Neun-Zwölfer im Südwestdistrikt. Ich brauche Zerebralwächter in der gesamten Umgebung, Wohnareale 10 000 bis 18 000. Autorisation Cain-vier-sieben-alpha-tango. Gesucht wird Humanbürger Epaphras Thon.«

Die Bestätigung rhabarberte aus dem Hörer, Cain legte auf. Zumindest gab es doch noch eine Chance, Thon zu erwischen. Die ersten Zerebralwächter würden binnen weniger Minuten hier sein, und der Ontogenetiker bräuchte schon einen Wagen, einen sehr schnellen, um rechtzeitig aus dem von Cain umgrenzten Gebiet zu fliehen. Die Wächter würden seine Hirnströme aufspüren wie Jagdhunde Geruch und ihn zur Strecke bringen.

Cain atmete tief durch. Er klopfte sich den Staub von den Hosenbeinen, beäugte missvergnügt den Riss in seinem Mantel und ging dann den Weg zurück zu Wohnareal 14 428. Auf ihn wartete eine Hausdurchsuchung.


Die Wohnung roch nach Scheuermilch und Kohl. Cain war über die Feuerleiter und den offenen Notausgang eingetreten. Der Geruch kam von unten herauf, er füllte die ansonsten leeren Räume und nahm ihnen die Atmosphäre völliger Verlassenheit. Karg, dachte Cain, als er durchs obere Stockwerk schritt, aber er hatte nichts anderes erwartet. Ontogenetiker waren nataltechnische

Assistenten, als solche gehörten sie zum wissenschaftlichen Personal zweiter Ordnung, und dem wurde ein aufs Wesentliche fokussierter Charakter in die Gene gelegt. Er fuhr mit den Fingern über die Türrahmen: kein Staub. Auch das war nicht überraschend. DNA-programmierte Reinlichkeit ließ sich auch in den eigenen vier Wänden nicht abschalten.

Im Schlafzimmer fand er ein zerwühltes Bett, ein klarer Verstoß gegen den angeborenen Drang zur Ordnung und ein erster Hinweis, dass mit Thon etwas nicht stimmte. Er hielt die Hände über die Laken, spürte aber keine Körperwärme mehr. Auf dem Nachttisch neben dem Bett lag ein umgedrehter Ferrotypierahmen. Schon vor dem Umdrehen wusste Cain, dass es ein Bild von BM17 war. Es war eine Halbtotale, die Brutmutter im Gegenlicht auf einem Werksgelände, weichgezeichnet und nachträglich koloriert.

Die Stimmungsorgel an der Wand komplettierte das Bild: Sie war aus, aber Thon hatte sich an ihr zu schaffen gemacht und einen selbstgebauten Override-Schalter angebracht. Eine weit verbreitete Praxis, mit der die Sicherheitssperren des Geräts umgangen wurden. Die meisten Emohacker holten sich so ein paar Programme mehr, als sie zu zahlen bereit waren, oder besorgten sich zusätzliche Abstinenztage – lässliche Sünden, die maximal mit einer Geldstrafe geahndet wurden, wenn sie denn aufflogen. In diesem Fall aber zeigte das Bedienfeld eine höchst illegale Einstellung: Die Basisemotion war Verzweiflung, zugemischt waren Ohnmacht und Enttäuschung. Und Zorn. Jede Menge Zorn. Die Dosierung war so hoch, dass sie den Emotionsgenerator der Orgel bis an die Leistungsgrenze geführt haben musste. Und auch wenn die kein sonderlich hochwertiges Modell war – das war eine Einstellung, die aus Memmen Mörder machte.

Cain pfiff durch die Zähne. »Mein lieber Epaphras, da hat sich aber einer ganz schön aufgeputscht, was?« Triumphierend tippte er die Stimmungsorgel an, dann machte er sich auf den Weg nach unten. Das Wie war also geklärt, aber was hatte den Ontogenetiker dazu getrieben? Hatte es Streit gegeben? Wenn ja, worüber? Hatte BM17 sich von ihm getrennt? Gab es einen anderen?

Das nölende Pfeifen eines Zerebralwächters unterbrach seine Überlegungen. Cain spurtete die letzten Stufen hinunter, eilte durch den Flur in die Küche und sah aus dem Fenster. Auf der Straße fuhr der Wächter auf seinen kugeligen Vollgummireifen vorbei, hoch wie eine Straßenlaterne und von ähnlicher Gestalt. An seinem oberen, geschwungenen Ende saßen eine 360-Grad-Kamera und darunter das Zerebralspektroskop, das Gehirnfunktionen in der näheren Umgebung messen konnte. Eingestellt auf Thons spezifisches Hirnwellenmuster, hatte der Ontogenetiker keine Chance, unentdeckt zu bleiben, wenn er sich in den 300 Metern der Reichweite des Zerebralwächters aufhielt. Cain hob grüßend die rechte Hand an die Schläfe und schaute der Maschine nach, bis sie aus seinem Sichtfeld verschwunden war. Er mochte diese Maschinen. Zerebralwächter waren keine HMWs, ihr Intellekt war etwa mit dem eines schlauen Hundes zu vergleichen. Aber sie waren unermüdliche Arbeiter, nützliche Kollegen, die ihm schon so manchen Täter aufgespürt hatten, und dabei blieben sie stets unkompliziert und machten so gut wie nie Schwierigkeiten. Er wandte sich vom Fenster ab und wieder seiner Aufgabe zu. Die Jagd nach Thon war in guten Händen.

Noch in der Küche wurde er fündig. Auf der Anrichte neben dem Waschbecken stand ein Dexedrin-Naseninhalator neben einem leeren Blister Amphetamintabletten. Er steckte beides in eine Beweismitteltüte.

»Du wolltest auf Nummer sicher gehen, stimmt's? Keinen Platz mehr lassen für letzte Gewissensbisse, dir jeden Ausweg verbauen. Hast dir das Speed reingezogen, dich vor deine Stimmungsorgel gesetzt und deinen Kummer in Aggression umgetauscht. Und dann bist du losgezogen und hast deiner Liebsten im Vollrausch den Schalter umgelegt.« Cain schüttelte den Kopf. Das war das Problem mit diesen Wissenschaftlertypen. Sie waren von Natur aus gründlich, und so hatte Thon seinen zweifellos hasenfüßigen Charakter mit dem Amphetamin auf Linie gebracht und war dann – ohne Möglichkeit, vorher auszusteigen – auf der Wutschiene bis zur Endstation gefahren. AKV war der Fachbegriff dafür, Aggressionseinleitendes Konsumverhalten.

Als Cain ins Wohnzimmer ging, hämmerte es an der Iglutür. »Aufmachen, sofort aufmachen! Bedarfspolizei, machen Sie auf!« Das dünne Plastiktürblatt ließ keinen Zweifel daran, wer gekommen war. Seufzend ging Cain zur Tür, entriegelte sie und ließ einen perplexen Wachtmeister Brom ein.

»Was machen Sie denn …? Wie kommen Sie …?« Sich plötzlich Cain gegenüberzusehen, nahm Brom zu sehr mit, um noch in vollständigen Sätzen sprechen zu können. Der nahm darauf keine Rücksicht und ging wortlos zurück ins Wohnzimmer. Wenn Brom jemals von der Obrigkeit gesucht werden sollte, dachte er, dürfte er vielleicht der Erste sein, der gegen Zerebralwächter ganz gute Chancen hatte.

»Überall fahren Zebras rum, hat das was mit …? Habe ich was …? Ich bin so schnell gekommen, wie ich konnte, Doktor Stukk meinte … Aber sagen Sie doch mal etwas! Was ist denn hier los?« Brom, ganz knallrote Hängebacken, war Cain hinterhergestampft und blieb plusternd in der Wohnzimmertür stehen. Dann, als er merkte, dass Cain ihn nicht beachtete, folgte er dessen Blick.

Auf dem Couchtisch, neben dem Schaumstoffsofa das einzige Möbelstück im Raum, lag ein einzelnes Maschinenteil. Es war faustgroß und aus Edelstahl und sah aus wie ein Ring mit zwei Zwischenstreben.

»Was ist das?«, fragte Brom.

»Das, Brom«, sagte Cain, »ist unsere Todesursache.«

Dann steckte er die Herzklappe ein.

# 3

Stukk saß inmitten von Schrauben.

Der Körper des Mechapathologen sah in dem gigantischen Fruchtwassertank noch winziger aus, als er ohnehin war. Seine Finger huschten über ein freigelegtes Relais im Stahlboden, steckten hier und da Kabel um und kippten Schalter hin und her. Nach jeder Aktion nickte der kahle Kopf, ab und an hielt Stukk in seiner Untersuchung inne und füllte den Obduktionsbogen weiter aus, der in der Kladde neben ihm klemmte. Er summte.

Cain stand in der Einstiegsluke und schaute auf seinen Partner hinunter, der vier Meter unter ihm im Schein einer batteriebetriebenen Grubenlampe arbeitete. Ein Maulwurf in seiner Höhle, dachte er, glücklich und zufrieden.

Er räusperte sich. Stukk blickte nach oben. »Sol, alter Bedröhnski, da bist du ja! Wie ich sehe, hast du den Weg hierher gefunden.« Im leeren Tank hallte seine Stimme dumpf nach.

»Ja, war kein Problem.«

»Komm runter, das Wasser hab ich abgelassen.« Stukk winkte.

Cain musste widerwillig lächeln. »Tatsächlich? Ist mir noch nicht aufgefallen.« Doch Stukk hatte sich schon wieder seiner Arbeit zugewandt und war weggetaucht. Cain griff nach den Geländerstangen der Leiter und kletterte nach unten. Die Wände des Tanks glänzten feucht, und mit jeder Sprosse, die Cain nahm, wurde der Geruch des Fruchtwassers stärker, eine intensive Note irgendwo zwischen Pfirsich und Sperma. Unten angekommen, schob er sich vorsichtig vor: Er hatte keine Lust, auf dem nassen Boden auszurutschen.

Stukk sah auf. »War es so schlimm bei Pregnantam?« Er deutete auf Cains zerrissenen Mantel.

»Das? Nein, war ein Gartenzaun. Beim Ontogenetiker. Der Typ ist mir entwischt. Durch den Zaun.«

»Dann ist er also dafür verantwortlich?« Der rechte Zeigefinger des Mechapathologen beschrieb einen horizontalen Kreis.

»Sieht ganz danach aus. Er ist flüchtig, es gibt Anzeichen von AKV, und dann ist da noch das hier.« Cain zog die Herzklappe aus der Tasche und hielt sie Stukk hin.

»Mein lieber Herr Konsumverein!«, entfuhr es dem. Langsam, fast bedächtig nahm er Cain die Herzklappe aus der Hand und betrachtete sie eingehend. »Valva trunci pulmonalis«, sagte Stukk und betonte verzückt jede Silbe. »Ist sie nicht schön?« Er präsentierte sie Cain auf dem flachen Handteller wie ein Juwelier ein Kleinod.

»Lass gut sein.« Cain winkte ab. Er hatte Stukks Begeisterung für mechanische Körperteile nie teilen können, sie war ihm sogar ein wenig unheimlich. »Stimmt die Seriennummer?«, lenkte er das Gespräch auf Unverfänglicheres.

Stukk drehte die Herzklappe und las stumm die Zahlen. Er nickte. »Gute Arbeit übrigens.«

»Die Herzklappe?«

»Die auch. Aber ich meine das Ausbauen. Kein Kratzer, keine Beschädigung. Und die kriegt man nicht so leicht raus, schon gar nicht im laufenden Betrieb. Das ist Millimeterarbeit. Der Typ versteht sein Handwerk, das muss man ihm lassen.«

Stukks Gesicht nahm wieder einen verklärten Ausdruck an, und Cain beeilte sich, neuerlicher Verzückung zuvorzukommen. »Jedenfalls nehme ich an, dass sie deine Suche verkürzen wird.«

Der Ausdruck verschwand, und das spitzbübische Grinsen erschien wieder. »Darauf kannst du wetten. Obwohl ich ja in dem Teil schon noch ganz gern ein bisschen rumgefuhrwerkt hätte.«

»Das Protokoll verlangt eine vollständige Obduktion, auch nach dem Fund der Todesursache. Du weißt das, Bas.«

»Ja doch, Eure Heiligkeit. Aber es macht mehr Spaß, wenn man noch nicht weiß, was los ist. Ist spannender so.«

Cain zuckte mit den Schultern. »Wie du meinst.« Dann fiel ihm etwas ein. »Wolltest du mir nicht was zeigen? Irgendwas Kompliziertes?«

»Richtig!« Stukk ließ die Herzklappe in einer Tasche verschwinden und griff hinter sich nach seiner Kladde. Er blätterte in den Bögen herum, dann stieß er seinen Finger auf einen Eintrag. »Hier. Das wird dir gefallen, pass auf: Das Hauptzählwerk der Brutmutter ist um 2 Uhr 23 stehen geblieben. Exitus. Nach allem, was wir bislang wissen, weil ihr Epaphras – hieß er so?«

Cain nickte.

»Weil ihr Epaphras Thon die Pulmonalklappe rausgenommen hat. Und jetzt halt dich fest.« Stukk blätterte ein paar Bögen nach vorn. »Wie es das Protokoll verlangt, blablabla, habe ich natürlich auch die Zählwerke in den Plazentabögen überprüft.«

»Und?«

»Laut denen hörte die Nährstoffabfrage durch die Fötenstöcke um genau 2 Uhr und 10 Minuten auf.«

»Das ist 13 Minuten vorher.«

»Genau. Was bedeutet ...«

»... dass Thon die Föten vorher umgebracht haben muss.«

»Wenn wir es nicht mit einer äußerst unwahrscheinlichen Koinzidenz von totalem Fruchtabgang und Kapitalverbrechen zu tun haben.«

Cain ignorierte Stukks letzte Worte. Das gab dem Fall eine neue

Dimension. Am Ergebnis änderte sich zwar nichts, aber es machte einen qualitativen Unterschied, ob man eine Schwangere umbrachte – oder ihr vorher noch die Leibesfrucht abtrieb.

»Wie viele?«, fragte er.

»Ein voller Wurf, achthundert. 18. und 32. Woche.«.

»Achthundert!«

»Jepp. Unser Epaphras Thon ist ein kleiner Massenmörder.«

»Wie?«

»Weiß ich noch nicht. Ich tippe aber auf Vergiftung. Zwei Liter Kaliumchlorid in die zentrale Plazentaeinspeisung gekippt, und fertig. Als Ontogenetiker hatte er Zugang zu dem Zeug. Die Nabelschnüre hat er jedenfalls nicht abgedreht, das hab ich gecheckt. Hätte wohl zu lange gedauert.«

»Blutfilteranalyse?«

»Läuft bereits.«

»Gut.« Cain blies Luft durch die Lippen und blickte auf seine Stiefelspitzen. Er stand in einer Pfütze Fruchtwasser. Vor nicht einmal zwölf Stunden war es noch durch die Fruchtblasen in den benachbarten Schotts gerauscht, Trägermedium für eine der edelsten Aufgaben, die dieses Land zu bieten hatte. Jetzt war es flüssiger Abfall, der nach Körpersekret stank, im Klärwerk enden und aufgehen würde in Junktowns Ozeanen aus Abwasser.

Achthundert – das war heftig. Was auch immer Thon an mildernden Umständen würde anführen können, das hieß Recycling. Cain schaute auf. »Ich will sie sehen.«

»Klar.« Stukk stand auf, hängte sich die Kladde um den Hals und schnappte sich die Grubenlampe. »Ich bin hier sowieso fertig.«


Die Toten hingen in ihren Gebärmüttern wie erschlaffte Nacktmulle. Stukk hatte die erste Reihe der Rollregale in Brutkammer

Eins geöffnet, und nun standen sie beide in dem Gang zwischen den Aufhängevorrichtungen der Fötenstöcke. Im Schein von Stukks Lampe wuchsen die Reihen der Gebärmütter beiderseits zu einer Schlucht aus transparenten Organbeuteln hinauf, die zu hoch war, als dass sie völlig ausgeleuchtet werden konnten. Brutkammer Eins, hatte ihm der Mechapathologe auf dem Weg hierher erzählt, war mit der älteren Zuchtlinie belegt. In der 32. Woche reagierten Föten bereits auf Licht, und wenn alles in Ordnung gewesen wäre, hätten sie mit deutlich sichtbaren Tritten und Stößen die Störung quittieren müssen. Aber alles blieb ruhig, die Hüllen aus Transpa-Derm waren nur noch Leichensäcke.

Die Föten waren rund vierzig Zentimeter groß, ihre Gliedmaßen voll ausgebildet, und einigen sah man an, dass sie gelitten hatten. Ihre Körperhaltung war unnatürlich verkrampft, Nabelschnur und Elektrodenkabel hatten sich um den Körper gewickelt und waren in sich verdreht, einer hatte es sogar geschafft, seine Fruchtblase zu durchstoßen: Sein Fuß hing starr in dem Spalt, den er selbst bei seiner letzten Zuckung gerissen hatte.

»Kein schöner Anblick, was?«, fragte Stukk ungewohnt ernst.

»Kannst du laut sagen«, knurrte Cain. »Hast du sie dir schon vorgenommen?«

»Ich hab mechanische Medizin studiert; von Fleisch halte ich mich fern. Wie gesagt, die Blutfilteranalyse läuft, aber alles, was darüber hinausgeht, muss einer aus der Weichen machen.«

»In Ordnung, gib du ihnen Bescheid, okay?« Cain zog eine Gebärmutter zu sich heran und drehte sie, ein Gefühl, als würde er in ein nur halb gefülltes Silikonkissen greifen. Er schaute sich den Inhalt an, dann ließ er den Uterus los und griff nach einem zweiten. »Die haben hier Hirnschlitze. Ist das überall so?«

»Hier schon und drüben in der Zwei. In der Drei gibt's Nackengewinde, und in der Vier sind sie blank.«

»Merkwürdige Fruchtauswahl.«

Stukk zuckte mit den Schultern. »Weißt du was über die Humanklassen?«

»Nein, aber der Geburtsvorstand schickt mir morgen die Akten.«

Jedenfalls hat er das zugesichert, dachte Cain. Bis er sie einsehen konnte, waren sinnvolle Rückschlüsse auf das Zuchtziel kaum möglich. Wahrscheinlich hätten die Föten mit den Hirnschlitzen Schreibtischmenschen werden sollen. Aber sollten sie Büroassistenten werden oder Referatsleiter? Die Nackengewinde wiederum deuteten auf einen Beruf in der Affektantenbranche hin, aber was für Emotionen sollten sie destillieren? Güteklasse A oder billigen Gefühlsfusel? Sollten sie Solisten werden oder im Kollektiv arbeiten? Und die Föten ohne Pränatalapplikation hätten theoretisch alles werden können: Von der Reinigungskraft über Künstler bis zum Spitzenmanagement war alles drin. Theoretisch war es sogar möglich, dass irgendwo in Brutkammer Vier ein späteres Mitglied des Politlabors tot in seinem Fruchtwasser schwamm.

Kort hatte gesagt, dass BM 17 für das Wiederaufbauministerium gebar. Zusammen mit der Hochwertigkeit der Maschine deutete das auf Eigenbedarf und höhere Humanklassen hin. Allerdings, überlegte Cain, wenn das Ministerium wieder mal irgendeine Etattranche schnell noch hatte ausgeben müssen, dann konnten vor ihm auch die Hilfskräfte einer Archivzweigstelle in der südöstlichen Grenzregion baumeln. Und in der Vier die Putzfrauen.

Aber selbst wenn er die Humanklassen wüsste: Die Bestückung der Brutkammern blieb eigenartig breit gefächert. Für gewöhnlich wurde eine Brutmutter mit einer, maximal zwei Berufsbasisgruppen geschwängert, drei waren die absolute Ausnahme.

Plötzlich fiel ihm etwas ein.

»Sag mal, Bas, wieso ist eigentlich kein Alarm angegangen? Wenn Thon die Föten zuerst umgebracht hat – dann hätten sich doch alle Sicherheitssysteme der Brutmutter heiser schreien müssen.«

»Habe ich mich auch schon gefragt. Bin aber noch nicht dazugekommen, mich drum zu kümmern.«

»Spricht was gegen jetzt?«

»Nö, und wenn wir sowieso zurück zur Lebenserhaltung gehen, können wir auch gleich beim Herzen vorbeischauen und checken, ob dieses Baby hier passt«, er klopfte auf die Tasche seines Blaumanns, in dem die Herzklappe steckte.


»Gut, das wäre geklärt. Gibst du mir mal bitte den Lungenstamm?« Stukk hing mit dem Oberkörper über dem offenen Herzen und streckte den Arm fordernd nach hinten zu Cain aus.

»Hier. Hast du daran wirklich gezweifelt?«

Der Arm verschwand in der Herzhöhle, dafür erschien Stukks Gesicht über seiner linken Schulter, zu einer Grimasse verzogen, während er sich abmühte, die Röhre aus Polymertitan wieder an ihrem Platz zu verschrauben.

»Natürlich nicht. Aber was hätte ich auf den Totenschein schreiben sollen? ›Todesursache: wahrscheinlich Entfernen der Pulmonalklappe‹? Wieso bauen sie diese Dinger eigentlich immer so, dass man nie genügend Platz drin hat?« Er ächzte, hatte aber offenbar Erfolg: Der Arm tauchte wieder auf. »Und jetzt das Botalli-Band. Du bist doch sonst unser Doktor Sorgfalt.«

Cain gab ihm das Bindegewebsstück. Natürlich hatte Stukk recht, aber die Überprüfung hatte nur die Bestätigung des Erwarteten gebracht. Ihn interessierte vielmehr, wie Thon die Föten hatte töten können, ohne dass bei BM17 und Pregnantam eine Gefahrenmeldung nach der anderen aufgelaufen war. Das war nach wie vor offen, das war das eigentlich Interessante, und deswegen sprang er innerlich von einem Bein aufs andere. »Können wir jetzt?«

Stukk hob die Stahlverkleidung vom Boden auf und verschraubte sie auf der Öffnung. Dann verplombte er die Herzluke und klopfte mit der Hand dagegen. »So. Und jetzt, was immer du willst.«

»Die Hirnkammer.«

»Hab ich schon gecheckt, nichts Auffälliges. Hirnmäßig war BM 17 top.«

»Synapskontrolle.«

»War ich auch schon. Hab nichts entdecken können.«

»Hm. Dann die Alarmsysteme selbst?«

»Gleich da oben.« Stukk bog den rechten Zeigefinger aufwärts. Die Lebenserhaltung war der engste Bereich einer Brutmutter. Auf der Etage drängten sich Organkammern, semiautonome Rechenzentren und Motorbatterien dicht an dicht, untereinander und mit den anderen Stockwerken verbunden über Kabelstränge und Rohrpostleitungen. Die wenigen Zugangsstellen waren schmale Wartungstunnel, die sich durch den Maschinenkörper wanden und vollgestopft waren mit Hebeln, Handrädern und Schaltern. Sie standen in der Koronarkammer, einer kugeligen Ausbuchtung dieses Röhrensystems, in die seitwärts ein Gang mündete und von oben ein weiterer herunterkam. Stukks Finger deutete hinauf, wo Cain im roten Dämmerlicht der Notbeleuchtung ein kleines Bedienfeld an einem Kabelbündel ausmachen konnte.

»Du bist kleiner, und dir macht so was Spaß.«

Stukk zischte, kletterte aber widerspruchslos die Steigleiter im Schacht hoch.

»Meinst du, wir haben noch genug Saft?« Seine Stimme kam nur noch gedämpft unten an.

»Für einen Testdurchlauf wird es noch reichen.«

»Also los: drei, zwei, eins.«

Ein lang gezogener, gepresst klingender Signalton dröhnte durch den stählernen Leib, lief aus und schwoll wieder an. Gelbe Alarmleuchten erwachten zum Leben und drehten sich flackernd um sich selbst. Stukk schaltete den Alarm wieder aus.

»Kann ja nicht wahr sein«, schimpfte Cain.

Stukk wartete mit einer Antwort, bis er wieder hinabgeklettert war. »Ich raff's auch nicht. Die Alarmsysteme funktionieren einwandfrei.«

»Dann muss es halt doch am ZNS liegen.«

»Wenn ich es dir doch sage: Die Nervenkabel sind intakt, und das Hirn ist es auch. Das war das Erste, was ich überprüft habe. Hier, schau selbst!« Er drückte Cain die Kladde in die Hand. »Seite 1.«

Cain blätterte bis an den Anfang des Obduktionsprotokolls und ging die Zeilen murmelnd durch.

»Siehst du? Alles bestens«, begleitete ihn Stukk. »Selbst die Melatoninproduktion könnte besser nicht sein, und du weißt, wie beschissen Brutmütter im letzten Drittel der Schwangerschaft schlafen.«

»Ruhe«, motzte Cain, dann durchzuckte es ihn. »BM 17 war im Schlafmodus?«

»Ja klar, seit …«, Stukk schielte auf die Kladde, um den entsprechenden Eintrag kopfüber abzulesen, »21 Uhr und 7 Minuten.«

»Da hätte ich auch früher draufkommen können, ich glaube, ich hab's! Wir müssen zu den Nieren! Oder zur Leber, was immer von hier aus näher ist.«

»Weil?«

»Komm einfach, ich zeig es dir.«

»Dann wieder zurück, bis zur zweiten Kreuzung. Da geht's zu den Nieren.«

Cain wandte sich um und verschwand im Gang, durch den sie gekommen waren.

Stukk blieb nichts anderes übrig, als ihm zu folgen.

Sie schlüpften durch den Gang und die Abzweigung und stiegen eine Leiter hinunter auf die nächste Halbebene. Der Gang dort öffnete sich nach wenigen Metern zu einer kleinen Halle, in der ein Laufgitter bis über vier offene Rundbecken führte, groß wie Whirlpools und zu zwei Dritteln mit ölig schimmernder Flüssigkeit gefüllt. Bienenwabenartige Lamellen standen senkrecht in den Tanks, von der Decke senkten sich dicke Rohre in sie hinein. Unten führten weitere Rohre aus den Tanks heraus, vereinigten sich und verschwanden im Boden.

Cain spurtete auf dem Steg über die Nieren hinweg und machte sich an dem Kontrollpult zu schaffen, das an seinem Ende wartete und von dem Messdioden nach unten in die Becken hingen. Er öffnete eine Plexiglasluke und rollte das Endlospapier von seiner Trommel. Ungeduldig drückte er es Stukk in die Hand.

Der machte ein erstauntes Gesicht. »Was?«

»K.-o.-Tropfen, Barbiturate, irgendein Betäubungsmittel. Irgendwas muss da sein.«

»Ich versteh nicht – wieso …?«

»Such einfach!«

»Ja doch, schon gut!« Stukk ließ den Bogen durch die Finger gleiten und ging die Zeilen murmelnd durch. Es dauerte nicht lange.

»Scheiß die Wand an!« Stukk riss die Augen auf. »Da ist tatsächlich was: Um 0 Uhr und 45 Minuten beginnt das Nephrometer 5-(2-Fluorphenyl)-1-methyl-7-nitro-1,3-dihydro-2H-1,4-benzodiazepin-2-one im Harn aufzuzeichnen. Und nicht zu knapp.«

»Das ist was genau?«

»Flunitrazepam. Du hattest recht: Der Kerl hat sie betäubt!«

»Siehst du. Wie du schon meintest: Brutmütter schlafen schlecht am Ende der Schwangerschaft – die Gabe von Sedativen ist völlig normal.«

»So sieht's aus. Als Ontogenetiker hatte Thon die Möglichkeit, das Toleranzlevel so weit nach oben zu schieben, dass auch bei extremen Dosen kein Alarm ausgelöst wurde. Nicht schlecht, Sol.« Stukk wanderte aufgeregt auf dem Steg auf und ab. »Zugedröhnt, wie sie war, konnte er ihr dann in aller Ruhe die Brut vergiften. Da konnten die Blutfilter der Gebärmütter noch so viele Gefahrenmeldungen ans ZNS senden – die Signale wurden einfach nicht verarbeitet! Weil die Alte völlig weggetreten war. Und dann hat er ihr eiskalt die Herzklappe rausgeschraubt und zugesehen, wie sie schön langsam verreckt ist. Mieser Typ.« Er schürzte die Lippen. »Aber schlau. Cain? Was ist los?«

Cain war während Stukks Ausführungen ans Geländer getreten und starrte geistesabwesend ins Unendliche. Der Mechapathologe schaute zu ihm rüber. »Du siehst nicht zufrieden aus.«

»Bin ich auch nicht.«

»Na dann mal los.«

»Ich weiß nicht …« Cain schüttelte den Kopf. Er wusste es tatsächlich nicht.

Er konnte nicht sagen, wie lange er dieses Gefühl schon hatte – so, wie er sich kannte, hatte es schon eine ganze Weile in ihm geschlummert und war schließlich durch irgendetwas an die Oberfläche gespült worden, auf das er noch nicht den Finger legen konnte. Nun aber war es da und ließ sich nicht mehr ignorieren. Irgendwie passte das alles nicht zusammen. Als hätte er ein Kreuzworträtsel ausgefüllt, nur um festzustellen, dass das Lösungswort keinen Sinn ergab.

Er spürte seinen Zweifeln nach, seine Zungenspitze bewegte sich in seinem Mund, als wollte er sie kosten. Da war etwas mit den K.-o.-Tropfen zum Beispiel.

. »Das Flunitrazepam«, fing er an, einen der Gedanken auszuformulieren, unsicher, wo der Satz enden würde. »Um Viertel vor eins kommt es hier in den Nieren an.« Er kniff die Augen zusammen und fixierte einen Punkt irgendwo hinter dem Papierausdruck. »Viertel vor eins. Das heißt, Thon muss es ihr wann eingeflößt haben? Eine halbe Stunde vorher etwa. Viertel nach zwölf also.« Er schaute auf und Stukk an. Der nickte. »Wieso braucht er dann noch zwei Stunden, bis er die Föten umbringt?«

Stukk warf die Arme in die Höhe. »Keine Ahnung, tausend Gründe können das gewesen sein. Vielleicht wurde er gestört, vielleicht wollte er auf Nummer sicher gehen, dass das Zeug wirkt. Vielleicht wollte er auch den Moment auskosten – wehrloses Opfer, absolute Macht und so. Du weißt, wie krank diese Typen sein können. Also wenn das alle deine Sorgen sind ...«

»Nein.« Cain schüttelte den Kopf, wieder grüblerisch. »Da ist noch mehr. Etwas, das du gesagt hast.«

»Ich? Jetzt bin ich für deine Zweifel verantwortlich? Na, du mich auch.«

»Ach, hör schon auf. Unten, im Fruchtwassertank, was hast du da gesagt?«

»Hu«, Stukk zuckte mit den Schultern. »Eine ganze Menge, fürchte ich. Ich hab dir gesagt, dass die Alte achthundert Braten in der Röhre hatte und dass sie –«

»Nein, nein, vorher.« Cain machte eine Handbewegung wie jemand, der einer Tonbandaufnahme zuhörte und wollte, dass weiter zurückgespult würde.

»Vorher – da hast du mir die Pulmonalklappe gegeben.«

»Die Pulmonalklappe, richtig. Was genau hast du da gesagt?«

»Dass Thon das Teil fachmännisch rausgenommen hat.«

»Das ist es!« Cain schlug die rechte Faust in die linke Handfläche. »Dass sie keinen Kratzer und nichts hat!«

»Ja.«

»Siehst du, und das passt nicht. Das passt alles nicht. Mann, dass ich das nicht sofort gesehen habe!«

»Was jetzt genau?«

»Der Tathergang ist in sich nicht stimmig.«

»Kann dir nicht ganz folgen.«

»Ich habe dir doch erzählt, dass sich Thon mit Drogen zuge-dröhnt hat, um sich den Mut und die nötigen Aggressionen anzu-schlucken. Danach hat er sich vor seine Stimmungsorgel gesetzt und sich ein Programm gegeben wie aus dem Lehrbuch für Amokläufer.«

»Okay …«

»Glaubst du wirklich, dass ein derart auf Gewalt gepolter Motorhead sich einen so komplizierten Mordplan ausdenkt, ge-schweige denn sich an ihn halten kann? Erst gibt er ihr die K.-o.-Tropfen, setzt sich – unter Strom – zwei Stunden hin und wartet, meinetwegen dass sie auch wirklich wirken, und dann geht er hin und vergiftet achthundert Föten? Und ganz zum Schluss klettert er dann durch die halbe Maschine und schraubt BM17 fein säu-berlich die Herzklappe raus – wirklich? Und nicht vergessen: Als alles vorbei ist, räumt er natürlich auf und hinterlässt die Koronar-kammer so tadellos, wie er sie vorgefunden hat.«

Stukk sah Cain lange an. »Da ist was dran«, sagte er dann und bleckte die Zähne. »Die Brutmutter hätte eigentlich aussehen müssen wie ein modernes Kunstwerk.«

»Danke.« Cain atmete aus.

»Und jetzt?«, fragte Stukk.

»Warten wir ab, was Epaphras Thon dazu sagt.«

# 4

»Scheiße, verdammt noch mal.«

»Von mir aus auch das.« Uriel Smirn bohrte seinen Blick ungerührt weiter in den zerblätterten Katalog Flatrate-Nutten und kaute auf seinem Opioidgum herum. In der leeren Einsatzzentrale der Bedarfspolizei war sein Schmatzen das einzige Geräusch, das die Ruhe vor sich hindämmernder Schreibtische und Bürostühle störte.

»Was soll das heißen – ist nicht eingegangen?« Cain bekam langsam, aber sicher die Krise.

»Na was wohl? Ist nicht eingegangen. Keine Festsetzung.«

»Keine Festsetzung.«

»Keine Festsetzung.« Smirn fing an, auf seinem Stuhl zu wippen, und blätterte ein paar Seiten weiter. »Alter, Cain, Mann, ich sag dir, diese Titten: Sahne. Allererste Sahne. Wenn ich nicht im Dienst wäre, ich könnt mir glatt einen drauf abwichsen.« Smirn kratzte sich erst im Schritt, dann am Kinn, dann drehte er den Katalog um, zeigte Cain kurz eine Doppelseite, die zwei grotesk geschwollene Fleischberge zeigte, und führte sich anschließend wieder selbst seine Lektüre zu Gemüte, gelangweilt, satt und mit sich selbst vollkommen im Reinen. Wenn Cain es nicht besser gewusst hätte, er hätte Smirn in diesem Augenblick für einen nahen Verwandten Broms gehalten. Dabei war der diensthabende Wachoffizier einer der helleren Köpfe der Bepo, ihm ebenbürtig im

Rang und auch sonst ganz brauchbar – zumindest wenn er sich nicht komplett weggeschossen hatte. Nur genau in dem Punkt war sich Cain gerade nicht ganz sicher.

»Wie kann das sein?«

»Das frage ich mich auch: Wie kann das sein, dass diese Titten nur auf dem Papier hier sind, aber nicht in echt. Das frag ich mich wirklich. Wie kann das sein?«

Cains Schlag fegte den Katalog aus Smirns Händen, er klatschte gegen die Wand mit den Fahndungsplakaten der zehn meistgesuchten Abstinenzverbrecher und fiel dann zu Boden. Er stützte sich mit beiden Händen auf Smirns Schreibtisch ab und beugte sich zu ihm runter. »Die Festsetzung meine ich, Dreckschädel, die Festsetzung!« Seine Stimme war heiser vor Zorn. »Wie kann das sein? Ich meine, ich sehe den Zebra noch am Küchenfenster vorbeifahren, der war also quasi direkt an ihm dran, und dann komme ich hierher, und hier heißt es nur: keine Festsetzung. Was bitte ist da schiefgelaufen? Hat die Bepo wieder Wächter ohne Zerebralscanner rausgeschickt, um Geld zu sparen? Mann, was ist das doch für ein verschissener Laden!«

»Hey, hey, jetzt krieg dich mal wieder ein, das war jetzt echt nicht nötig.« Smirn hob beschwichtigend die Arme und rollte quietschend auf seinem Stuhl von Cains zornigen Augen weg. Dann beugte er sich seitlich nach unten und tastete mit der Hand auf dem Boden nach dem Katalog. Cain fiel wieder einmal auf, wie absurd fett Smirn war. Da, wo Broms Pfunde sich wie ein Taucheranzug um seine Gestalt legten und ihn mit einer gleichmäßigen Polsterung versahen, die selbst die dienstlich verordnete Heroindiät nicht wegschmelzen konnte, glich Smirn einer adipösen Zwiebel. Sein nur schwer fassbarer Leibesumfang wurde nach oben hin schmaler, immer schmaler, um in einem beinah spitzen Schädel auszulaufen. Nur operative Fetteinspritzung hatte diesen

Körper formen können, war Cain sich sicher. Alles andere war ein Ding der Unmöglichkeit. Smirns Leib war Schwabbel auf Expansionskurs, ein lipider Imperialist, der Speckrollen sammelte wie Satellitenstaaten.

»Schade um die schönen Titten, Mann«, ächzte Smirn, eine dicke Ader erschien vor Anstrengung auf seiner Stirn, dann ging ein Leuchten über sein Gesicht, als er fündig wurde. Der massige Leib richtete sich wieder auf in die Vertikale, und Smirns Kopf bekam seine normale Farbe zurück. Den Katalog ließ er mit vorwurfsvollem Blick auf Cain in einer Schublade verschwinden.

»Ich habe ehrlich gesagt keine Ahnung, was schiefgelaufen ist, Cain, echt nicht«, rang er sich eine erste Bemerkung zur Sache ab. »Die Zerebralwächter waren jedenfalls voll einsatzfähig. Alle.«

»Und ihr habt sicher auch die richtigen Hirnmuster gesucht?«

Smirn griff zur Einsatzkartei vor sich auf dem Schreibtisch und holte eine Lochkarte hervor. Er schnippte sie auf die Tischplatte. »Lies selbst.«

Cain starrte auf die Karte hinunter. *MIN C1H2-7Z0G-DU11 Thon, Epaphras, Zuchtlinie 51 410 800 T, Humanklasse Baa3, Adr. SW 14 428, Jaxton* stand da in Maschinenschrift. Darunter kam das gestanzte Lochmuster, mit dem das Zerebralspektroskop eines Zebras auf Thons Hirnwellenmuster programmiert werden konnte. Von jedem Humanbürger existierten solchen Zerebralkarten in den zuständigen Strafverfolgungs- und Verwaltungsbehörden. Sie wurden das erste Mal bei Geburt angefertigt und dann jedes Jahr erneut geeicht. Die Zerebralkarten waren Identifikationsnachweis, Überwachungsmittel und Bürokratiewerkzeug zugleich. Dass die vor ihm liegende Karte falsch beschriftet war und gar nicht Thons Hirnwellenmuster speicherte, war zwar nicht völlig ausgeschlossen, aber extrem unwahrscheinlich.

Er schlug mit der Faust auf den Tisch. »Verdammt!«

»Sorry, Cain.«

»Die Zebras sind noch draußen?«

»Noch sechs, die anderen zwölf hab ich wieder reingeholt. Und die letzten werde ich bald abziehen. Die dürften jetzt wohl kaum noch was bringen.«

Cain schüttelte den Kopf. »Ich will, dass die Suche auf das gesamte Stadtgebiet erweitert wird. Irgendwo muss Thon ja stecken.«

Ein weiterer vorwurfsvoller Blick aus Smirns Augen traf ihn. »Nicht im Ernst, oder? Das ganze Stadtgebiet? Du weißt, wie wenig Zebras wir haben. Und wenn ich die jetzt alle rausschicke für irgend so einen Typen, der eine Maschine gekillt hat …«

»Eine Brutmutter, Smirn«, unterbrach ihn Cain. »Er hat eine Brutmutter umgebracht, die achthundert Föten trug. Für die Regierung übrigens.«

Der letzte Einwand saß, aber Smirn war noch nicht bereit aufzugeben. Auf seiner Stirn wölkte sich der Kummer eines Zeugmeisters, dem gerade sein Lager geräumt wurde. »Trotzdem. Wenn er auch nur einen Funken Verstand hat, dann hat er sich inzwischen einen Blackout Drop reingepfiffen, und dann könnte ich die Stadt mit Zebras schwemmen und würde ihn nicht finden. Das bringt nichts, Cain.«

Smirn hatte gar nicht so unrecht, musste sich Cain eingestehen. Wenn Thon einen Zerebraldämmer geschluckt hatte, dann würde er jetzt irgendwo in einer namenlosen Absteige auf einer Matratze komatieren, die Hirnfunktionen aufs notwendige Minimum reduziert, und wäre damit für jedes Zerebralspektroskop unsichtbar. Wenn er Thon wäre, hätte er es genauso gemacht. Die Dinger waren zwar eine der wenigen Substanzen, die die KP verboten hatte, trotzdem waren sie gegen entsprechende Summen schnell zu bekommen.

Nur erklärte das immer noch nicht, wie Thon an erster Stelle hatte entkommen können.

»Die Zebras gehen raus«, sagte er und schippte Thons Zerebralkarte über den Tisch zurück.

Smirns Blick verfinsterte sich. Er mochte zwar denselben Dienstrang innehaben wie Cain, aber die Gemapo stand in der Hierarchie der Polizeiorgane höher als die Bepo. Die Anordnung eines Gemapo-Offiziers war zu befolgen, wenn sie innerhalb seines Ermessensspielraums lag, und in einer Mordermittlung war der ziemlich groß. Cains Forderung war von seinen Befugnissen vollkommen gedeckt, und sie beide wussten das. Widerwillig zog Smirn ein Formular aus der Ablage vor sich, füllte es aus, versah es mit einem Stempel, faltete es in der Mitte und legte die Zerebralkarte hinein. Dann nahm er, die Augen missbilligend auf Cain gerichtet, aus einem Drahtkorb neben seinem Schreibtisch eine Rohrpostbüchse und steckte beides hinein. Mit einer Zange, die zwischen seinen Wurstfingern beinahe verschwand, verplombte er die Büchse. Er öffnete den Rohrpostschacht neben dem Drahtkorb; mit einem leisen *Flomp* verschwand der Einsatzbefehl in den Untiefen des Bepo-Hauptquartiers. Smirn öffnete eine Schublade und zog den Nuttenkatalog wieder hervor.

»So, Cain, du hast die Wahl: Entweder lässt du dir zwei Titten wachsen, oder du verschwindest.«

Cain entschied sich, ohne zu zögern.


Sein Büro lag im dritten Stock der Gemapo-Zentrale, sechs Blocks von Smirns Wirkungsstätte entfernt. Das Gebäude war deutlich näher an der Partei-Zentrale errichtet worden als das der Bedarfspolizei – ein städteplanerischer Beweis für den hohen Stellenwert der Behörde. Aber die Büros glichen trotzdem Mönchszellen, die man für Schreiberlinge geräumt hatte: kleine Boxen mit Schlitz-fenster, durch das mattes Tageslicht auf einen Duroplast-Schreib-tisch samt Stuhl, Hängeregister und Aktenschrank schien. Grüner Linoleumboden, Plastikkacheln in Hornhautumbra an den Wän-den. Links an der Wand, auf der Höhe des Schreibtischs, lächelte der Große Tripsitter eingerahmt hinter Plexiglas. An der gegen-überliegenden Wand zeigte der Geliebte Tripsitter ein beinahe identisches Lächeln und übernahm damit die Aufgabe der Ver-breitung staatlichen Optimismus so pflichtschuldig, wie es sich für einen Nachfolger gehörte.

Cain hatte die vergangenen Stunden mit dem Abfassen seines Berichts verbracht. Die letzte Seite steckte noch eingespannt in der Schreibmaschine, was fehlte, war lediglich Cains Unterschrift. *Aus o. g. Gründen erfolgte die Anordnung der Ausweitung des Zerebral-wächtereinsatzes auf das Verwaltungsgebiet Jaxton bei WO Insp. Smirn, Bepo*, las sich der letzte Satz, den er gerade getippt hatte.

Cain lehnte sich zurück: Das wäre geschafft. Für einen Moment überlegte er, ob es die Sache wert gewesen war, Smirn wegen einer aller Wahrscheinlichkeit nach erfolglosen Zerebralfahndung zu verärgern. Aber er kam zu dem Schluss, dass er richtig gehandelt hatte. Wenn das Ministerium für den Wiederaufbau der Bevölke-rung wegen der Sache bei ihm nachfragte, wollte er sich nicht wegen Untätigkeit rechtfertigen müssen. Und selbst wenn BM 17 nur privat geboren hätte – die Brutmutter war ermordet worden, da konnte er auf die materiellen Engpässe bei der Bepo keine Rücksicht nehmen. Smirn würde schon wieder ausschnappen, das tat er immer. Am Ende war er ein Polizist wie Cain auch, er würde verstehen.

Er zog den Bogen aus der Maschine und unterschrieb. Und während er den fertigen Bericht in einen leeren Ordner heftete, fühlte er, wie seine Spannungskurve ein erstes Tief erreichte. Die

Aufregung, die ein neuer Fall mit sich brachte, war über das Berichtschreiben abgeflacht, der Kick der Verfolgungsjagd vom Vormittag längst vorüber. Was ihm jetzt übrig blieb, war Warten. Auf das Einsatzprotokoll der Zerebralwächter, auf Stukks Obduktionsbericht, auf die Konzernakte von BM 17. Cain war weder enttäuscht noch ermüdet oder überrascht. So war das jedes Mal, er hatte nichts anderes erwartet. Was jetzt begann, war die Hyperpolarisationsphase seines polizeilichen Aktionspotenzials, in der die Spannung kurz unter das Normalniveau sank, als Vorbereitung für den nächsten Ausschlag nach oben. Und der würde kommen, da war er sicher. Die einzige Frage war, wann.

Es klopfte.

Vielleicht jetzt, dachte er.

Auf sein »Herein« öffnete sich die Plastiktür, und Stukk trat ein, eine Mappe unterm Arm.

»Ich hab hier was für dich.«

»Deinen Bericht.«

»Na ja, den Zwischenbericht. Nicht den endgültigen. Ich bin zwar exzellent, aber nicht göttlich.« Er legte die Mappe auf Cains Tisch und tätschelte sie noch mal stolz.

»Irgendwas Neues?«

»Seite 24.«

Cain schlug die Mappe auf – Bögen mit Vordrucken, Tabellen und Kästen, alle ausgefüllt mit Stukks dünner Kinderhandschrift. Er blätterte sie durch, bis er die Seite erreichte. Sofort wusste er, was der Mechapathologe meinte.

»›Frisches Sperma im Beischlafstutzen‹«, las er vor.

Stukks Mundwinkels verzogen sich steil nach oben, seine Zungenspitze erschien zwischen den Zähnen. »Ganz genau. BM 17 hat sich noch einmal schaukeln lassen, bevor sie der Welt Auf Wiedersehen gesagt hat.«

»Wissen wir schon, von wem es stammt?«

»Ich hab's zur Analyse geschickt, Auswertung kommt morgen. Sol, ich sag dir, den Stutzen hättest du sehen sollen: feinstes Elastomer, perfekte Lippen, innen richtige Schleimhautfalten – besser geht nicht. Und alles null abgenutzt. Mann, die Mieze hätte ich mir auch gern mal vorgenommen.« Stukk keckerte.

»Bas.«

»Ja doch, ist ja schon gut.« Stukk wurde wieder ernst. »Also, was hältst du davon?«

Cain ging die nachstehenden Zeilen kurz durch; laut Stukks Bericht gab es keine Anzeichen von Gewalteinwirkung: keine aufgebrochene Stutzenklappe, keine Risse in den Elastomerlippen. Aber das musste nichts heißen.

»Durch das Flunitrazepam war BM17 vollkommen hilflos. Und sie wäre nicht die erste Maschine, die man so vergewaltigt hätte.«

»Hab ich auch schon überlegt, aber …«

»Aber das passt genauso wenig zu Thons Speedrausch wie der Rest des Tathergangs.«

Stukk nickte. »Wenn der wirklich so krass drauf war, dann hätte er die Muschibüchse mit einem Brecheisen aufgehebelt.«

»Ich bewundere deine geschliffene Wortwahl.«

»Und wenn Thon sie am Ende ihrer Beziehung vergewaltigt hat, und danach sieht es ja bislang aus, oder?« – Cain nickte – »dann ergibt das doch noch viel weniger Sinn: Dann wollte er sich mit der Vergewaltigung an ihr rächen. Nur, wenn sie davon nichts mitkriegt – was ist denn das für eine Rache? Vollkommen bekloppt.«

»Nicht unbedingt. Vielleicht ist Thon ja auch ein kranker Romantiker, der einfach noch mal mit seiner Geliebten eins sein wollte, bevor er sie umbringt. Der seinem gebrochenen Herzen einen letzten Akt von Liebe – oder was er dafür hält – gönnen wollte, bevor er tötete, was er nicht mehr haben konnte. Verstehst du? Der Typ ist völlig fertig, seine Freundin will ihn verlassen, die Welt bricht für ihn zusammen, und das geht nicht, damit kommt er nicht klar. Er ist wütend, voller verschmähter Liebe, die sich anfühlt wie Hass. Er überlegt, wie er das Ende seiner Beziehung verhindern kann, und weil er keinen anderen Ausweg sieht, bleibt nur eine Möglichkeit: BM17 muss sterben, damit sie in seiner verqueren Logik auf immer bei ihm bleibt – ein anderer kann sie dann ja nicht mehr kriegen. Der Geschlechtsverkehr vollzieht diesen Pakt, ist Abschied von ihr und zugleich Wiederherstellung und Konservierung des bereits längst vergangenen harmonischen Urzustands. Für so einen Fall wäre Flunitrazepam geradezu ideal. Es gibt ihm die Illusion gegenseitigen Einvernehmens. Thon vergewaltigt sie, und weil sie sich nicht wehrt, ist es in seinen Augen keine Vergewaltigung. Und vor allem gibt sie ihm durch ihre vermeintliche Willfährigkeit auch quasi die Erlaubnis, sie anschließend umzubringen. Am Ende haben wir dann keinen Sexualmord mehr – sondern einen Akt der Liebe.«

Stukk sah Cain an. »Manchmal frage ich mich wirklich, wer von uns beiden die größeren Probleme hat.«

Cain zuckte mit den Schultern. »Ich denke nur laut. Aber trotzdem. Selbst dann stimmt da was nicht: AKV und Vergewaltigungsdrogen passen nicht zusammen.« Ungeduldig trommelte er mit den Fingern auf der Tischplatte.

»Was ist überhaupt mit Thon?«, fragte Stukk. »Sollten den nicht die Zebras schnappen?«

»Sollten. Ist aber entwischt. Frag mich nicht, wie.«

»Seltsam.«

»Kannst du laut sagen. Scheint aber diesmal wirklich nicht der Fehler der Bepo zu sein. Leider.«

Nun war es an Stukk, mit den Schultern zu zucken. »Zumindest mal eine Sache, die die nicht verbockt haben. Aber wie auch immer. Ich bin für heute fertig. Die Berichte von der Weichen lasse ich dir morgen schicken. Wenn du nichts mehr für mich hast, hau ich jetzt ab.«

»Geh nur, ich mach auch gleich Schluss.«

Stukk drehte ab, wandte sich aber noch mal um. »Sag mal, Sol, als ich vorhin drüben bei der Weichen war, um die Probe rumzubringen, hab ich mich mit ein paar von ihnen für heute Abend verabredet – und du weißt ja, wie die drauf sind. Das wird lustig. Wir ziehen uns ein paar Lines rein und fahren dann raus zum Flairport. Da hat eine neue Oneirothek aufgemacht, absolute Oberklasse, haben die gesagt. Eigener Sterne-Traumkoch, die Zutaten kommen nur von Bio-Schlaffeldern, und die Träume sind komplett non-linear. Und das Beste ist: Wir haben Gratisgutscheine! Der Laden hat bei der Eröffnung so viele davon quer über alle Behörden ausgeschüttet, dass man ihn quasi wegen Bestechung hops nehmen müsste, aber dann wäre er ja wieder zu, und das will natürlich keiner.« Er lachte. »Komm doch mit.«

Cain überlegte. Der Flairport war der ehemalige Flughafen Junktowns. Ein paar Jahre nach der Konsumrevolution hatte die Partei das Transitverbot verhängt, das Überlandreisen nur noch mit einer Sondergenehmigung erlaubte. Der nutzlos gewordene Flughafen war in ein Vergnügungszentrum umgewandelt worden, und in den Abflughallen, Hangars und Duty-free-Zonen warteten nun Hormon-Pools, Traumlandschaften, Drogerien und Narkoterien auf Kunden, die zahlungskräftig genug waren – und noch genug bei sich, um sich auf den Weg zu machen. Die alte Zubringerbahn, die im Regierungsviertel ihren Anfang nahm, existierte noch, und so war der Flairport vor allem ein Ausgehareal für Staatsbedienstete und Parteifunktionäre geworden. Die Aussicht auf ein paar Gratisträume war durchaus verlockend – Träume, gut gemachte jedenfalls, waren in der Regel ziemlich teuer, und wenn die Oneirothek nur halb so gut war, wie Stukk behauptete, dann würde das eine Nacht werden, die er so schnell nicht vergäße.

Aber war ihm nach Feiern zumute? Mit den Leuten von der Humanmedizin? Das waren Partymonster, die im gesamten Polizeiapparat für ihre Hemmungslosigkeit berüchtigt waren – womöglich brachte die alltägliche Beschäftigung mit kaltem Fleisch eine gewisse Vorliebe für warmes mit sich, ein im Beruf täglich erfahrenes Defizit an Leben, das in der Freizeit entsprechend ausgeglichen werden musste. Und er war zu alt, um noch dermaßen über die Stränge zu schlagen. »Lass mal«, sagte er und schüttelte den Kopf. »Ich werde hier noch ein bisschen was machen und dann früh ins Bett gehen. Muss ja morgen früh raus.«

»Ach, komm schon. Es sind auch ein paar neue Miezen dabei, die gerade bei der Weichen angefangen haben. Die müssen noch auf Betriebstemperatur gebracht werden.« Stukks Zungenspitze blitzte wieder zwischen den Zähnen hervor. »Gib dir 'nen Ruck. Das wird dir guttun.«

»Was soll das heißen?« Cains Antwort kam prompt und selbst für ihn unerwartet scharf. Harte Augen blickten Stukk an, der unter der Frage zusammenzuckte, als wäre er geschlagen worden. Der Mechapathologe hob beschwichtigend die Hände.

»Whoa, Sol, ganz ruhig. Alles, was ich damit sagen wollte, ist, dass ich gerne meinen Partner dabei hätte – das ist alles. Und du musst zugegeben, dass es echt schon ein Weilchen her ist, dass wir beide zusammen was unternommen haben.«

Das musste Cain tatsächlich. Und er wusste, dass Stukk es nicht böse gemeint hatte. Sein Blick verlor die Härte. Was war er doch empfindlich geworden.

Stukk blieb das Abflauen der Aggressivität nicht verborgen und wagte sich weiter aus der Reserve. »Weißt du, manchmal vermisse ich das nämlich: uns beide, irgendwo unterwegs, bis in die Morgenstunden und zugedröhnt bis unter die Hirnschale.« Stukk kam in Fahrt, seine Augen blitzten jetzt, er trat wieder einen Schritt weiter hinein in den Raum. »Mann, Sol, was haben wir früher gefeiert! Weißt du noch?«

Natürlich wusste er noch.

Ja, was hatten sie früher gefeiert. Ganze Nächte und Tage hindurch, als ob es kein Leben gäbe jenseits der buntflirrenden Wände ihres Tunnelblicks. Vor Cains geistigem Auge stiegen sie beide empor, Jahre jünger, berauscht vom Leben und den Möglichkeiten des Landes, dem sie beide dienten. Stukk war gerade von der Akademie gekommen, ein Jungspund in Uniform, noch grün im Polizeidienst, aber reich an Erfahrung in Lastern aller Art. Und er, er war damals noch – abrupt brach Cain den Gedanken ab. Es führte zu nichts, sich alte Zeiten zurück in Erinnerung zu rufen. Zu nichts Gutem jedenfalls. Denn am Ende eines jeden Gedankenspaziergangs in die Vergangenheit wartete irgendwo sie auf ihn. Sie und all die Erlebnisse, all die Zeit, die sie beide zusammen gehabt hatten. Und keine Erinnerung war wertvoll oder schön oder verrückt genug, um den Schmerz in Kauf zu nehmen, den das mit sich brachte.

Plötzlich müde, schüttelte er den Kopf. »Bas, heute nicht, tut mir leid. Vielleicht beim nächsten Mal, okay?«

Stukk schaute ihn an, seine Augen wurden stumpf. Er nickte. »Alles klar«, sagte er dann und wandte sich zur Tür. »Vielleicht beim nächsten Mal. Viel Spaß dann beim Bluttest morgen.«

Nachdem Stukk gegangen war, saß Cain noch eine Weile an seinem Schreibtisch und haderte mit sich selbst. Warum hatte er nicht einfach ja sagen können? Warum hatte er Stukk enttäuschen müssen? Der Mechapathologe hatte ja in allem recht: Es war ewig her, dass er mit ihm losgezogen war, und die Abwechslung hätte ihm gut getan. Ein guter Abend hätte es werden können, vielleicht sogar einer, von dem sie Jahre später noch gesprochen hätten, auf jeden Fall aber einer weg von einem Zuhause voll schwarzer Gedanken. Und trotzdem. Es ging einfach nicht.

Und als er lang genug seine Gedanken im Kreis hatte gehen lassen, um seine Selbstvorwürfe in Müdigkeit umzuschleifen, griff er zur Arbeit. Er heftete das Autopsieprotokoll zu seinem Bericht und ging noch einmal jede Seite der Akte durch. Die Sache blieb so nebulös wie zuvor.

Da war der Mord an sich, durchaus raffiniert durchgezogen, aber mit dieser merkwürdigen zweistündigen Pause zwischen dem Verabreichen der K.-o.-Tropfen und dem eigentlichen Tötungsakt. Und jetzt kam noch diese Vergewaltigungsgeschichte dazu. Da war der Geisteszustand Thons, der so gar nicht zum elaborierten Tathergang passen wollte. Da war seine Flucht, die nach allen Regeln der Wahrscheinlichkeit nie hätte glücken dürfen. Da war der Geburtsvorstand, über dessen Motive für sein ungewöhnliches Verhalten Cain nur spekulieren konnte. Und letztlich war da noch die Brutmutter selbst, die, je mehr er über sie nachdachte, weitere Fragen aufwarf: ein Premiummodell, blutjung, mit Regierungsauftrag, aber geparkt auf einem schäbigen Ausweichbrutplatz mitten im Nichts. Und schwanger mit einem Zuchtprogramm, das, so viel konnte er auch schon ohne Akteneinsicht sagen, in seiner Zusammenstellung alles andere war als alltäglich.

Dass diese Häufung von Merkwürdigkeiten nichts miteinander und dem Mord selbst zu tun haben sollten, war so unwahrscheinlich, dass Cain es im Grunde ausschloss. Irgendwie würden sie zusammenhängen, da war er sich sicher, zumindest einige von ihnen. Nur welche dieser Teile konnte er verbinden, und welche konnte er unberücksichtigt lassen?

Thon.

Immer wieder kehrten seine Gedanken zum Ontogenetiker zurück. Der war die vielversprechendste Spur. Wenn er ihn doch nur erwischt hätte! Andererseits: Glaubte er wirklich an eine Beziehungstat? Bei all den Ungereimtheiten? Cain schüttelte den Kopf und spielte mit den Ecken der Aktenblätter. Wenn er ehrlich war, sah das alles doch aus wie ein Vertuschungsversuch. Aber wofür? Und wenn Thon gar nicht der Mörder war, dann …

War es dann nicht möglich, dass es gar nicht Thon gewesen war, den er heute gejagt hatte? Cains Puls beschleunigte sich, als er merkte, dass die Eingebung Sinn ergab. Er hatte bislang einen Grund gesucht, wieso die Zerebralwächter Thon nicht hatten aufspüren können – jetzt hatte er einen. Dass er da nicht früher drauf gekommen war! Wenn Thon gar nicht das Gesicht am Fenster gewesen war, dann wäre das eine Erklärung, wieso die Zebras trotz richtigen Hirnwellenmusters erfolglos geblieben waren. Und dann wären die Herzklappe, die überschriebene Stimmungsorgel, das zerwühlte Bett nachträglich gepflanzte Indizien, die den Verdacht auf Thon lenken sollten.

Konnte das sein? Warum nicht? Cain zuckte unterm Tisch mit den Füßen. Je mehr er darüber nachsann, desto wahrscheinlicher schien ihm diese Möglichkeit. Allerdings warf das neue Fragen auf: Wem war er dann hinterhergejagt? Und wo war dann Thon?

Er dachte auf den Fragen herum, den alten und den neuen, aber er fand keine Antwort. Abermals müdegehirnt legte er die Akte weg. Zu früh. Er hatte ein paar Fäden in der Hand, aber um daraus etwas zu weben, das einer Lösung ähnelte, brauchte er mehr. Er würde abwarten müssen, was der morgige Tag brächte, jetzt konnte er nichts mehr tun. Außer nach Hause zu gehen. Es gefiel ihm nicht.

Ein Futon, dunkel angeranzt, und drei Plastikbecher mit Urin. Cains Blick wanderte von seiner Schlafstätte weiter über den Boden zu dem Haufen weichschmieriger Wäsche, den verschimmelten Orangenschalen und dem aufgepolkten, angekokelten Kissen in der Ecke, und er kam zu dem Schluss, demnächst aufräumen zu müssen. Wenn er den Uniformmantel auszog, musste er zugeben, war er eben doch nur ein Junkie wie jeder andere auch. Einer ohne im Erbgut verankerten Ordnungsdrang.

Ein Paket stand noch im Zimmer – die Mülllieferung, die sich Cain vor einer Woche hatte kommen lassen, aber noch zu faul gewesen war, nach draußen zu bringen. Er gab sich einen Ruck, griff sich den Karton und ging zurück in den Vorgarten. Die Sonne stand blass und tief hinter der Stadt, von irgendwoher aus der Nähe wehte der Gestank angebrannter Bananen herüber, eine stechende Brise, die sich über den Kuchengeruch aus den Straßenbeduftern legte. Cain riss den Karton auf und schüttete den Inhalt zu dem Müll, der bereits auf der Rasenfläche lag. Er war geizig gewesen und hatte nur Billigschrott bestellt: Joghurtdeckel, Plastiktüten, Getränkedosen, Duschvorhanghaken und die eine oder andere kaputte Glühbirne. Den Großteil davon würde der nächste Sandsturm wegwehen und einem glücklichen neuen Besitzer zuführen. Aber für den Moment war das Cain egal. Er schaute auf das Sammelsurium in seinem Garten und war zufrieden. Das leere Paket warf er bis an den Zaun zu den verwelkten Mohnblumen, dann ging er wieder zurück.

Sie hatten ihm das Wohniglu für Ehepaare gelassen, ein Privileg, das allen Partnern von Goldenen Schützen zustand, und so empfing ihn bei jedem Eintreten die Stille von jenen 187,45 Quadratmetern, die die Partei für Paare der oberen Humanklassen als angemessen festgesetzt hatte. Er war vor der Leere in einen einzigen Raum zurückgewichen, gleich links der Iglutür. Auf den drei

Etagen gab es Zimmer, die er seit Jahren nicht mehr aufgesucht hatte. Wozu auch? In ihnen gab es nichts, das einen Besuch gelohnt hätte.

Die Erinnerungen fanden ihn auch so.

Der Raum, in dem er jetzt hauste, war neutrales Gelände, ein Schlafzimmer für Gäste ursprünglich, und weit zum Klo war es auch nicht. Gegenüber war der Raum, den sie sich als Arbeitszimmer eingerichtet hatte. Damit konnte er leben. Das war nicht dasselbe wie das Wohnzimmer, das Schlafzimmer, der Cracksalon. Aber trotzdem blieb die Tür des Zimmers stets geschlossen.

Er ging nicht auf die andere Seite des Flurs.

Er blieb hier und beschäftigte sich mit dem, was ihm geblieben war.

Müde stand er von dem kleinen Tisch am Fenster auf, an den er sich gesetzt hatte, ging hinüber zur Stimmungsorgel und schaltete sie ein. Die Staatsprogramme ging er aus reiner Gewohnheit durch, wusste aber schon vorher, dass ihr Angebot ihm nicht zusagen würde: Ihm war weder nach *Feierabend, ausgelassen, Nachtruhe 2b* (ein mildes Einschlafprogramm, das vor allem für den arbeitenden Teil der Bevölkerung gedacht war), noch nach *Psychic Meditation*. Also wechselte er zu den Privatanbietern, und der Cache der Stimmungsorgel bot ihm das Programm zuerst an, das er gestern und all die anderen Tage auch schon gewählt hatte: *Whiteout, Stufe II*. Er bestätigte seine Wahl. Zusammen mit dem Heroin würde das reichen.

Seinen letzten Schuss hatte er sich gedrückt, bevor er seinen Bericht angefangen hatte. Das war jetzt knapp fünf Stunden her. Für Entzugserscheinungen war es noch zu früh, aber da er nicht mitten in der Nacht aufwachen wollte, blieb ihm keine andere Wahl. Außerdem musste er morgen zum Bluttest, da wollte er kein Risiko eingehen.

Aus der Manteltasche kramte er sein Dienstbesteck hervor, ein anderes hatte er nicht. In die Tasche aus Lederimitat war das Abzeichen der Gemapo gestanzt, der Lotus in einem vierzehnzähnigen Zahnrad. Cain strich mit dem Daumen über das Rad, als wollte er sich vergewissern, dass es auch wirklich da war, dann ging er zurück zum Tisch, öffnete den Reißverschluss und legte es offen neben den Kocher.

Der Tischschublade entnahm er ein steriles Einmalkochschälchen, riss die Plastikfolie auf und legte es auf das Drahtgestell. Aus seiner Hosentasche zog er zwei Standardkapseln heraus, in jeder 200 Milligramm Diacetylmorphin, wie es sie in jedem Konsum oder jeder Drogerie zu kaufen gab. Während er die eine Kapsel in der hohlen Hand barg, klopfte er mit der anderen leicht auf die Tischplatte, um ihren Inhalt in einer Seite zu sammeln. Anschließend drückte er mit Daumen und Zeigefinger die obere Kapselhälfte zusammen, bis sie sich von der unteren abziehen ließ. Der feine Essiggeruch von Heroin stieg ihm in die Nase. Es war ein alter Bekannter.

Die leere Plastikhälfte ließ er auf den Tisch fallen. Vorsichtig, um nichts daneben zu schütten, kippte er die andere Hälfte der Kapsel über dem Kochschälchen um. Locker wie Schnee, der von Ästen purzelt, fiel das Heroin hinein. Mit dem Zeigefinger klopfte er die Pulverreste aus der Kapselhälfte, als sie leer war, ließ er auch sie fallen.

Mit der zweiten Kapsel verfuhr er genauso, dann griff er zur Flasche mit der Ascorbinsäure auf dem Fensterbrett. Mit der Routine, die tausendfache Ausführung mit sich brachte, maß er 10 Milliliter ab, die er ins Schälchen goss. Das Heroin wölkte in dem flüssigen Vitamin C auf und sprenkelte den Boden mit seinen Körnchen. Er krempelte sich den linken Ärmel bis unter die Schulter hoch, entnahm dem Spritzbesteck den Stauschlauch und legte ihn sich an, ohne ihn bereits vollkommen zuzuziehen. Dann betätigte er den Schalter des Kochers, und mit leisem *Knkk* sprang die Flamme unter dem Schälchen an.

Sofort kam Leben in die Pulverkörner: Sie bewegten sich auf das Zentrum des Schälchens zu, dorthin, wo die Hitze am größten war, und verwandelten sich während ihrer strudelartigen Wanderung in kleine Bläschen, die größer wurden und größer, bis sie sich schließlich vom Boden lösten und aufstiegen wie Kohlensäure. Erst waren es nur wenige, dann wurden es mehr und mehr und schließlich, für einen kurzen Moment, kochte die ganze Flüssigkeit. Keine zehn Sekunden später hatte sich das Pulver restlos aufgelöst, Cain stellte die Flamme wieder ab, und das Heroin-Vitamin-Gemisch hörte auf zu kochen.

Er hatte den perfekten Zeitpunkt erwischt: Das Bollern der Stimmungsorgel machte sich bereits in einem leichten Wirbeln hinter seiner Stirn bemerkbar.

Er zog den Stauschlauch fest. Das Gummiband grub sich in seinen Bizeps, er spürte, wie der Blutdruck sich in Hand und Unterarm erhöhte. Ein paar Mal klopfte er mit Zeige- und Mittelfinger in die Armbeuge, um seine Venen anschwellen zu lassen. Dann fischte er ein Wattepad aus der Plastikbox neben dem Kocher, griff zur Alkoholflasche, die neben der mit der Ascorbinsäure auf dem Fensterbrett stand, und benetzte es. Dreimal strich er über seine Armbeuge, kühl fühlte sich der Alkohol auf seiner Haut an. Dann holte er die Glasspritze aus dem Bestecketui und eine eingeschweißte Einwegkanüle. Er öffnete die Verpackung, zog sie heraus und steckte sie auf die Düse der Spritze. Langsam, fast bedächtig, durchstach er mit der Kanülenspitze die Oberflächenspannung der Flüssigkeit im Schälchen, tauchte sie hinein und zog den Schuss auf. Er hob die Spritze empor, die Kanüle nach oben, drückte die Luftbläschen mit leichtem Druck auf den Kolben heraus und prüfte ihren Inhalt im schwindenden Licht, das durchs Fenster fiel. Er war makellos klar wie immer.

Noch im Prüfen ging er rückwärts durch den Raum, stieg über den Wäschehaufen und die Urinbecher und lehnte sich mit dem Rücken schließlich an die gegenüberliegende Wand. Er streckte seinen linken Arm aus, und während er die Spritze zwischen Daumen, Zeige- und Mittelfinger der rechten Hand hielt, fuhr er mit dem kleinen Finger über die Armbeuge, suchte tastend nach der Vene. Er fühlte die Einstichlöcher früherer Schüsse: die fast verheilten, die kaum mehr waren als eine porengroße Unebenheit, und die neueren mit ihren Schorfrändern, auch sie winzig, aber gröber und rauer. Krater an Krater. Wie ein zu oft umgepflügtes Flussbett am Ende eines Goldrauschs, dachte er.

Bald würde er wieder wechseln müssen und seiner Armbeuge Ruhe gönnen, drei, vier Mal noch, mehr war nicht drin.

Dann spürte er das Pumpern unter der Haut, und da war sie, die leichte Wölbung der Vene. Cain setzte die Spritze an, legte sie fast parallel zu seinem Unterarm, um die Ader nicht zu durchstechen, und spürte den leisen Pieks, als das Metall durch die Haut fuhr. Er schob die Nadel weiter in seinen Arm hinein und sah, wie sich die Haut über ihr in halbmondförmigen Wellen stauchte. Es fühlte sich richtig an, er hatte getroffen, aber trotzdem prüfte er, ob die Nadel in der Vene saß. Er platzierte den Daumennagel unter dem Absatz des Kolbens und schob ihn leicht zurück. Ein zarter Schleier dunklen Rots schoss in den Glaszylinder und franste dann träge aus, wurde heller, verlor an Form und ging schließlich auf in der Flüssigkeit. Cains Daumen wanderte wieder an seinen alten Platz hinter den Kolben.

Er machte sich keine Illusionen über das, was nun kommen würde.

Sein letzter Heroinkick war schon so lange her, dass er sich kaum noch daran erinnern konnte. Über die Jahre hinweg hatte er seine Toleranz so hochgeschraubt, dass sie ihm keine Chance ließ auf jene gottgleichen Euphorietrips, auf jenes Tanzen mit der Schöpfung, das ihm das Heroin früher geschenkt hatte. Die meisten seiner Opiatrezeptoren, überreizt durch die tägliche Inanspruchnahme, hatten sich längst schon zurückgezogen ins schützende Innere ihrer Zellen. Und die, die noch übrig waren und tapfer dem Daueransturm standhielten, übermittelten ihre Signale nur noch in kraftlosen Transduktionskaskaden. Wo sein Körper einst ganze Heerscharen von Adenylatzyklasen auf die Reise geschickt hatte, um sein Hirn aufs nächste High zu hieven, machten sich jetzt nur noch kümmerliche Grüppchen des Botenstoffs auf den Weg. Zu wenige, um die Aufgabe zu bewältigen. Nach einem Leben an der Nadel glich sein Limbisches System den Straßen Junktowns: abgenutzt und weitgehend verödet.

Die Dosis zu erhöhen, war keine Alternative – Cain war auf dem Maximum dessen angelangt, was sein Metabolismus verkraften konnte. Mehr, und er könnte sich gleich für die Goldene Reihe anmelden. Das Wirbeln in seinem Kopf half ihm, die losgetretene Assoziationskette zu unterbrechen, bevor er sie zu Ende gedacht hatte; sein stummer Dank ging an die Stimmungsorgel an seiner Seite.

Vierhundert Milligramm Heroin. Was für ein Jammer.

Er verstärkte den Druck der Daumenspitze.

Langsam schob sich der Kolben durch den Zylinder und presste den Inhalt in die Vene, warm, als ob Tee in seinem Arm hinaufliefe. Er spürte den leichten Druck, der sich aufbaute, als seine Blutbahn das zusätzliche Volumen aufnahm, dann trug sein Puls das Heroin fort in Richtung Blut-Hirn-Schranke. Cain konzentrierte sich jetzt ganz auf das wabernde Rauschen zwischen den Schläfen, und als die Welle Sekunden später kam und ihn überrollte, war sie zwar freudlos wie immer. Aber das Rauschen schwoll an und füllte seinen Kopf, und das war alles, was er wollte. Langsam rutschte er mit dem Rücken an der Wand herunter, die Augen nach oben in die Höhlen gedreht, und wartete auf das Vergessen.

Das zumindest, fand er, musste eine Droge leisten, die ihr eigentliches Versprechen nicht mehr einlösen konnte.

Er wurde nicht enttäuscht.

# 5

Der Wartesaal des Sanitätskommissariats war ein innen-
architektonisches Musterbeispiel behördlichen Stumpf-
sinns. Ockerfarbene Wände, in denen ockerfarbene
Plastiktüren darauf warteten, dass die Nummernzähler über ihnen
eine Stelle weiterklackten und der Nummernbesitzer daraufhin
durch sie hindurchging. Links neben jeder Tür stand ein Regal mit
Broschüren: *LSD – Leben Schönheit Dadaismus, Was tun bei Tiefer
Venenthrombose, Anleitung zum Antrag auf staatliche Grundversorgung, So erkennen Sie Abstinenzler und andere Parteifeinde* – die
üblichen Druckschriften des Gesundheitswesens. Neonröhren,
angegraut von Staub, funzelten herab auf braunes Linoleum. Sitz-
gruppen von je sechs Plastikstühlen – in Zweierreihen, Lehne an
Lehne und angeschraubt, damit niemand sie klaute – füllten den
Raum. Jeweils zu ihrer Linken stand ein Oneiromat, ein grauer
Blechkasten mit einem Schlitz für den Münzeinwurf und einer
Ausgabeklappe. *Aufwachen!* hatte jemand über die Front des
Automaten gekritzelt, neben dem Cain auf seinen Befund wartete.
Er hatte die letzte Viertelstunde darüber nachgedacht, ob das nun
lediglich Wortwitz sei oder bereits Defätismus. Am Ende hatte er
sich für Defätismus *mit* Wortwitz entschieden.

Wenn er nicht gewusst hätte, was ihn erwartete, wäre er versucht gewesen. Er saß jetzt schon eine gefühlte Ewigkeit hier im
Wartesaal, den Zettel mit der Nummer 237 in der Hand, und er

wusste aus Erfahrung, dass noch ein Vielfaches davon vor ihm liegen konnte, auch wenn der Zähler über der Tür zur Rechten, durch die er musste, auf 234 stand: Seine Proben hatte er am frühen Morgen abgegeben, lange vor Sonnenaufgang, jetzt war es Stunden später, und wie schnell die Rückmeldung aus dem Revierlabor über den Fernschreiber kam, hing davon ab, wie viele Datenkabel in Junktown gerade funktionsfähig waren – und wie viele davon die Kommunikationsleitstelle der KP für medizinische Zwecke freigegeben hatte. Letzteres stellte nur selten ein Problem dar: Das Gesundheitswesen war im Prinzip das wichtigste Werkzeug politischer Kontrolle – an den Werten, die während der Tests gesammelt wurden, ließ sich direkt ablesen, wie ernst es jeder Konsumgenosse nahm mit dem staatlich verordneten Drogenkonsum. Wer hier wiederholt seine Mindestwerte unterschritt, bekam eher früher als später Probleme: Jedes Sanitätskommissariat besaß eine Bereitschaftswache der Bepo, deren Beamte der Abstinenz Verdächtige kassierten, um sie zwecks eingehender Befragung weiterzuschleusen durch Junktowns weitverzweigtes System von Strafverfolgungsinstanzen. Insofern genossen medizinische Daten eine erhöhte Priorität im Datenverkehr. Aber nur zu oft sorgten marode Leitungen oder mutwillig Zerstörungen für stadtweite Datenstaus, die sich nur sehr langsam wieder auflösten. Bis die hastig zusammengeflickten Kabel das nächste Mal versagten.

Wenn er Pech hatte, konnte er hier den ganzen Tag sitzen.

Nur: So gelangweilt, dass er sich einen grobpixeligen, vorhersehbaren Automatentraum voller Lauffehler ziehen würde, war er dann doch nicht.

Noch nicht.

Alle vier Wochen musste er zum Bluttest, alle vier Wochen saß er hier in diesem Saal und wartete, und jedes Mal ging er durch eine Hölle der Langeweile.

Er ließ den Blick durch den Raum schweifen, aber der gab nichts her, nur das übliche Panoptikum der Bürger seiner Stadt. Die KP mochte die Bevölkerung nach Humanklassen züchten, ihnen nach Humanklassen Berufe und Wohnviertel zuweisen, aber hier, beim Arzt, kam die Konsumgemeinschaft zusammen ohne Beachtung von Güte- und Zweckeinteilung. Bei den Rauschparteitagen war dieses klassenlose Durcheinander gewünscht, um die Einheit der Konsumgemeinschaft zu beschwören, beim Arzt war es bürokratische Beharrlichkeit. Die Festlegung der Kontrolltermine nach Nachnamen war ein behördlicher Wurmfortsatz aus der Prohibitionszeit, den sich bislang niemand die Mühe gemacht hatte zu entfernen. Irgendjemand musste irgendwann während der Konsumrevolution in irgendeinem Unterausschuss gesessen haben, der das Prozedere festzulegen hatte, und ohne viel nachzudenken, hatte er zum üblichen Ordnungssystem der alten Ära gegriffen. Niemand hatte sich in all den Jahren seitdem die Mühe gemacht, die Terminvergabe umzustellen, oder, was wahrscheinlicher war, die Eingabe war irgendwo auf ihrem Weg zur Umsetzung in einem Aktenordner versackt und wartete nun auf den Tag, da ein diensteifriger Behördenknilch durch Zufall auf sie stieß und sie weiter auf den Weg durch den Ämterdschungel schickte.

Cain war das ganz recht. Sonst säßen im Wartezimmer wahrscheinlich dieselben Gesichter neben ihm, die er auch immer in der Nachbarschaft sah. Mitglieder der oberen, wenn auch nicht höchsten Parteiebenen, Ministerialbeamte, Gruppenleiter, höhere Polizeioffiziere wie er – allesamt staatsbedienstetes Humanmaterial der Klasse Triple-A. Und dann wäre er gezwungen gewesen, mit irgendwelchen Laboratschiks und Halbbekannten quälenden Small Talk zu führen.

So aber saß er inmitten einer buntscheckigen, anonymen Masse, aus der ihn niemand in ein Gespräch verwickeln wollte. Der

Wartesaal war voll, wie immer, jede der rund zwei Dutzend Sechsersitzreihen war besetzt, wenn auch nicht bis auf den letzten Platz. Auf der ihm gegenüber saß rechts außen ein Neuroproletarier, ein Genschmied oder Nervendreher oder sonst ein Schwerstarbeiter, der nach Cain gekommen war, und bereits sein Gang hatte verraten, dass er nicht nur zur Wertekontrolle hier war. Wie eine Aufziehpuppe in den letzten Umdrehungen war er ins Wartezimmer gewippt und hatte sich dann auf den Sitz gezittert. Kaum merklich schüttelte Cain den Kopf, als er ihn jetzt wieder ansah, wie er in seinem eng anliegenden, die übertriebenen Muskelpakete betonenden Einteiler aus beigem Polyester vor sich hinzuckte. Auf der Arbeit der Anabolikaprämie für Planübererfüllung hinterhecheln und sich dann beim Arzt die Nebenwirkungen wegtherapieren lassen. Aber so waren diese Typen eben. Humanklasse B3 oder Caa1, schätzte Cain, ein wandelnder Sarkomerhaufen aus einer Billigzuchtreihe, in die Welt gesetzt, um fünfzehn Jahre lang Genstränge in irgendeiner Esse zu flechten und anschließend als Nährboden für Petrischalen recycelt zu werden. Minimale Hirnleistung, aber genügend Körperkraft, um ihn in den Oneiromaten zu stopfen. Es war eine weise Entscheidung, musste Cain zugeben, dass die Partei diesen Leuten das Gemüt von Teddybären ins Erbgut legte.

Neben dem Muskelberg saßen zwei nicht mehr ganz junge Frauen, Schwestern, ihren ähnlichen Gesichtszügen nach. Die zwei vertikalen Striche durch die grüne Lotusblüte am Uniformärmel identifizierten sie als Angehörige des Kommerzministeriums, die Doppelhirnschlitze in ihren rechten Schläfen deuteten auf eine datenverarbeitende Tätigkeit hin; vielleicht waren sie Controller, mutmaßte Cain, vielleicht auch Kostenstellenverantwortliche eines Referats, jedenfalls etwas, das ihrem Unteroffiziersrang – Hauptbereitschaftsleiter – entsprach. Cain schätzte sie auf Ende dreißig; das Alter in Verbindung mit dem Dienstrang wiederum ließ Rückschlüsse zu auf ihre Humanklasse: mit Sicherheit etwas zwischen Baa3 und Baa1. Die beiden waren auf der Karriereleiter so hoch gestiegen, wie sie konnten: Für höhere Aufgaben und Ränge brauchte es mindestens einen A3-Eintrag im Klassifizierungsregister. Hätten sie den aber gehabt, wären sie lange schon Hauptdienst- oder Befehlsleiter gewesen. Die Bandschnallen über dem Herzen wiesen beide als gewissenhafte Aktivistinnen der Bewegung aus: Zum obligatorischen Abzeichen der Partei gesellten sich das des Konsumvereins, der Konsumistischen Drogenfreunde und das Dienstlaufbahnabzeichen zweiter Klasse, die Verdienstmedaille ehrenamtlicher Tripsitter, die Heroinspange, die Ehrennadeln »Vorbildliches Lehrlingskollektiv im konsumistischen Berufswettbewerb« und »Herausragende Leistungen Budgetierung und Bilanzierung«. Alles Standardkram, den die Partei und ihre Organisationen über ihren treuen Zöglingen auskippten, bunt leuchtende Farbkleckse auf der Brust, die ihrem Träger ebenso sehr wie seiner Umwelt signalisierten: Alles in Ordnung, und Koks ist großartig. Die Frauen unterhielten sich, leise und stetig, aber ohne große Gemütsregungen. Dienstkram, entschied Cain. Was sonst.

Die nächsten zwei Plätze waren leer, sodass er freien Blick hatte auf die Rückseite des Mannes, der auf der anderen Seite der Doppelsitze saß. Der Glaskolben in seinem Nacken wies ihn klar als Affektanten aus. Cain hatte für diesen Berufsstand schon immer so etwas wie neidische Bewunderung empfunden. Ein Job, der sich quasi von allein tat und daraus bestand, die durch Genmanipulation ins Übermaß gesteigerten Emotionen aus dem eigenen Metabolismus herauszudestillieren, abzufüllen und dann irgendeinem Psychomerkantilen zu verkaufen – bequemer ging es eigentlich nicht. Sein Enthusiasmus reichte aber nur bis zu einem gewissen Grad. Denn irgendjemand musste ja auch den Inhaltsstoff destillieren für all die eher dunkleren Emotionsampullen, die es in jeder gut sortierten Drogerie zu kaufen gab: Nahtod, Zahnschmerz, Black Hole, Vertigo, so was. Keine sehr angenehme Vorstellung.

Und wenn er sich den Destillationskolben des Affektanten vor ihm genauer ansah, dann hatte auch der gerade keine allzu große Zeit: Er brauchte kein abgeschlossenes Studium in Emotionschemie, um zu wissen, dass die graue Flüssigkeit im Kolben Langeweile in Reinform war. Der Affektant litt wahrscheinlich noch mehr als er selbst. Cain hatte keine Ahnung, welche Humanklasse er besaß, hoffte aber in einem Anflug von Mitgefühl auf eine niedrige: Je höher die Klasse war, desto reiner waren die Emotionen, die der Affektant destillierte – und vorher fühlte. Und die Ödnis des Wartezimmers war schon ohne hochgezüchtetes Limbisches System schlimm genug.

Der Wartenummernanzeiger über Cains Tür machte sich mit mechanischem Klicken bemerkbar: 235 war an Reihe. Noch zwei. In Cain verbreitete sich die Hoffnung auf ein baldiges Ende der Warterei, aber er wusste, dass das nichts zu sagen hatte: Manchmal folgten ein Dutzend Zahlen in wenigen Minuten hintereinander, manchmal brauchte es mehr als eine Stunde, bis der Zähler auch nur eine Nummer weitersprang.

Er seufzte und setzte seine Musterung der anderen Wartenden fort.

Den Abschluss der Sitzreihe vor ihm machte ein junger Mann in Zivil, sechzehn, achtzehn Jahre vielleicht. Grün-pink gestreifte Schlaghose, Gummistiefel mit demselben Muster, dazu ein braunes Cordhemd mit Vatermörderkragen und ein Halstuch aus roter Spitze. Bubikopffrisur. Er las in einem Buch: *Reversible Monoaminooxidase-Inhibitoren und ihre Wirkweise I*. Student, mutmaß-

te Cain. An irgendeiner Drogendesign-Fachhochschule. Humanklasse konnte alles jenseits Baal sein – herzlich willkommen in
der Güteklasse A –, und wenn sich der Bursche während seiner
Praxis-Trimester nicht die Synapsen durchknallte, dann würde
eines Tages eine gut bezahlte Anstellung in der Entwicklungs-
abteilung einer Traumfabrik auf ihn warten oder bei einem Psychomerkantilen. Natürlich trug er die obligatorische schwarz-
pink-weiße ALLE MACHT DEN DROGEN-Plakette am Arm.

Auf dem ersten Platz der neuen Sitzreihe und nur durch einen
schmalen Gang vom Studenten getrennt, saß ein Gynäkomastid.
Aus seinem gelben Anzug lugte ein um den Hals geschlungener
Verband heraus; wahrscheinlich hatte er sich ein Paar seiner insgesamt zehn Brüste, sechs hinten, vier vorne, neu setzen lassen
(Cain tippte auf das unterste Rückenpaar) und kam jetzt zum
Fädenziehen oder zur Begutachtung der Wundheilung. Mit zehn
Brüsten konnte er eine beachtliche Menge Milch produzieren, war
aber im Prinzip auch am Limit seiner Möglichkeiten angekommen: Seine Nährstoffbedarf war schon jetzt enorm – der Tropf,
den er neben sich stehen hatte und über den er sich orangefar-
benes Plasma intravenös einführte, zeugte davon. Und die Gen-
molkereien mochten ihren Milchmännern zwar einen stattlichen
Literpreis zahlen. Aber trotzdem war die Menge Milch endlich,
die ein Körper produzieren konnte, hochgezüchtete Drüsen hin
oder her. Gynäkomastid war ein Spezialberuf, der in aller Regel
von Angehörigen mittlerer Humanklassen ausgeübt wurde, Cain
verortete ihn gedanklich in dieselben wie die beiden Controller-
schwestern. Auch der Zehnbrüstige trug das Parteiabzeichen am
Revers, verzichtete aber wie die meisten Zivilangestellten auf eine
Präsentation seiner fraglos vorhandenen Auszeichnungen: Die
Orden selbst an die Brust zu heften, war für den Alltag viel zu
hinderlich, eine Bandschnalle aber Uniformen vorbehalten.

Mit denen war dann der Rest der Sitzreihe aufgefüllt: viermal mit dem Olivgrün der Bepo, Wachmänner allesamt, und auf dem letzten Platz kam das regenbogenfarbene Tarnfleckmuster der Konsumistischen Freizeitfront. Die drei weißen Ärmelstreifen mit den zwei Lotusblätterpaaren darüber machten klar, dass da ein KdK-Haupttripsitter saß, ein hochrangiger Offizier der Kraft-durch-Konsum-Bewegung, jener Unterorganisation der FF, die sich auf die Fahne geschrieben hatte, den Verbrauch von allem, das sich verbrauchen ließ, gleichzuschalten und in die Höhe zu treiben. Im ohnehin schon durchideologisierten Alltag war wenig so omnipräsent wie die KdK: Sie führte die Konsumläden, hatte die Aufsicht inne über die Crack-, Heroin- und anderen Drogen-lokale, organisierte die Nachbarschaftspartys und besaß die sym-bolische Schirmherrschaft über jeden Drogengebrauch, der nicht im Privaten stattfand. Außerdem verwaltete sie die Müllversor-gung. Dass den Haupttripsitter nicht nur etliche Dienstränge von seinem Sitznachbarn trennte, sondern wahrscheinlich auch eben-so viele Humanklassen, stand außer Frage. Mindestens Aa3, da war Cain sich ziemlich sicher.

Eine ockerfarbene Säule versperrte Cain den Blick auf den Rest des Wartezimmers, zumindest hätte er sich auf seinem Stuhl um-setzen müssen, und das war es ihm nicht wert. Zu seiner Rechten gab es nach dem Oneiromaten nur ockerfarbene Wand, und so blieb für seine Inspektion nur noch seine eigene Reihe übrig.

Der Platz neben ihm war unbesetzt, und er war durchaus froh, dass sich die Kreatur auf dem Sitz danach nicht direkt zu ihm ge-setzt hatte. Niemand wurde in die unteren Humanklassen hinein-geboren, in die Junkregister wurde man herabgestuft. Schon allein aus Effizienzgründen setzte die Partei keine Zuchtreihen mit ho-her Ausfallwahrscheinlichkeit auf, die stieg durch den stetigen Drogenkonsum von ganz allein. Jedes Halbjahr wurde die Humanklasse per Rating neu festgelegt, und irgendwann rutschten die meisten dabei unter die Junk-Schwelle und bekamen ein Ca1 ins Klassifizierungsregister. Mit dem war man freigestellt von der Arbeit, bekam seine staatliche Grundversorgung und durfte dem weiteren Abstieg über bis hinab zu C3 drogenberauscht entgegendämmern. So lange, bis der Körper irgendwann von selbst aufgab oder die Ratingagentur den Ausfall feststellte, das Rating auf D setzte und der Konsumgenosse zum Recyclinghof überstellt wurde.

Der Abstieg die Humanklassen hinunter konnte sich über ein ganzes Leben ziehen, ohne jemals die unterste Stufe der Skala zu erreichen. Oder aber er vollzog sich zwischen zwei Ratings als rasanter Sturz gleich über mehrere Klassen hinweg; das war in erster Linie eine Frage von Konstitution und Grad des Exzesses. Gegenstand des Ratings war aber nie die physische Verfassung allein, einen nicht minder wichtigen Teil der Klassifizierung nahm die Beurteilung der politischen Zuverlässigkeit ein: Wer sich als linientreues Mitglied der Konsumgemeinschaft erwies, seine Drogen fleißig nahm und auch sonst rege an den Parteiaktivitäten partizipierte, hatte wenig zu befürchten. Wer sich aber als unsicherer Kantonist erwies, als jemand, der mit diätistischen Ansichten liebäugelte oder nicht den sozialhygienischen Maßstäben gerecht wurde, an denen er gemessen wurde, der konnte auf Junkniveau herabgestuft werden, auch wenn er in der Blüte seines Lebens stand. Und machte sich jemand gar abstinenzlerischer Verbrechen schuldig, setzte er sich damit aus Parteiperspektive selbst auf D herab. Umgekehrt war eine unerschütterlich konsumistische Überzeugung so ziemlich das Einzige, was eine Heraufstufung ermöglichte oder zumindest eine Abwertung verhinderte: Innere Parteimitglieder etwa sanken nie unter A1 – oder wurden in diese Humanklasse eingeteilt, sollten sie bei Verleihung der höheren Parteiweihen eine niedrigere besitzen.

Der Konsumgenosse aber, der da zur Linken Cains in sich zusammengesunken auf dem Stuhl saß, war mit absoluter Sicherheit kein Inneres Parteimitglied, sondern verbrachte seine Tage irgendwo jenseits der Junk-Schwelle. Und es waren mit ebenso absoluter Sicherheit nicht politisch fragwürdige Ansichten, die ihn dorthin gebracht hatten, sondern konsequenter Gebrauch aller Rauschmittel, die ihm die Partei zur Verfügung stellte.

Der kahle Kopf war ihm auf die Brust gefallen; ein nasser Fleck breitete sich dort aus und wurde über einen Speichelfaden beständig vom offenen Mund genährt. Einem trägen Jojo gleich wippte er auf und nieder, berührte hin und wieder das Hemd und riss dann ab, nur um sich wenige Augenblicke später erneut abwärts zu wagen. Die Unterlippe, von der er heruntertroff, war ebenso wie ihr Gegenpart ein blutleerer Wurm, der sich weit ins Gesicht zurückgezogen hatte und so den Blick freigab auf methzerfressene Stummel, die braun in atrophiertem Zahnfleisch saßen. Schuppige Flechten bedeckten die Wangen ebenso wie den Teil des rechten Unterarms, den Cain sehen konnte: Das Sakko hatte sich das Wrack bis zum Ellbogen hochgekrempelt, die Hand steckte zur Faust geballt in einer Skihose. Dazu trug es Sandalen, der linke Fuß steckte in einem Ringelsocken. Der Geruch voller Windeln war schwach, aber bemerkbar.

Cain hatte keine Ahnung, wie alt der Mann war – zwanzig, fünfzig, in diesem Stadium des Verfalls war alles möglich. Dass er sich überhaupt hatte aufraffen können, beim Arzt zu erscheinen, fand Cain schon erstaunlich. Oft genug mussten die Junkies von der Bepo zu ihrem Termin abgeholt werden, weil sie in ihren Wohniglus nichts mehr mitbekamen außer dem Programm ihrer Stimmungsorgeln. Nur wurden die dann nicht in eines der normalen Ärztezentren verfrachtet, sondern mussten ihre Proben gleich in einer der Ratingagenturen abgeben: Wer seine staatsbür-

94

gerliche Pflicht der Metabolismuskontrolle vergaß, stand im Verdacht, lebensunfähig zu sein – und diesem Verdacht wurde sofort nachgegangen. Dass der Junkie hier saß, unter all den anderen Konsumgenossen, zeugte von einem beachtlichen Restbewusstsein – oder von einem Freundeskreis, der noch nicht ganz so hinüber war. Trotzdem zweifelte Cain daran, dass sein Sitznachbar es noch lange machen würde. D in spätestens zwei Ratings.

*Tlack.*

Cain schaute auf. 236. Bald.

Müde rieb er sich das Gesicht und versuchte zu gähnen. Die letzte Nummer war immer die schlimmste. Der Oneiromat neben ihm spielte auf Zeit.

Er kramte bereits in seinem Uniformmantel nach Kleingeld, als der Nummernzähler ein Einsehen hatte und weitersprang. Er stand auf, langsam, weil er seinem Blut Gelegenheit geben wollte, wieder durch seine Beine zu zirkulieren, und ging dann zu der Tür hinüber, auf der *Dr. med. P. Zerp* stand. Bevor er klopfen konnte, ging sie auf.

»Solomon, kommen Sie herein!« Der lang gezogene rote Farbtupfer der Ärzteuniform war schon wieder auf den Rückweg zum Schreibtisch, bevor Cain auch nur durch die Tür gegangen war. Philemon Zerp war ein schlaksiger Hüne und alt, älter noch als Cain selbst, aber mit einer Agilität gesegnet, die ihn immer wieder erstaunte. Er bezweifelte, dass er selbst in späteren Jahren so fit sein würde; vor allem bezweifelte er, Zerps Alter überhaupt zu erreichen. Der Arzt war mit Sicherheit über siebzig und damit der mit Abstand älteste Mensch, den Cain kannte.

Er warf beim Schließen der Tür noch einen Blick auf seinen Sitznachbarn, der weiter vor sich hin speichelte. Fraglos gab es welche, die älter aussahen.

»Ich habe Ihre Werte hier, sind gerade reingekommen.« Zerp saß bereits wieder auf seinem Bürostuhl und deutete auf einen Bogen Papier.

»Und?« Auch wenn er sicher war, dass es nichts zu beanstanden gab, konnte Cain nicht verhindern, dass sich sein Puls leicht beschleunigte. Das war wie ein Lügendetektortest, bei dem man nichts zu verbergen hatte. Aufgeregt war man trotzdem.

»Alles bestens, aber das haben Sie auch sicherlich erwartet. Und bei Ihnen ist das ja eh Formsache. Setzen Sie sich.«

Cain bewegte vage den Kopf und nahm auf dem Patientenstuhl vor dem Tisch Platz. Erleichterung durchflutete ihn. Als Offizier der Gemapo und Witwer einer Goldenen Schützin kam er in den Genuss erleichterter Kontrollbedingungen: Einmal gerissene Mindestwerte würden ihm beim nächsten Ranking nicht gleich negativ ausgelegt werden. Außerdem waren da noch seine Verdienste der Vergangenheit. Aber das änderte nichts daran, dass ihn sogenannter Unterkonsum früher oder später in Erklärungsnot bringen würde: Abstinenz war Hochverrat, und dieses Dogma war ewig und unabänderlich. Selbst eine ansonsten einwandfreie Parteikarriere konnte einen nicht schützen, wenn man sich fortwährend der obersten Bürgerpflicht entzog. Und da er die nicht vorweisen konnte, war es besser, zumindest seinen Stoffwechsel hart auf Linie zu steuern.

»Ich würde mir ja wünschen, dass ich mit allen meinen Patienten so wenig Scherereien hätte wie mit Ihnen, Solomon«, fuhr Zerp fort, »aber manches ist wirklich nur schwer zu fassen. Erst letzte Woche hatte ich hier doch wirklich einen Affektanten, der meinte, sein Emotionsdestillat ohne ABS clean herstellen zu dürfen.« Er schüttelte den Kopf. »Und gestern erst saß auf demselben Stuhl, auf dem Sie jetzt sitzen, ein Erythrozytenzüchter, der mir weismachen wollte, dass er seinen Rhesusfaktor einfach nach Marktsituation umstellen könne, ohne das vorher mit dem Generalgesundheitsamt zu besprechen. Stellen Sie sich das mal vor: Da produziert der Bursche einfach kiloweise rhesusnegative rote Blutkörperchen, obwohl er nur eine Lizenz für rhesuspositive hat, einfach nur, weil der Großhandelspreis gerade dafür höher ist. Und von mir erwartet er dann, dass ich ihm ein Attest dafür ausstelle! Ein Attest, können Sie sich das vorstellen?« Zerp lachte kopfschüttelnd wie über einen besonders absurden Witz. »Man muss sich ja nicht gleich für den Konsumenten des Monats bewerben, aber beim Rumtricksen auch noch Amtshilfe zu beantragen – manchmal frage ich mich wirklich, wo die Leute ihr Gehirn gelassen haben.« Er wischte sich die Lachtränen aus den Augen. »Seien Sie froh, dass Sie sich nur mit Maschinen abgeben müssen. Die sind klüger.«

Cain grinste zurück. Er mochte seinen Revierarzt. Nicht so wie Stukk, anders. Stukk war ein Freak, ein gutmütiger Schraubenfetischist, der das Leben auf eine Weise locker nahm, die er selbst schon lange verlernt hatte. Und der ein wenig von seiner unbekümmerten Art auf ihn überspringen ließ, wann immer die beiden zusammen waren. Zerp hingegen war weder ein Schelm, noch hielt Cain ihn für verdächtig, allzu leichtfertig durchs Leben zu gehen.

Der Riese mit der schlohweißen Bürstenfrisur und den milchigen blauen Augen war vor der Konsumrevolution Chefarzt einer Entzugsklinik gewesen, das war in Polizeikreisen ein offenes Geheimnis. Bis heute war es Cain allerdings ein Rätsel, wie Zerp es geschafft hatte, den Exekutionskommandos zu entgehen, geschweige denn seine Approbation zu behalten. Damals hatte man ganze Belegschaften an die Wand gestellt oder sie gleich mit ihren

Anstalten zusammen in die Luft gesprengt. Zerp hatten sie lediglich vor ein Revolutionstribunal gezerrt, in ein Sozialhygienekurheim gesteckt, an eine Morphiumpumpe angeschlossen und dann wieder entlassen – ein neuer abhängiger Anhänger der Neuen Ordnung. Das war sicherlich angenehmer, als hingerichtet zu werden, aber was auch immer der Arzt in diesen Wochen und Monaten erlebt hatte, Cain bezweifelte, dass es einen Menschen in einen Hallodri verwandeln konnte. Nein, was er an Zerp mochte, war vielleicht die Tatsache, dass er trotz allem mit sich selbst im Reinen wirkte.

Und wenn Stukks Wesen ihn an etwas erinnerte, das er selbst mal besessen hatte, überlegte er, dann hatte Zerp etwas, das ihm bislang verwehrt geblieben war. Ob er jemals dort hinkäme, wo der Arzt war? Er wünschte es sich, eigentlich jeden Tag, aber die Hoffnung daran zerschellte an einer Stele aus Beton, wieder und wieder.

Für den Moment musste ihm die Nachricht reichen, dass seine Blutwerte den Test bestanden hatten – zusammen mit den Speichel-, Leber-, Kot-, Urin- und den ganzen anderen Werten. Viel war das nicht. Aber alles, was er hatte.

»Kann ich sonst noch irgendetwas für Sie tun, Solomon?« Zerps Stimme riss ihn aus seinen Gedanken.

»Danke, aber ich glaube, ich brauche nichts.«

»Sie wirken heute ein wenig geistesabwesend. Vielleicht würde Ihnen etwas Ritalin guttun, oder etwas Adderall. Na?«

Cain schüttelte den Kopf. »Nochmals danke, aber ich glaube nicht, dass das nötig ist. Ich habe da nur diesen neuen Fall, der beschäftigt mich.«

Zerp ließ seinen Rezeptblock wieder los, zu dem er schon gegriffen hatte, und lehnte sich stattdessen in seinem Sessel zurück. »Wollen Sie darüber sprechen?«

»Ich weiß nicht. Ich wüsste nicht mal, wo ich anfangen soll.« Cain machte eine Pause, dann beugte er sich vor und stützte die Ellbogen auf die Oberschenkel.

»In der Nacht zu gestern starb eine Brutmutter, sie wurde ermordet. Es gibt einen flüchtigen Hauptverdächtigen, und insofern sieht eigentlich alles sehr klar aus. Routine.«

»Aber?«

»Irgendwas stimmt an der Sache nicht. Die Einzelteile passen nicht zusammen. Der Tathergang ist nicht konsistent, und dann hat die Brutmutter auch noch fürs Wiederaufbauministerium geworfen.«

Zerps Augenbraue zuckte hoch. »Das macht die Sache komplizierter.«

»Zumindest hat es das Potenzial, ja«, stimmte Cain zu. Eigentlich hatte er keine Lust, alle Details in ihren ganzen Unklarheiten noch mal durchzugehen. Ihm kam es vor, als würde er seit gestern früh nichts anderes mehr machen, und die ständige Wiederholung ermüdete ihn. Sein Blick verlor sich im braungelben Blumenmuster des Praxisteppichs.

»Solomon, haben Sie schon mal daran gedacht aufzuhören?«

Die Frage des Arztes erwischte Cain vollkommen unvorbereitet. Er schaute auf.

»Was?«

»Mit dem Job. Sie sind jetzt sechsundfünfzig, alt genug, älter als die meisten. Viel älter. Warum reichen Sie nicht einfach Ihren Antrag auf Versetzung in den Ruhestand ein, beziehen Ihre Pension und gehen die nächsten Jahre auf einen LSD-Trip? Sie waren doch schon ewig nicht mehr im Urlaub, oder? Ihre letzte Rotreise war wann? Vor drei Jahren, vier?«

»Doktor …«, setzte Cain an und brach ab, ein Kloß im Hals hinderte ihn plötzlich am Sprechen.

Der Arzt schüttelte den Kopf. »Ich will Sie zu nichts drängen. Aber als Ihr Arzt bin ich verpflichtet, mich um Ihr Wohl zu kümmern. Und im Augenblick, nein, wenn ich ehrlich bin, schon länger, machen Sie auf mich den Eindruck eines müden Menschen, der –«

»Mir geht es gut, Doktor, wirklich«, unterbrach ihn Cain, der seine Sprache wiedergefunden hatte, unwirscher als eigentlich vorgehabt. »Ich habe in letzter Zeit nur schlecht geschlafen, das ist alles.«

Zerp schaute ihn prüfend an und verzog einen Mundwinkel zu einem Knäuel ungläubiger Falten, nickte aber dann. »Also gut, aber wenn das so ist, bekommen Sie doch etwas von mir.« Er zog sich den Rezeptblock wieder heran und kritzelte etwas darauf. Den ausgefüllten Zettel riss er ab und schob ihn Cain hin. »Das ist ein nettes Benzodiazepin, das wird Ihnen gefallen.«

Cain nahm den Zettel und steckte ihn ein. »Danke.«

Er stand auf.

»Wir sehen uns in vier Wochen?«

»Das tun wir.« Zerp erhob sich ebenfalls von seinem Sessel und schüttelte ihm die Hand. Als Cain an der Tür war, rief ihn der Arzt noch einmal zurück. »Überlegen Sie sich es einfach, Solomon, mehr sage ich ja gar nicht. Sie haben der Bewegung lange genug gedient. Jetzt sollten Sie auch mal an sich selbst denken.«

Cain gingen viele Antworten durch den Kopf. Aber er nickte Zerp nur noch einmal stumm zu, bevor er das Sprechzimmer verließ.


Zerps Vorschlag begleitete Cain durch ein Junktown, das langsam erwachte: Die Neonreklamen der Drogerien und Parteibüros flackerten, als ganze Wohnviertel von Junkies ihre Stimmungsorgeln hochfuhren und das Stromnetz an seine Belastungsgrenze brachten. Straßenbedufter wechselten zum nächsten Stopp im Wochenprogramm und verbreiteten Würstchengeruch.

Aufhören – und dann? Ihm schauderte bei dem Gedanken, den ganzen Tag zu Hause bleiben zu müssen. So sehr er seiner Arbeit auch manchmal überdrüssig war, am Ende war sie die Droge, die ihn auf den Beinen hielt. Eine, auf die er sich verlassen konnte, gegen die er nie eine Toleranz entwickelt hatte und die ihn, wenn denn der Stoff nur rein genug war, immer noch flashte wie beim ersten Mal. Und sollte er sich eines Tages eine Überdosis verpassen, nun, dachte er und grinste in sich hinein, dann wäre das eine Entwicklung, mit der er durchaus leben könnte.

Alle derartigen Gedanken aber waren wie weggefegt, als er bei der Arbeit ankam: In der Poststelle stand eine Aktenkiste für ihn, dem Meldezettel nach war sie von Pregnantam an ihn überstellt worden.

Cain schleppte sie in sein Büro und stellte sie auf den Schreibtisch. Einen Augenblick lang stand er so da, die Arme in die Hüften gestemmt, die Kiste vor ihm. Was würde sie ihm wohl verraten? Ein Teil von ihm hatte bis zuletzt nicht geglaubt, dass Kort Wort halten würde, aber so, wie es aussah, hatte der Geburtsvorstand tatsächlich geliefert.

Er entfernte die Plomben, hob den Deckel ab – und bekam einen Tobsuchtsanfall.

Bis auf einen einzigen Schnellhefter war die Kiste leer.

Einen roten Schleier der Wut vor Augen, griff er zum Telefon. Er nahm all seine Beherrschung zusammen, um der Telefonistin nicht seinen Hass ins Ohr zu schreien, und atmete tief durch. Dann würgte er ein heiseres »Pregnantam, Kort, Jedediah« hervor.

Während er zitternd vor Ungeduld darauf wartete, dass die Verbindung hergestellt wurde, holte er die Akte hervor und blätterte in ihr herum. Standardunterlagen – Geburtsschein, Zuchtkarte, Arbeitserlaubnis.

Unbrauchbar.

Das Freizeichen tutete genau einmal, bevor der Hörer auf der anderen Seite abgenommen wurde.

Es war nicht der Geburtsvorstand.

»Inspektor Cain, ich habe Ihren Anruf bereits erwartet.« Die Stimme war ebenso leise wie harsch, und sie betonte die harten Konsonanten mit gepresster Überdeutlichkeit.

»Wer zur Hölle spricht da?«, brachte Cain mühsam zwischen knirschenden Zähnen hervor.

»Lektor Mordechai Grubb«, sagte die Stimme. »Rauschsicherheitshauptamt.«

Cains Zorn wich schlagartig Bestürzung. Er wollte etwas erwidern, konnte aber nur nach Luft schnappen.

»Wir beide sollten uns unterhalten«, fuhr die Stimme fort. »Seien Sie in einer Stunde in meinem Büro.«

Es machte *klick*, dann war die Leitung stumm.

Cain stand zwischen den Akten, matt ließ er den Hörer auf die Gabel sinken. Das Rauschsicherheitshauptamt, dachte er. Das hatte ihm gerade noch gefehlt.


Vierzig Minuten später hatte er sich immer noch nicht ganz erholt. Rauschsicherheitshauptamt, dröhnte es in seinem Schädel, Rauschsicherheitshauptamt, Rauschsicherheitshauptamt. Er war nur noch wenige Fahrtminuten von seinem Ziel entfernt, und das verlieh den sechs Silben eine noch unangenehmere Intensität als ohnehin schon.

*Rauschsicherheitshauptamt.*

Entstanden aus dem Verbraucherschutz der Prohibitionsära,

hatte es sich während der Konsumrevolution zu der unerbittlichen Strafverfolgungsbehörde gewandelt, die es heute war. Die Bedarfspolizei klärte Mülldiebstähle auf, brachte zugedröhnte Fixer nach Hause und regelte den Verkehr. Der Gemapo oblagen Schutz und Kontrolle der mechanischen Bürger – was mehr oder weniger gleichbedeutend war mit der Aufrechterhaltung des öffentlichen Lebens. Das Rauschsicherheitshauptamt aber nahm in der Dreiteilung obrigkeitsstaatlicher Fürsorge die mit Abstand wichtigste Stellung ein: Ihm war die Durchsetzung der Staatsdoktrin anvertraut.

Qualitätskontrolle der Drogen, Bekämpfung des Abstinenzlertums und anderer genussfeindlicher Umtriebe, Wahrung der konsumistischen Lehre. Dieses Mantra machte das Hauptamt, wie es auch kurz genannt wurde, zur institutionellen Verkörperung des Parteiwillens – selten sichtbar, aber im Grunde allgegenwärtig.

Kein Schuss Heroin, keine Flashampulle, kein Hormonpräparat, das nicht durch seine Prüfstellen ging und dort für unbedenklich befunden werden musste, bevor es sich da draußen jemand einverleiben konnte. Keine ideologische Kampfschrift, ja überhaupt kein Schriftwerk, das nicht von seinen Zensurabteilungen auf Linientreue überprüft worden, kein Beschluss einer auch noch so kleinen Parteizelle, der nicht über einen seiner Schreibtische gegangen wäre. Cains Blut- und sonstigen Werte, die er jeden Monat von Doktor Zerp messen ließ, gingen ebenso ans Rauschsicherheitshauptamt wie die Höhe der Spenden, die er und jeder andere Konsumgenosse den Organisationen der Partei zukommen ließen.

Im Laufe der Jahre war so aus der ursprünglichen Winzbehörde ein Megaorganismus geworden, ein Staat im Staat, der mehr Personal beschäftigte als die meisten Ministerien zusammen und Kompetenzen an sich zog wie ein Magnet Metallspäne. Ämter und Unterämter, Referate und Fachabteilungen, Ober-, Neben-

und Außendienststellen, ineinander verschachtelt und verwuchert, alle eiferten sie um die Wette, alle arbeiteten sie einzig an der Vollstreckung des Parteiwillens.

Und die eifrigsten Vollstrecker waren die Lektoren.

Cain verzog das Gesicht.

Die meisten Bediensteten des Rauschsicherheitshauptamts waren Verwaltungsbeamte, zwar durch und durch ideologisiert, aber am Ende doch Behördengeister. Für sie war der Dienst an der Partei eine Frage von Buchführung und Aktenpflege. Mit den vielgesichtigen Gegnern des Konsumismus kamen sie zumeist nur indirekt in Kontakt: über Abhörprotokolle, Flugblattauswertungen, Berichte von V-Leuten. Ihre Perspektive blieb eine vom Schreibtisch aus.

Anders die Lektoren. Die obersten Beamten des Rauschsicherheitshauptamts dienten dem Staat dort, wo er direkt bedroht wurde: Wo immer ein renitenter Wohnblock dem Recycling zugeführt oder eine Diätistenzelle ausgehoben wurde, waren die Lektoren in ihren weißen Uniformen nicht weit. Sie beobachteten, kontrollierten, straften. Sie waren die Polymerasen, die unablässig den Genstrang der Gesellschaft nach Fehlern absuchten, die Killerzellen, die im Volkskörper ausmerzten, was krankhaft war und gefährlich. Ausgestattet mit den weitestreichenden Befugnissen, die die KP an ihre Staatsdiener vergab, gingen sie dabei ähnlich effektiv vor wie ein Immunsystem auf Vitaminspeed. Und genauso rabiat.

Cain hatte keine Ahnung, was es bedeutete, dass nun einer dieser Parteijäger auf seinen Fall aufmerksam geworden war. Aber er glaubte keinen Moment daran, dass es etwas Gutes war.

Die niedrigen Büroriegel des Regierungsbezirks wichen zurück und öffneten sich zu einem weitläufigen Platz. In seiner Mitte ragte das Rauschsicherheitshauptamt auf, ein massiger Bau aus einstmals weißen Bakelitziegeln, denen die Zeit ein vergrautes Staubkleid aus Schmutz und Sand übergezogen hatte. Kein Sims, kein Fries schmückte die Fassade, nur hohe Fensterschlitze durchbrachen das Mauerwerk und verliehen dem nach der Parteizentrale zweitgrößten Gebäude Junktowns den Charme eines Hochsicherheitsgefängnisses.

Er fuhr auf den Platz und näherte sich mit gedrosselter Geschwindigkeit der Eingangskontrolle. Ein Ring aus Absperrgittern und Stacheldraht umgab auf halber Strecke das Rauschsicherheitshauptamt, selbst noch einmal geschützt durch Betonpoller in so engen Abständen, dass auch das schmalste Rollermobil nicht zwischen ihnen hindurchpasste.

Vor knapp zehn Jahren hatte der Platz noch gar nicht existiert. Damals war das Amt umgeben gewesen von anderen Gebäuden, hauptsächlich von Büros der Parteiverwaltung und Sitzen diverser Kaderorganisationen. Dann hatte es den ersten Anschlag gegeben, dann noch einen, und aus Angst vor weiteren Bombenattentaten hatte das Politlabor die großzügige Einebnung der benachbarten Blöcke angeordnet. Die Jahre hatten das hastig verlegte Pflaster des neu entstandenen Platzes mürbe gemacht; Cain spürte die Bodenwellen in den Armen, wo der Sand weggesackt war, der die Lücken zwischen den Mauerfundamenten der abgerissenen Bauten füllte.

Ein bisschen noch, dachte er, und sie könnten sich die Bremsschwellen sparen, die das Tempo auf der Fahrspur reduzieren sollten. Auch das Schild wäre dann überflüssig, das groß wie ein Scheunentor neben der Wachstube des Kontrollpunkts prangte:


ACHTUNG!
SICHERHEITSRELEVANTES AREAL –
ES GILT PARAGRAF 4 SSTGB

# SCHRITTGESCHWINDIGKEIT
## BEI MISSACHTUNG WERDEN SOZIALHYGIENISCHE
## MASSNAHMEN ERGRIFFEN

Er hielt vor der Schranke an und überreichte den dort Wache schiebenden Bepo-Beamten seinen Dienstausweis. Nachdem jeder von ihnen das Dokument und sein Gesicht penibel genau inspiziert hatte, hoben sie die Schranke und ließen ihn passieren. Er konnte es ihnen nicht verübeln: Sollte es während ihrer Schicht einen Zwischenfall geben, wartete der Recyclinghof auf sie – Paragraf 4 des Sozialstrafgesetzbuchs galt auch für sie. Trotzdem fand er es reichlich amüsant, dass sich die mächtigste Behörde des Staats für ihren Schutz ausgerechnet auf die exekutiven Dünnbrettbohrer der Bedarfspolizei verließ. Auf eine diesbezügliche Bemerkung verzichtete er allerdings. Wahrscheinlich hätten Broms Kollegen die Ironie sowieso nicht verstanden.

Langsam fuhr er weiter auf dem Pfad entlang, auf den ihn die Absperrgitter zu beiden Seiten zwangen; er führte ihn einmal um den Platz herum und durch drei weitere Kontrollpunkte hindurch, bis er endlich am Fuße des Gebäudes angekommen war. Er lenkte seinen Chopper auf den Parkplatz vor dem Haupteingang, zeigte dort übernervösen Beamten ein letztes Mal seinen Dienstausweis und ging die verbleibenden Meter zu Fuß.

Das Rauschsicherheitshauptamt nahm sein gesamtes Gesichtsfeld ein. Aus der Nähe wirkte es noch gewaltiger als aus der Ferne, weil der offene Platz die Dimensionen des Gebäudes nicht mehr abmilderte. Drei Dutzend Meter hoch und zweihundert Meter lang, war die Fassade eine schmutzig-weiße senkrechte Bergwand, aus der die Schießschartenfenster auf ihn herabstarrten. Unmittelbar vor ihm, am oberen Ende einer flachen Freitreppe, wartete der

Eingang auf ihn, ein zwei Stockwerke hohes, torloses Loch, breit
wie ein Wohnblock.

Auf der Treppe hielt er kurz inne. Ins Rauschsicherheitshauptamt hineinzugelangen war trotz aller Sicherheitskontrollen nicht
das Problem, dachte er. Das Herauskommen, das war die eigentliche Schwierigkeit.

Wieder ging ihm durch den Kopf, was er am Vortag in Korts
Büro gedacht hatte: Im Paradies sind die Tugendwächter die
Schmeißfliegen.

Dann wappnete er sich innerlich und stieg die letzten Stufen
empor. Er wusste, wo er Mordechai Grubb finden würde, den Weg
ins Lektorat kannte er besser als die meisten anderen.

Es war der Weg zu seiner alten Dienststelle.

# ZWEITER TEIL

## Projekt Reboot

# 6

Die Sonne hing im Zenit über Junktown, als hätte sie
sich dort festgekrallt, ausdauernd und unbeweglich. Die
Stadt unter ihr war ein schattenloses Mosaik aus Bakelitziegeln, Feuerleitern und leeren Straßen. Aus dem Grau und dem
Rost leuchteten die Plakate und Banner der KP hervor wie türkis-
farbene Blüten; dicht gedrängte Blumenrabatte an den heiligen
Orten der Bewegung, einsam verlorene Pflänzlein dort, wo der
Glanz des konsumistischen Traums weggeschmirgelt worden war
vom apathischen Stumpfsinn eines Alltags auf Droge: entlang
der schier endlosen Reihen Iglus der Wohnareale unterer Humanklassen, an den stillgelegten Bahnhöfen und verlassenen Shop-
pingmeilen, die sich überall in der Stadt fanden, den Industriebrachen im Norden, Westen und Süden der Stadt.

Am Rande des Regierungsviertels, wo die Lotusflaggen noch
allgegenwärtig waren, saß Solomon Cain an der Theke einer
Milchbar und starrte in seinen Brombeershake. Er hatte ihn pur
bestellt, ohne psychoaktiven Schuss. Seine Uniform verbot jegliche
Fragerei, trotzdem war sich Cain bewusst, wie das wirken musste:
ein Mitglied der Geheimen Maschinenpolizei, das keine zwei
Blöcke vom Zentrum der Macht entfernt einen drogenfreien
Drink bestellte – während der Konsumrevolution hätte ihn das
mindestens eine Untersuchung wegen des Verdachts antikonsumis-
tischer Umtriebe eingebracht.

Die Zeiten hatten sich geändert. Cain nahm einen Schluck und stellte den Becher zurück auf die Plastiktheke. Hatten sie das? Plötzlich war er sich da nicht mehr ganz so sicher. Das war ja überhaupt erst der Grund, weshalb jetzt nicht der richtige Zeitpunkt war, seinen Geist mit Hypnotika-Zusätzen auf Achterbahnfahrt zu schicken. Er musste nachdenken, dringend, und dafür brauchte er ihn klar.

Er konnte immer noch nicht fassen, was gerade passiert war.

Die Eingangshalle des Rauschsicherheitshauptamts hatte sich nicht im Geringsten verändert, natürlich nicht – der Wille der Partei war ewig, und so hatte auch der Sitz seiner Vollstrecker unveränderlich zu sein in der Zeit: ein Saal aus weißem Granit, turmhoch und von der Länge einer Fabrikhalle. Da, wo andere Behörden ihre Foyers vollstopften mit den Werken gefeierter Narko-Surrealisten, blieb das des Hauptamts reduziert auf seine nackte Form. Nichts sollte ablenken von der Autorität, die hier wohnte, und von der Hoheit, die sie aus ihrem Auftrag zog. Der Blick wurde durch die Leere des Raums hindurchgezogen bis ans andere Ende, wo über einer durch die Ausdehnung der Halle winzig erscheinenden Fahrstuhltür das Wappen des Rauschsicherheitshauptamts die gesamte Stirnseite einnahm: eine schwarz umrandete weiße Lotusblüte auf weißem Grund.

Er hatte sich während der ganzen Fahrt für diesen einen Moment gewappnet, aber die Wucht, mit der die monumentale Architektur und das so schlichte und doch so bedeutungsschwere Symbol auf ihn niederfuhr, war beinahe körperlich. Schlagartig atmete er aus, gepresst und hart, als hätte ihn jemand in den Bauch geschlagen. Cain musste sich zusammenreißen, damit seine Hand nicht aus der Manteltasche schnellte, um sich an etwas festzuhalten, das nicht da war. So aber krampfte er sie nur zur Faust, atmete tief wieder ein und ging los.

Es gab hier keine Dunkelheit. Die Halle war ein Korridor aus Licht, und der einzige Schatten, der geworfen wurde, war sein eigener. Ein subtiler Hinweis auf die Rollenverteilung, die das Rauschsicherheitshauptamt jedem seiner Besucher zuwies. Weniger subtil aber war der Gang an sich, den er durch die Halle hindurch zurückzulegen hatte: eine Strecke, lang genug, damit das Ich unterwegs genügend Zeit hatte, angesichts der Dimensionen um sich herum auf ein Minimum zu schrumpfen. Es war ein Gang, den Sünder auf sich nahmen, auf sich nehmen mussten auf der Suche nach Vergebung, wohl wissend, dass vor der Absolution die Sühne zu kommen hatte. Er war diesen Gang tatsächlich noch nie allein gegangen – die Beamten des Rauschsicherheitshauptamts betraten ihre Dienststelle durch den Haupteingang nur zu besonderen Anlässen und dann in Gruppen oder bei Festnahmen. Ihre Zugänge ins Gebäude befanden sich in den benachbarten Büroriegeln, von wo aus sie ihre Wirkstätte über unterirdische Verbindungswege erreichten. Und die Male, die er ihn genommen hatte, war er in die weiße Uniform der Lektoren gehüllt gewesen, die ihn zu einem Teil dieser unbarmherzigen Komposition aus Licht und Stein hatte werden lassen.

Diesmal kam er als Außenseiter.

Diesmal kam er schutzlos.

Endlos zog sich der Weg. Dann: die offene Fahrstuhlkabine, die Tür, die sich hinter ihm schloss, und sanft ging es nach oben.

Das Gebäude wusste, wo sein Ziel war, und öffnete den Fahrstuhl auf der obersten Etage. Cain trat hinaus und ging Wege, die er nie hatte wieder gehen wollen. Alles war weiß.

Auf der Galerie des Kartensaals blieb er stehen. Das Herzstück des Lektorats war eine sporthallengroße, in den Fußboden gemeißelte Karte des Verwaltungssektors Jaxton. Da lag seine Stadt unter ihm – die Bezirke, heruntergebrochen bis auf den einzelnen Wohnblock, die Transversalen und anderen Straßen, die Parks und Industriebrachen. Darüber war ein dichtes Netz von Laufstegen aus Plexiglas gespannt, das man über das Stockwerk unter ihm betreten konnte. Von dort aus übertrugen Hilfskräfte die Erkenntnisse der Kontrollauswertungen und Ermittlungen auf die Karte: Jeder Verfehlung und Straftat ordnete das Hauptamt eine Punktzahl zu. Die addierten Punkte der Einwohner eines Blocks wiederum ließen sich umrechnen in einen Farbcode, der direkt und unmittelbar Auskunft gab über die politische Zuverlässigkeit – von einem unbedenklichen Weiß über diverse Grautöne wachsender strafrechtlicher Relevanz bis hin zum hoffnungslosen Schwarz politischer Apostasie. Die mit der Pflege der Karte beauftragten Mitarbeiter übertrugen diesen Code mittels farbiger Chips, die sie von den Laufstegen aus auf die Wohnblöcke legten. Wer ein Stockwerk weiter oben auf der Galerie stand und hinunterschaute, konnte sich so sehr einfach und direkt einen Überblick verschaffen über die Linientreue der gesamten Stadt.

Cain legte die Hände aufs Geländer und ließ den Blick über die Karte schweifen. Sie sah aus wie immer. Dunkle Sprenkel zogen sich über das Weiß des Granitbodens. Als ob ein Maler mit einem Pinsel Farbe über die Karte geworfen hätte; ein unregelmäßiges Muster aus einzelnen Punkten und Zusammenballungen politischen Ungehorsams. Jeder Fleck eine Sünde, mehr oder weniger schwer. Viel Grau; nur selten drängte absolutes Schwarz zu sofortigem Handeln. Schwarz, das bedeutete nicht mehr zu korrigierendes Fehlverhalten, bedeutete Recycling des gesamten Blocks und damit Rückkehr zum reinen Weiß, unbefleckt vom Schmutz der Häresie.

Drei Mal am Tag, alle acht Stunden, wurde die Karte aktualisiert, dann trat ein Kartograf auf die Laufstege, in den Gürteltaschen farbige Chips und in der Hand eine nach Planquadraten sortierte Liste mit den Änderungen. Er nahm alte Chips fort und legte neue hin, tauschte dunkle gegen hellere und helle gegen dunklere. Die Stadt sündigte in einem fort, tat Buße, wurde resozialisiert und wieder rückfällig.

»Es hört nie auf.«

Noch bevor Cain den Kopf wandte, wusste er, wer die Worte gesprochen hatte. Es war dieselbe leise, harsche Stimme, die er auch schon am Telefon gehört hatte.

Lektor Mordechai Grubb war neben ihm ans Geländer getreten und schaute nun ebenfalls nach unten.

»Die Variationen sind unendlich, das Muster erschafft sich jeden Tag neu in Einzigartigkeit, aber es verschwindet nie. Es schrumpft, und es wächst, und wir lesen es. Genau das tun wir: Wir lesen das Muster, um die Fehler zu korrigieren, die es bedeutet. Wir sind Lektoren.«

»Und wir lesen«, beendete Cain die rituelle Selbstvergewisserung seiner ehemaligen Dienststelle. Er hatte sich geschworen, sie nie wieder auszusprechen, aber jetzt, hier, auf der Galerie des Kartenraums, Junktown in all seiner ideologischen Fehlbarkeit unter sich, kam sie ihm wie von selbst über die Lippen.

Es war ein heiserer Satz.

»Sie haben also doch noch nicht alles vergessen, Inspektor«, sagte Grubb, den Blick weiter auf die Karte unter ihnen geheftet. »Gut.«

Grubb hatte etwa Cains Alter, war aber massiger. Der Hals ging fast sofort über in den Nacken, große, kräftige Hände umgriffen das Geländer. »Wir waren uns da nicht ganz sicher, müssen Sie wissen.« Grubbs rechte Hand ließ das Geländer los und deutete mit ausgestrecktem Zeigefinger auf eine Gegend im Südwesten.

»Da ist Ihr Wohnblock, Inspektor. Kein Chip liegt auf ihm, er ist weiß. Ein Vorbild für das ganze Viertel.« Er zog den Arm wieder zurück und drehte sich Cain zu.

»Nur wie viel tragen Sie dazu bei?«

Cains Nervensystem schaltete auf roten Alarm. Adrenalin flutete seinen Körper, und sein Herzmuskel beschleunigte das Pumpen in einer Intensität, die beinahe schmerzhaft war. Dass Grubb ihn, den Ehemaligen, den Abtrünnigen, nicht mit freundlichen Worten begrüßen würde, hatte er erwartet. Auch spitze Bemerkungen, Anfeindungen sogar. Nicht aber, dass er ihn im ersten Augenblick implizit als Parteifeind bezeichnen würde.

»Entspannen Sie sich, Inspektor«, sagte Grubb mit ironischem Lächeln. »Sie sind nicht Gegenstand meiner Ermittlung. Wären Sie das, hätte ich Sie in Ihrer Wohnung festnehmen lassen, aber nicht hierher bestellt. Sie kennen das Prozedere.«

Ja, das kannte er. Das Rauschsicherheitshauptamt griff dann zu, wenn der Biorhythmus der Verdächtigten sein natürliches Tief erreichte. Meist war das gegen drei Uhr nachts oder aber knapp vor dem nächsten Schuss, kurz bevor der Entzug sich bemerkbar machte. Wenn die Delinquenten dann in der Verhörzelle saßen, hatte er voll eingesetzt, denn natürlich wurde den Festgenommenen die nächste Dosis verweigert. Cain konnte nicht sagen, wie viele Verhöre er allein durch diese simple Taktik zu einem erfolgreichen Ende geführt hatte. Es mussten Dutzende, wenn nicht Hunderte sein. Trenne einen Junkie von seiner Droge, und er wird dir für den nächsten Schuss alles sagen, was du wissen willst. Ganz einfach.

Das Lächeln verschwand von Grubbs Gesicht, und Cain fiel auf, wie gnadenlos symmetrisch das Antlitz seines Gegenübers war. Die Stirn unter der glatt rasierten Schädeldecke, die Brauen, die dunklen Raubvogelaugen, Nase, Wangenknochen, Lippen, Kinn – die eine Seite war die nahezu perfekte Spiegelung der anderen. Die quadratische Gesichtsform bekam dadurch eine noch kantigere Anmutung, als sie ohnehin besessen hätte.

»Nein, ich habe Sie rufen lassen, weil Ihre tote Brutmutter mehr ist als nur eine tote Brutmutter. Sie werden sich das schon selbst gesagt haben.«

Cain nickte. Er war zwar noch nicht ganz wieder beruhigt, und Grubbs gepresste Aussprache, die die Worte so merkwürdig arhythmisch fehlbetonte, trug nicht dazu bei, sich in der Gegenwart des Lektors entspannen zu können. Aber sein erster Anflug von Panik war überwunden, Wissbegier rückte an ihre Stelle.

»Sie wissen, dass die Brutmutter im Auftrag des Ministeriums für den Wiederaufbau der Bevölkerung gearbeitet hat?«

Cain nickte. »Für die Generalinspektion, ja.«

»Tatsächlich ist das nur die halbe Wahrheit. Es stimmt, Pregnantam hat einen Vertrag mit dem Ministerium. Aber das ist lediglich Tarnung. Tatsächlich arbeitet Pregnantam für uns.«

Er hätte es ahnen können, von dem Moment an, in dem er statt des Geburtsvorstands Grubb am Telefon gehabt hatte. Vielleicht hatte er es ja auch und sich bloß nicht getraut, seiner Vermutung Raum zu geben. Wo war er da nur reingeraten? Cains Gedanken fieberten um die Wette, während er gleichzeitig versuchte, nach außen hin völlig ruhig zu wirken. Wenn BM17 für das Rauschsicherheitshauptamt geboren hatte, erklärte das, warum sich die Lektoren quasi sofort eingeschaltet hatten. Aber machte es das besser? Es war unangenehm genug, das Hauptamt bei seiner Ermittlung im Nacken zu haben. Ihm aber direkt verantwortlich zu sein für Ergebnisse, erhöhte diesen Druck noch mal enorm.

»Was war das für ein Auftrag?«

Grubb schüttelte den Kopf. »Sie sind nicht autorisiert, das zu wissen. Die Akten wurden Ihnen aus genau diesem Grund bislang vorenthalten: In ihnen musste alles geschwärzt werden, das der

Geheimhaltung unterliegt. Dieser Vorgang ist inzwischen erledigt. Wenn Sie in Ihr Büro zurückkehren, werden Sie sie dort vorfinden.«

Das war so absurd, dass Cain seinen hochflutenden Ärger nicht ganz verbergen konnte. »Sie wollen, dass ich den Mörder von BM17 finde, aber Sie enthalten mir alle Informationen vor, womit sie vor ihrem Tod beschäftigt war?«

»Genau das ist der Fall.« Grubb schien daran keinen Anstoß zu nehmen.

»Und wenn ihr Tod nun vielleicht mit dem Geheimprojekt zu tun hat? Wie soll ich dann bitte diesen Fall aufklären?«

Abermaliges Kopfschütteln. »Inspektor, versteifen Sie sich nicht zu vorschnell auf eine Theorie von vielen. Die Zahl derer, die um BM17s tatsächlichen Gebärauftrag wussten, ist so verschwindend gering, dass wir bereits zum jetzigen Zeitpunkt eine Täterschaft ausschließen können. Wir geben Ihnen so viel Einblick in die Akten, wie wir verantworten können und wie gut für Sie ist. Ich nehme an, Sie wollen nicht Träger von Geheimnissen werden, die Ihnen nur Unannehmlichkeiten bereiten würden?«

Das wollte Cain tatsächlich nicht. »Ich meine ja nur, dass –«

»Ihre Meinung tut hier absolut nichts zur Sache, Inspektor.« Grubbs Stimme klang nun noch etwas harscher als zuvor. »Sie haben ihre Arbeit zu erledigen, nicht mehr, nicht weniger. Dafür bekommen Sie alles, was Sie benötigen, einschließlich der Ressourcen und der vollen Rückendeckung des Rauschsicherheitshauptamts. Und sollten alle Ihre Ermittlungen ins Leere laufen oder Sie auf Indizien stoßen, dass der Geheimauftrag von BM17 doch etwas mit ihrem Tod zu tun haben sollte, dann, und erst dann, werden wir noch einmal über vollständige Akteneinsicht für Sie reden. Haben Sie das verstanden?«

Cain fügte sich in sein Schicksal. »Jawohl.«

»Gut. Dann geben Sie mir jetzt einen ersten Bericht über den Stand der Ermittlungen.«

Während Cain ausführte, was er wusste und was nicht, schaute Grubb wieder hinunter auf die Karte. Unbeweglich und mit gesenkten Lidern hörte er sich an, was Cain ihm erzählte. Als er geendet hatte, blickte er auf.

»Ihre These, dass Konsumgenosse Thon der Mord in die Schuhe geschoben werden soll, stützt sich auf den Widerspruch zwischen Tathergang und der Verfassung, in der dieser sich zur Tatzeit befunden haben soll?«

»Auf das und auf die Anwesenheit der dritten Person in seiner Wohnung.« Cain fühlte sich, als müsse er sich rechtfertigen. Hatte er etwas übersehen?

»Ich teile Ihre Auffassung. Zum jetzigen Zeitpunkt scheint sie die wahrscheinlichste zu sein«, befand Grubb, und Cain entspannte sich ein wenig. »Eine Vermutung, wer dieser unbekannte Dritte sein könnte, haben Sie aber nicht?«

»Bislang nicht. Ich hoffe aber, dass die Ergebnisse der Spermaprobe zu einer neuen Spur führen.« Und da er Grubb keine Gelegenheit geben wollte, ihn zu maßregeln, weil er bei einer Ermittlungen hoffte, statt sich von Hinweisen leiten zu lassen, setzte er noch schnell nach und bemühte sich, möglichst offiziös zu klingen. »Ich gehe zudem davon aus, dass die Akten von BM 17 weitere Anknüpfungspunkte produzieren werden.«

Grubb nickte. »Wir werden sehen. Und ich wiederum gehe davon aus, dass Sie diesen Fall zeitnah werden aufklären können. Ihrer Akte nach gelten Sie als fähiger Ermittler, und der Fall hat für das Rauschsicherheitshauptamt höchste Priorität. Beides, Ihre Fähigkeiten und unser Interesse, sollte für schnelle Ergebnisse sorgen.«

Cain verstand eine Drohung, auch wenn sie nicht offen ausgesprochen wurde. Aber vielleicht gerade deswegen wollte er sich nicht einfach von Grubb abservieren lassen wie ein eingeschüchterter Befehlsempfänger. Grubb mochte ihn unter Druck setzen und wahrscheinlich auch testen wollen, aber für den Moment schien er tatsächlich auf ihn zu zählen. Das gab Cain zumindest etwas Spielraum.

»Lektor Grubb«, sagte er und atmete durch, »wenn der Fall für Sie so wichtig ist, dann erlauben Sie mir die Frage: Warum übernimmt das Hauptamt die Ermittlungen nicht selbst?«

Auf Grubbs Gesicht erschien wieder das ironische Grinsen. »Das hat mit Ihnen zu tun, Inspektor Cain. Ausschließlich mit Ihnen.«

»Mit mir?« Cain spürte, wie sich die Härchen auf seiner Haut aufstellten wie in einer Gewitterzone.

»Selbstverständlich.« Grubbs Lippen wurden wieder horizontale Striche. »Offen gestanden war das mein erster Gedanke: den Fall in unsere Obhut zu nehmen. Und dann sah ich mir die Akte des ermittelnden Beamten an. Ihre.« Der Lektor schaute immer noch auf die Stadt unter sich. »Ich werde in dieser Angelegenheit zwei Fliegen mit einer Klappe schlagen, Inspektor. Das ist der Gedanke dahinter.«

»Ich verstehe nicht ganz ...« Cains anfängliches Gefühl dräuenden Unheils war mit Wucht zurückgekommen. Er wusste nicht, worauf Grubb hinauswollte, aber das hier war schlimm, ganz schlimm. Er hatte es von Anfang an geahnt, alles in ihm hatte »Gefahr« geschrien und jetzt recht behalten. Wenn es etwas geändert hätte, wäre er geflohen.

»Dann helfen ich Ihnen auf die Sprünge«, erklärte Grubb und drehte sich weg vom Geländer und zu Cain. »Sie sind eine Schande, Inspektor Cain. Für die Uniform, die Sie tragen, für die Konsumgemeinschaft. Für sich selbst. Schauen Sie nicht so entgeistert.

Glauben Sie denn wirklich, Ihr Verhalten wäre all die Jahre niemandem aufgefallen? Allein schon der Gedanke, dass uns ein Fall wie der Ihre entgehen könnte, ist defätistisch. Sie haben sich vom Rauschsicherheitshauptamt zur Gemapo versetzen lassen, und von solchen Anträgen gibt es nicht allzu viele. Nein, Inspektor, wir wissen ziemlich genau, wie es um Sie bestellt ist. All die Minimumspenden, die im letzten Moment aufs Soll gehobenen Blutwerte, der Lebensstandard, der an Konsumverweigerung grenzt, die ständigen ABS-Sonderbeantragungen. Ihre Abwesenheit von öffentlichen Konsumfeiern.«

»Ich lebe zurückgezogen«, antwortete Cain. Er fühlte sich ohnmächtig. Selbst in seinen Ohren klang seine Erwiderung kraftlos.

»Ja, das tun Sie. Aber das ist nicht der Punkt. Sondern: Leben Sie zurückgezogen, weil sie ein introvertierter Mensch sind? Oder weil sich unter Ihrer Uniform ein Renegat verbirgt?« Grubbs Stimme war heiseres Mahlen von Stein auf Stein. Den Unterkiefer hatte er aggressiv nach vorne geschoben, die Brauen zusammengezogen, die Augen brannten vor Empörung.

Cain war immer noch benommen, spürte aber, dass er sich jetzt nicht kampflos aufgeben durfte. Er raffte sich auf. »Ich habe mir nie etwas zuschulden kommen lassen. Mein Lebenswandel ist einwandfrei. Und wenn Sie behaupten, Minimumspenden wären ideologisch bedenklich, sagen Sie nichts anderes, als dass die Vorgaben der Partei ideologisch bedenklich sind. Sind sie das?«

Kurz leuchtete so etwas wie wölfische Freude in Grubbs Gesicht auf, und sein Mund verzog sich wieder zu einem Grinsen, das diesmal sogar den Blick freigab auf zwei geschlossene Reihen makelloser Zähne. »Ich sehe, Inspektor, Sie haben noch mehr behalten als unsere Grußformel. Ihre Lektionen in Argumentationsführung jedenfalls scheinen Sie gut verinnerlicht zu haben«, sagte er, dann wurde er wieder ernst. »Aber das wird Ihnen nichts helfen. Sie haben hier keinen verschüchterten Abweichler vor sich, den Sie mit rhetorischen Winkelzügen aus der Reserve locken können. Sie können mir mit Ihrer Raffinesse das Vergnügen einer intellektuellen Herausforderung bieten, aber Sie kommen mit ihr nicht gegen die Wahrheit an. Sie sind nicht auf Linie. Schon sehr lange nicht mehr.«

Cains Angriffslust zerplatzte. Was immer er dem hätte entgegnen können, es hätte nichts an der einen, alles entscheidenden Tatsache geändert: Grubb hatte recht. Er war nicht auf Linie.

Und mehr gab es dazu nicht zu sagen.

Er wusste nicht, was er Grubb erwidern sollte, aber der kam ihm ohnehin zuvor.

»Der einzige Grund, weshalb gegen Sie nicht schon längst ein Verfahren wegen Konsumkraftzersetzung läuft, ist Ihre politische Vita, Inspektor Cain. Ihre Verdienste um die Konsumrevolution sind beachtlich, und als ihr Veteran und Witwer einer Goldenen Schützin genießen Sie diverse Privilegien, das wissen Sie, darunter auch jenes, dass man bei der Beurteilung ihrer politischen Zuverlässigkeit Nachsicht walten lässt.«

Natürlich wusste Cain das. Ein Goldener Schütze gab sein Leben für die Partei, und die Partei dankte dieser ultimativen Hingabe, indem sie für die Hinterbliebenen sorgte: stattliche Rentenbezüge, freie Wahl des Arbeitsplatzes, Versetzung zu einer prestigeträchtigeren Dienststelle – die Großzügigkeit der Partei konnte viele Formen annehmen. Vor allem aber zeigte sie sich in einem quasi eingefrorenen Rating. Körperlicher Verfall spielte für Träger des Goldenen Hinterbliebenenabzeichens im Prinzip keine Rolle mehr, ideologische Nachlässigkeiten wurden de facto toleriert. Dasselbe galt für die sogenannten Alten Kämpfer: Wer schon vor der Konsumrevolution Mitglied der KP gewesen war und während des Systemwechsels eine aktive Rolle gespielt hatte, genoss eine ähnliche Vorzugsbehandlung. In seiner Zeit als Lektor war es mehr als einmal passiert, dass die Ermittlungen eingestellt worden waren, weil der Beklagte ein Alter Kämpfer gewesen war, oder dass lediglich ein Bußgeld verhängt wurde, wo normalerweise sozialhygienische Maßnahmen ergriffen worden wären. Und Cain war sich sehr bewusst, was Grubb da ansprach: dass er sich seinen mehr oder weniger offen zur Schau getragenen Defätismus nur hatte erlauben dürfen, weil er eben einer von denen war, bei denen die Partei ein Auge zudrückte. Er war schon ewig nicht mehr befördert worden, das ja, aber sein doppelter Sonderstatus hatte ansonsten dafür gesorgt, dass sie ihn in Ruhe ließen.

Bis jetzt.

»Aber das heißt nicht, dass Sie deshalb einen Freifahrtschein haben«, knirschte Grubb weiter. »Auch hochdekoriert, wie Sie sind, müssen Sie Ihren Wert für die Konsumgemeinschaft unter Beweis stellen. Und das, Inspektor Cain, ist der Grund, weshalb ich Ihnen den Fall nicht entzogen habe: Zeigen Sie, dass Sie es wert sind, weiterhin Teil dieser Gesellschaft zu sein. Lösen Sie den Fall, und lösen Sie ihn schnell, dann lasse ich Sie weiter in Ihrer inneren Emigration schmoren, damit sind Sie dann bestraft genug. Versagen Sie, haben Sie es versäumt, Ihren Nutzen unter Beweis zu stellen, und ich entziehe Ihnen Hinterbliebenen- und Alter-Kämpfer-Status.«

Das genügte. Die Konsequenz war Cain klar, ohne dass es weiterer Ausführungen bedurft hätte. Ohne die entsprechenden Vermerke in seiner Akte konnte Cain sein Triple-A-Rating vergessen. Er würde herabgestuft werden, auch aufgrund seines körperlichen Zustands. Er brauchte sich nichts vorzumachen: ein Junkie mit Mitte fünfzig und von bedenklicher politischer Zuverlässigkeit – das war ein Fall für den Recyclinghof.

Entgeistert starrte er Grubb an. Der erwiderte kalt seinen Blick und wandte sich dann langsam wieder der Stadt unter ihnen zu. Als er anfing zu sprechen, klang der Lektor beinahe nachdenklich.

»Wissen Sie, Inspektor, ich finde Ihren Fall tatsächlich faszinierend. Sie, genauer gesagt. Wir sind beide derselbe Jahrgang, beide haben wir für den Konsumismus gekämpft, zu einer Zeit, da man uns entweder für Idioten hielt oder für Verbrecher. Wir wussten, was wir wollten, und wir haben es bekommen. Wir haben gesiegt. Männer wie wir haben dieses Land geformt, haben auf den Trümmern der alten Ordnung etwas geschaffen, das uns überdauern wird. Wir sind uns ähnlicher, als es jetzt den Anschein hat. Sogar dieselbe Laufbahn haben wir eingeschlagen. Weil wir beide diesem Land dienen wollten, auf eine Weise, wie es nur wenige können und es noch wenigeren vergönnt ist. Beide haben wir für die Sache Opfer gebracht. Nein, meine Frau ist keine Goldene Schützin, aber in der Goldenen Reihe gibt es eine Stele mit dem Namen meines Sohns darauf. Ich weiß, wie hart dieses Los ist. Und doch stehen wir beide jetzt hier: gegenüber, nicht Seite an Seite. Das ist es, was mich fasziniert: Wie können sich Lebensläufe, die sich so gleichen wie die unsrigen, so weit auseinanderentwickeln? Wo ist der Punkt, an dem aus zwei Parallelen Diametralen werden? Was, Inspektor, ist bei Ihnen schiefgelaufen? Wo ist die Stelle, an der Sie aus der Bahn geworfen wurden?«

Cain konnte immer noch nichts sagen. Er schluckte, brachte aber keinen Laut heraus. Die Art, wie Grubb ihn analysierte und sein Innerstes offenlegte, weckte in ihm ein Entsetzen, für das er keinen Namen hatte.

Auch Grubb schwieg jetzt.

Stille.

»Ich dachte mir, dass Sie keine Antwort für mich haben«, sagte Grubb schließlich, immer noch den Blick nach unten gerichtet. »Aber wir werden sie schon finden.« Dann, wieder eine Weile später: »Sie können jetzt gehen, Inspektor, Sie haben einen Fall zu lösen.«

Stumm und erschüttert eilte Cain davon.


Der Brombeershake war warm geworden, der Schaum in sich zusammengesunken. Cain starrte in den Becher und fand keine Antworten, er war sich nicht mal sicher, wie die Fragen lauteten. Alle vermeintlichen Gewissheiten, die er gehabt hatte, alle Sicherheiten: mit einem Mal weggewischt.

Er hatte es sich bequem gemacht, hatte seinen Nonkonformismus mit Zynismus umzuckert und war sich so all die Jahre sicher gewesen davonzukommen. Ein bisschen Spott hier, ein bisschen ironisches Frotzeln da, und ja, sicherlich auch beißende Skepsis, aber was sollte schon passieren? War er nicht ein Revolutionsheld, einer der wenigen noch lebenden Zeitzeugen der Konsumrevolution? Sein Name war zusammen mit 300 000 anderen eingemeißelt in den großen Triumphbogen, den sich die KP nach dem Sieg selbst gesetzt hatte – eine Verbeugung vor allen, die ihr schon die Treue gehalten hatten, bevor die Mitläufer in Scharen angeschleimt gekommen waren. Sein Name stand vor einem siebenzeiligen Eintrag im *Biografischen Lexikon der Konsumrevolution: Alte Kämpfer und Revolutionshelden, Bd. 1*, er hatte den Brocken irgendwo bei sich zu Hause stehen: eines jener Standardwerke der Partei, die in keinem Funktionärsregal fehlen durften, deren tatsächliche Lektüre aber wohl ziemlich hart gegen null tendierte. Er hatte einmal reingeschaut – er stand zwischen *Caim, Bethseba* und *Cain, Thaddäus*, und das war alles, was er noch davon wusste.

Die dürren Worte hatten die Wirklichkeit sowieso nicht annähernd wiedergeben können.

Flashbacks von damals flackerten durch sein Hirn, aus der

Kampfzeit der Bewegung. Fiebrige Bilder voll zerborstenem Glas und lauter Kommandorufe. Schnelle Schnitte, ein Kaleidoskop des Umsturzes. Rennende Gestalten in den Straßen, sich wegduckend unter Schwaden von Tränengas, surreal ausgeleuchtet vom Feuer brennender Autos. Umgestürzte Möbel in durchsuchten Wohnungen, Festgenommene, aufgereiht an den Wänden ausgehobener Kellerverstecke, die Hände mit Kabelbindern hinter dem Rücken gefesselt. Angstgeweitete Augenpaare in kargen Verhörzellen. Angeklagte mit gesenkten Köpfen vor Revolutionstribunalen. Sozialhygieneanstalten. Recyclinghöfe. Und immer wieder inmitten dieser Szenen: er, Solomon Cain. Anfangs nur mit der improvisierten türkisen Armbinde der KP, später dann, als sich der Sieg schon abzeichnete und die Bewegung sich Prozesse gab und Form, als sie sich anschickte, Staat zu werden, in der weißen Uniform, die diesen Staat schützte. Da war er – unermüdlich, unerbittlich, und, ja, seine Verdienste waren beachtlich gewesen. In einer Zeit, in der die Gegenrevolution nicht nur eine abstrakte Gefahr gewesen war, sondern Realität, hatte das Fortbestehen der Bewegung mehr als einmal in den Händen von Männern wie ihm gelegen. Bedrängt von den Kräften des alten Systems, das einfach nicht untergehen wollte, war die Konsumrevolution angewiesen gewesen auf Menschen, die bereit waren, harte Entscheidungen zu treffen. Cain war bereit gewesen. Er hatte entschieden mit den historischen Dimensionen des Augenblicks vor Augen.

Grubb hatte recht: Sie hatten schlussendlich eine neue Ordnung aufgebaut, auf den Trümmern der alten. Und die Partei vergaß nicht, wer damals den Mumm gehabt hatte, mit anzupacken, wer sich die Hände schmutzig gemacht hatte für die gute Sache.

Die gute Sache.

Cain schüttelte den Kopf. Was war das noch mal gewesen? Er wusste es nicht mehr.

Die Verdienste der Vergangenheit aber waren sein Schild gewesen gegen die Verdächtigungen der Gegenwart. Jahrelang hatten sie ihm als Freifahrtschein gedient, und der Tag, der ihn vom Ehemann zum Witwer machte, hatte ihn in seiner berechnenden Verachtung nur bestätigt: Jetzt erst recht würde er kein Blatt mehr vor den Mund nehmen müssen, weil sie ihm jetzt erst recht nichts mehr würden anhaben können. Mochte ihn denunzieren, wer wollte, die Beschwerde würde schon am AK/GH-Doppelvermerk in seiner Akte abperlen. Das war immer seine Leitlinie gewesen.

Und jetzt stellte sich heraus, dass er es sich zu einfach gemacht hatte.

Grubb hatte seinen Kokon oppositioneller Behaglichkeit mit wenigen Worten zerrissen und ihm klargemacht, dass er es zu weit getrieben hatte, dass das Hauptamt nicht gewillt war, ihn mit dieser quasi-dissidentischen Lebenseinstellung davonkommen zu lassen, nicht ihn, den Ehemaligen.

An Grubbs Analyse war nicht rütteln; was aber unklar blieb, und das war tatsächlich eine Frage, die Cain am Ende seines Shakes formulieren konnte, vielleicht sogar die einzige, die wirklich zählte: Würde Grubb sich an seine Abmachung halten?

Würde er, wenn Cain ihm den Mordfall aufklärte, einfach wieder aus dessen Leben verschwinden und ihn in Ruhe lassen?

Cain nahm den Becher in die Hand, kippte den letzten Schluck hinunter und knüllte einen Geldschein auf die Theke. Dann stand er auf und verließ die Milchbar.

Es gab nur einen Weg, diese Frage zu beantworten.

# 7

Die Akte von BM17 war ein Konvolut aus geschwärzten
Seiten. Als Cain sie das erste Mal durchblätterte, lachte
er bitter auf. Kaum ein Schriftstück, das nicht von der
Hand des Zensors bearbeitet worden war. Ganze Seiten und Ab-
sätze waren hinter dicken schwarzen Balken verschwunden, andere Dokumente fehlten ganz, wie aus dem – ebenfalls gut durch-
geschwärzten – Index hervorging. Frustriert schmiss er die Akte
wieder in den Karton zurück und trommelte mit den Fingern auf
seiner Plastikschreibtischplatte.

Und jetzt?

Die Akte jedenfalls war kaum zu gebrauchen. Mochte sein, dass
sich irgendwo, auf irgendeiner Seite, ein Hinweis fand, aber er war
gerade viel zu aufgekratzt und wütend, um sich in minutiösem
Zeilenstudium zu ergehen. Was er jetzt brauchte, war etwas Hand-
festes, etwas, das zur Tat aufrief, das ihn vorantrieb und mit dem
er selbst den Fall vorantreiben konnte.

Fünf Minuten später bekam er es.

Die Analyse aus der Humanmedizin ploppte per Rohrpost in
seinem Büro auf. Cain entplombte den Behälter und fingerte den
Bogen heraus. Das Ergebnis des Gentests stand dort in klappriger
Maschinenschrift. BM17 hatte im Beischlafstutzen Sperma von:

*MIN R7C1-6T5F-WN04 Kort, Jedediah Eigenbedarf, Zuchtlinie
31 322 067 K, Humanklasse Aa2, Adr. NNW 12 157, Jaxton*

Zischend ließ Cain die Atemluft zwischen den Zähnen entweichen. Damit hatte er nicht gerechnet. Es war also der Geburtsvorstand von Pregnantam, der in der Mordnacht Sex mit der Brutmutter gehabt hatte.

Der Grund für dessen merkwürdiges Verhalten schien Cain im ersten Moment klar zu sein, aber schon im zweiten merkte er, dass diese neue Entwicklung mehr Fragen aufwarf, als sie beantwortete: Weder erklärte sie die zeitliche Lücke zwischen der Vergiftung der Leibesfrucht von BM17 und ihrer eigenen Ermordung, noch gab sie einen wirklichen Hinweis darauf, wieso der Geburtsvorstand so eine melodramatische Tour abgezogen hatte. Oder ob er tatsächlich der Täter gewesen war.

Stattdessen fügte der Laborbericht der ohnehin schon undurchsichtigen Gemengelage noch ein weiteres, komplett unklares Element hinzu. War das Ganze etwa eine außer Kontrolle geratene Dreiecksgeschichte? Das war das einzige einigermaßen plausible Motiv, das Cain in den Sinn kam. Nur: Wer das Gesicht am Fenster von Thons Wohnung gewesen war, konnte auch diese Theorie nicht erklären, zumindest noch nicht. Der Geburtsvorstand jedenfalls war es nicht gewesen, da war sich Cain sicher.

»Werden wir ihm wohl auf den Zahn fühlen müssen«, sagte er laut zu sich selbst. Cain griff zum Telefon auf seinem Schreibtisch und wählte die interne Nummer der Raumverwaltung. »Reservieren Sie mir ein Verhörzimmer«, sagte er in die Muschel und hängte wieder auf. Dann wählte er die Nummer der Vermittlung, ließ sich zur Bepo durchstellen und gab dem wachhabenden Offizier die Order, Jedediah Eigenbedarf Kort festzunehmen.

»Na schön, dann eben noch mal alles von vorne.«

Cain seufzte, tatsächlich aber war er höchst vergnügt. Verhöre waren anstrengend, sie waren langwierig, aber, Himmel, sie machten einen Heidenspaß. Das waren die Momente, in denen man jagen konnte, seine Beute umkreisen, um sie dann zur Strecke zu bringen. Und diesmal war seine Beute ein verschüchterter Manager eines Gebärkonzerns.

Er musterte den Pregnantam-Vorstand. Kort sah im sterilen Neonlicht des Verhörzimmers noch blasser aus, als er es bereits bei seiner Ankunft gewesen war. Ein trostloses Strichmännchen in violettem Frack. Er hatte den Blick gesenkt, und wenn Cain stumm blieb, hob er ihn ab und an, um nachzuschauen, als erhoffte er sich, von Cains Gesicht ablesen zu können, was wohl als Nächstes käme. Kort war nervös, aber das allein mochte noch nichts heißen: Den wenigsten gelang es, in einer polizeilichen Verhörzelle komplett ruhig zu bleiben, auch wenn sie sich nichts vorzuwerfen hatten. Und erst recht nicht, wenn sie des Mordes an einer Brutmutter und ihrer achthundert Kinder verdächtigt wurden.

Kontrolle, dachte Cain. Darum ging es bei einem Verhör, um nichts anderes. Oder genauer: darum, den Verdächtigen spüren zu lassen, dass er keine mehr hatte.

Ob er nun etwas trinken oder auf Toilette gehen wollte, um alles musste er bitten, war er auf die Gnade seines Gegenübers angewiesen. Ob er etwas gefragt wurde oder sich selbst einfach nur fragte, was als Nächstes passieren würde: Es war nicht an ihm, den Gang der Dinge zu bestimmen. Das war an dem, der auf der anderen Seite des Tisches saß. An Cain. Und Cain wusste, wie sich Kontrolle ausüben ließ. Wollte der Verdächtige Druck machen, machte man höheren. War er furchtsam, bot man ihm Beruhigung und Aufmunterung an. Wirkte er schwach, zeigte man Stärke. Und suchte er einen Freund, riss man einen Witz, schaute verständnisvoll und kaufte ihm einen Milchshake aus dem Automaten vor der Tür. War er voller Zuversicht und Selbstbewusstsein, demonstrierte man mehr vom selben und ließ sein Gegenüber wissen, wie überzeugt man war von seiner Schuld, und dass man lediglich in ein paar Detailfragen neugierig sei auf seine Antworten. War er arrogant, tat er so, als gingen ihn Verhaftung und Verhör nichts an, schüchterte man ihn ein und machte ihm klar, dass es nur einen Weg raus aus dieser Zelle gab, der nicht vor ein Sozialhygienegericht führte: das zu sagen, was man wissen wollte.

Kort war eher der furchtsame Typ – bislang, das konnte sich noch im Verlauf des Verhörs ändern. Kort war Konzernvorstand, jemand, der es gewohnt war, Anweisungen zu geben. Leute wie er besannen sich nach anfänglicher Schüchternheit oftmals auf ihren Status und wurden dann aggressiv, weil sie glaubten, sie könnten irgendwelche Rechte einfordern. Tu mir den Gefallen, dachte Cain, nur zu. Andererseits: Durch jahrelange Praxis hatte er so etwas wie einen Sinn dafür entwickelt, wer ihm während eines Verhörs Schwierigkeiten machen würden. Und Kort, das sagte ihm dieser Sinn, würde ihn nicht herausfordern. Jedenfalls nicht durch Aggressivität. Möglicherweise durch Starrsinn, durch trotzigen, die Realitäten verleugnenden Starrsinn, aber Aggressivität? Cain schaute in das eingefallene Gesicht des Vorstands: unwahrscheinlich.

Dann also die beruhigende Variante. Härte rausnehmen, aber Druck aufbauen. Und sollte er trotz allem nicht weiterkommen, sollte all seine Finesse versagen, dann gab es nach vier, nach sechs, nach acht Stunden immer noch Natrium-Pentathol, Scopolamin oder ein anderes Wahrheitsserum. In den beginnenden Entzug hineingespritzt, und Kort würde schwallen wie ein Wasserfall. Aber das war ein letztes Mittel, eine Notlösung, die keinesfalls verwertbare Ergebnisse garantierte – schließlich würde Kort in seinem Redebedarf kaum zu lenken sein und möglicherweise auch wildes Zeug herumfantasieren. Auch deswegen würde er zu diesem Mittel erst greifen, wenn ihm das verbale Kräftemessen schon lange keinen Spaß mehr machte. Alles andere hätte er ohnehin nicht mit seiner Berufsehre vereinbaren können. Denn auch wenn am Ende immer nur das Ergebnis zählte, der Weg dorthin entschied über die Befriedigung, die man aus einem Verhör ziehen konnte.

Und das hier, dachte Cain, war ein Verhör, das er vorhatte, auf die befriedigende Weise zu gewinnen.

Die erste Runde war ausgefallen wie erwartet: Kort hatte das Verhältnis zugegeben, bestritt aber, etwas mit dem Mord zu tun zu haben. Keine neuen Erkenntnisse. Cain hatte noch nicht entschieden, ob er dem Vorstand glaubte. Er musste sich seine Geschichte erst noch ein paar Mal anhören. Wiederholungen sagten viel aus. Benutzte ein Verdächtiger dieselben Formulierungen immer wieder, hielt er sich immer an denselben Details auf, waren das deutliche Hinweise darauf, dass er im Kopf ein ausgedachtes Szenario durchging. Die Lüge, das hatte Cain in langen Dienstjahren gelernt, war nie so facettenreich wie die Wahrheit.

»Also, Kort, dann wollen wir mal sehen, ob wir die Sache schnell hinter uns bringen können, in Ordnung?«, nahm er das Gespräch wieder auf.

Kort nickte.

»Wenn ich Sie richtig verstanden habe, dann haben Sie zugegeben, in der Mordnacht mit BM17 geschlafen zu haben.«

»Das ist richtig.«

»Aber Sie haben sie nicht getötet. Sie waren es nicht, der ihr die Herzklappe rausmontiert und ihre Föten abgetrieben hat?«

Kort schüttelte den Kopf. »Nein, das war ich nicht. Wieso sollte ich so etwas tun?«

Cain drehte beschwichtigend seine Handflächen nach oben.

»Ich will Ihnen ja glauben, Kort. Aber sehen Sie: Es ist meine Pflicht, Ihnen all diese Fragen zu stellen, verstehen Sie? Und Sie müssen schon zugeben – das klingt nicht nach der wahrscheinlichsten Geschichte.«

Kort atmete tief durch. Als er anfing zu sprechen, hatte seine Stimme einen leicht weinerlichen Ton. »Inspektor, ich war es wirklich nicht. Ja, ich habe mit ihr geschlafen, aber nein, ich habe sie nicht umgebracht. Das ist Irrsinn! Ich will ja ebenso sehr wie Sie, dass der Mörder gefunden wird. Erinnern Sie sich, was ich Ihnen gestern gesagt habe? Das meinte ich alles wirklich so.«

»In Ordnung, Sie haben mir gestern Ihre Hilfe angeboten, dann helfen Sie mir jetzt. Warum haben Sie mit BM17 geschlafen?«

»Wir hatten ein Verhältnis miteinander. Seit sieben Monaten etwa. BM17 – sie wollte Thon nicht verletzen. Sie hat immer gemeint, dass er nicht damit klarkäme, wenn sie ihn verlassen würde.«

»Und Sie? Wie haben Sie das gesehen?«

Kort seufzte gequält. »Das habe ich Ihnen doch bereits alles gesagt, Inspektor.«

»Kort.« Cains Ton war der eines Elternteils, der ein Kind durchaus liebevoll, aber konsequent ermahnte zu tun, was man ihm sagte.

Der Vorstand beugte sich und nickte.

Dich krieg ich, dachte Cain.

»Ich denke, dass Thon das durchaus verkraftet hätte. Er ist ein NTA, das sind keine sehr empfindsamen Menschen. Thon war sehr rational veranlagt, er hätte das verstanden.«

»Sie hatten also in einem zentralen Punkt Ihre Beziehung betreffend konträre Meinungen.« Eine Feststellung, keine Frage.

»So würde ich das jetzt nicht bezeichnen.«

»Wie oft haben Sie sich deswegen gestritten?«

»Das war nie ein großes Thema zwischen uns.«

»Aber ein Thema war es.«

Kort erkannte, dass er sich mit der Formulierung selbst ein Bein gestellt hatte, und biss sich auf die Lippe. »Hören Sie, Inspektor, wirklich, das hat keine Rolle gespielt zwischen uns. BM17 und ich – wir hatten etwas Besonderes. Thon war dabei von keinerlei Bedeutung.«

»Mag sein. Aber kommen Sie, Kort: Sie haben seit Monaten ein Verhältnis mit BM17. Die will ihren Partner nicht verlassen. Dann wird sie eines Nachts unter eine Vergewaltigungsdroge gesetzt und ermordet. Und der Mensch, der in dieser Nacht bei ihr war, sind Sie, während vom Lebensgefährten jede Spur fehlt. Und jetzt wollen Sie mir weismachen, dass das alles nichts miteinander zu tun hat?«

»Wenn es doch so war ...« Korts Blick war flehender Trotz.

»Erzählen Sie mir von der Nacht.«

»Da kann ich gar nicht viel zu sagen. Ich bin lange im Büro geblieben und dann anschließend zu BM17 nach draußen in die Industriebrache gefahren.«

»Das war so gegen ...?«

»Das war gegen zwölf. Ich bin dann zuerst in die Hirnkammer hoch, und wir haben uns etwas unterhalten. Ich habe ihr was von meinem Tag erzählt, und sie schrieb mir etwas von ihrem zurück. Ich mochte ihre Art zu schreiben. Ihr Lochkartenstanzer hatte einen leichten Stellfehler, deshalb waren ihre Ausdrucke immer etwas schief. Ganz leicht nach links verschoben. Man hätte das natürlich richten lassen können, aber das gab ihr etwas Anrührendes, beinahe etwas Verletzliches.« Kort hatte an Cains Kopf vorbei in den Raum gesprochen, jetzt schaute er ihn an. »Ansonsten war sie perfekt, müssen Sie wissen.«

Cain sagte nichts. Das war ein Detail, das der Vorstand im ersten Durchgang noch nicht erzählt hatte. Im Prinzip war es nebensächlich, aber es verriet etwas über Korts Verhältnis zu BM17. Wenn er in der Brutmutter nur ein Stück Metall zur Triebabfuhr gesehen hätte, hätte es eine solch intime Schilderung nicht gegeben. Dass die beiden ein Liebespaar gewesen waren, stimmte also mit hoher Wahrscheinlichkeit.

Nur sagte das nichts aus über Korts Unschuld. Und um Viertel vor eins hatten BM17s Nieren das Flunitrazepam registriert. Das passte in etwa zu dem Zeitpunkt, zu dem sich der Vorstand nach eigener Aussage auf den Weg gemacht hatte: Von Pregnantam zur Nördlichen Industriebrache waren es etwa fünfzehn Minuten, weitere dreißig Minuten, bis die Droge nach Verabreichung die Nieren erreichte.

Mit einem Wink bedeutete er Kort fortzufahren.

Der zögerte. »Danach haben wir miteinander geschlafen.«

»Und?«

»Und was?« Korts Stirn knautschte sich in zornige Falten. »Was wollen Sie von mir wissen, Inspektor? Wie lange das gedauert hat? Ob es gut war?«

Aggressivität, dachte Cain, kann er also doch, gut. In dem Zusammenhang deutete sie aber eher darauf hin, dass er mit seinen Fragen eine Grenze überschritten hatte, als dass sich der Vorstand in die Enge getrieben fühlte. Kort verteidigte seine Privatsphäre, was abermals auf eine emotionale Beziehung zu BM17 schließen ließ. Cain kam diese Gefühlsaufwallung entgegen. Aggressivität machte unbedacht, und auch wenn sie darauf abzielte, Cain abzuwehren, ließ sie ihn doch tatsächlich näher an Kort heran: Aggressivität war Verlust des einzigen Schutzes, den es noch gab, wenn man sich auf der falschen Seite des Tischs einer Verhörzelle wiederfand: wohlüberlegte Sachlichkeit. Das war eine Chance, die sich Cain nicht entgehen lassen würde.

»Ich sage Ihnen jetzt mal, wie das meiner Meinung nach abgelaufen ist, Kort«, fing er an. »Ich glaube, dass Sie am Ende gar keine andere Wahl hatten.«

Kort schaute erstaunt hoch.

»Sehen Sie, wie lange ging das jetzt – sieben Monate, sagten Sie? Am Anfang war das alles kein Problem, das Doppelleben, die Heimlichkeit. Da war das alles neu und aufregend, und Thon spielte wirklich keine Rolle. Aber dann, je länger Ihre Affäre dauerte, desto belastender wurde die Situation: Thon war der ewige Störenfried, der, auf den Sie Rücksicht nehmen mussten. Und irgendwann hatten Sie darauf keine Lust mehr. Sie sind kein gewalttätiger Mensch, Kort, kein Krimineller. Sonst hätten Sie irgendwann Pläne geschmiedet, um Thon umzubringen. Aber das kam für Sie nie infrage. Das Problem war ja auch nicht Thon, sondern BM17 – beziehungsweise ihre Weigerung, Thon zu verlassen. Nicht Thon verhinderte Ihr Glück, BM17 war es. Und dass sie das nicht einsehen oder wahrhaben wollte, das haben Sie irgendwann angefangen, ihr übel zu nehmen. Sie haben das erst gar nicht gemerkt, aber ganz langsam hat sich Ihre Zuneigung in Enttäuschung gewandelt, in Groll und schließlich in Verbitterung. Ich kann das verstehen – wer wäre da nicht verbittert? Es gibt in solchen Angelegenheiten keine halbe Sachen: Solange sich BM17 nicht für Sie entschied, solange entschied sie sich gegen Sie, das ist ganz einfach. Und dadurch hat sie das, was Sie beiden hatten, in einen Scherbenhaufen verwandelt. Diese Erkenntnis hat Sie irgendwann wie ein Hammerschlag getroffen. Denn das bedeutete in der Konsequenz, dass sie Sie nie geliebt hat. Die Gefühle von Thon waren ihr wichtiger als Ihre gemeinsame Zukunft. Und das konnten Sie ihr einfach nicht verzeihen, war es nicht so? Deshalb musste BM17 sterben. Weil sie die Schuldige war, nicht Sie, nicht Thon. Und weil Sie zumindest noch einmal die Illusion haben wollten von dem, was hätte sein können, haben sie ihr das Flunitrazepam gegeben, haben mit ihr geschlafen und sie dann umgebracht. So war es doch, oder? Sie hatten ja auch keine andere Wahl: Diese ganze Geschichte war festgefahren, hoffnungslos, und das war der einzige Ausweg. Das war kein Mord, das war der Versuch, Ihre Souveränität wieder zurückzuerlangen. Kort, ich denke, ich hätte an Ihrer Stelle genauso gehandelt, jeder hätte so gehandelt. Sie sind deswegen kein schlechter Mensch, absolut nicht. Und ich will Ihnen helfen, verstehen Sie? Ich kann den Albtraum beenden, in den Sie da geraten sind. Sie müssen mir dafür nur ein kleines bisschen entgegenkommen. Sagen Sie mir, dass es so abgelaufen ist, und wir können beide damit anfangen, Sie da rauszuholen.«

Cain schaute Kort mit offenem Blick an, die rechte Hand über den Tisch hinüber ausgestreckt und mit der Handfläche nach oben, bereit zum Einschlagen. Es war ein kritischer Moment, das wusste Cain. Wenn man einem Verdächtigen eine goldene Brücke baute, hing alles davon ab, ob dieser schon mürbe genug war, um einzulenken, ob er – und darauf lief es letztlich immer hinaus – gestehen *wollte*. Kort war seinen Ausführungen stumm und mit großen Augen gefolgt, ohne jegliche Gefühlsregung.

Und in dem Moment, in dem sich der Vorstand anschickte zu antworten, wusste Cain, dass es nicht funktionieren würde.

»Ich bin fassungslos, wirklich.« Kort sprach langsam, als würde jedes Wort ihn unendliche Mühe kosten; auf seinem Gesicht erschien ein völlig entgeisterter Ausdruck. »Dass Sie mir so niedrige, so kleine Beweggründe unterstellen. Ich …« Er brach ab, machte eine Pause, und als er weitersprach, füllten sich seine Augen mit Tränen. »Ich habe sie geliebt. Sie war alles für mich. Niemals hätte ich ihr etwas antun können.«

Cain musterte den Vorstand. Und wieder war er sich nicht

sicher, ob Kort die Wahrheit sagte oder einfach nur ein wahnsinnig talentierter Schauspieler war. Er hatte in seinem Leben schon so viele falsche Tränen gesehen, dass er wenig auf sie gab, wenn sie einem Verdächtigen über die Wangen rannen. Aber wenn Kort BM17 wirklich geliebt hatte, würde das sein sonderbares Verhalten bei ihrem ersten Treffen erklären. Dann wäre sein Hilfsangebot kein Ablenkungsmanöver gewesen, sondern tatsächlich ehrlich gemeint. Lediglich die Motivation war eine andere als vorgegeben: Nicht ein in seinem Familiensinn verletzter Konzernvorstand hatte ihm dann die Hand gereicht, sondern ein trauernder, verzweifelter Liebhaber. Das klang durchaus plausibel. Nur um das zu entscheiden, dafür war es noch ein paar Verhörrunden zu früh.

»Ich habe es Ihnen ja bereits gesagt«, fing Kort von sich aus wieder an. »Ich will, dass Sie ihren Mörder finden. Sie sollten da draußen sein und ihn jagen. Stattdessen sitzen Sie hier und verschwenden wertvolle Zeit mit mir.«

Es klopfte an der Tür.

Unwirsch schob sich Cain vom Tisch weg und stand auf.

»Glauben Sie mir, Kort«, sagte er beim Rausgehen, »keine Sekunde in diesem Raum ist jemals Verschwendung gewesen.«

Im Flur raunzte er den Kriminalassistenzanwärter an. »Was?«

»Es gibt eine Neuigkeit Ihren Fall betreffend, Inspektor«, sagte dieser und reichte Cain ein Kuvert. »Und es gibt von Ihnen einen stehenden Befehl, dass Sie ohne Umschweife zu informieren sind, für den Fall, dass –«

Cain unterbrach ihn und griff nach dem Umschlag. »Ja, ja, schon gut. Geben Sie her.«

Er riss den Umschlag auf, zog die Lochkarte heraus und las die Zeilen, die der KomSek der Gemapo in die Pappe gestanzt hatte.

»Bringen Sie den Verdächtigen zurück in seine Zelle«, sagte er dem Kriminalassistenzanwärter mit einer Kopfbewegung Richtung Tür. »Ich setze das Verhör später fort.«

Dann machte er sich auf den Weg in die Tiefgarage zu seinem Adrenalinchopper.

Sie hatten Thon gefunden.

# 8

Die ehemalige Müllhalde von Junktown lag tief im
Südosten der Stadt, dort, wo die Wohnareale unterer
Humanklassen langsam ausfransten und übergingen in
großflächige Kies- und Schottergruben, verlassene Pilzfarmen
und ungenutzte Freiflächen. Sie hatte ihr Ende gefunden im ersten
Jahrzehnt nach der Konsumrevolution, als Müll zum Statussym-
bol eines ehrenhaften, weil regimetreuen Lebensstils wurde: Mit
Konsum als erster Bürgerpflicht und einer Warenproduktion, die
im gleichen Maße sank, wie die Bevölkerung in einen drogen-
induzierten Dämmerzustand hinabglitt, erhielt der Müll der Systemzeit eine zweite Karrierechance. Die Müllabfuhr wandelte sich
zur Müllanfuhr und pumpte in die Haushalte, die es sich leisten
konnten, was die städtischen Deponien und Wertstoffhöfe her-
gaben. Seit Jahren schon nun kam der Müll von fernab, herbei-
geschafft aus aufgegebenen Provinzialstädten, die von semi-auto-
nomen Müllsammelmaschinen nach Brauchbarem durchforstet
wurden. Die zentrale Müllhalde Jaxtons war heute eine karge
Hügellandschaft, geformt aus den Abfallbergen, die zu Erde und
Geröll durchkompostiert waren, bevor sie eine enthemmte Konsumgesellschaft wieder zurück in die Innenstadt hatte schaffen
können.

Epaphras Thon lag auf einem sacht abfallenden, stadteinwärts
zeigenden Hang eines ebensolchen Bergs rund vierzig Meter

unterhalb des Gipfelplateaus. Sein toter Körper schmiegte sich an einen halb in der beigegrauen Erde versunkenen Betonpfeiler, den die Müllanfuhr wohl für zu wuchtig für den Verkauf gehalten hatte. Die toten Augen schauten in einen indifferenten, blassen Himmel.

Der Keilriemen, mit dem er erwürgt worden war, schnürte noch immer seinen Hals ab.

»Spontan war das jedenfalls nicht.«

Cain schaute zu dem Bepo-Mann, der gesprochen hatte, und nickte. So weit war er auch schon gewesen. Thon war kein Totschlagsopfer: Wer immer ihn getötet hatte, hatte sich die Zeit genommen, vorher eine Schlinge zu knoten. Dass er also etwa Kort mit BM17 erwischt und der Vorstand ihn aus der Situation heraus umgebracht hatte, schied damit aus. Cain seufzte. Wieso konnte dieser Fall eigentlich nie einfacher werden?

Vielleicht hatten ja die Nikotniks etwas gesehen, die von der Bepo auf dem Haldengelände aufgegabelt worden waren und nun auf der Serpentinenstraße saßen, die sich den Berg hochwand und keine drei Meter an dem Betonpfeiler vorbeilief. Cain warf einen Blick zu ihnen hinüber: Vier waren es, rund hundert Meter entfernt, im Schatten des dreirädrigen Bepo-Transportwagens nebeneinander aufgereiht, die Köpfe gesenkt und definitiv eingeschüchtert von den zwei Bepos, die stolz wie Jäger nach erfolgreicher Pirsch über ihnen standen. Ja, vielleicht. Aber alles der Reihe nach.

»Sie haben die Leiche gefunden?«

»Nein, das war mein Kollege da drüben.« Der Polizist deutete auf einen der Beamten oberhalb von ihnen. Die Bepo war mit einem Zehn-Mann-Zug angerückt, als ihnen in der Zentrale klargeworden war, dass der Tote auf der Müllkippe zu einem Prioritätsfall der Gemapo gehörte. Dienstbeflissen, keine Frage, aber jetzt wuselten die flaschengrünen Uniformen überall auf dem Hang herum, und je weniger Bepos Cain ins Handwerk pfuschen konnten, desto besser war es in aller Regel. Er seufzte abermals.

»Sie da«, rief er dem Beamten am Plateaurand zu. »Kommen Sie mal her.«

Er schaute dem Mann zu, wie er den Hang zu ihnen hinabstieg. »Sie waren der Erste hier?«, fragte er ihn, als er heran war.

»Jawohl. Schutzmann Shemuel Brask vom Bedarfspolizeiergänzungsdienst II auf Patrouillendienst im südlichen Haldensektor.« Er führte seine Hand zur Mütze. »Er lag da einfach so rum. Ich bin dann hin und hab mir seine MIN notiert – am Eingang der Halde gibt es einen Fernmelder. Habe die MIN durchgegeben, und dann hieß es, dass der Tote in einem Mordfall der Gemapo gesucht würde.«

»Das ist richtig. Haben Sie den Tatort gesichert?«

Brask zuckte mit den Schultern. »Da gab es nicht viel zu sichern: Er lag da einfach so rum.«

»Und die Spuren?«

»Spuren?«

Cain bekam das Grausen. »Der Tote ist Ihrer Meinung nach also vom Himmel gefallen?«

Brask schaute kurz nach oben, als wäge er das tatsächlich ab. Dann schüttelte er den Kopf, wirkte aber noch immer verunsichert.

»Entweder«, hob Cain schwer atmend an, »ist irgendjemand mit Thon hergekommen und hat ihn dann hier umgebracht. Oder er hat ihn schon tot hier abgeliefert. In beiden Fällen wird er wohl über die Straße gekommen sein, und aller Wahrscheinlichkeit nach musste er dafür auch aussteigen. Er wird also Spuren hinterlassen haben, meinen Sie nicht, Schutzmann? Spuren, die besser als solche zu erkennen gewesen waren, bevor Ihre Kollegen hier überall rumgetrampelt sind.«

Schutzmann Brask ging ein Licht auf. »Das stimmt«, sagte er. »Das wäre einfacher gewesen.«

Cain beschloss, das Thema zu wechseln.

»Hatte der Tote irgendetwas bei sich?«

»Da wäre die Schlinge.«

Cain schloss die Augen. Hatte er tatsächlich Broms Bruder im Geiste gefunden? »Außer der Schlinge ...«

Brask schüttelte den Kopf. »Die Taschen waren leer.«

»Alles klar, Sie können wegtreten, Schutzmann.«

Brask nickte und trollte sich zurück zu seinen Kollegen auf dem Plateau.

Cain trat an den toten Thon heran und ging dann in die Hocke. Thon war schmächtig gewesen, mit einem schmalen Gesicht, das im Tod noch feingliederiger aussah als ohnehin schon. Nicht unbedingt ein schöner, aber doch kein unansehnlicher Mann. Typ schüchterner Denker, ein NTA-Nerd eben, ganz anders als Kort, der zumindest bei ihrem ersten Treffen die Entschlossenheit und das Selbstvertrauen eines Machers hatte ahnen lassen. Was BM17 wohl an diesen beiden so gegensätzlichen Männern gefunden hatte?

Cain streckte seine Hand aus, um Thon zu berühren, unterhalb des von Brask aufgeschlitzten Ärmels, wo er die MIN abgelesen hatte. Die Totenstarre hatte sich noch nicht wieder gelöst, was hieß, dass Thon innerhalb der letzten 48 Stunden ermordet worden war. Möglicherweise zeitgleich mit BM17 oder um ihren Todeszeitpunkt herum. Eher später, bedachte man die Temperatur hier draußen. Es war heiß, weiter unten flimmerte die Luft über dem Hang. Nur von wem?

Keine Frage, Thon war da in eine Geschichte geraten, die bedeutend größer war als er selbst, das ahnungslose Opfer, das zum falschen Zeitpunkt im Weltenlauf seinen Kopf gehoben hatte, ein kriminologischer Kollateralschaden, dem es nicht mal vergönnt war, ein eigenes Aktenzeichen zu bekommen.

»Du warst immer ein Statist im Leben, stimmt's?«, fragte Cain den Toten. »Selbst für BM17 hast du nicht die Hauptrolle gespielt. Und das Tragischste daran ist: Du bist gestorben, ohne davon auch nur den Funken einer Ahnung zu haben.« Niemand würde Thon vermissen. Wohnareal SW 14 428 ein paar Kilometer weiter westlich würde mangels Ehepartner verstaatlicht werden und dann mangels Kaufinteressenten verrotten. Und das war's dann.

»Vielleicht ist es besser so«, brachte Cain seinen ausgesprochenen Gedanken zu Ende. »Vielleicht ist es besser so.«

Er stand auf. »Bringen sie ihn zur Weichen«, sagte er zum Bepo, der seine Gespräche mit Brask und dem Toten etwas abseits stehend verfolgt hatte. »Die Todesursache dürfte zwar klar sein, aber vielleicht finden die ja noch was anderes.«

Der Beamte nickte und pfiff zwei seiner Kollegen vom Gipfelplateau herunter. Cain stiefelte den Hang in einem spitzen Winkel abwärts, um die Straße bei den festgesetzten Nikotniks zu erreichen.

»So. Und wen haben wir hier?«, fragte er die beiden Beamten.

»Auf der anderen Seite hat es einen Haufen aus Betonröhren, da haben wir sie gefunden«, sagte einer der Bepos. »Hatten es sich schön eingerichtet: Ein richtiges Lager hatten sie da. Überall Schnaps und Zigaretten. Haben wir natürlich beschlagnahmt.« Er deutete auf einen Plastiksack mit der Aufschrift BEDARFSPOLIZEI, der neben der Gruppe auf der Straße lag.

Alkohol und Nikotin, dachte Cain, die beiden Drogen der Systemzeit. Nicht verboten, natürlich nicht, aber doch verpönt. Der Konsum der beiden war eine mehr oder weniger deutliche Distanzierung vom Regime der KP und ihrer Ideologie: Wer auf die Drogen zurückgriff, die vor der Konsumrevolution die einzig erlaubten gewesen waren, drückte damit zumindest Sympathie für die einst herrschenden Verhältnisse aus. Je nach Kontext konnte das frivoles Kokettieren mit vergangenen Zeiten sein oder kaum verhohlene Kritik.

Bei Nikotniks war es zumeist irgendwas dazwischen. Die Subkultur war irgendwann im vergangenen Jahrzehnt entstanden, und sie war mehr Manifestation adoleszenten Aufbegehrens gegen die Welt der Erwachsenen denn politische Bewegung. Nikotniks kleideten sich in den gedeckten Farben und dezenten Schnitten der prärevolutionären Ära und trafen sich zum Kettenrauchen und Komasaufen. Die Überzeugteren von ihnen schwangen zusätzlich Reden vom Recht auf Konsumverweigerung und Enthaltsamkeit – aber bei den Rauschparteitagen standen sie doch alle wieder in Reih und Glied. Anfang zwanzig hatte das System sie dann endgültig wieder: Als Erwachsener hatte man zwischen Herointrips und Job schlichtweg keine Zeit mehr für solche Faxen. Nur wenige Nikotniks radikalisierten sich tatsächlich so weit, dass sie gänzlich abdrifteten und zu Diätisten wurden oder gar Abstinenzverbrechern. Nikotniks mochten lästig sein, erwiesen sich aber auf gewisse Weise als nützlich: Der Umgang der KP mit ihnen war so etwas wie ein Pulsmesser ihrer Paranoia. Er schwankte zwischen einer De-facto-Tolerierung in guten Zeiten, die nicht mehr nach sich zog als ein bisschen Alltagsgängelung durch die Bepo, und einer Null-Toleranz-Politik, wenn wieder mal ein paar Bomben hochgegangen oder Parteifunktionäre entführt worden waren. Drogenkuren und Einweisungen in Sozialhygieneanstalten inklusive.

Alkohol und Nikotin. Er musterte die vier Jugendlichen, die vor ihm auf der Straße hockten und verunsichert zu ihm hochblickten. Zwei Drogen, mit denen man gegen einen Narkostaat rebellieren konnte. Wann war das noch mal alles so kompliziert geworden?

Damals jedenfalls war das alles noch ganz anders gewesen. Vor dreißig, vielleicht sogar noch vor fünfundzwanzig Jahren. Cain merkte, wie die Nikotniks vor seinen Augen verschwanden und seine Gedanken wegglitten.

Seltsame Erinnerungen an diesem heißen Tag im Südosten Junktowns. Ein ganzes Lebensalter später an einen Höhepunkt, der nie wiederkehrte. Jaxton direkt nach der Konsumrevolution, das war ein ganz besonderer Ort und eine ganz besondere Zeit, wenn man daran teilhatte. Es geschah etwas von Bedeutung, das spürten sie alle, und keine Erklärung, keine Collage aus Wörtern oder Musik oder Erinnerungen reichte an dieses Gefühl heran: zu wissen, dass man dabei war, dass man jenes Eckchen der Zeit und Welt leibhaftig miterlebte und mitgestaltete.

Erkenntnisse über die Geschichte waren schwierig zu gewinnen, sie waren schlüpfrig und wandelbar und verdeckt vom offiziellen Scheißdreck der Staatsorgane. Aber auch wenn die letzte Gewissheit darüber fehlte, was und wer Geschichte eigentlich »machte«, durfte man doch getrost glauben, dass dann und wann die Energien einer ganzen Generation zusammenflossen zu einem langen feinen Flash – auch wenn keiner in diesem Augenblick tatsächlich die Gründe dafür verstand oder auch nur erahnte. Im Nachhinein, dachte Cain, ist niemals ganz zu klären, was wirklich geschah. Das Einzige, was man gewinnen konnte, waren Deutungen, das Einzige, was man behalten durfte, Echos, die in Kopf und Herz und Seele widerhallten.

Cains zentrale Erinnerung an jene Zeit hing an einer Nacht – oder fünf oder vierzig – oder eher: frühen Morgenstunden, wenn er das Büro der KP in seinem Wohndistrikt verließ, und, statt nach Hause zu fahren, den Motor seines roten Cabriolets (was war daraus eigentlich geworden? Irgendwo, irgendwann im Zeitenstrudel verschwunden) auf der Stadtautobahn aufheulen ließ und mit hundertachtzig Sachen an der gesprengten Kuppel des alten Parlaments vorbeidonnerte, den Flussbogen im Regierungsviertel hinter sich ließ und weiterraste, nie ganz sicher, welche Ausfahrt er nehmen sollte, aber stets gewiss war: Wohin er auch fuhr, er würde an einen Ort kommen, wo er Leute traf, die ebenso high und ebenso wild waren wie er. Daran absolut kein Zweifel.

Wahnsinn in jeder Himmelsrichtung, zu jeder Stunde. Wenn nicht auf der einen Seite der Stadt, dann auf der anderen, dann oben in den Hipsterbezirken, dann unten auf der A100 Richtung Umland. Funken schlagen konnte man überall.

Sie hatten gewonnen, nach so vielen Mühen und Opfern. Nun herrschte dieses fantastische universale Gefühl, alles, was man tat, sei richtig ...

Und das, dachte Cain, das war der Haken gewesen – dieses Gefühl des Vollbrachten und des Sicheren. Der Sieg über die Kräfte des Alten und Bösen war schließlich und endlich dann doch ein totaler gewesen. Ein militanter, ja, aber kein niederträchtiger, sondern einer, dem die Gewalt einer Geburt innegewohnt hatte. Es war ein Sieg der Befreiung gewesen, der Hoffnung, nein, der Gewissheit, dass nun alles besser würde, alles besser werden *müsse*. Sie hatten es nicht nötig zu sinnieren, was nun käme und wie es käme, weil das Gute ja obsiegt hatte und Gutes Gutes nach sich zog. Sie wussten den Weltgeist auf ihrer Seite, und sie alle zusammen ritten auf dem Kamm einer hohen und wunderschönen Welle.

Und nun, rund dreißig Jahre später, konnte er in Junktown auf einen Hügel aus altem Müll klettern und nach Westen blicken, und weil er die richtigen Augen hatte, konnte er die Hochwassermarkierung beinahe sehen: die Stelle, wo sich die Welle schließlich brach – und zurückrollte.

»Inspektor?«

Wie von weit weg brandete die Stimme an Cains Ohr. Sie kam ihm vage bekannt vor. Er drehte sich in die Richtung, aus der sie gekommen war, und schaute in ein kürbisartiges, grobes Gesicht, aus dem ihn zwei Triefaugen anblickten. Wachtmeister Brom stand vor ihm. Brom? Cain mühte sich ins Hier und Jetzt. »Was machen Sie denn hier?«

»Habe die Meldung bekommen, dass hier ein Toter gefunden wurde, der mit unserem Fall zu tun hat. Da bin ich dann natürlich sofort raus. Gerade angekommen. Wäre ich nicht in der Zentrale aufgehalten worden, wäre ich zuerst hier gewesen. Aber scheint ja eh nicht viel los zu sein.« Er zog sich seine Hose ein Stück weit nach oben über den Bauch. Dann zeigte er auf die Nikotniks. »Sind das die Mörder?«

Cain bemühte sich noch immer zu verarbeiten, was er gerade gehört hatte. Unser Fall? Was hatte er dem Schicksal getan, dass er das erleben musste?

»Ist jedenfalls ziemlich verdächtig, dass die hier abhängen«, tönte Brom weiter. »Ich würde sagen, die kommen mal schön mit auf die Wache, und dann werden sie schon auspacken.«

Das reichte Cain, um endgültig wach zu werden.

»Ja, genau«, schnaubte er. Und weil er sich darauf besann, dass Ironie ein Mittel der Kommunikation war, das bei der Bepo zu üblen Katastrophen führen konnte, beeilte er sich, jedes Missverständnis schon im Entstehen auszuräumen. »Schauen Sie sich doch mal die Jungs an: Die kriegen doch gerade mal eine Bierflasche auf. Das Einzige, was die totschlagen können, ist Zeit.«

Sechzehn, siebzehn Jahre mochten sie sein, in typischer Nikotnik-Manier trugen sie Jeans und Polohemden. Der Qualität der Kleidungsstücke nach zu urteilen, gehörten sie den oberen Humanklassen an und genossen somit Aufzuchtprogramme, die ihnen genügend Finanzmittel gaben, um sich so etwas leisten zu können. Wohlstandsbubis, die auf Revoluzzer machten, bevor die Nomenklatura sie aufsaugte. Mörder? Nie und nimmer.

Viel Hoffnungen, dass sie etwas bemerkt hatten, machte Cain sich nicht: Wahrscheinlich verbrachten sie ihre Tage vollgezwitschert in ihrem Unterschlupf, ohne den Kopf auch nur einmal herauszustrecken. Aber er musste es drauf ankommen lassen.

Cain ging abermals in die Hocke.

»Jungs«, fing er an. »Wir haben die Straße weiter aufwärts einen Toten gefunden. Der hat sich natürlich nicht einfach selbst entschieden, auf diesem wunderschönen Flecken Erde die Nadel abzugeben; irgendjemand hat ihm dabei geholfen. Der Tote da oben wurde ermordet. Erdrosselt, genauer gesagt.«

Cain gab dieser Information Zeit zu wirken. Die Mienen der vier ließen erahnen, was hinter ihren Stirnen vorging: Gemapo, ein Mordopfer – das hier war deutlich ungemütlicher als die übliche Polizeischikane, aus der man als Nikotnik sogar noch Stolz ziehen konnte.

»Hört zu, eure Suffpartys in eurem kleinen Raucherclub da hinterm Berg sind mir völlig egal. Aber das hier, das ist eine unschöne Sache. Ich weiß, dass ihr das nicht wart« – die vier entspannten sich merklich – »aber ich kann euch trotzdem das Leben zur Hölle machen: Widerstand gegen die Staatsgewalt, Behinderung der Justiz, und weil ich heute einen guten Tag habe, kriege ich sicherlich auch noch Beihilfe bei der Vertuschung eines Kapitalverbrechens aus dem Richter rausgeleiert. Das reicht alles nicht für den Recyclinghof, aber es langt locker für eine verdammt lange Zeit Schichtdienst in irgendeiner Surrogatmühle mit anschließender Sozialhygienekur. Wo euer Rating danach liegt, brauch ich euch nicht zu sagen, denke ich.«

Cain schaute die vier an: brauchte er nicht.

»Wir sind uns also einig, dass wir das hier ohne Bullshiten durchziehen?«

Viermaliges Nicken.

»Gut. Dann mal raus mit der Sprache. Ich nehme an, ihr hängt hier öfter ab – habt ihr also in den letzten Tagen irgendetwas bemerkt, das mit unserer Situation da oben zu tun haben könnte?«

Drei der Nikotniks schauten den vierten an, den zweiten von links in ihrer Reihe. Der zog unwohl den Kopf ein.

Aha, dachte Cain.

»Wie heißt du?«, fragte er.

»Chaim. Chaim Tesk. Zuchtlinie 57 737 389 C.«

Cain schlug eine Alkoholfahne entgegen. Lange nicht mehr gerochen, dachte er.

»Also gut, Chaim, raus mit allem, was du weißt. Und denk dran: keinen Bullshit.«

Chaim nickte. »Da war so ein Wagen.«

»Wann?«

»Gestern … Mittag?« Chaim sah die anderen an.

»Eher später«, sagte der Nikotnik neben ihm.

Die anderen nickten.

»Ja, so früher Nachmittag oder so«, setzte Chaim wieder an. »Ich bin mal den Hügel hoch. Wenn ich besoffen bin, hab ich öfter mal so Anwandlungen, muss dann ab und an mal rumlaufen. Verbinde ich meistens damit, pissen zu gehen.«

Die anderen kicherten.

Cain verzog keine Miene.

Die Nikotniks verstummten.

»Weiter«, sagte Cain.

»Ich war beinahe angekommen, da habe ich oben auf dem Plateau einen Motor gehört. Passiert hier nicht so häufig, deshalb hab ich mich beeilt, weil ich wissen wollte, was da los ist. Hab mich sogar beinahe hingelegt, weil ich gestolpert bin. Na ja, und dann sehe ich halt diesen Wagen, wie er da oben eine Wende macht und dann die Straße wieder runterfährt.«

»Was war das für ein Wagen?«

»So einer wie der hier.« Chaim deutete mit einem Kopfrucken hinter sich auf den Mannschaftswagen.

»Ein Wagen der Bepo?« Cain riss ungläubig die Augen auf.

»Nee, so ein Dreirad-Laster halt. In pink.«

Na klasse, dachte Cain. Ein Standard-Lkw in Standardfarbe. Wäre ja auch zu schön gewesen.

»Und der Fahrer?«

»Das war ein Mann.« Chaim zuckte mit den Schultern. »Er fuhr halt, und für mich war das auch einfach nur ein Typ. Hab den für einen Müllsucher gehalten. Kommt sonst ja auch niemand hierher.«

»Ist dir sonst irgendetwas aufgefallen? Hast du dem Wagen nachgeschaut, wohin er gefahren ist?«

Chaim schüttelte den Kopf. »Gar nichts. Und nee, bin dann wieder runter zu den anderen. Wie gesagt, für mich war das nur ein Müllsucher. Konnte ja nicht ahnen, dass ...« Er verstummte.

Cain nickte. »Alles klar. Gut gemacht.« Er gab Chaim einen aufmunternden Klaps auf die Schulter, stützte sich auf die Knie und drückte sich nach oben. Dann wandte er sich an Brom und die beiden anderen Bepos. »Das, meine Herren, das war unser Mörder. Oder zumindest sein Komplize. Schreiben Sie Fahndung aus nach einem pinken Dreirad-Lkw. Und nehmen Sie oben auf dem Plateau die Spurbreite und das Reifenprofil auf. Ihre Kollegen werden ja hoffentlich nicht alles zertrampelt haben, und vielleicht können wir so den Wagentyp bestimmen. Die Ergebnisse liefern Sie mir in dem Augenblick, in dem Sie sie erhalten. Das war's dann hier.«

»Jawohl, Herr Inspektor.« Die Beamten nickten.

Brom aber wollte sich so leicht noch nicht damit abfinden, dass seine Rolle nur die eines Befehlsempfängers sein sollte. »Und was machen wir mit denen hier?« Er zeigte auf die Nikotniks.

Alle Köpfe wandten sich zu Cain.

Er musterte die vier. »Wie hoch ist der aktuelle Terrorlevel?«, fragte er unbestimmt in die Runde.

»Steht auf gelb.«

Gelb, also auf erhöht, der dritten von insgesamt fünf Stufen. Wann war es das letzte Mal auf blau gewesen? Cain wusste es nicht, musste eine Ewigkeit her sein. Wahrscheinlich war es nicht sehr schlau, was er vorhatte, jetzt, da das Rauschsicherheitshauptamt ihm im Nacken saß. Aber andererseits würde das eh nichts an seiner Gesamtsituation ändern. Er grinste.

»Lassen Sie sie laufen. Und geben Sie ihnen ihre Sachen zurück.«

Auf den Gesichtern der Nikotniks und Bepos erschien derselbe ungläubige Ausdruck.

»Inspektor?«, fragte Brom beinahe hyperventilierend.

»Machen Sie schon, Sie haben mich doch gehört, Wachtmeister.«

Die Bepos schauten sich an, als würden sie sich vergewissern wollen, nicht zu träumen, dann siegte die Hierarchiehörigkeit. Brom griff nach dem Plastiksack und gab ihm Chaim, der ihn wie benommen entgegennahm.

»Ihr macht jetzt, dass ihr von hier verschwindet«, sagte Cain zu den vieren, die vor den konsternierten Bepos anfingen, sich anfangs misstrauisch, dann feixend Flachmänner und Zigarettenschachteln in die Hosentaschen zu stopfen.

»Jawohl, Herr Inspektor, vielen Dank, Herr Inspektor«, sagte Chaim, und seine Kumpane beeilten sich, es ihm nachzutun. Sie rappelten sich auf und wollten schon davoneilen, als Cain noch etwas einfiel.

»Moment, eine Sache noch«, sagte er.

Die vier hielten inne, plötzlich wieder verunsichert.

»Jetzt, wo das keine konfiszierten Beweismittel mehr sind – wer von euch hätte eine Zigarette für mich?«

# 9

Er lachte beinahe während der gesamten Rückfahrt.

Selten hatte Cain so fassungslose Gesichter gesehen wie die der Bepos und Nikotniks, als er sich die Zigarette angesteckt hatte (das Feuerzeug hatte er sich von Chaim geben lassen). Das war etwas, von dem sie alle noch sehr lange erzählen würden. Wahrscheinlich würde früher oder später auch Grubb davon Wind bekommen, aber Grubb konnte ihn gerade mal. Sein Entsetzen vom Vormittag war verflogen, und auch wenn ihn weder das Verhör von Kort noch die Leiche von Thon ernsthaft weitergebracht hatten, war er in einer merkwürdigen Hochstimmung, was den Fall anging: Er würde ihn lösen, das sagte ihm sein Bauch.

Und jetzt, und das war kein ganz unwesentlicher Grund für seine gute Laune, würde er Grubb auf den Zahn fühlen.

Der Gedanke war ihm unterwegs gekommen, als er rauchend durch die Nachmittagshitze fuhr und über seine nächsten Schritte nachdachte. Er mochte es nicht, dass Grubb alles über ihn zu wissen schien, aber er im Prinzip nichts über Grubb. Außerdem schrien seine Erfahrung als Ermittler und seine professionelle Intuition geradezu, dass der Mord an BM 17 eben doch mit ihrem Geheimauftrag zusammenhing. Die Weigerung Grubbs, ihm volle Akteneinsicht zu geben, war aus dessen Sicht vielleicht verständlich, aber trotzdem komplett absurd. Grubb wollte diesen Fall gelöst bekommen. Also würde er, Cain, diesem Willen nachkommen.

Aber er würde das nach seinen Regeln machen. Dass er irgendwie doch an die nichtzensierte Akte käme, war nicht sehr wahrscheinlich. Stattdessen würde er so viele Informationen drumherum sammeln, dass er sich trotzdem einen Reim auf diese ganze Geschichte würde machen können. Streng genommen hatte ihm das Grubb nicht mal untersagt.

Er schnippte die Kippe auf den Asphalt.

Der einzige Nachteil dabei war, dass er dafür Gideon Shem einen Besuch würde abstatten müssen.

Es war nicht so, dass er Shem nicht mochte. Im Gegenteil, es hatte eine Zeit gegeben, da waren sie beide sogar befreundet gewesen. Und es gab Freundschaften, die durch gemeinsame Schicksalsschläge fester wurden und an Tiefe gewannen. Aber ihre gehörte nicht dazu. Ihre Freundschaft war am Tod von Ehefrau und Schwester zerbrochen, und was blieb, war das beiden Männern unbehagliche verwandtschaftliche Band, dem die Grundlage abhandengekommen war. Shems Gegenwart erinnerte Cain einfach zu intensiv an das, was er verloren hatte, als dass er sie länger als unbedingt nötig ertragen konnte, und so hatte er den Kontakt zu seinem Schwager auf ein absolutes Minimum reduziert. Sie hatten nie über ihren Tod und alles, was daraus folgte, gesprochen. Aber da auch Shem keine großen Anstalten zeigte, so wie früher Zeit miteinander zu verbringen, ging Cain davon aus, dass es ihm ähnlich ging.

Nur wenn er eine Chance haben wollte, mehr über Grubb und den Geheimauftrag von BM17 herauszubekommen, dann führte an einem Besuch bei Shem nichts vorbei. Er verließ die östliche Transversale, fuhr über die weitgehend leere Ringstraße, die das Zentrum Junktowns umschloss, und erreichte schließlich einen Winkel des Regierungsviertels, der abseits der Prachtstraßen unter der Sonne vor sich hin flimmerte.

Das BDM, das Büro für Datenerfassung und Meldewesen, war eine im Machtgefüge der KP und ihrer Organe eher unscheinbare, stille Behörde. Ein bürokratischer Wasserträger ohne politische Ambitionen, der eilfertig und beflissen den Rest des Staatskorpus mit den Informationen versorgte, die dieser für seine tägliche Arbeit benötigte. Und all die vielen Hauptämter und Ämter, Behörden und Verwaltungsstellen übermittelten wiederum ihre Daten zurück ans BDM, das sie sammelte, aufbereitete und archivierte. Das BDM war damit so etwas wie das Gedächtnis des gesamten Verwaltungsapparats. Und das war der Umstand, aus dem sich Cains Hoffnung speiste, durch einen Besuch seines Schwagers Dinge zu erfahren, die Grubb vor ihm geheim halten wollte. Shem war Obergruppenarchivar im Referat Technische Verwaltung Mechanbürger des BDM. Natürlich blieben klassifizierte Akten auch im BDM klassifiziert, wenn nicht aus Geheimhaltungsgründen ganz auf eine Überstellung verzichtet wurde. Das Rauschsicherheitshauptamt etwa, das quasi selbst Laufzettel als mindestens vertraulich einstufte, übermittelte so gut wie nie etwas, sondern bunkerte seine Akten ausschließlich bei sich selbst. Cain hatte keine große Hoffnung, dass dem Hauptamt in dieser Angelegenheit ein Fehler unterlaufen war: Heimlichkeit, Zensur und verdeckte Operationen gehörten schließlich zu seinen Kernkompetenzen. Aber BM17 war bei einem Unternehmen der Privatwirtschaft angestellt gewesen, und Unternehmen waren einer Vielzahl von Behörden Rechenschaft schuldig. Die ihre Akten dem BDM zur Verfügung stellten. Und es musste schon mit dem Teufel zugehen, wenn sich in diesen Materialbergen nichts finden ließe, das irgendwie – und sei es nur bruchstückhaft und indirekt – Aufschluss geben konnte über die Brutmutter und ihre Leibesfrucht.

Im Innenhof des BDM, einem traurigen Quadrat, von dessen Wänden der Putz bröckelte, stellte Cain seinen Adrenalinchopper ab und zeigte dem Pförtner seinen Dienstausweis. Wenig später stand er in Shems Büro.

»Solomon. Das ist eine Überraschung.« Shems Begrüßung ließ offen, ob sie angenehm war oder unerfreulich. Cains Schwager war etwa zehn Jahre jünger als er selbst, heroindünn und von hochgewachsener Gestalt. Braune Augen, dunkles Haar. Ihre Augen, ihr Haar, wie Cain jedes Mal aufs Neue feststellte. Und wie jedes Mal aufs Neue wurde er überrascht von der Heftigkeit der Gefühle, die mit dieser Erkenntnis einhergingen.

»Ja, ist lange her.«

»Das ist es.« Shem lächelte bitter. »Aber da du keine Haschkekse mitgebracht hast, nehme ich mal an, es geht um was Dienstliches. Setz dich doch.«

Cain nickte und nahm dann auf dem Besucherstuhl Platz. »Ich brauche tatsächlich deine Hilfe. Ist eine vertrackte Sache und auch nicht wirklich offiziell.«

»Das heißt, ich sollte lieber keines von denen hier ausfüllen?« Shem hob ein Besucherantragsformular in die Höhe und zerknüllte es dann, als Cain nickte. »In Ordnung, inoffiziell also.« Er schaute Cain neugierig, aber reserviert an.

»Ich möchte dich bitten, einmal nach einer Brutmutter in den Archiven zu suchen. Eine Pregnantam-Mitarbeiterin, Konzernkennung ist BM17.«

»Was ist mit ihr?«

»Sie ist ermordet worden.«

Shem kniff die Augen zusammen. »Das ist aber noch nicht alles, oder?«

»Sie hatte einen geheimen Gebärauftrag. Fürs Rauschsicherheitshauptamt. Und ich komme nicht an ihre Akte ran.«

Shem fing an, freudlos zu lachen. »Nicht wirklich, oder? Und ausgerechnet du musst diesen Fall auf den Tisch bekommen?« Er wurde ernst. »Du willst, dass ich für dich ein bisschen rumstöbere, um zu schauen, was ich durch Querverbindungen rauskriege, stimmt's?«

»Ich sehe keine andere Möglichkeit. Sieh mal, wie soll ich denn einen Fall lösen, wenn man mir quasi alles an Informationen dazu vorenthält?«

»Und dass der Mord gar nichts mit dem Auftrag zu tun hat, glaubst du nicht?«

Cain schüttelte den Kopf. »Extrem unwahrscheinlich. Da ist irgendetwas in der Akte, das das Hauptamt vor mir verheimlichen will. Und ich verwette mein Jahresgehalt darauf, dass das der Grund ist, weshalb BM17 sterben musste.«

»Hm«, machte Shem. Dann zuckte er mit den Achseln. »Also gut, mal sehen, was ich finden kann.«

»Danke.«

»Passt schon. Habe sonst eh nicht viel zu tun. Seitdem wir Anfang des Jahres neue Schreib-Maschinen eingestellt haben, bleibt für uns paar Humanbürger kaum noch etwas übrig.«

Cain nickte. Das BDM war wahrscheinlich die Behörde mit den wenigsten menschlichen Mitarbeitern. Die Sichtung, Auswertung und Protokollierung der täglich ankommenden Aktenberge wurde beinahe ausschließlich von HMWs übernommen. Die Angestellten aus Fleisch und Blut überwachten vor allem die Prozesse und standen als direkte Ansprechpartner für die Behörden zur Verfügung.

»Da gäbe es noch was …« Er zögerte.

»Noch eine tote Brutmutter?«

»Einen Lektor. Mordechai Grubb heißt er.«

»Das ist ein Scherz, oder?«

Cain schüttelte den Kopf.

Eine Weile schwiegen die beiden sich an. Dann zeigte Shems Gesicht, das sich beim Wort »Lektor« deutlich verdüstert hatte, plötzlich Anteilnahme. »Bist du in Schwierigkeiten, Schwager?«

Gegen seinen Willen musste Cain schlucken. Er hasste es, wenn Shem ihn so nannte. Zu viel Nähe. Zu viel Vergangenheit. »Weiß ich ehrlich gesagt nicht. Kann sein, muss aber nicht. Sagen wir mal so: Wenn es etwas gibt, das man gegen diesen Grubb in der Hand haben kann, dann wüsste ich das gern.«

Shem sah ihn lange an. »Verstehe«, sagte er dann. »Ich sehe zu, was ich machen kann. Aber vor allem bei Grubb will ich dir nicht viel versprechen: Du weißt selbst am besten, wie das Hauptamt drauf ist. Und mein Beritt ist das auch nicht.«

»Ich weiß. Trotzdem danke.« Cain wollte noch eine ganze Menge mehr sagen, aber ihm fielen die passenden Worte nicht ein. »Vielleicht noch eine Sache«, sagte er stattdessen. »Sieh dich vor beim Recherchieren. Ich bin mir ziemlich sicher, dass Grubb wenig begeistert wäre, bekäme er mit, dass hinter seinem Rücken rumgeschnüffelt wird.«

»Schon klar. Aber ich hatte eh nicht vor, mich erwischen zu lassen.«

Er klatschte mit beiden Handflächen auf die Tischplatte. »Dann mache ich mich mal an die Arbeit, oder?«

Cain begriff. Er stand auf. »Danke noch mal. Ich weiß das wirklich zu schätzen.«

Shem ging nicht auf die Bemerkung ein. »Ich melde mich bei dir, sobald ich was gefunden habe. Bis dann.«


Cain starrte die Leiche an, fassungslos. Schon die zweite an diesem Tag, und wenn ihn der tote Thon zumindest in dem Sinne weitergebracht hatte, dass er die Sündenbock-Theorie endgültig als erwiesen ansehen konnte, so stellte Leiche Nummer zwei ein Ermittlungshemmnis von beachtlichen Ausmaßen dar.

Jedediah Eigenbedarf Kort starrte zurück.

Er hing vom Fensterkreuz von Zelle 76 des Gemapo-Gefängnistrakts, die bläulich angelaufene Zunge klebte wulstig zwischen den Lippen; der dunkle Fleck Korts linkes Hosenbein hinunter und der Geruch in der Zelle wiesen deutlich darauf hin, dass der Vorstand im Augenblick seines Todes seine Blase entleert hatte.

»Wie. Konnte. Das. Passieren.« Cain krampfte seine Kiefer zusammen und sprach durch die Zähne. Er drehte sich zu dem bedröppelt dreinschauenden Wachoffizier um, einem Oberwachtmeister. »Haben Sie mich nicht verstanden? Wie das passieren konnte, will ich wissen!«

Der Beamte zog den Kopf ein. »Ich habe keine Ahnung, Inspektor. Wir haben das ja erst entdeckt, als wir den Verdächtigen für Sie wieder in eine Verhörzelle bringen sollten.«

»Und wie können Sie sich ›das‹ erklären, bitteschön? Ist es nicht Aufgabe der Wache, genau so etwas zu verhindern?«

Hilflos rang der Oberwachtmeister um eine Antwort, die ihn aus der Bredouille bringen konnte. »Es war keine Suizidwache angeordnet worden«, fiel ihm schließlich ein.

Das schmälerte Cains Wut nicht, er musste aber eingestehen, dass der Beamte ein gutes Argument hatte: Ohne pausenlose Überwachung war es schwer möglich zu verhindern, dass Häftlinge Hand an sich legten.

»Was ist das doch für ein verschissener Laden«, wiederholte er seinen Fluch vom Vortag. »Da ist man keine drei Stunden weg, und dann so was.«

Er tobte noch eine Weile in der Zelle herum, bis er heiser vom Fluchen und sein Zorn etwas abgekühlt war. »Schneiden Sie ihn herunter und lassen Sie ihn obduzieren«, sagte er schließlich müde.

Er stiefelte in sein Büro und schmiss sich frustriert in seinen Schreibtischstuhl. Kort war tot, das war nicht mehr zu ändern. Was hieß das jetzt für seinen Fall? Hatte sich Kort erhängt, weil er BM 17 ermordet hatte und keinen Ausweg mehr sah? Oder hatte er sich erhängt, weil er unschuldig war, aber keine Möglichkeit sah, seine Unschuld auch zu beweisen? Aufgelöst durch den Tod seiner Liebhaberin, mochte ihn diese Annahme zum Äußersten verleitet haben. Aber war Kort wirklich so verzweifelt gewesen? Oder hatte er sich – der Gedanke elektrisierte Cain – vielleicht gar nicht selbst getötet, sondern war ebenso wie Thon ermordet worden? Er trommelte mit den Fingern auf dem Schreibtisch. War das möglich? Im Hauptquartier der Gemapo? Aber wie sollte das gehen? Und ergab das überhaupt irgendeinen Sinn?

Wurde er langsam paranoid, oder war das tatsächlich ein realistisches Szenario?

Seine Finger ballten sich zur Faust, mit der er auf den Tisch schlug; wütend trat er sich mit seinem Stuhl von der Tischkante weg. Immer wenn es in diesem Fall ein wenig vorwärts ging, wartete der nächste Brocken hinter der Kurve.

Er stand auf und wanderte in seinem Büro herum. Kort, Kort, ging es ihm durch den Kopf. Wieso nur hatte er das Verhör nicht zu Ende geführt? Thon wäre auch ein paar Stunden später noch tot gewesen. So würde er nun nie mit Sicherheit erfahren, welche Rolle der Vorstand in dieser Angelegenheit gehabt hatte. War er tatsächlich im Zentrum des Geschehens? Dass er Thon selbst umgebracht hatte, glaubte Cain nicht. Aber in Junktown ließ sich mit der richtigen Summe Geld alles kaufen. Einen Auftragsmörder aufzutun, der seinen Nebenbuhler um die Ecke brachte, konnte für einen Mann mit den Mitteln, wie sie Kort zur Verfügung standen, nicht allzu schwer sein. Oder war es nur Zufall, dass Kort in der Mordnacht mit BM17 geschlafen hatte? War er etwa getötet worden – wie auch immer das hatte geschehen sollen –, um einen Zeugen beiseitezuräumen? Aber dann hätte Kort doch während des Verhörs etwas gesagt. Oder nicht? Nicht, wenn der Vorstand doch irgendwie in die Sache verwickelt gewesen war. Kort, Kort, Kort. Die Sache endete bei Korts Tod. Jedenfalls zum jetzigen Zeitpunkt.

Einen Tag nachdem er den Fall geöffnet hatte, war er bereits an einem toten Punkt angelangt.

Er wanderte noch ein paar Minuten auf und ab, kam aber zu keinen neuen Erkenntnissen. Dann setzte er sich vor seine Schreibmaschine und tippte eine Zusammenfassung der Entwicklungen auf zwei Bögen Papier mit Durchschlag. Die eine Fassung legte er in die Akte, die andere verplombte er und schickte sie per Luftpost ins Rauschsicherheitshauptamt. Er hatte wohlweislich Formulierungen gewählt, die nichts von seiner Ratlosigkeit durchscheinen ließen. Und die Möglichkeit, dass Korts Tod womöglich kein Suizid sein mochte, ließ er ebenfalls unerwähnt. Trotzdem hatte er keine Ahnung, wie Grubbs Reaktion auf seinen Zwischenbericht sein mochte.

Danach griff er zum Fernsprechapparat und ließ sich mit der Harten verbinden.

»Bas«, sagte er, als Stukk am anderen Ende der Leitung an den Hörer kam. »Sag mal, wie sieht's bei dir aus – Lust auf einen frühen Feierabend? Ich könnte ein paar Moloko Plus gebrauchen.«

Barnabas Stukk hatte Lust.

# 10

Cain saß völlig übermüdet, aber pfeifend in seinem Büro. Es war ein guter Abend gewesen. Er war mit Stukk den Fall durchgegangen, sie hatten Surrogatshakes in irgendeiner Narkoteria gekippt und sich ein paar Lines reingezogen, über Grubb abgelästert, und dann war er irgendwann im Morgengrauen nach Hause gekommen. Jetzt sah er den allgemeinen Lagebericht der Gemapo durch – eine ziemlich geschäftige Nacht war das gestern gewesen: vier Einbrüche in ein CaZ, vier Sexualdelikte und ein Angriff auf die nördliche Cargoader – und fühlte sich so lebendig wie schon lange nicht mehr.

Er war noch keine fünf Minuten im Büro, als der Fernsprechapparat klingelte.

»Herr Inspektor, Lektor Grubb vom Rauschsicherheitshauptamt ist für Sie in der Leitung«, sagte die Telefonistin.

Cains Stimmung wurde schockgefrostet. »Stellen Sie ihn durch.«

»Inspektor Cain«, harsch und leise drang Grubbs Stimme an sein Ohr. »Ich habe hier Ihren Zwischenbericht vor mir. Schön, dass Sie da sind, gestern habe ich Sie nicht erreicht; Sie waren nicht mehr im Büro.«

»Ich war dienstlich unterwegs.« Leck mich, dachte Cain.

»Dann können wir ja vielleicht jetzt über Ihren Bericht sprechen.«

»Selbstverständlich.« Als ob er eine Wahl hätte.

»So detailliert Ihre Schilderungen der Ereignisse auch sein mögen, so sehr vermisse ich eine Interpretation derselben. Was sind denn Ihre Schlussfolgerungen?«

Meine Schlussfolgerungen, dachte Cain, wenn ich das mal selbst wüsste. Sein Gehirn schaltete zwei Gänge höher.

»Ich wollte sie Ihnen nicht vorenthalten, Lektor, aber der Fall ist derzeit in einem Stadium, in dem es nur Indizien und Wahrscheinlichkeiten gibt. Fakten dagegen: nicht so viele, jedenfalls keine, die Antworten geben. Ich hatte vor, mir das Ganze heute noch mal durch den Kopf gehen zu lassen, um dann eine Handlungsempfehlung zu verfassen. Wenn Sie mich aber jetzt fragen: Das wahrscheinlichste Szenario ist das eines eskalierten Dreiecksverhältnisses. Kort ist nicht damit klargekommen, dass BM17 Thon nicht verlassen wollte, und hat sie, nachdem er sie unter Drogeneinfluss vergewaltigt hat, ermordet. Thon hat er von einem bislang noch Unbekannten um die Ecke bringen, zumindest aber auf der Deponie abladen lassen, wenn er ihn denn selbst getötet haben sollte. Konfrontiert mit der Ausweglosigkeit seiner Situation im Verhör, hat er sich anschließend in der Zelle selbst gerichtet.«

Schweigen am anderen Ende.

»Das wahrscheinlichste Szenario, sagen Sie«, fing Grubb nach einer gefühlten Ewigkeit an. »Was halten Sie davon?«

Cain kniff die Augen zusammen. Was sollte das denn jetzt?

»Wie meinen?«

Grubbs Stimme bekam einen ungeduldigen Klang. »Was Sie glauben, will ich wissen. Was Ihrer Meinung nach passiert ist.«

Cain atmete durch. Du Arschloch, dachte er. Gestern machst du mich rund, weil ich eine Meinung äußern wollte, und jetzt willst du eine von mir haben. »Darf ich offen sprechen?«

»Ausdrücklich, Inspektor Cain.«

Jetzt musste er aufpassen. Wenn er auf die Zensur der Akte überhaupt nicht einginge, würde er sich unglaubwürdig machen. Ritt er aber zu viel auf diesem Punkt herum, würde er angreifbar und in den Verdacht geraten, sich auf die Geheimauftrags-Variante zu versteifen. Und Grubb hatte ihm ziemlich deutlich gemacht, was er davon hielt.

»Sie kennen den Ermittlergrundsatz ebenso wie ich: Von mehreren Theorien ist diejenige allen anderen vorzuziehen, mit der die Einzelstücke am einfachsten zusammenzufügen sind. Demnach ist das Beziehungsdrama also unsere Lösung in einem Fall, in dem es durch den Tod der Protagonisten wohl nie völlige Klarheit geben wird. Der Fall ließe sich so schließen, die Fahndung nach dem Fahrer von der Müllkippe würde aufrechterhalten bleiben, aber mit den Informationen, die wir haben, erscheint es nahezu chancenlos, ihn ausfindig zu machen.« Er machte eine kurze Pause. Auf ging's. »Aber diese Theorie lässt eben komplett außer Acht, dass BM17 Teil eines geheimen Regierungsprojekts gewesen ist. Das mag Zufall gewesen sein und kann tatsächlich absolut keine Rolle gespielt haben. Nur kann ich ohne Akteneinsicht in diesem Punkt zu keinem abschließenden Ergebnis kommen. Es gibt bislang keinerlei Indizien für einen terroristischen oder hochverräterischen Hintergrund, das stimmt. Aber für mich besteht nach wie vor die Möglichkeit, dass wir den wahren Grund für dieses Verbrechen vollkommen übersehen und auf einen inszenierten Tathergang reinfallen.«

Abermals langes Schweigen in der Leitung.

»Es mag Sie überraschen, Inspektor, aber ich teile Ihre Auffassung«, sagte Grubb schließlich.

Cain schloss erleichtert die Augen.

»Jedenfalls den Teil Ihrer Ausführungen, der sich auf die Unmöglichkeit absoluter Wahrheitsfindung bezieht. Eifersucht und verletzte Gefühle sind unser wahrscheinlichstes Tatmotiv. Ich kann sogar Ihr Unbehagen nachvollziehen, das sich aus Ihrer fehlenden Akteneinsicht speist, und ich verstehe, dass Sie zögern, einen Schlussstrich zu ziehen, wenn Sie nicht alle Fakten begutachten konnten. Aber im Gegensatz zu Ihnen habe ich alle Fakten vor mir auf dem Tisch, und ich kann Ihnen versichern: Wenn es Anhaltspunkte dafür gäbe, dass BM17 wegen ihres Auftrags ermordet worden wäre, wäre ich derjenige, der diese Ermittlung leiten würde. Ich kann Ihnen nichts über dieses Projekt erzählen, aber ich kann Ihnen sagen, dass Informationen darüber unter keinen Umständen – ich wiederhole: unter keinen – in die falschen Hände geraten dürfen. Wäre dies der Fall oder bestünde auch nur die leiseste Annahme dazu, das Rauschsicherheitshauptamt selbst wäre exponiert. Etwas, das es um jeden Preis zu verhindern gilt. Und Inspektor, Sie mögen mir nicht alles glauben, aber das sollten Sie.«

Nun war es an Cain zu schweigen, vor allem, weil er nicht wusste, was er dazu sagen sollte. »Das heißt, wir schließen den Fall?«, brachte er schließlich zustande.

»Noch nicht, Inspektor. Lassen Sie ihn noch eine Woche offen und sehen Sie, ob Sie Hinweise finden, die auf mehr schließen lassen als auf ein Beziehungsdrama. Ich halte es für so gut wie ausgeschlossen, dass Sie etwas finden sollten, was wir nicht schon überprüft und abgehakt haben. Aber schaden kann es nicht, wenn Sie die Augen offen halten. Das sollte uns Ihre Arbeitszeit wert sein. Sie haben eine Woche, Inspektor, danach schließen wir den Fall endgültig.«

»In Ordnung.«

»So oder so: Sie haben geliefert, und ich stehe zu meinem Teil unserer Abmachung. Wir werden Sie für Ihr Fehlverhalten in der Vergangenheit nicht belangen. Aber ich warne Sie, Inspektor: Die Zeiten Ihres Defätismus sind vorbei. Das Rauschsicherheitshauptamt wird nicht länger tolerieren, dass ein ehemaliger Lektor die Würde unseres Staats verletzt. Wir haben Sie im Auge.«

Grubb legte auf, die Leitung war tot.

Das war anders gelaufen als erwartet. Cain wusste nicht mal, ob das, was Grubb ihm gesagt hatte, gut war oder schlecht. Eine Woche Zeit – war das jetzt ein Angebot, sich wirklich und ernsthaft davon zu überzeugen, dass an seiner Theorie nichts dran war? Wie sollte das gehen – ohne die Akte? Wo sollte er anfangen mit seiner Überprüfung? Oder war das Spott? Ein geschickter Zug, der ihn am Ende dazu bringen sollte zuzugeben, dass er sich geirrt hatte? Etwas total anderes?

Dass Grubb ihn nicht vor ein Sozialhygienegericht zerrte, das hingegen war eindeutig. Oder etwa nicht? Was hatte er bei ihrer ersten Begegnung gesagt? Dass seine innere Emigration Strafe genug sei? Hatte er das womöglich ernst gemeint? Und hatte er damit vielleicht sogar recht?

Wie auch immer. Grubb hatte ihm eine Woche gegeben, er würde sie nutzen. Cain hing den Hörer in die Gabel. Die nächste Station war Pregnantam.


Der Geruch von Crack war verflogen, ansonsten aber war Korts Büro unverändert: Topfpflanzen und Aktenschränke. Tränenumflort und ganz in weiße Trauerkleidung gehüllt hatte ihn Korts Sekretärin eingelassen, jetzt stand Cain allein im Zimmer und sah sich um. Es war vor allem der Mangel an Alternativen gewesen, der ihn hierher getrieben hatte, nicht die Hoffnung, auf tatsächlich Brauchbares zu stoßen: In den Schränken würde sich nichts von Interesse finden; dafür hatte das Rauschsicherheitshauptamt gesorgt. Grubb hatte in diesem Büro auf Cains Anruf gewartet, und mit Sicherheit war es während dieser Zeit durchsucht worden.

Er griff zum Bild, das auf dem Schreibtisch stand – Kort bei der Einweihung eines neuen Brutparks: Karrierelächeln im Gesicht, goldene Schere in der Hand. Nachcoloriert, weichgezeichnet. Das Parteiabzeichen glänzte. Keine Familie, das wusste Cain aus der Akte, die er sich vor dem Verhör hatte kommen lassen. Dieses Bild, dachte er, zeigte alles, was Kort gehabt hatte. Ein Leben, festgehalten in einer Ferrotypie, die auch in Pregnantams Konzernabschluss abgedruckt hätte sein können. Eine arme Sau. Anders als Thon, aber trotzdem: eine arme Sau. Zumindest darin hatten sich die beiden Liebhaber von BM 17 geglichen.

Er stellte das Bild wieder hin.

Daneben lag Korts Terminkalender, einer von der Sorte, die ringgebunden eine Woche pro Blatt anzeigten. Er nahm ihn in die Hand und blätterte in ihm herum. Das Leben eines Konzernvorstands, musste er feststellen, war genauso durchgetaktet, wie er es sich wohl vorgestellt hätte, hätte er jemals auch nur einen Gedanken daran verschwendet: Konferenzen ohne Ende, abends Termine und mittags Geschäftsessen. *Brutparkinspektion, strateg. Geburtenplanung Q2, JF Embryonalkontrolle* oder *Einkaufsbesprechung Spermatozoen* lasen sich die beruflichen Einträge, *Pilzessen mit Henok* oder *Oneirodrom* die spärlichen privaten. Alle vier Wochen zeigte ein *Blutwerte Kort* die unabänderliche Tatsache an, dass auch ein Inneres Parteimitglied regelmäßig zum Drogentest musste.

Und zwischen all den Terminen, die Korts Leben in seiner ganzen Banalität an Cains geistigem Auge vorbeiflanieren ließen, gab es einen, auf den er sich keinen Reim machen konnte: Ein schlichtes *D* stand beinahe jede Woche im Kalender, meist abends und als letzter Eintrag des Tages, manchmal auch tagsüber zwischen zwei Termine geschoben und dann nie unter zwei Stunden. Und wo die anderen Einträge stets auch die Orte angaben – *Konferenz-*

*raum III, Fötenlager Nord, Club Psilo* –, verriet dieser nichts darüber, wo er stattfinden sollte.

Cain rief die Sekretärin im Vorzimmer an und bat sie hereinzukommen.

»Was kann ich für Sie tun, Inspektor?« Ihre Stimme war leise, die Augen hatte sie niedergeschlagen.

Reinheit und Tod, schon merkwürdig, dass beides dieselbe Farbe symbolisierte, schoss es Cain bei ihrem Anblick durch den Kopf. Aber zumindest im Rauschsicherheitshauptamt lag beides nah beieinander.

Er hob den Kalender in die Luft. »Ich habe hier etwas gefunden, das ich nicht verstehe«, sagte er. »Wissen Sie, was der Eintrag ›D‹ zu bedeuten hat? Er taucht ziemlich häufig auf.«

Die Sekretärin errötete. »Das ist ein privater Termin.«

Cain, dem ihre Reaktion nicht entging, nickte. »Das habe ich mir schon gedacht. Sie wissen also, worum es sich dabei handelt?«

Die Sekretärin wand sich. »Direktor Kort ist mir keine Rechenschaft über sein Privatleben schuldig gewesen«, versuchte sie sich zaghaft an einer Abwehr der Frage.

»Das war er sicherlich nicht. Aber das wollte ich nicht wissen. Sondern: Wissen Sie, worum es sich dabei handelt? Ich möchte Sie daran erinnern, dass das hier eine Mordermittlung ist.«

Einen Moment lang hielt die Sekretärin Cains Blick stand, dann gab sie sich geschlagen. »›D‹ ist ein Treffen mit einer Dame. Direktor Kort hat sie regelmäßig gesehen.«

Cain horchte auf. Er wusste aus der Akte, dass Kort ungebunden war, aber er fragte trotzdem noch mal nach. »Ihrer Formulierung nach handelte es sich dabei nicht um seine Lebenspartnerin?«

»Nein, Direktor Kort war nicht liiert.« Sie zögerte. »Ich hatte eher den Eindruck, dass es sich um eine Affäre handelte.«

Sieh an, dachte Cain. Noch eine Affäre. Der Herr Geburtsvorstand war ja ganz schön umtriebig gewesen.

»Haben Sie einen Namen für mich? Wissen Sie, ob die beiden einen festen Treffpunkt hatten?«

»Einen Namen kann ich Ihnen nicht geben, tut mir leid, Inspektor. Aber ich weiß, dass Direktor Kort eine Zweitwohnung hatte. Er hat sie nie gegenüber jemanden erwähnt, aber in meiner Position ... Wenn man das ganze Leben eines Menschen organisiert ... Sie wissen schon.« Sie brach ab und kämpfte mit den Tränen.

Cain nickte verständnisvoll. Was immer Kort sich womöglich hatte zuschulden kommen lassen, seiner Sekretärin hatte er nahe gestanden, und sein Tod hatte sie schwer getroffen. Es dauerte ihn, sie in diesem Zustand befragen zu müssen.

»Haben Sie eine Adresse?«

Stumm schüttelte sie den Kopf. Dann schluckte sie, mühte sich ein »Einen Moment, bitte« heraus und verließ das Büro. Als sie wenige Augenblicke später wiederkam, hatte sie sich wieder gefangen und reichte Cain einen Zettel.

»Bitte, hier. Das ist die Telefonnummer, unter der er zu erreichen war, wenn er ... Er war immer im Dienst, wissen Sie. Er wollte immer, dass ich ihn anrufe, wenn sich hier etwas ereignen würde.«

»Ich verstehe. Danke.«

»Vielleicht können Sie ja damit die Adresse herausbekommen.«

»Ja, ganz sicher.« Cain nickte. »Das sollte kein Problem sein.« Ein Anruf beim Fernmeldeamt, und sie würden ihm die Adresse nennen, die zu der Nummer gehörte.

»Brauchen Sie sonst noch etwas?«

Cain ließ den Blick erneut durchs Büro schweifen. Er würde hier nichts mehr von Interesse finden. »Danke«, sagte er und wedelte dann mit dem Zettel, »aber ich denke, ich werde mich erst mal hierum kümmern.«


WELCOME TO WASTELAND stand über dem Torbogen, und die Straße, die sich hinter ihm in die geschlossene Wohnanlage hineinschlängelte, bewies den buchstäblichen Anspruch des Gemeinschaftsnamens: Müll lag in verschwenderischer Menge auf Gehsteigen und Asphalt. Keine Frage, wer sich hier ein Wohniglu leisten konnte, der hatte es geschafft. Cain hatte keine Ahnung, wie viele solcher Wohnanlagen es in Junktown gab, aber es mussten Dutzende sein. Anlagen für Innere Parteimitglieder, für Veteranen der Freizeitfront, für Triple-As oder für einfach verdammt reiche Säcke. Wasteland gehörte eindeutig zur letzten Kategorie.

Cain bremste seinen Chopper vor dem Schlagbaum ab, der über der Straße lag. Mit der Dienstmarke in der Hand winkte er den Wachposten aus seinem Häuschen heraus.

»Inspektor Cain, Gemapo. Ich suche Wohnareal ZW 50 902.« Das war die Adresse, auf die der Fernmeldeapparat vom Zettel der Sekretärin gemeldet war, wie ihm eine gelangweilte Beamtenstimme am Telefon mitgeteilt hatte. Und ein Blick in den Stadtatlas hatte ihm gesagt, dass sie irgendwo hinter dem hohen Stahlzaun und dem Schlagbaum liegen sollte, an dem er jetzt stand.

»50 902?« Der Sicherheitsmann überlegte kurz. »Das ist die Straße runter bis zum Limobrunnen und dann die zweite Ausfahrt vom Kreisverkehr. Kommt irgendwann auf der linken Seite. Ist aber auch alles nummeriert.«

Cain nickte. »Sie arbeiten hier öfter?«

»Die komplette Drei-Tage-Woche, manchmal auch am Wochenende. Ich würde gern reduzieren, aber von irgendwas muss man ja leben.«

»Dann kennen Sie die Leute, die hier wohnen?«

Kopfschütteln. »Überhaupt nicht. Ist eine große Wohnanlage, hier wohnen echt viele.«

»Der Name Jedediah Kort – sagt er Ihnen was?

»Nie gehört. Ist das einer von den Pinkeln, die hier wohnen?«

»Das ist er.« Cain drehte am Gas seines Choppers. »Danke trotzdem.«

Der Sicherheitsmann hob den Schlagbaum, und Cain fuhr unter ihm hindurch hinein nach Wasteland.

So also wohnen die oberen Zehntausend, dachte er auf seinem Weg durch die Wohnanlage. Überall lag Müll herum, nicht nur auf den Straßen, auch die Auffahrten und Vorgärten waren übersät von Plastiktüten, Getränkedosen und Styroporbrocken, Pappen und Glasscherben. Löchrige Matratzen, ausrangierte Kühlschränke, alte Möbelstücke ragten aus dem Meer hervor. Noch nie hatte Cain so viel Sperrmüll auf einem Haufen gesehen. Hier und dort standen sogar Müllmänner herum, die von Kindern mit dem Reichtum ihrer Zieheltern zusammengebastelt worden waren. Der originellste (und teuerste), an dem Cain vorbeikam, hatte eine alte, hochkant gestellte ausgebrannte Stimmungsorgel als Korpus und ein Röhrenferntonkinogerät als Kopf; Cain schätzte, dass er für diesen Müll ein komplettes Monatsgehalt hätte hinlegen müssen. Die Straßenbedufter befeuerten die Luft unabhängig vom städtischen Geruchsprogramm mit ihren Duftmolekülen und wechselten ihren Geruch alle paar Grundstücke – Cain durchfuhr allein auf den ersten Blocks Moschus, Tanne, Bolognese und Benzin. Düsen in den Gehsteigen spuckten Seifenblasen. MÜLL AUFSAMMELN VERBOTEN-Schilder standen vor den Grundstücken, WASTELAND GRÜSST DEN GELIEBTEN TRIPSITTER-Plakate an den Kreuzungen. Und natürlich hing vor jedem Iglu die türkise Flagge mit dem Lotus.

Um den vom Wachmann erwähnten Limobrunnen standen auf Schaumstoffrasen gepolsterte Liegen mit Morphiumpumpen, aber niemand war zu sehen. Keine Überraschung: Luxus, den man nutzte, war schließlich kein Luxus. Und wer sich hier eingekauft hatte, würde sich schwer hüten, seinen Status damit aufs Spiel zu setzen, eines der öffentlichen Freizeitangebote zu benutzen. Aller Wahrscheinlichkeit war sogar ein nicht zu knapper Anteil der Wohniglus noch nie bewohnt gewesen, sondern als bloßes Status-symbol gekauft worden, das man sich leisten konnte, unbenutzt verkommen zu lassen.

Cain umfuhr den Brunnen und bog dann ab, fuhr noch durch Menthol-, Grillfleisch- und Farblackduftwolken und stellte schließ-lich den Chopper vor Wohnareal Zentral-West 50 902 ab.

Kreischbunt angemalt wie alle anderen Iglus auch in Wasteland, wartete Korts geheimes Zweitanwesen auf ihn.

Nichts regte sich.

Langsam schob sich Cain durch den Müll die Auffahrt hinauf und um das Iglu herum. Er wollte sich erst draußen ein Bild von der Lage machen, bevor er sich drinnen umschaute. Hinterm Iglu lag die Terrasse in der Sonne. Auf den ölig irisierenden Steinplat-ten standen eine überdachte Kissenschaukel, eine Outdoor-Stim-mungsorgel und eine Infrarotliege. Davor gurgelte leise die Pum-pe des Geleepools, in den eine Rutsche für all die Tollkühnen hineinführte, denen die Stufen zu langweilig waren. Ein paar leere Dosen trieben auf der Oberfläche. So weit, so unauffällig.

Cain überprüfte zuerst die Stimmungsorgel (das zuletzt ge-wählte Programm war *Morning Glory*, Kort war demnach wohl Frühaufsteher gewesen) und die Infrarotliege (ausgeschaltet), da-nach die Tür ins Iglu: verschlossen. Nichts weckte hier sein Inter-esse, also ging er auf der anderen Seite des Iglus herum, bis er wieder vorne angekommen war und vor der Eingangstür stand.

Auch sie war verschlossen, aber die Gemapo stattete alle ihre höheren Beamten mit Universalschlüsseln für die gängigsten Türen aus. Und Kort mochte zweifellos Wert gelegt haben auf Distinktion, doch ein individuell angefertigtes Schloss mit einem höheren Sicherheitsstandard gehörte bei ihm wie bei den meisten nicht dazu. Das Türblatt glitt in die Wand hinein.

Cain betrat das Iglu. Knöchelhoher Veloursteppich, neodadaistische Tapete. Im verschwenderisch großen Wohnzimmer wartete eine Kissenlandschaft, in der Bongs, Crackpfeifen, leere Traumpäckchen, Flashampullen und Spritzbestecke herumlagen. An der Wand stand ein Diaprojektor, daneben lag eine Kamera. Glasvitrinen mit Miniaturmodellen von Brutmüttern und Kristallen standen in den Ecken. Ein Fühlfilmapparat hing an einer anderen Wand, groß und flach, ein Modell, das wenig mit den klobigen Kästen zu tun hatte, die in Mittelklasseiglus zu finden waren. Eine Wendeltreppe, die sich um eine Aquariumssäule mit Glotzfischen herumwand, führte nach oben. Als die Bewegungsmelder seine Anwesenheit registrierten und das Licht anschalteten, zuckte er kurz zusammen, fing sich aber schnell wieder. Zwei Gästezimmer steuerten nichts Aufregendes zu seinem Rundgang bei. Ein Blick in die Küche: eine Backmaschine, ein Proteinspender, eine Kühltruhe, die ruhig vor sich hinbrummte, das Steuerelement für die zentrale Stimmungsorgel des Iglus. Im Badezimmer nichts Auffälliges.

Lass mich hier nicht umsonst rausgefahren sein, dachte Cain. Irgendetwas musste es hier doch geben. Das hier war Korts Stelldichein, sein quasi-geheimer Unterschlupf, von dem das Rauschsicherheitshauptamt aller Wahrscheinlichkeit nach nichts wusste. Wenn er hier nichts fand, wo dann sonst?

Er ging die Treppe nach oben. Im ersten Stock gab es einen Sexraum mit einer Liebesschaukel und mehreren Paarungsbänken, Whirlpool und einer Pheromondusche. Ein Koitomat zeugte von

Korts mechasexueller Neigung. Bunte Aphrodisiaka lagen in einer Schüssel. Das Licht war hier nur schummrig, spiegelte sich aber in der genoppten Latextapete. Daneben lag das Schlafzimmer. Großes Panorama-Kuppelfenster, das den Blick freigab auf die Dächer Wastelands, großes Bett mit Massagefunktion. Ein Zimmerspringbrunnen gluckste pfirsichfarbene Surrogatlimo.

Die nächsten dreieinhalb Stunden verbrachte Cain damit, das Wohniglu auf den Kopf zu stellen. Er nahm auseinander, was auseinanderzunehmen war: Er demontierte die Klangkörper der Stimmungsorgeln mit dem Werkzeug aus seinem Chopper, den Diaprojektor, den Koitomaten und den Zimmerspringbrunnen, er riss die Verkleidung der Pheromondusche heraus und schlitzte die Kissen im Wohnzimmer auf. Die Matratzen der Betten aus Schlaf- und Gästezimmer und die Polsterung der Paarungsbänke mussten ebenso dran glauben wie die Einrichtung der Küche. Cain zerlegte alles. Er fand nichts.

Gerade fing er an, sich mit dem Gedanken anzufreunden, das Aquarium zu zerklopfen – eine wahrscheinlich wenig ergiebige, dafür umso befriedigendere Art, die Hausdurchsuchung zu beenden – und überlegte, wie er das wohl am besten anstellen könnte, als er im Wandschrank des Schlafzimmers, hinter einem Dutzend neonfarbener Fracks, den Tresor fand.

Ganz ruhig, sagte er sich, du bleibst jetzt ganz ruhig.

Dann ging er nach unten und suchte unter den Schaumstofffetzen der Kissen im Wohnzimmer den Fernsprechapparat.


Keine vierzig Minuten später klopfte es an der Tür. Cain machte auf.

»Sol.«

»Bas.«

Der Mechapathologe stiefelte in die Wohnung und sah sich um.

»Wenn du das nächste Mal eine Party veranstaltest, sag mir doch vorher Bescheid.«

»Du mich auch.«

»Das Teil steht wo?«

Cain deutete nach oben.

»Im Schrank. Eingebaut. Sieht ziemlich massiv aus.«

»Keine Sorge. Wenn du in meiner Branche keine Dose öffnen kannst, hast du deinen Beruf verfehlt. Und glaub mir, mein Lieber, ich bin hier goldrichtig.« Stukk grinste und ging nach draußen zu seinem Dienstquad. Wenig später kam er pfeifend und mit einer armlangem Bohrmaschine auf der Schulter wieder zurück. »2500 Watt, Sol – mach dich bereit, wahre Liebe zu sehen.«

Er ging nach oben, Cain folgte ihm.

Acht Minuten später pustete Stukk die Späne aus dem Bohrloch im Schloss und öffnete die Tresortür. »Und wieder hat sich der Charme von Barnabas Stukk als unwiderstehlich erwiesen.« Er zeigte mit einer Verbeugung ins Innere. »Bitte sehr, der Herr, er gehört Ihnen.«

Cain trat an den Tresor heran. Er hatte zwei Fächer. Im oberen lag Geld, ein paar Tausend in Kreditstäben und Scheinen. Im zweiten ein gummibandumschnürter Packen Ferrotypien, ein Plastikschuber mit Dias und – sein Herz schlug schneller – eine braune Pappkladde, dick wie eine Faust.

Er nahm alles heraus. Die Bilder reichte er weiter an Stukk – der Inhalt der Kladde war viel verheißungsvoller, als die Aufnahmen es sein konnten. Sie war unbeschriftet und mit Paketschnur verschlossen. Hastig pulte er den Faden ab und öffnete den Pappdeckel. Als ihm auf dem ersten Bogen das Logo von Pregnantam entgegenschien, durchfuhr ihn eine heißkalte Adrenalinnadel. Da war die Akte!

Schnell blätterte er weiter. *Personalakte Mech. Mitarbeiterin BM17 Model Östro RK Baureihe 923-77Q Brutklasse A Mechanklasse AAA MIN 5T2G-8U6V-PK02* stand da, gefolgt von langen Reihen betrieblicher Kennziffern. Die nachfolgenden Blätter waren voll mit Tabellen, DNA-Sequenzen, Fruchtfolgen und medizinischen Untersuchungsberichten.

»Es ist alles da«, stieß Cain aufgeregt hervor. »Alles, Bas – hörst du? Das ist die Akte!«

»Heiliges Heroinfötzchen«, sagte Stukk. Er war in die Betrachtung der Bilder vertieft.

»Was?«

»Alter, Sol, schau dir die mal an! Astreiner Stoff.« Er fing an, schmutzig zu lachen.

Cain hob den Blick von seinem Schatz und sah zu Stukk hinüber. Der Mechapathologe ging durch den Stapel Ferrotypien und schob das jeweils oberste Bild nach kurzer Betrachtungszeit nach hinten. »Jungejunge.«

Die Bilder zeigten Kort beim Sex mit einer blonden Frau. Sie waren hier im Iglu aufgenommen, die meisten im Sexraum. Auf manchen von ihnen war auch nur sie zu sehen. Mal allein, mal auf einer der Paarungsbänke, aber immer in Posen, die wenig Spielraum für Fantasie ließen.

D, dachte Cain.

»Sag mal, hab ich da unten nicht einen Projektor gesehen?«, fragte Stukk und schielte auf den Dia-Schuber unter seinem Arm. »Die Babys hier würde ich ja gern mal an die Wand werfen …«

»Ich hab ihn auseinandergenommen, das wird wohl nichts.«

»Du vergisst, dass ich für meinen Abschluss auch sechs Trimester Mechanik gebraucht habe.« Stukk grinste. »Glückwunsch zu der Akte, aber ich bin dann mal unten. Die Alte will ich in groß sehen.«

Mit der Nase in den Bildern ging Stukk Richtung Treppe. Wenig später hörte Cain ihn im Wohnzimmer rumoren. Er schüttelte den Kopf. Stukk würde er nicht mehr groß bekommen.

Die Akte. Er wandte sich ihr wieder zu. Hatte er doch noch bekommen, was er wollte. Er versuchte sich vorzustellen, wie Grubb reagieren würden, wenn er davon erführe, aber er konnte den Lektor nicht richtig einschätzen. Würde er toben? Einfach nur eiskalt auf Herausgabe der Unterlagen pochen? Und dann? Würde er Cain vor ein Sozialhygienegericht bringen? Eher nicht, er konnte schließlich nichts dafür, dass er die Akte gefunden hatte. Und Grubb selbst hatte ihm freie Hand bei seinen Ermittlungen gelassen. Cain ahnte allerdings, dass Grubb wenig Verständnis dafür zeigen würde, würde er ihm den Fund der Akte verschweigen.

Trotzdem dachte er nicht eine Sekunde daran, sie beim Rauschsicherheitshauptamt abzuliefern: Jetzt würde er endlich Licht in diesen Fall bringen. Und dann würde er ihn abschließen. Grubb konnte ihn mal.

Er blätterte durch die Bögen, merkte aber bald, dass ihm hier die Konzentration fehlte. Für ein systematisches Durcharbeiten der Akte würde er Zeit und Ruhe brauchen und sich an einen ungestörten Ort zurückziehen müssen.

»Ha!«, gellte Stuks triumphierende Stimme herauf.

Cain schüttelte abermals den Kopf, packte das Geld aus dem Tresor in einen Beweismittelbeutel und steckte sich die Akte hinten in den Hosenbund. Dann stieg er die Treppen hinab und suchte Stukk im Wohnzimmer auf. Der saß zwischen den zerfetzten Kissen, hatte sich eine der Bongs geschnappt und starrte an die Wand, auf die der wieder funktionstüchtige Diaprojektor ein überlebensgroßes Bild der Blonden warf, wie sie Sex mit dem Koitomaten hatte.

»Jungejunge«, sagte Stukk wieder.

Cain kam nicht umhin, fasziniert auf das Bild an der Wand zu starren. Die Frau war nackt, sie saß rücklings auf der Maschine und gab dem Betrachter ihren gesamten Körper preis. Schlank war er und fest, mit vollen Brüsten und sehr blasser Haut, die an Hals und Brustansatz vor Erregung gerötet war. Sie schaute in die Kamera, ihr Gesichtsausdruck war gleichermaßen konzentriert wie abwesend. Die ganze Szene hatte etwas Rohes, beinahe schon Gewalttätiges, auch wenn sich Cain nicht erklären konnte, woher dieser Eindruck kam. Große Augen schauten ihn an, und sie transportierten eine Sinnlichkeit, die wenig gemein hatte mit der expliziten, geheimnislosen Zurschaustellung ihrer Nacktheit. Es war dieser Blick, der verhinderte, dass auf dem Bild ein Objekt zu sehen war. Sie beherrschte die Szene, nicht umgekehrt.

»Ich würde sagen, die sechs Trimester Mechanik haben sich gelohnt, was?«, fragte Stukk. Er zog an der Bong, den Blick starr auf die Wand geheftet.

Cain nickte unbestimmt, dann winkte er mit dem Beutel. »Ich würde dann jetzt los. Die Bilder – das sind Beweismittel, das ist dir schon klar, oder? Ich muss die mitnehmen.«

Stuck setzte die Bong ab. »Ach, komm, Sol, jetzt lass mir doch den Spaß. Du kannst den Beutel ja hierlassen, ich nehme ihn mit, wenn ich hier fertig bin.«

»Und ich hole ihn mir dann bei dir? Glaube eher nicht.«

»Quatsch, ich bring ihn dir vorbei. Mann, für eine Stunde mit diesen Bildern hier würde ich noch ganz andere Sachen machen«, sagte Stukk und drehte sich dann zu Cain, um seinen Worten mehr Nachdruck zu verleihen. »Ich bringe den Beutel vorbei. Ehrlich.«

Cain warf ihm den Beutel hin. »Also gut. Bis heute Abend sind die Sachen im Büro.«

Stukk nickte. »Klaro. Bis dann!«

Cain warf noch einen Blick auf die Frau, dann wandte er sich zum Gehen. »Bis dann.«

Als er an der Tür war, hörte er den Diaprojektor mit einem mechanischen *Brakk* ein Bild weiterspringen. »Jungejunge«, sagte Stukk.

# 11

Er ging nicht nach Hause. Stattdessen fuhr er an den
Rand seines Viertels, dorthin, wo sich die Wohnareale
entlang des alten Stadtparks hinzogen und sich gegenüber
der nun halb verwilderten, halb versandeten Grünanlage eine Reihe
von Nadelstuben und Milchbars, Druckräumen und Oneirotheken
angesiedelt hatte. Diese zwei, drei Straßenzüge mit ihren Drogen-
lokalen eher unaufgeregter Couleur waren das, was in Fremden-
führern wohl als gutbürgerliche Fixerszene beschrieben worden
wäre, wenn es denn noch so etwas wie Touristen gegeben hätte.

Cain mochte die Gegend, hier erreichten ihn weder die schrillen
Dringlichkeiten seines Berufs noch die schweren Gedanken, die
zu Hause Jagd auf ihn machten. Und der *Fixraum* war ihm von
allen am liebsten. Eine kleine Fixerstube direkt an der Straße gegenüber vom Park, eingekeilt zwischen zwei deutlich größeren
Wettbewerbern, aber ihnen an Charme, Gastfreundlichkeit und
vor allem Qualität weit überlegen. Der reduzierte, beinahe schon
dreist-funktionale Name und das zurückgenommene Äußere ver-
schonten den *Fixraum* in aller Regel vor zufälliger Laufkundschaft,
sodass das kleine Innere den nicht wenigen Stammkunden vorbehalten blieb, die ihre Drogenbar mit ehrlicher Hingabe verehrten.

Cain hatte keine Lust auf Kneipengespräche, und indem er mit
der Akte in den *Fixraum* ging, brach er seine eigene Regel, die
Arbeit nicht dorthin mitzunehmen. Aber zu dieser frühen Tages-

zeit würde kaum jemand dort sein, und die Akte war eine Ausnahme: BM17 war keine Arbeit mehr, BM17 und alles, was mit ihr zusammenhing, war ein Bedürfnis.

Emuel Ink empfing ihn mit der Herzlichkeit eines Mannes, der seine Bestimmung darin gefunden hatte, hinter einer Retro-Edelstahltheke die besten Drogencocktails der Stadt für seine Gäste zu mischen. »Mein Lieber, wie geht es dir?«, stellte der glatzköpfige Besitzer des *Fixraums* seine übliche Begrüßungsfrage. Anderswo hätte Cain sie als plumpe Anbiederung oder inhaltsleere Floskel empfunden, hier aber, aus Inks Mund, war sie die rituelle Willkommensformel seines zweiten Zuhauses.

»Wie immer«, antwortete Cain wie üblich und lächelte. Er schritt die drei Stufen von der Tür hinunter in den Wirtsraum und schüttelte Ink die Hand. Dann sah er zu, wie der Barkeeper aus den rund drei Dutzend Geschmacksrichtungen in den Glasbottichen hinter ihm zum Zapfhahn mit dem Brombeershake griff und das Standardfundament von Cains Drogenmix abzufüllen begann, für das lange schon keine Bestellung mehr nötig war: Ink wusste, was er seinem Stammgast vorzusetzen hatte. »Was kommt diesmal dazu?«

»Machst du mir was Konzentrationssteigerndes? Dextroamphetamin oder so, irgendwas in der Richtung.«

Ink nickte und zog dann eine der vielen kleinen Schubfächer auf, die zwischen den Bottichreihen in die Regalwand eingelassen waren. »Dann machen wir am besten nichts Intravenöses, sondern bleiben beim oralen Applikationsweg. Habe da eine Idee, lass dich überraschen.«

Cain klopfte zustimmend auf die Theke und schaute sich um. Wie erwartet war er der erste Gast im Fixraum, die dreizehn durch Wandschirme voneinander abgetrennten Sitzliegen waren leer. Cain wählte die hinterste. Das Innere des Fixraums war altmodisch eingerichtet: gebürsteter Edelstahl, klare Linien und Formen ohne Muster und damit so nah dran am Stil der Systemzeit, wie es nur irgend ging, ohne sich verdächtig zu machen. Er wusste, dass es Ink nicht um ein politisches Zeichen gegangen war, als er seine Fixerstube aufgemacht hatte – für ihn hatten ausschließlich ästhetische Motive eine Rolle gespielt. Aber das änderte nichts daran, dass Cain der Laden schon allein dadurch besonders anheimelnd vorkam. Auch deswegen war der Fixraum der geeignete Ort, um sich BM17s Akte zu widmen, dachte er: Wenn er schon gegen den erklärten Willen des Rauschsicherheitshauptamts handelte, dann doch bitteschön stilsicher. Er zog die Akte aus seinem Hosenbund und knautschte sich in die Liege.

»Ich hab dir was Zweiteiliges zusammengestellt heute.« Ink trat mit einem kleinen stählernen Tablett an Cain heran und stellte ihm den Shake auf das Beistelltischchen. »Eine Modafinil/Donezipil/Kokain-Untermischung und dazu« – er nahm die handtellergroße Verpackung in die Hand, die neben dem Shake lag – »ein transdermales Pflaster mit Methylphenidat, das sollte dich eine Weile beieinander halten.« Er zog die Verpackung auf, rollte Cain den linken Ärmel hoch und klebte ihm das Pflaster auf den Oberarm. »So«, sagte er dann zufrieden. »Wohl bekomm's.«

Ink verschwand wieder hinter der Theke und begann, Kanülen zu polieren. Cain trank einen ersten tiefen Schluck – zur Brombeere gesellte sich der leicht vergorene, bittere Kleber-Geschmack des Koks und brizzelte auf der Zunge – und öffnete den Aktendeckel.

Die medizinischen Unterlagen von BM17 überblätterte er oder las sie quer, ebenso die persönlichen Dokumente wie etwa das politische Führungszeugnis. Sie konnten ihm nichts bieten. BM17 war ein Ausbund an konsumistischer Linientreue gewesen, aber das hatte er erwartet: »*eine in allen ideologischen Bereichen uner-*

schütterlich gefestigte Konsumgenossin« war für einen geheimen Regierungsauftrag besser geeignet als eine lotterhafte Diätistin. Jetzt, zu Beginn seines Aktenstudiums, suchte er etwas Grundsätzliches, ein Fundament, das ihm dabei half, die Details zu ordnen, die er auf diesen Seiten finden würde. Etwas, das seiner Suche eine Richtung geben würde, eine Zielvorgabe, eine Projekteinweisung – oder ein *Zuchtauftrag 001 BM17*. Hinter etwa zwei Dutzend Seiten Leistungsprotokolle des technischen Innenlebens von BM17 lag der Bogen in der Akte. Cains Herzschlag beschleunigte sich beim Lesen. Unter dem dürren Betreff stand da in Maschinenschrift:

*Gemäß Produktionsvertrag 1201 wird die Pregnantam AG mit der Gestation der Mitarbeiterin BM17 mit 800 Embryonen der Zuchtreihe Reboot 1.4 beauftragt. Dabei sind folgende Vorgaben zu befolgen:*
i) *Die Fertilisation erfolgt in zwei Tranchen à 400 Embryonen und mit einem zeitlichen Sicherheitsabstand von 14 Wochen.*
ii) *Die Pregnantam AG erhält die Erlaubnis, Oocyten und Spermien der Baureihe Reboot 1.4 in für den Erfolg der Fertilisation sicherstellender Menge herzustellen. Die Insemination erfolgt per intrazytoplasmatischer Spermieninjektion. Alle bei den Fertilisationen nicht verwendeten Gameten werden gemäß Paragraf 713 Absatz 2 RGB vernichtet.*
iii) *Die Einteilung der Zygoten beider Tranchen in Humanklassen erfolgt nach dem hier festgelegten Schlüssel: AAA: 20, Aa1: 20, Aa2: 20, Aa3: 20, A1: 20, A2: 20, A3: 20, Baa1: 20, Baa2: 20, Baa3: 20, Ba1: 20, Ba2: 20, Ba3: 20, B1: 20, B2: 20, B3: 20, Caa1: 20, Caa2: 20, Caa3: 20, Abort-Reserve: 20*
iv) *Die Einteilung der Zygoten in Anwendungsgebiete erfolgt nach dem hier festgelegten, für alle Humanklassen anzuwendenden Schlüssel von Berufsbasisgruppen: Naturalhuman: 10, Zerebral-*

*schnittstelle: 5, Cervixapplikation: 5, Abort-Reserve: Natural-human*

v) *Die Gonosomen der Zygoten werden nach dem hier festgelegten, für alle Humanklassen und Berufsbasisgruppen anzuwendenden Schlüssel bestimmt: drei Fünftel heterozygot, zwei Fünftel homo-zygot.*

vi) *Eine Bilanzierung der Gestationen nach Paragraf 13 RGB findet nicht statt. Mitarbeiterin BM17 ist während der Dauer des Zuchtauftrags unter »Testlauf« zu führen. Diese Maßnahme ist legitimiert durch Ministerialweisung Nr. 21/41 (siehe Anhang). Die Zahl der zum Zuchtauftrag heranzuziehenden Mitarbeiter ist so klein wie möglich zu halten; Mitarbeiter sind nur in dem für die Tätigkeit jedes Einzelnen erforderlichen Umfang einzuweisen.*

*(gez.) Habakuk Tosh*
*Generalinspektion des Ministeriums für den Wiederaufbau der Bevölkerung*


Das war aufschlussreich. Die achthundert Föten von BM17, der Abstand der Schwangerschaftswochen, die ungewöhnliche Zu-sammenstellung der Berufsbasisgruppen – das war also alles ge-mäß Plan umgesetzt worden. Nicht dass Cain daran gezweifelt hätte, aber jetzt hatte er die Bestätigung. Viel interessanter aller-dings waren die Angaben zu den Humanklassen: Die Geschlech-teraufteilung nach einem Drei-Füntel-/Zwei-Fünftel-Schlüssel war noch Standard – die meisten Berufsgruppen, vor allem die mit hohem Verschleiß, wurden mit männlichen Humanbürgern besetzt. Allerdings hatte BM17 nicht nur alle Berufsbasisgruppen ausgetragen, was ihm schon anfangs merkwürdig vorgekommen war, sondern auch alle Humanklassen, die überhaupt in Fertigung gingen, und so etwas hatte Cain noch nie erlebt. In aller Regel wurden Brutmütter nur mit einer Klasse geschwängert oder mit denen einer Qualitätsstufe, das vereinfachte die Produktion, und außerdem war das Gebärgewerbe ein Massengeschäft: Brutmütter gebaren Hunderte Kinder, weil sie zu Hunderten bestellt wurden. Niemand aber orderte eine Tranche Humanbürger und fächerte sie dann auf so widersinnige Weise auf. Zwanzig Individuen pro Humanklasse – das war eine so lächerlich geringe Zahl, dass sie für Verwendungen im industriellen Stil praktisch unbrauchbar war.

Cain überlegte.

Aber nicht für Testzwecke.

Das musste es sein. Er hatte zwar noch nie von einem Test gehört, der alle Humanklassen umfasste, aber so ergaben die Kleingruppen tatsächlich Sinn: Die Leibesfrucht von BM17 war die Biomasse eines den gesamten Bevölkerungsschnitt umfassenden Experiments. Cains Hirn machte sich sofort an der nächsten Schlussfolgerung zu schaffen. Was war das für ein Experiment? Was an diesem Reboot 1.4 war so einschneidend, dass es eine allumfassende Testreihe erforderte?

Und wieso war das alles so geheim, dass BM17s Schwangerschaft nicht in den Büchern auftauchen und nur ein Minimum an Personal eingeweiht werden durfte? Grubb selbst hatte gesagt, dass Informationen über den Auftrag unter keinen Umständen an die Öffentlichkeit dringen dürften. Aber was war an dieser Gameten-Baureihe so geheim, dass – wie hatte Grubb es formuliert? – das Rauschsicherheitshauptamt selbst exponiert wäre, sollte es doch geschehen?

Cain zwang sich zur Ruhe. Wenn er Glück hatte, würde ihm die Akte das liefern, was er suchte. Er blätterte weiter.

Nach drei Stunden angestrengter Lektüre war ihm klar: Er hatte kein Glück. Seine anfängliche Euphorie über den Fund war verflogen; die Akte hatte sich geweigert, ihm schnelle Erleichterung zu verschaffen. Es gab kein Dokument mit all den Antworten auf die Fragen, die er hatte. Er war sich nicht mal sicher, ob er überhaupt Antworten erhalten hatte – oder einfach nur neue Fragen.

Frustriert klappte er die Akte zu. Irgendwann zwischendurch hatte er sich einen zweiten Shake bestellt (das Pflaster war länger wirkend), und die übrigen Liegen des *Fixraums* hatten sich mit Gästen gefüllt. Halb vertraute Gesichter kamen und gingen, Cain nahm sie wahr, schenkte ihnen aber bis auf eine knapp genickte Begrüßung keine Beachtung. Sein Hirn stand noch immer unter Strom, sein Verstand raste wie ein Spürhund, der Witterung aufgenommen hatte, aber die Beute nicht fand. Im ersten Durchgang hatte er alle potenziell aufschlussreichen Dokumente mit einem Eselsohr versehen. Im zweiten würde er sie sich alle noch einmal ansehen. Er starrte auf den Pappdeckel.

Irgendwo da drin musste es etwas geben, das ihm weiterhalf. Es musste einfach so sein.

Er schlug die Akte beim ersten markierten Papier wieder auf.

Der Zuchtauftrag. Den hatte er schon ausgiebig analysiert, er würde ihm nichts Neues verraten. Weiter. Die Ministerialweisung. Sie war die schriftliche Anordnung, die Schwangerschaft von BM17 aus den Unterlagen herauszuhalten, die jedes Gebärunternehmen bei der Zentralen Geburtenkontrolle einzureichen hatte. Er war ein Beleg für die Geheimnistuerei in dieser Angelegenheit, aber neue Erkenntnisse waren auch von ihm nicht zu gewinnen. Weiter. Der Produktionsvertrag. Die Grundlage, auf der das Wiederaufbauministerium Pregnantam den Zuchtauftrag gegeben hatte. Wie zu erwarten fanden sich in ihm all die finanziellen und prozessualen Details und in einem in der Ministerialweisung erwähnten geheimen Zusatzvertrag die buchhalterischen Tricks und Maßnahmen, mit denen die Aufwendungen aus dem Konzernabschluss herausgehalten werden sollten. In beiden Schriftwerken wurde ein »Projekt Reboot« mit der Nummer 0610-79 erwähnt, aber das war es dann auch. Ein weiterer Hinweis, mehr nicht. Weiter. Der Gametenbauplan. Überschrieben mit *Codierung Reboot 1.4*, war er eine schier endlose Aneinanderreihung von Strukturformeln und DNA-Sequenzen. Cain betrachtete die Bögen lange. Das hier war das ganze Geheimnis, theoretisch jedenfalls. Denn selbst für den, der ihn zu lesen verstand – Cain war in Gensequenzierung nie besonders gut gewesen –, blieb er ein gut versiegeltes Buch. 73 Seiten, mit nichts bedruckt als den Buchstaben A, G, C und T, den Nukleinbasen, aus deren Paarungen sich die Erbinformationen zusammensetzen. Wer wissen wollte, was Reboot 1.4 so besonders machte, musste entweder kilometerlange Gensequenzen miteinander abgleichen oder schon wissen, an welcher Stelle der Genstrang von dem üblicher Humanbaureihen abwich. Oder seine Informationen aus einer anderen Quelle bekommen. De facto also unbrauchbar. Weiter. Das nächste Blatt war für Cain ähnlich rätselhaft, ein Laborbericht, und er hätte ihn beim ersten Durchgang schnell wieder aus der Hand gelegt, wenn ihn nicht eine handschriftliche Notiz auf etwas aufmerksam gemacht hätte. Auf dem Dokument *Transduktionsprotokoll 76 331 Reboot 1.4* hatte jemand mit rotem Buntstift zwei Ausrufezeichen an den Rand gemalt und anschließend eingekringelt. Für diese Person war also ohne Zweifel wichtig gewesen, was im Protokoll festgehalten wurde.

Nur hatte Cain keine Idee, was genau das war.

Die erste Zeile las sich *Lsg. (5α,6α)-7,8-Didehydro-4,5-epoxy-17-methylmorphinan-3,6-dioldiacetat 100% Seq. 4 h.* Das konnte sich Cain noch zusammenreimen: Irgendeine reine Morphinlösung wurde im Vierstundentakt verabreicht. Und danach hörte es für ihn auf. Aus der Tabelle, die folgte, wurde er nicht einmal ansatzweise schlau.

| 1.4 | Aktv. GPCR in % | | | | | | Reg. intrazell. Sp. in % | | | | | | Ab. Dichte Rezp./µm² | | | | | |
|---|---|---|---|---|---|---|---|---|---|---|---|---|---|---|---|---|---|---|
| d | T1 | T2 | T3 | T4 | T5 | T6 | T1 | T2 | T3 | T4 | T5 | T6 | T1 | T2 | T3 | T4 | T5 | T6 |
| 102 | 98 | 97 | 100 | 97 | 95 | 97 | 79 | 79 | 80 | 79 | 80 | 80 | - | 7 | 1 | 2 | - | - |
| 103 | 98 | 97 | 100 | 97 | 95 | 96 | 79 | 79 | 80 | 79 | 80 | 80 | - | - | 1 | - | - | - |
| 104 | 98 | 97 | 100 | 97 | 95 | 96 | 79 | 79 | 80 | 79 | 80 | 80 | - | - | 1 | 5 | - | - |
| 105 | 97 | 97 | 98 | 97 | 95 | 96 | 79 | 79 | 80 | 79 | 80 | 80 | 4 | - | 3 | 1 | 3 | - |
| 106 | 97 | 97 | 98 | 97 | 94 | 95 | 79 | 79 | 80 | 79 | 80 | 80 | - | - | 5 | - | - | - |
| 107 | 97 | 97 | 98 | 97 | 94 | 95 | 79 | 79 | 80 | 79 | 80 | 80 | 2 | - | - | 1 | 1 | - |
| 108 | 97 | 97 | 98 | 97 | 94 | 94 | 79 | 79 | 80 | 79 | 80 | 79 | - | - | - | - | - | - |
| 109 | 95 | 97 | 98 | 97 | 94 | 94 | 79 | 79 | 80 | 79 | 79 | 79 | - | - | - | 1 | - | - |
| 110 | 94 | 97 | 96 | 97 | 94 | 94 | 79 | 79 | 80 | 79 | 79 | 79 | - | - | 1 | 4 | - | - |
| 111 | 94 | 96 | 95 | 97 | 94 | 94 | 79 | 79 | 80 | 79 | 79 | 79 | - | 2 | 4 | 1 | - | - |
| 112 | 94 | 96 | 95 | 97 | 94 | 94 | 79 | 79 | 80 | 79 | 79 | 79 | 6 | - | - | 2 | 7 | - |
| 113 | 94 | 95 | 95 | 97 | 94 | 94 | 79 | 79 | 79 | 79 | 79 | 79 | - | 3 | - | - | 5 | - |
| 114 | 94 | 94 | 95 | 97 | 94 | 94 | 79 | 79 | 79 | 79 | 79 | 79 | 1 | 1 | - | - | - | 2 |
| 115 | 94 | 94 | 93 | 96 | 94 | 93 | 79 | 78 | 79 | 79 | 79 | 79 | 1 | 2 | - | 1 | 6 | - |
| 116 | 94 | 93 | 93 | 96 | 93 | 93 | 79 | 78 | 79 | 79 | 79 | 79 | 1 | 1 | - | - | 1 | - |
| 117 | 93 | 93 | 93 | 95 | 93 | 93 | 79 | 78 | 79 | 79 | 78 | 78 | - | 1 | 5 | 1 | 2 | - |
| 118 | 93 | 93 | 93 | 94 | 93 | 93 | 79 | 78 | 79 | 79 | 78 | 78 | - | - | - | 3 | 2 | - |
| 119 | 93 | 93 | 93 | 93 | 93 | 93 | 78 | 78 | 79 | 79 | 78 | 78 | - | - | - | 1 | 2 | 1 |
| 120 | 93 | 93 | 93 | 93 | 93 | 93 | 78 | 78 | 79 | 79 | 78 | 78 | - | - | - | 1 | - | - |
| 121 | 93 | 93 | 93 | 93 | 93 | 93 | 78 | 78 | 79 | 78 | 78 | 78 | - | 2 | 2 | - | - | - |
| 122 | 93 | 93 | 93 | 93 | 93 | 93 | 78 | 78 | 78 | 78 | 78 | 78 | 2 | - | - | - | - | 2 |
| 123 | 93 | 93 | 93 | 93 | 93 | 93 | 78 | 78 | 78 | 78 | 78 | 78 | - | - | 1 | - | - | - |
| 124 | 93 | 93 | 93 | 93 | 93 | 93 | 78 | 78 | 78 | 78 | 78 | 78 | - | 3 | 1 | - | - | - |
| 125 | 93 | 93 | 93 | 93 | 93 | 93 | 78 | 78 | 78 | 78 | 78 | 78 | - | - | - | - | - | - |
| 126 | 93 | 93 | 93 | 93 | 93 | 93 | 78 | 78 | 78 | 78 | 78 | 78 | - | - | - | - | - | - |
| 127 | 93 | 93 | 93 | 93 | 93 | 93 | 78 | 78 | 78 | 78 | 78 | 78 | - | - | - | - | - | - |
| 128 | 93 | 93 | 93 | 93 | 93 | 93 | 78 | 78 | 78 | 78 | 78 | 78 | - | - | - | - | - | - |
| 129 | 93 | 93 | 93 | 93 | 93 | 93 | 78 | 78 | 78 | 78 | 78 | 78 | - | - | - | - | - | - |
| 130 | 93 | 93 | 93 | 93 | 93 | 93 | 78 | 78 | 78 | 78 | 78 | 78 | - | - | - | - | - | - |

Cain starrte auf die Zahlenkolonnen, aber weder hatte er eine Ahnung, was GPCR heißen mochte, noch was die anderen Spalten darstellen sollten. *Rezp.* hieß wahrscheinlich Rezeptor und *intrazell.* ganz sicher intrazellulär, bei der Interpretation der Tabelle brachte ihn das trotzdem nicht voran. Also weiter.

Auch das nächste mit Eselsohr gekennzeichnete Blatt war ein Laborbericht, und wie bereits beim ersten war es eine Randnotiz gewesen, die Cains Interesse geweckt hatte. Hier war es ein *Cut-off in 9h!*, das ihn hatte innehalten lassen. Leider konnte er sich aus dem Rest des Bogens nur einen unwesentlich besseren Reim machen als auf den ersten. Überschrieben war er mit *Screening Reboot 1.4*; was folgte, war eine Liste chemischer Summenformeln.

| Referenzsubstanz | NG erreicht in h |
|:---:|:---:|
| $C_9H_{12}FN$ | 7,8 |
| $C_9H_{13}N$ | 9,0 |
| $C_{10}H_{15}N$ | 7,1 |
| $C_{10}H_{15}NO$ | 8,8 |
| $C_{11}H_{15}NO2$ | 8,7 |
| $C_{12}H_{17}N_2O_4P$ | 8,3 |
| $C_{13}H_{16}ClNO$ | 9,0 |
| $C_{16}H_{25}NO_2$ | 7,7 |
| $C_{17}H_{19}NO_3$ | 8,1 |
| $C_{17}H_{21}NO$ | 8,9 |
| $C_{17}H_{21}NO_4$ | 8,4 |
| $C_{17}H_{23}NO_3$ | 8,4 |
| $C_{18}H_{21}NO_3$ | 8,6 |
| $C_{20}H_{25}N_3O$ | 8,5 |
| $C_{21}H_{23}NO_5$ | 8,8 |
| $C_{21}H_{30}O_2$ | 9,0 |
| $C_{23}H_{28}O_8$ | 8,7 |
| $C_{33}H_{35}N_5O_5$ | 9,0 |

Manche der Substanzen kannte er, $C_{21}H_{23}NO_5$ etwa war Heroin, $C_{13}H_{16}ClNO$ Ketamin. Andere wieder sagten ihm gar nichts, aber da die Summenformeln einander ähnelten, ging er davon aus, dass sie alle Drogen waren. Nur wieso war es für den Notizenschreiber so bemerkenswert, dass keine länger brauchte als 9 Stunden, um NG zu erreichen – was immer das auch war? Cain seufzte und nahm einen Schluck von seinem Shake. Weiter.

Das letzte Eselsohr hatte er in den etwa drei Dutzend Seiten starken *Abschlussbericht Reboot 1.4* hineingeknickt, ein Dokument voller Abkürzungen, Struktur- und Summenformeln und medizinischer Fachbegriffe. Keine Chance, da durchzusteigen. Die letzten zwei Sätze hingegen waren von erfrischender Klarheit: *Reboot 1.4 erfüllt alle für die Humanproduktion notwendigen Erfordernisse. Für Testzwecke ist daher eine erste Tranche von 800 Stück anzufertigen.*

Und so schloss sich der Kreis.

Die achthundert toten Föten im stählernen Leib von BM17 waren also die ersten Sprösslinge von Reboot 1.4 gewesen, einer Baureihe, die noch nicht für die Massenproduktion freigegeben war und erst noch weiteren Tests hätte unterzogen werden sollen. Das war durchaus üblich: Woche für Woche kamen im ganzen Land Brutmütter mit Testzuchtreihen nieder – erfüllten sie die an sie gestellten Anforderungen, bekamen sie ein Patent, wurden in die Backlist aufgenommen und konnten anschließend von jedem geordert werden, der das nötige Kleingeld für sie aufbrachte. Erwiesen sie sich als Reinfall, wurden ihre Testmitglieder recycelt und die Zuchtreihe wieder eingestampft. So weit, so normal. Aber warum hatten alle achthundert Abkömmlinge von Reboot 1.4 sterben müssen, noch bevor sie geboren waren? Warum überhaupt hatte man die gesamte Zuchtreihe geheim- und aus den Büchern herausgehalten?

Die Fragen blieben dieselben; es änderte sich nur die Detailebene, auf der er sie stellte.

Cain trank seinen Shake aus. Er war hellwach, aber sein Geist fühlte sich an, als läge er auf einem Nagelbett. Die Erkenntnisse brachten ihm keine Linderung, im Gegenteil, er rieb sich mental an ihnen wund. Er verstand die Hinweise einfach nicht. Reboot 1.4 war das Geheimnis, das Grubb vor ihm und vor der Welt verheimlichen wollte – und er hatte nach wie vor keine Ahnung, warum.

Er fuhr sich mit der Hand übers Gesicht und knetete seinen Unterkiefer. Dann riss er sich das Pflaster vom Arm und steckte die Akte ein. Er zahlte, verabschiedete sich von Ink und verließ den *Fixraum*.

Draußen dämmerte es. Vom Park her wehte eine leichte Eukalyptusbrise heran und kämpfte gegen den Bratfischgeruch an, der aus den Straßenbeduftern schwallte. Es war kühl, Cain klappte den Kragen des Uniformmantels nach oben und warf seinen Chopper an. In der Stille des Morgens war das spotzende Knattern des Motors das einzige Geräusch, das von den Wohniglus widerhallte; es begleitete Cain auf die dritte Transversale, auf der er den Adrenalinmotor bis zur Höchstgeschwindigkeit trieb und schließlich auf den Ring einschwenkte. Dann nahm er etwas Gas weg, schaltete runter und begann, nachdenklich das Zentrum Junktowns zu umrunden, ein einsamer Trabant auf weiter Umlaufbahn.

# 12

Keine vier Stunden später starrte Cain auf den Brief, der
in seinem Garten lag. Müde war er aus seinem Wohniglu gestolpert – der Schlaf, den er nach zwei Wach-
macher-Shakes bekommen hatte, war so erfrischend gewesen wie
ein Ausflug in die Leichenhalle eines Unfallkrankenhauses – und
hatte sich auf den Weg ins Büro machen wollen, als er den Umschlag entdeckte. Inmitten des 08/15-Mülls, der Cains spärliches
Grün aufzuwerten versuchte, hätte man ihn leicht für einen Teil
des Reststoffsammelsuriums halten können, wenn er nicht so
akkurat in der Mitte zwischen Haus- und Gartenzauntür gelegen
hätte, die Seiten parallel ausgerichtet zu den Rändern des Wegs.
Außerdem hatte Cain eine ziemlich genaue Vorstellung, was die
spärlichen Altpapierelemente seines Mülls anging. Und diesen
Brief hatte er ganz sicher noch nie gesehen.

Er hob den Blick vom Brief und sah sich um, aber natürlich gab
es niemanden zu entdecken – wer auch immer ihn in seinem Garten abgelegt hatte, war längst nicht mehr in der Nähe.

Cain ging ächzend in die Hocke (was war er doch alt geworden)
und hob den Brief auf. Unadressiert, zugeklebt, Standardpapier. Er
mühte sich wieder hoch und riss den Umschlag auf. Auf dem
Briefbogen stand in Maschinenschrift: *Rauschparteitagsgelände,
Ostplatz, Besuchertribüne G17, 20 Uhr.*

Das war jetzt so eindeutig wie ominös. Aber noch bevor er sich weitere Gedanken dazu machen konnte, hörte er Motorengeräusch näher kommen und sah beim Aufschauen einen Wagen die Straße entlangkommen, der schließlich vor seinem Grundstück anhielt.

Es war ein alter Tripbant 600, ein Kettengefährt mit zweisitziger Fahrerkabine aus Blech und Wellpappe, ein typischer Mittelklassewagen, leicht angerostet und in neoncyan. Ein KdK-Fuchsschwanz baumelte von der Heckantenne, die Tür auf der Cain zugewandten Beifahrerseite war leicht eingebeult.

Er kannte diese Beule. Sie war an einem letzten Prüfungstag entstanden, als ein bedröhnter Methhead auf dem Parkplatz der Staatlichen Fachhochschule für Drogendesign die Wagentür für sein Scheitern im Abschlussexamen verantwortlich gemacht hatte. Vor neun Jahren war das gewesen, der letzte Jahrgang, den sie durchs Studium gebracht hatte. Er konnte sich noch deutlich daran erinnern, wie sie beide nach der Abschlussfeier auf den Parkplatz gekommen waren, high und beladen mit den Geschenken, die ihre Studenten ihr überreicht hatten. Der völlig verausgabte Methhead lag auf der Kette ihres demolierten Wagens, nach dem Ende seines Wutanfalls war er einfach an Ort und Stelle eingeschlafen. Bei dem Anblick war sie in Lachen ausgebrochen, in dieses explosionsartige, berstende Lachen, das so gar nicht zu ihrer zierlichen Gestalt passen mochte und dass ihm so sehr gefiel. Sie hatte sich gar nicht wieder einkriegen können, stand da, inmitten ihrer fallen gelassenen Geschenke, und hielt sich den Bauch, während er sich abmühte, den Prüfling runter vom Tripbanten zu ziehen. Durch, wie er war, knickte er sich dabei zwei Finger um und wäre mehrmals beinahe umgefallen. Jedenfalls stellte er sich so ungeschickt an, dass sie sich schließlich vor Lachen in die Hose machte – und das wiederum hatte er so lustig gefunden, dass er endgültig das Gleichgewicht verlor und von der Wagenkette fiel. Am Ende lagen sie beide völlig verausgabt auf dem Parkplatz, während der Methhead noch immer auf ihrem Wagen schlief, lachten und schnieften und schnappten nach Luft, und alles schien möglich, weil alles, was wirklich Bedeutung hatte, sich in diesem einen Moment konzentrierte und dieser Moment die Welt war.

Wie sie den Methhead vom Trippi geholt und nach Hause gekommen waren, wusste er nicht mehr. Er wusste nur, dass dies ihre letzte gemeinsame Fahrt in ihrem Wagen gewesen war.

Zwei Monate später hatte er das Fahrzeug ihrem nächsten Verwandten überlassen: Sein Dienstchopper reichte ihm völlig, und es wäre ihm ohnehin nicht möglich gewesen, den Wagen zu fahren, der einmal ihr gehört hatte.

»Kommst du jetzt?«, rief Shem ihm aus der Fahrerkabine zu.

Cain schüttelte die Gedanken ab und setzte sich in Bewegung. »Ist was passiert?«, fragte er am Wagen.

Shem machte ihm die Tür auf, er winkte ungeduldig. »Steig ein!«

Mit rasendem Puls trat Cain auf die Kette und kletterte hinein.

Der Geruch überwältigte ihn beinahe. Shem benutzte noch immer dieselben Duftbäumchen wie sie – Vanille-Krokant –, und es war ihm, als stiege er in die Vergangenheit. Das Armaturenbrett aus Plastik, in dessen Schmucklinien und Ecken sich der Staub ablagerte, die abgewetzten Fußmatten: Alles war noch so wie damals.

Er zitterte.

»Wo warst du denn gerade eben? Du hast mich doch rufen hören.« Shem legte den Gang wieder ein, der Wagen rumpelte vorwärts. »Solomon?« Er schaute zu Cain, der starr neben ihm saß. »Alles okay?«

Cain mühte sich zu einer Antwort. »Nachwirkungen. Ich war gestern aus.«

Shem nickte und wandte sich wieder der Straße zu. »Dann hoffe ich, dass du gleich wieder fit bist. Wir müssen reden.«

»Worüber?«

»Nicht hier.«

Shem lenkte den Tripbanten aus Cains Viertel in Richtung Südliche Industriebrache. Cain schloss die Augen. Er war Shem tatsächlich dankbar, dass er nicht im Wagen sprechen wollte. Hier, wo alles noch so sehr sie war, hätte er sich kaum konzentrieren können.

Eine knappe Viertelstunde später und auf einer Brücke in der Industriebrache, die sich über eine Reihe toter Gleise spannte, brachte Shem das Gefährt zum Stehen. Er stieg aus. »Komm.« Den Motor ließ er laufen.

Cain folgte ihm und trat ans Geländer. Er atmete tief ein. Es gab hier keine Straßenbedufter, jedenfalls keine funktionierenden mehr; in der Luft hing ein schwacher Duft von verlassener Baustelle und dem Rost alter Industrieanlagen, aber alles war besser als Vanille-Krokant.

»Wird's gehen, Schwager?« Shem war neben ihn getreten und sah ihn schief an.

Cain nickte.

»Gut, ich brauch' dich nämlich klar.«

»Gib mir einen Moment.«

Eine Weile standen sie schweigend nebeneinander. Schließlich sagte Cain: »Was ist los?«

»Das frage ich mich auch.« Er schaute Cain an. »Hast du eigentlich auch nur den Hauch einer Ahnung, wo du da reingeraten bist?«

Cain spürte Ärger in sich hochsteigen. Shems herablassende Art regte ihn auf. Es war eine willkommene Möglichkeit, den Rest seiner Benommenheit abzuschütteln. »Wenn ich das wüsste, wäre ich gestern nicht zu dir gekommen, Gideon. Aber da du total im Paranoia-Modus bist und selbst hier noch den Motor laufen lässt, während wir reden, würde ich mal raten: in einen ziemlichen Schlamassel. Also rück doch endlich damit raus und sag mir, warum du hier einen auf Chefschlapphut machst.«

Wenn Cains Worte Shem ärgerten, ließ er es nicht erkennen. »Weil es nötig ist, Schwager. Aber ich glaube, hier ist es tatsächlich sicher.«

Cain verdrehte die Augen, stieg in den Wagen und stellte den Motor ab. »Niemand wird uns hier hören, sei nicht albern.« Er kletterte wieder hinaus. Wenn Shem ihn noch mal Schwager nannte, würde er explodieren.

Der schaute ihn einen Moment lang ausdruckslos an, dann zuckte er mit den Schultern.

»Gleich nachdem du gestern gegangen bist, habe ich mich an die Suche gemacht. Ich hatte nicht geglaubt, dass ich viel finden würde, und es hat auch ein paar Stunden gebraucht, bis ich auf was Brauchbares gestoßen bin, die waren schon sehr gründlich. Aber als ich einigermaßen Ahnung hatte, wonach und wo ich suchen musste … Das ist eine richtig üble Geschichte.«

»Die da lautet?« Cain hatte sich noch nicht wieder ganz abgeregt.

»Du hattest recht: BM17 ist nicht irgendein zufälliges Mordopfer. Die Brutmutter war Teil eines ziemlich geheimen Geheimprogramms des Rauschsicherheitshauptamts.«

Das war hoffentlich nicht alles, was Shem rausgefunden hatte, dachte Cain. Laut sagte er: »Reboot.«

Shem schaute überrascht. »Du weißt davon?«

»Erst seit gestern Abend.«

»Wo hast du das her? Alles, was mit Reboot zu tun hat, ist klassifiziert. Selbst der Name ist geheim.«

»Willst du nicht wissen.« Cain hatte seine Antwort geknurrt, weil er immer noch ungehalten war, aber er meinte es durchaus ernst: Wenn Shem recht hatte mit seiner Paranoia, dann war er exponiert; je weniger er wusste, desto sicherer blieb er.

»Also gut.« Sein Schwager atmete durch. »Reboot ist vor vier Jahren vom Referat III B 3 ins Leben gerufen worden.«

»III B 3? Amt III ist Psychotrope Substanzen.« Das Rauschsicherheitshauptamt gliederte sich in sieben Ämter, um seiner mannigfachen Aufgaben Herr zu werden. Jedes Amt wiederum setzte sich aus einer unterschiedlich großen Anzahl von Abteilungen zusammen, die ihrerseits aus Referaten bestanden. Cain hatte sie alle mal auswendig gewusst, aber die verschlungene Organisationsstruktur seines ehemaligen Arbeitgebers war etwas, mit dem er sich seit Jahren nicht mehr beschäftigt hatte. Die Ämter kannte er bis heute, aber alles, was darunter kam, war für ihn inzwischen ein bürokratisches Dickicht, in dem er sich nicht mehr auskannte. Seine alte Dienststelle war IV A 1, Amt für Gegnererforschung und -bekämpfung, Abteilung Opposition, Referat Lektorat, das würde er nie vergessen. Es war eine Buchstaben-Zahlen-Kombination, die im ganzen Staat berüchtigt war und mit der man auch dem linientreuesten Konsumgenossen Angst einjagen konnte. III B 3 hingegen war eine leere Stelle in seinem Gedächtnis.

»Psychotrope Substanzen, richtig. Und III B 3 ist Abteilung Abhängigkeitssyndrome, Referat Toleranzentwicklung.«

Es klingelte bei Cain, aber nur leise. »Was muss man über die wissen? Hört sich ziemlich speziell an.«

»Ist es auch. Wie der Name schon sagt, kümmert sich III B 3 in erster Linie um die Erforschung des Einflusses von Psychotropika auf Neurotransmitter. Synaptische Transmission und so. Da kommen vor allem wissenschaftliche Studien raus.«

»Für die Wirkungssteigerung von Drogen.«

»Genau.«

»Okay, dann ist so ein Programm wie Reboot also eher die Ausnahme, nehme ich an?«

»Eigentlich nicht, aber zumindest für die jüngere Vergangenheit stimmt das. III B 3 hat derzeit nur noch vier andere Programme laufen: Eines ist eine Langzeitstudie zur Kreuztoleranz zwischen Codein, Morphin und Heroin, die anderen drei beschäftigen sich mit der synthetischen Herstellung von Neuropeptiden. Und auch die sind alle auf Sparflamme.«

»Wieso das?«

»Es war mal üblich, dass III B 3 etliche solcher Programme laufen hatte. Etwa zwei Dutzend waren das zuletzt, teilweise ziemlich gut budgetiert. Wenn Drogen ihre Wirkung verlieren, ist das nun einmal politisch nicht opportun. Die KP lässt es sich schon einiges kosten, dass das eben nach Möglichkeit nicht passiert. Verstehst du? III B 3 ist vielleicht nicht das größte Referat im Hauptamt, und sein politischer Ehrgeiz ist auch eher gering, schließlich sind das hauptsächlich Wissenschaftler, aber III B 3 sitzt auf einem ziemlich zentralen Problem unseres Landes.«

»In Ordnung, aber was ist passiert? Wieso sind die Gelder abgezogen worden?« Cains Ärger war verflogen, Neugier fing an, ihn zu kitzeln.

»Von abziehen habe ich nie gesprochen. Die Gelder sind noch da, Solomon. Man hat die Budgets nur verschoben.«

»Wie jetzt?«

»Der Haushalt von III B 3 ändert sich vor vier Jahren drastisch: Beinahe alle Forschungsprojekte werden beendet. Und die freigewordenen Gelder fließen alle in denselben Topf.«

Jetzt ging Cain ein Licht auf. »Reboot.«

»Reboot, richtig. Wie gesagt, offiziell taucht der Name nirgends auf, nur die Programmnummer.«

Cain nickte. »0610-79, die habe ich auch gefunden. Aber wie bist du dann an den Namen gekommen?«

Shem lächelte, zum ersten Mal während ihres Treffens. »Reboot ist nicht von Anfang an Verschlusssache gewesen, die Akten sind erst nachträglich als geheim eingestuft worden. Und erinnerst du dich, wie ich dir vorgestern erzählt habe, dass wir seit einem Jahr im Prinzip alles automatisiert haben? Na ja, der Klassifizierungsauftrag kam rein, als hier umgestellt wurde. Und hast du schon mal eine Umstrukturierung gesehen, bei der alles glatt läuft?«

»Es wurden Akten übersehen.«

»Nicht ganz. Die Akten sind alle klassifiziert worden, da passen wir schon auf, und da war das Hauptamt auch entsprechend hinterher. Aber der Antrag selbst ist übersehen worden: Er ist von der Klassifizierungsstelle vorschriftsmäßig weitergegeben worden an das BDM-Referat Verschlusssachen. Die Schreib-Maschine, die dort nun seit Neuestem saß, hat alles, was sie zu Reboot in den Archiven fand, dem Antrag entsprechend als geheim eingestuft – für den Antrag selbst hatte sie aber noch keine Subroutine. Das ist uns erst Monate später aufgefallen, ein dummer Programmierfehler. Es gibt jetzt eine Dienstanweisung, alle Anträge, die in der fraglichen Zeit reingekommen sind, zu überprüfen, ob sie selbst auch der Geheimhaltung unterliegen. Aber weißt du, wie viele das sind? Um damit einigermaßen zügig voranzukommen, bräuchten wir zusätzliche Mittel, und die bekommen wir nicht. Also zieht sich das. Wir haben hier immer noch Abertausende Anträge auf Geheimhaltung, die selbst auch geheim sein müssten, es aber nicht sind. Ich hab mich an die Geschichte erinnert, als ich auf die Programmnummer stieß, und weil der Zeitraum passte, habe ich mal nachgeschaut.«

»Und einen Volltreffer gelandet.«

»Du kennst den Namen ja eh schon. Und wirklich weiter bringt uns der auch nicht.«

»Trotzdem: saubere Leistung.«

Shem nickte nur.

»Okay.« Cain versuchte, den Faden wieder aufzunehmen. »Die Jungs in III B 3 arbeiten also daran, wie man aus unseren abgestumpften Synapsen noch ein ordentliches High herauskitzeln kann, was sie ja eigentlich ganz sympathisch macht. Aber wieso wird ihr wichtigstes Programm plötzlich als geheim eingestuft?«

»Ich habe keine Ahnung. Was ich dir sagen kann, ist, dass III B 3 vor rund einem Jahr auf die Idee kommt, Reboot geheim halten zu müssen. Diese Entscheidung trifft die Referatsleitung einen Tag, nachdem sie von der Projektgruppe 0610-79 eine außerordentliche Statusmeldung bekommt.«

»Außerordentlich?«

»Nicht wie sonst am Monatsende, sondern bereits in der ersten Woche.«

»Das war nicht unter Verschluss?«

»Doch, natürlich. Aber so einem Antrag auf Geheimhaltung liegt immer auch ein Index der Dokumente bei, die er betrifft. Und da ich auf den Antrag ja noch Zugriff hatte, konnte ich zwar nicht die Aktenbestände selbst einsehen, aber mir immerhin einen Überblick darüber verschaffen, was da alles klassifiziert hatte werden sollen. Und dieser Statusbericht tauchte eben auch dort auf. Keine Ahnung, was drin stand, aber der Umstand, dass er außer der Reihe bei der Referatsleitung einging, legt den Schluss nahe …«

»… dass er eine Erfolgsmeldung war.«

Shem nickte. »Woran sie auch immer in Projekt Reboot geforscht haben, vor etwa einem Jahr hatten sie einen Durchbruch.«

Cain überlegte. Die Föten von BM17s erster Tranche waren in

der 32. Woche gewesen. Von der Durchbruchsmeldung bis zur Insemination wären dann nicht mehr als vier Monate vergangen – das wäre dann ambitioniert umgesetzt worden, aber für ein entschlossenes Projektmanagement durchaus machbar.

»Das passt. Aber warum klassifizieren sie Reboot erst, als das Projekt Erfolg hat?«

»Die Frage habe ich mir auch gestellt. Eine eindeutige Antwort habe ich nicht gefunden, aber ich habe eine Vermutung: Vor etwas mehr als einem Jahr bekommt III B 3 einen neuen Leiter, Stabsintendant Habakuk Tosh. Die Durchbruchsmeldung landet also auf seinem Schreibtisch, während er sich gerade mit der neuen Stelle vertraut macht. Er wird vorher schon was von Reboot gehört haben, schließlich ist es ja das wichtigste Projekt seines Referats. Aber für mich sieht es so aus, als ob erst diese Meldung ihm die ganze Tragweite von Reboot klargemacht hätte.«

»Und dann ist er sofort auf die Bremse getreten und hat Reboot zur Geheimsache erklärt.« Cain nickte sinnend. So konnte das abgelaufen sein. Nur was war an Reboot so alarmierend, dass ein neuer Referatsleiter urplötzlich die Reißleine zog? Geheimhaltung war für das Rauschsicherheitshauptamt zweite Natur, das allein war noch nicht bemerkenswert. Aber durch die Entwicklungen der letzten Tage erschien diese plötzliche Klassifizierung in einem anderen Licht. Was hatte dieser Tosh geheim halten wollen? Und wieso kam ihm der Name so vertraut vor?

»Hat dieser Index auch Rückschlüsse zugelassen, was Projekt Reboot überhaupt ist?«

»Wenn, dann sind sie mir entgangen. Die meisten Dokumente, die er aufgezählt hat, waren Laborberichte und Vertragliches mit Pregnantam. Und eine Hauptamtsweisung, muss irgendwas mit der Generalinspektion für den Wiederaufbau der Bevölkerung zu tun haben, das ließ jedenfalls der Name vermuten.«

»Ja, das stimmt«, sagte Cain. »Die Generalinspektion dient dem Hauptamt als Strohpuppe. Offiziell ist sie die Behörde, für die BM17 gebären sollte.« Und jetzt fiel ihm auch wieder ein, wo er den Namen des Referatsleiters schon mal gelesen hatte: im Zuchtauftrag der Generalinspektion. Dieser Kreis schloss sich also. Tosh hatte den Auftrag erteilt, Reboot geheim zu halten. Und hatte dann die nächste Stufe gezündet: Reboot auflegen zu lassen. »Hast du noch mehr?«

»Vom Index selbst nicht. Vom Antrag allerdings. An den war nämlich ein Nachklassifizierungsantrag angeheftet.«

»Sie haben die Geheimhaltungsstufe erhöht?«

»Von GS 1 auf GS Alpha. Vor fünf Tagen.«

Cains linke Augenbraue zuckte hoch. GS Alpha war die höchste aller Geheimhaltungsstufen – mit ihr wurde nur klassifiziert, was der nationalen Sicherheit außerordentlichen, irreparablen Schaden zufügen konnte. Selbst die Existenz von GS Alpha war geheim: Offiziell endete die Skala der Geheimhaltungsstufen bei GS 1, streng geheim. In der Festung der Paranoia, in die sich Strafverfolgungsbehörden und Sicherheitspolitik aus Misstrauen, Kontrolle und Heimlichkeit eingemauert hatten, war GS Alpha so etwas wie der versteckte Wandtresor – in einem Keller, von dem die wenigsten wussten, dass es ihn gab. GS Alpha, das war die Art von Staatsgeheimnissen, die einen nachts nicht schlafen ließen und die aus gutem Grund nur einer Handvoll Eingeweihter bekannt waren. Mehr Brisanz ging nicht.

Cain merkte, wie ihm heiß wurde.

»Das ist noch nicht alles«, sagte Shem. Sein Blick flackerte nervös. »Ich hätte aufhören sollen, als ich den GS-Alpha-Vermerk gesehen hatte, aber ich konnte nicht, nenn es eine unglückliche Mischung aus Neugier und Recherche-Ehrgeiz. Das hat mich einfach so gepackt. Ich hab weitergemacht und mich woanders umgesehen, und bin schließlich in den Personalakten von III B 3 fündig geworden. Und das ist der Grund, weshalb ich unbedingt mit dir sprechen musste.«

»In den Personalakten?«, fragte Cain überrascht.

»In den Personalakten. Innerhalb der letzten fünf Tage sind vierzehn Mitarbeiter von III B 3 gestorben.«

Cain ließ das Brückengeländer los. »Nicht dein Ernst.« Seine Stimme war ein erschüttertes Flüstern.

Shem nickte bekräftigend. »Ich weiß nicht, wie sie gestorben sind, wann sie gestorben sind oder andere Einzelheiten. Ich weiß nur, dass sie gestorben sind. Die Einträge sind da, und sie sind eindeutig.«

»Willst du damit sagen ...?« Cain schaffte es nicht, den Satz zu Ende zu bringen, der Gedanke war zu ungeheuerlich.

Shem nickte wieder, sein Blick war drängend, die Stimme auf ein Flüstern herabgedämpft. »Irgendjemand bringt Beamte des Rauschsicherheitshauptamts um.«

Wie benommen hielt sich Cain wieder am Brückengeländer fest und blickte auf die Schienen. Die Luft flirrte über den Gleisen, es war ein heißer Tag, und er würde noch heißer werden. Nichts regte sich sonst. Die Südliche Industriebrache war wie ihre Pendants im Norden und Westen ein Ort allgegenwärtigen Niedergangs: Industriekomplexe längst untergegangener Konzerne und Syndikate waren von eifrigen Müllsammlern allen Klaubbaren entblößt und so reduziert worden auf rohe Skelette mit eingefallenen Dächern und entglasten Fenstern. Werks- und Lagerhallen ohne Aufgabe warteten darauf, von den Winden der Graubeigen Sandeinöde ins Nichts gefräst zu werden, Förderanlagen auf den Moment, in dem sie, geschwächt vom Rost, ihr eigenes Gewicht nicht mehr würden halten können und endlich zusammenbrächen. Die Industriebrache war ein gigantischer Friedhof aus Stein und Stahl, verlassen vom Leben und bar jeglicher Aktivität, eine Wüste inmitten einer Wüste. Still war es, wie es hier immer still war, selbst noch im Vergleich zum Rest der vom Drogenkoma niedergedrückten Stadt.

In Cains Kopf aber brüllte es.

Jemand brachte Beamte des Rauschsicherheitshauptamts um.

Ein Satz, so absurd und frivol, dass man ihn für einen Scherz hätte halten können, wenn denn jemand Scherze über das Rauschsicherheitshauptamt machen würde. Die Alternative aber war noch viel unfassbarer.

Das Hauptamt war immer schon Ziel gewesen von Angriffen; Cain konnte die Zahl der Anschläge während seiner Dienstzeit nicht mal genau beziffern, so viele hatte es gegeben. Zwei Dutzend? Drei Dutzend? Keine Ahnung. Aber das, was Shem da berichtete, war etwas anderes, etwas vollkommen anderes.

Es machte einen Unterschied, ob es einer Diätisten- oder sonstigen Terrorzelle gelang, eine Bombe in einem Parkdeck zu zünden, dem Dienstvilleniglu eines hochrangigen Hauptamtsoffiziers oder selbst in einem Recyclinghof – oder ob jemand über Tage hinweg klammheimlich und ungehindert Beamte des Hauptamts umbrachte. Das eine war ein Stück asymmetrischer Kriegsführung, das in seiner erratischen Natur die Ungleichheit – und die Zwecklosigkeit – eben dieses Kampfs offenbarte und beinahe nur Symbolcharakter hatte. Das andere war eine Operation, die durch ihre bloße Existenz den Nimbus der allmächtigen Strafverfolgungsbehörde befleckte: Niemand konnte hundertprozentige Sicherheit garantieren, auch das Rauschsicherheitshauptamt nicht, der Kampf gegen den Terror war immer auch ein Kampf gegen die Wahrscheinlichkeit. Aber eine Mordserie dieses Ausmaßes? Das war gleichbedeutend mit Hilflosigkeit.

Noch vor einer Woche hätte Cain so etwas für vollkommen unmöglich gehalten.

Jetzt aber zweifelte er nicht einen Augenblick an der Richtigkeit von Shems Schlussfolgerung: Wieder musste er an Grubbs Worte denken – das Hauptamt selbst wäre exponiert, wenn die Öffentlichkeit etwas von den Vorgängen erführe ... Eine Mordserie, die das Hauptamt nicht in den Griff bekam, gab diesen Worten und der ganzen Geheimnistuerei endlich einen Sinn, wenn auch einen schwer fassbaren.

»Vierzehn«, sagte Cain. Er konnte es irgendwie noch immer nicht fassen.

»Stand gestern. Möglicherweise ist diese Zahl zu diesem Zeitpunkt schon nicht mehr aktuell.«

Cain schüttelte den Kopf. »Ich weiß gar nicht, was ich dazu sagen soll. Vierzehn – das ist, keine Ahnung, mir fehlen die Worte ... Wer kann es schaffen, vierzehn Beamte des Hauptamts umzubringen? Vierzehn! Und dazu noch eine Brutmutter!« Und vielleicht auch noch einen Konzernvorstand, dachte er. Ja, Kort hatte sich möglicherweise wirklich selbst getötet, aus Angst oder weil er den Druck nicht mehr ausgehalten hatte. Das war nach wie vor eine Möglichkeit, nur war sie immer noch die wahrscheinlichste? Bislang hatte er es kaum für möglich gehalten, dass jemand in einer Gemapo-Zelle hätte ermordet werden können. Jetzt war er da nicht mehr so sicher.

»Ich weiß nicht, die A A F?«

Cain wiegte den Kopf hin und her. Die Abstinente Armee Fraktion war die bedeutendste antikonsumistische Terrorgruppe des Landes. Zu ihren Hochzeiten hatte sie das Rauschsicherheitshauptamt, ja den gesamten Staat in Atem gehalten; auf ihr Konto gingen Entführungen und Ermordungen von Parteifunktionären und Topmanagern, Geiselnahmen und Bombenattentate. Aber das war jetzt mehr als ein Jahrzehnt her, und die derzeit aktive, sogenannte Dritte Generation der A A F war, verglichen mit den vorangegangenen, nur noch ein Schatten ihrer selbst. Cain hatte seine Zweifel, dass sie in der Lage sein sollte, so eine Anschlagsserie zu planen, geschweige denn durchzuführen. Aber genau das war eben mit ein Grund, weshalb er so beunruhigt war: Er kannte niemanden, dem er das zugetraut hätte.

Der Fall BM17, dachte er, bleibt sich treu: Je mehr er erfuhr, desto mysteriöser wurde er.

Eine Weile schwiegen sie wieder zusammen, die Unterarme aufs Brückengeländer gestützt, die Augen in die Ferne gerichtet.

»Verstehst du jetzt, weshalb ich so paranoid war?«, fragte schließlich Shem, ohne den Blick vom Industrieruinenpanorama zu heben. »Geheimer als diese Sache kann es gar nicht werden. Und trotzdem sterben die Leute, die davon wussten, wie die Fliegen. Wenn rauskommt, dass wir denen auf der Spur sind ...«

Cain verstand. Dass er selbst hier in der Südlichen Industriebrache den Motor hatte laufen lassen, um nicht abgehört werden zu können, war natürlich überzogen gewesen. Aber er konnte sich gut in seinen Schwager hineinversetzen. Auch er fühlte sich nicht besonders wohl bei der Sache, und für ihn waren weder Mordfälle noch Terrorakte etwas Fremdes. Wie mochte es da Shem gehen, dessen Beruf daraus bestand, auf Maschinen aufzupassen, die Akten archivierten?

»Mach dir keine Sorgen«, versuchte Cain, ihn aufzumuntern. »Niemand wird erfahren, dass du mir geholfen hast. Ich nehme an, du hast meinen Besuch aus der Registraturdatei der Rezeption gelöscht?«

»Habe ich. Und ich habe bei meiner Suche auch keine Spuren hinterlassen. Alle meldepflichtigen Archivaufrufe habe ich vermieden. Aber was, wenn uns jemand gesehen hat? Vielleicht sind wir ja auch verfolgt worden.«

»Warum sollten wir? Offiziell war ich gar nicht bei dir, offiziell hast du nie irgendwelche Suchen unternommen. Es gibt also keinen Grund, dich mit der Sache in Verbindung zu bringen. Und uns hat auch garantiert niemand verfolgt, das schwöre ich dir.«

Die KP mochte streng darauf achten, dass jedes Mitglied der großen, großen Konsumgemeinschaft auf Linie blieb, und sie tat das mit nie erschöpfender Gründlichkeit, Ausdauer und technischer Raffinesse – Bluttests, Zebras und drei Polizeiapparate legten beredtes Zeugnis davon ab. Aber Beschattungen waren ein gänzlich aus der Mode gekommenes Überwachungsmittel: Nicht nur, dass dafür bei einem Volk aus sedierten Stubenhockern selten Bedarf herrschte. Auf menschenleeren Straßen wären sie auch kaum durchzuführen gewesen.

»Was ist mit Zebras?«

»Zebras werden zum Aufspüren von Leuten eingesetzt, nicht zum Beschatten. Dafür sind sie zu dumm. Zebras können keinen Abstand halten, wenn sie das eingestellte Hirnwellenmuster erst mal geortet haben. Die müssen an ihre Beute ran, so nah, wie es geht. Und siehst du hier irgendwelche Zebras?«

Shem war noch nicht ganz überzeugt. »Und wenn man gesehen hat, wie ich dich abgeholt habe? Möglicherweise stehst ja du unter Beobachtung.«

»Unwahrscheinlich. Ist dir denn irgendjemand aufgefallen? Aber selbst wenn uns jemand gesehen hat: Niemand meldet mich bei den Behörden, die Nachbarn wissen alle, dass ich Alter Kämpfer bin. Und sollte es doch jemand tun, dann bin ich im schlimmsten Fall von meinem Schwager abgeholt worden. Daran ist nichts verdächtig.«

»Nur die Tatsache, dass der das vorher noch nie getan hat.«

»Gideon, es wird nichts passieren. Glaub mir, ich weiß, wie das Hauptamt tickt. Es war schlau, nicht in meinem Haus mit mir zu reden, vielleicht ist es ja tatsächlich verwanzt. Aber du bist nicht auf ihrem Radar. Und wenn wir keine Fehler machen, wirst du das auch nie sein.«

»Wie beruhigend.«

Cain atmete tief durch. Wie sollte er Shem davon überzeugen, nicht in Gefahr zu sein? Zumal: Hundertprozentig konnte er tatsächlich nicht ausschließen, dass ihr Treffen von niemandem registriert worden war. Es war unwahrscheinlich, aber nichts in diesem Fall hatte bisher Wert auf Wahrscheinlichkeit gelegt.

Schließlich war es Shem, der die Angelegenheit für erledigt erklärte. »Willst du noch wissen, was ich dir über Grubb erzählen kann?«, fragte er plötzlich. »Viel ist es eh nicht.«

»Sicher«, beeilte Cain sich zu sagen, froh über den Themenwechsel.

»Ich habe kaum etwas gefunden, das über den Eintrag im Zentralen Melderegister hinausgeht, die Personalakten vom Hauptamt sind für jemanden wie mich unerreichbar, und in den restlichen Datenbeständen findet sich nur wenig.«

Cain nickte. »Schon klar.«

»Zum ersten Mal wird Grubb vor der Konsumrevolution aktenkundig, beim Aufbau von KP-Büros in den Westlichen Grenzstädten. Das bringt ihm eine Erwähnung auf der Ehrentafel der Konsumistischen Partei ein und den Status als Alter Kämpfer. Nach der Revolution lässt er sich ins Rauschsicherheitshauptamt versetzen; er fängt dort als Justizinspektor an und arbeitet sich die Karriereleiter hoch. Heute hat er den Rang eines Oberstabsintendanten inne. Seine erste Station ist II D 1, Amt für Weltanschauliche Gegnererforschung, Amt Auslandsprobleme, Referat West. In den Opiumkriegen macht er sich bei der Bandenbekämpfung verdient, bekommt dafür die Ehrennadel Erster Klasse verliehen und wechselt dann ins Amt IV, ins Lektorat. Die nächste Bewährungsprobe ist der Affektantenaufstand: Grubb übernimmt die

Leitung des Krisenstabs, anschließend zeichnet ihn das Politlabor mit dem Konsumgenössischen Verdienstorden in Gold aus. Er gilt als Spezialist für parteiinterne Oppositionsbewegungen, über das Thema hat er sogar eine Abhandlung geschrieben: *Der innere Feind. Und wie man ihm beikommt.* Schon mal was von gehört?«

Cain schüttelte den Kopf. Parteiinterne Oppositionsbewegungen, dachte er, kein Wunder, dass Grubb Interesse an ihm gefunden hatte. Plötzlich schien es ihm deutlich unwahrscheinlicher, dass er ihn tatsächlich in Ruhe lassen würde, als gestern noch bei seinem letzten Telefonat mit Grubb.

»Grubb kam vor neun Jahren ins Lektorat, da warst du schon eine ganze Zeit lang weg. Ansonsten wärt ihr euch wahrscheinlich schon mal über den Weg gelaufen.«

»Ich hatte bislang nicht das Gefühl, dass mir jemand wie Grubb in meinem Leben gefehlt hätte – und nach dem, was ich jetzt über ihn weiß, bin ich wenig geneigt, meine Meinung zu ändern ... Irgendwas, das man gegen ihn verwenden könnte?«

Nun war es an Shem, den Kopf zu schütteln. »Ich habe nichts gefunden. Grubbs einziger Sohn, ein Naturalgeborener, ist ein Goldener Schütze. Hat sich vor zwölf Jahren freiwillig gemeldet, aber das ist natürlich nichts, was einem irgendetwas in die Hand gibt.«

Das war es in der Tat nicht. Grubb hatte mit dem Freitod seines Sohns bei ihrem Zusammentreffen nicht hinterm Berg gehalten. Für ihn war das ein familiärer Opfergang – keine emotionale Schwachstelle, die man hätte ausbeuten können.

Cain runzelte die Stirn. »Wäre auch zu schön gewesen«, sagte er.

»Solomon, ich bin kein Dummkopf: Was hat Grubb gegen dich in der Hand? Der Mann ist nicht irgendein Laboratschik, sondern ein ziemlich gewiefter Parteijäger, der ist gefährlich.« Bislang hatte

Shem hinaus auf die Schienen gesprochen, jetzt sah er ihn direkt an.

Für einen Moment überlegte Cain, einfach zu mauern. Aber Shem hatte ihm geholfen, hatte sich womöglich sogar für ihn in Gefahr gebracht. Er verdiente es, dass er ihm die Wahrheit sagte. Er sah zur Seite und erwiderte den Blick seines Schwagers.

»Nichts Konkretes jedenfalls. Er hat sich meinen Lebenswandel angeschaut und hält ihn für defätistisch«, sagte er und fügte nach einer kurzen Pause bitter lächelnd hinzu: »Grubb ist eben auch kein Dummkopf.«

Auf dem Gesicht seines Schwagers zeigte sich ein Ausdruck, den Cain dort noch nie gesehen hatte. Die Reserviertheit, die Shem bislang stets und immer im Umgang mit ihm an den Tag gelegt hatte, machte etwas Platz, das Cain am ehesten mit trauriger Milde beschrieben hätte.

»Hat er dir gedroht?«

»Wenn die Ankündigung des Entzugs von Alter-Kämpfer- und Goldener-Hinterbliebenen-Status eine Drohung ist, dann ja, hat er.«

Cain sah Shem an, dass er sofort begriff, was das bedeutete. Sein Schwager versuchte, seine Bestürzung zu verbergen, aber die Gesichtszüge entglitten ihm.

»Alles nicht so wild«, beeilte sich Cain zu sagen. Das Letzte, was er wollte, war Shems Mitleid. Mit Schroffheit konnte er umgehen, aber Mitleid war zu viel. »Offiziell ist der Fall BM17 im Prinzip abgeschlossen, und das war Grubbs Bedingung, um mich in Ruhe zu lassen.«

»Und du glaubst, das tut er auch?«

Cain zuckte mit den Schultern. »Zumindest würde ich meinen, dass er derzeit genug anderes auf seinem Tisch hat. Aber was auch immer er tun wird – ich kann daran eh nichts ändern. Nur warum sollte er mir so etwas sagen, wenn er sich eh nicht daran halten will? Ich habe ihn ja nicht gezwungen.«

Er schaute wieder weg, selbst für ihn klang das hohl. Aus dem Augenwinkel sah er, wie Shem betreten nickte und dann den Blick abwandte.

Beide verfielen sie wieder in Schweigen.

»Was wirst du jetzt machen?«, fragte Shem schließlich.

Eigentlich, dachte Cain, habe ich nur eine Wahl: den Fall lösen, den Grund für die Morde herausbekommen, diese ganze Angelegenheit endlich *verstehen*. Und dann würde sich schon ein Weg finden, Grubb damit so unter Druck zu setzen, dass der gar keine andere Wahl hatte, als ihn in Ruhe zu lassen.

»Wenn ich das wüsste«, sagte er laut. »Aber ich habe noch ein paar weitere Spuren, denen werde ich nachgehen. Irgendwie muss doch rauszukriegen sein, was an BM 17 und Reboot so wichtig ist, dass das Rauschsicherheitshauptamt komplett verrücktspielt und jemand die spektakulärste Mordserie hinlegt, die dieses Land je gesehen hat. Was du mir erzählt hast, war Gold wert, danke dafür.«

Shem schüttelte abermals den Kopf. »Hast du eigentlich schon mal daran gedacht, das alles loszulassen? Dich einfach umzudrehen und wegzugehen? Was bringt dir das denn? Du hast selbst gesagt, der Fall ist offiziell abgeschlossen. Und, Mann, Solomon, wer auch immer hinter dieser Sache steckt – er nimmt es mit dem Hauptamt auf. Selbst wenn es nicht die AAF ist, Anfänger sind das nicht. Die gehen über Leichen!« Shem war mit jedem Satz lauter geworden, den letzten hatte er fast geschrien. Er hatte sich vom Geländer weggedrückt und stand nun frei da, die Wangen gerötet, Verständnislosigkeit im Gesicht. Er zwang sich zur Ruhe, und als er weitersprach, hatte seine Stimme wieder den normalen, sachlichen Ton, den Cain von ihm gewöhnt war. »Außerdem hat dir das Hauptamt gesagt, dass du die Finger davon lassen sollst. GS Alpha ist nicht auf die leichte Schulter zu nehmen – die werden das kaum spaßig finden, wenn du da trotzdem rumschnüffelst. Lass es sein, Solomon. Das ist Irrsinn.«

Streng genommen stimmte das nicht ganz, dachte Cain. Grubb hatte ihm befohlen, die Finger von der Akte zu lassen, nicht vom Fall BM17 an sich. Für den hatte er explizit noch eine Woche Zeit erhalten. Aber er wusste, dass das Spitzfindigkeiten waren, die ihn am Ende nicht schützen würden. Also war es das wirklich – Irrsinn? Konnte Shem recht haben? Wenn er ganz ehrlich zu sich selbst war, konnte er das nicht komplett abstreiten.

»Du weißt, dass ich das nicht kann – einfach loslassen. Dafür ist die Sache doch schon viel zu groß.« Und außerdem, dachte er, was sollte er sonst tun? Nach Hause gehen?

»Und außerdem ist es meine Pflicht, den Mord an BM17 aufzuklären.«

Shem lachte freudlos auf. »Deine Pflicht, genau. Als ob das für dich jemals eine Rolle gespielt hätte.«

Wieder kochte Zorn in Cain auf. Shem hatte keine Ahnung, was dieses Wort einmal für ihn bedeutet hatte und irgendwie, auf eine verquere Weise, noch immer bedeutete. Aber er kämpfte seine Wut nieder: Es hatte keinen Sinn, mit ihm darüber zu streiten. Stattdessen seufzte er.

»Du hast das doch bei deiner Recherche selbst gemerkt: dass du wider besseres Wissen nicht aufhören kannst. Es geht nicht, verstehst du? Du magst das jetzt zum ersten Mal erlebt haben, aber für mich ist es das, was meinen Beruf ausmacht. Jetzt aufzugeben, würde allem widersprechen, was ich bin.«

Lange Zeit sagte Shem nichts, dann nickte er. »Also gut. Dann ist es so. Wenn du dich in Gefahr bringen willst, bitte, aber ich bin raus.«

»Natürlich. Danke.« Cain lächelte dünn.

»Soll ich dich noch mit in die Stadt nehmen?«

Cain schüttelte den Kopf. »Ich laufe. Dann kann uns niemand zusammen sehen. Und ich kann beim Spazierengehen eh besser nachdenken.« Außerdem konnte er so eine weitere Fahrt in dem Wagen vermeiden, der einmal ihr gehört hatte.

Shem antwortete nichts darauf, und auch Cain hatte nichts mehr zu sagen. Einen Moment lang standen sie sich gegenüber, beide die Hände in den Taschen und so still wie die Industriebrache um sie herum. Schließlich kletterte Shem in den Wagen. »Ich muss los.«

»Ich nehme an, wir werden uns eine Weile nicht mehr sehen«, sagte Cain.

Shem zog ein paar Mal am Seilzugstarter des Trippis, der Motor sprang an, und das so typische knatternde Spotzen des Zweitakters im Leerlauf erklang. Shem beugte sich zum Fenster aufs Cains Seite hinüber. »Das hängt von dir ab, Schwager. Das hat es schon immer.«

Der Tripbant fuhr an, Ketten knirschten. Shem wendete ihn auf der Brücke und fuhr den Weg zurück, den sie gekommen waren. Schließlich bog er ab und verschwand hinter einer skelettierten Montagehalle.

Cain setzte sich in Bewegung.

Es gab viel zu tun.

# 13

»Solomon, Sie hier?« Doktor Zerp sah erstaunt von seinen Unterlagen hoch. »Stimmt etwas nicht?«

Cain stand in der Tür des Besprechungszimmers. »Haben Sie vielleicht ein paar Minuten?«

»Sicher, kommen Sie rein.« Der Arzt nahm seine Lesebrille ab und legte die Unterlagen beiseite, die er studiert hatte. Mit einer Hand bot er Cain den Stuhl an.

»Danke.« Cain setzte sich. »Sind Sie sicher, dass ich nicht störe?« Er deutete auf die Papiere, die Zerp zur Seite geschoben hatte.

»Das? Ach, nein«, sagte der. »Das kann warten. Ich habe gerade die Ergebnisse eines Gen-Screenings bekommen, auf das ich schon ein paar Wochen gewartet habe. Das Sigma-1-Rezeptoren-Kombinat in meinem Revier klagt schon länger über eine erhöhte Ausfallrate unter den Arbeitern, und die Screenings sollen zeigen, ob mit den verwendeten Zuchtgruppen womöglich irgendetwas nicht stimmt. Ich für meinen Teil glaube ja, dass die einfach ihre Proteinzufuhr reduziert haben und jetzt die Schuld bei jemand anderem suchen, aber anschauen muss ich mir das Ganze ja trotzdem. Und eigentlich hätten die Ergebnisse schon längst hier sein sollen, aber bei den Budgetkürzungen, die sie uns mal wieder reingedrückt haben, darf man wahrscheinlich nicht zu anspruchsvoll sein. Ist ja auch immer dasselbe. Aber egal: Das ist jedenfalls nichts, was nicht auch warten kann. Also, was kann ich für Sie tun?« Er schaute Cain erwartungsvoll an.

»Sie erinnern sich an den Fall, von dem ich Ihnen erzählt hatte?«

»Der mit der toten Brutmutter? Sicher. Der politisch so heikel war. »

»Genau. Und genau deswegen komme ich zu Ihnen, ich könnte Ihre Hilfe gebrauchen. Ihre Einschätzung nämlich.«

Zerp, der bisher leicht gebeugt auf seinem Bürostuhl gesessen hatte, richtete sich auf. Erstaunen trat auf sein Gesicht. »Meine Einschätzung? Die Gemapo hat doch ihre eigenen Ärzte.«

»Das ist richtig. Ich brauche aber eine, sagen wir, unvorbelastete Meinung. Jemanden, der für mich etwas ohne politische Scheuklappen begutachtet.«

»Sie wollen, dass diese Meinung aus der Akte draußen bleibt.« Zerp kniff die Augen zusammen.

Du hast keine Wahl, dachte Cain, entweder Zerp macht mit, oder er lässt es bleiben. Aber Drumherumreden hatte keinen Sinn.

»Das ist richtig.«

»Und was ist dieses Etwas, das ich begutachten soll – ohne politische Scheuklappen?«

Cain atmete durch. »Ein medizinisches Dossier. Testprotokolle, Laborberichte. Ich werde aus ihnen nicht schlau. Sie sind geheim, und es muss niemand wissen, dass ich sie habe.«

»Will ich wissen, woher Sie die haben? Und wieso Sie diesen Umstand verheimlichen?«

»Wollen Sie nicht.«

Zerp nahm seine Hände vom Tisch, legte das Kinn auf die Daumen und die restlichen Finger vor seiner Nase gegeneinander. So blieb er eine Weile, während er mit seinen blassblauen Augen mal Cain musterte, mal im Raum umherschweifte.

»Mein lieber Solomon, Sie bringen mich da in eine ziemliche Bredouille«, erklärte er schließlich. »Revierärzte sind wie alle anderen Sanitätsdienstgrade auch verpflichtet, sämtliche medizinischen Gutachten, die sie erstellen, in Abschrift ans Generalgesundheitsamt zu übermitteln. Und wenn ich Sie richtig verstanden habe, wollen Sie ja ein ebensolches Gutachten von mir.«

Cains Herz sank in die Hose. »Doktor Zerp, ich weiß nicht, ob es das Wort Gutachten richtig trifft. Es ist ja eigentlich nur –«

»Und wenn ich Ihnen dieses Gutachten ausstelle«, fuhr Zerp ungerührt fort, »dann werden die im GGA ja nie erfahren, dass ich sie hinters Licht geführt habe. Und das wäre doch irgendwie schade. Verstehen Sie jetzt meine Zwangslage?«

Cain brauchte einen Moment, dann machte es Klick. »Sie meinen also –« Aber er wurde schon wieder unterbrochen, diesmal vom Lachen des Arztes.

»Solomon, Sie hätten gerade Ihr Gesicht sehen sollen! Mann, Sie waren aber auch schon mal schneller von Begriff.«

Cain war sich immer noch nicht ganz sicher. »Dann schauen Sie sich die Unterlagen an?«

»Selbstverständlich.« Zerp beruhigte sich nur langsam. »Was geht das denn die Bürokraten vom GGA an, was ich in meiner Praxis mache?«, brachte er mit halb unterdrückten Lachern hervor. »Ich bin dem Wohl meiner Patienten verpflichtet, und es scheint mir, dass es Ihrem ziemlich zuträglich wäre, wenn ich Ihnen diesen Gefallen täte. Insofern: Geben Sie her.«

Erleichterung durchrieselte Cain, er hatte Zerp doch nicht falsch eingeschätzt. Rasch griff er in die Innentasche seines Uniformmantels und holte die zusammengefaltete Abschrift der Akte von BM17 heraus. Er hatte sie von einem Xerographen duplizieren lassen, als er vom Gespräch mit Shem aus der Südlichen Industriebrache zurückgekommen war. Xerographen mussten Kopien ihrer

Vervielfältigungen ebenso wie Behörden und Unternehmen ihre Akten ans BDM weiterleiten; die KP wollte so der illegalen Verbreitung von diätistischen Schriften und der Produktion hetzerischer Flugblätter einen Riegel vorschieben. Aber Cains Beruf brachte es mit sich, dass zu seinen Kontakten auch HMWs gehörten, die für eine entsprechende Summe schon mal vergaßen, ihre Schaltkreise mit den Protokollarschnittstellen zu synchronisieren.

»Das sind sie.« Er legte die Blätter auf Zerps Schreibtisch.

Der Arzt griff nach seiner Lesebrille und setzte sie auf, dann griff er zu dem Stapel. »Oha, so viel also zu einem frühen Feierabend«, sagte er. Cain hatte ihm nicht die gesamte Akte von BM 17 kopiert, sondern nur die wissenschaftlichen Unterlagen, aber trotzdem hielt Zerp einen ansehnlichen Packen in der Hand.

»Ich glaube nicht, dass alles wichtig ist, aber ich wollte Ihnen nichts vorenthalten«, sagte Cain. »Ich habe die meiner Meinung nach interessantesten Dokumente markiert.«

»Hm, hm«, brummte Zerp, während er durch die Bögen blätterte. »Und was genau wollen Sie von mir wissen?«

»Das sind die Berichte des Zuchtprojekts, mit dem BM 17 beauftragt wurde. Es wird aller Wahrscheinlichkeit nach um die Wirkweise von Drogen gehen, jedenfalls lässt der Auftraggeber darauf schließen.«

»Meinten Sie nicht, dass das die Generalinspektion für den Wiederaufbau der Bevölkerung gewesen ist?«, fragte Zerp, immer noch blätternd.

»Das war nur eine vorgeschobene Behörde. Der eigentliche Auftraggeber ist das Rauschsicherheitshauptamt.«

Zerp hörte auf zu blättern.

Langsam, beinahe umständlich nahm er die Brille wieder ab, klappte sie zusammen und legte sie bedächtig vor sich auf den Tisch. Dann hob er den Blick und sah Cain lange an, dem unter den labyrinthischen Augen des Arztes wieder mulmig wurde. Er wollte schon etwas sagen, um die Stille zu unterbrechen, als er merkte, dass Zerp gar nicht ihn an, sondern durch ihn hindurchschaute, den Blick auf etwas gerichtet, das nur er sehen konnte.

Schließlich ging ein Ruck durch seinen Körper, und die blassblauen Augen fanden ins Hier und Jetzt zurück. Er griff wieder nach seiner Brille, mit derselben umständlichen Bewegung wie vorhin setze er sie auf. Dann fing er abermals an, den Papierstapel durchzusehen.

»Das Rauschsicherheitshauptamt? So, so«, sagte er, und Cain hatte den Eindruck, dass er mehr zu sich selbst sprach. »Es ist eine Weile her, dass ich von denen gehört habe.«

Im ersten Moment war Cain irritiert, die Blut- und sonstigen Werte gingen schließlich alle ans Hauptamt, und ihre Kontrolle war die wichtigste Tätigkeit der Revierärzte. Aber dann glaubte er, den eigentlichen Sinn hinter Zerps Worten zu begreifen: Zerp übersandte die Werte ans GGA, das in dieser Hinsicht als Sammelstelle und erste Kontrollinstanz fungierte und die gebündelten, kommentierten Datensätze ans Hauptamt weiterleitete, mit dem Zerp so gesehen tatsächlich nichts zu tun hatte. Konnte es also sein, ging es ihm durch den Kopf, dass der Arzt wirklich nichts mehr vom Hauptamt gehört hatte, seit er damals vor einem Revolutionstribunal gestanden hatte? Wenn ja, was mochte gerade in ihm vorgehen? Welche Wunden hatte er damit aufgerissen, dass er Zerp den echten Auftraggeber genannt hatte?

So saß er eine Weile da und musterte den Arzt, wie er einzelne Blätter überflog und sich von Zeit zu Zeit dabei an die Brille fasste, als wollte er etwas genau fixieren. Als sich Zerp ihm wieder zuwandte, war von dem, was ihm durch den Kopf gegangen sein mochte, nichts zu erahnen.

»Sie könnten recht haben mit Ihrer Vermutung, Solomon«,

sagte Zerp. »III B 3 scheint jedenfalls darauf hinzudeuten. Aber ich brauche mehr Zeit, um mir ein Urteil zu bilden.«

»Selbstverständlich.« Cain nickte. »Wie lange werden Sie brauchen, schätzungsweise?«

»Ein, zwei Tage, nicht mehr. So umfangreich ist das Material ja dann doch nicht.« Der Arzt zögerte. »Sie vermuten, dass auf diesen Seiten irgendwo die Antwort darauf versteckt ist, weshalb Ihre Brutmutter sterben musste?«

»Ich kann mir keine andere Möglichkeit vorstellen. Irgendjemand will dieses Projekt sabotieren – koste es, was es wolle. Und was auch immer diese Zuchtreihe von anderen unterscheiden mag, muss der Grund dafür sein.« Er hielt kurz inne. »Wenn Sie sich deswegen Sorgen machen, kann ich Sie beruhigen. Sie –«

»Nicht meinetwegen, Solomon, ich gehe schon davon aus, dass Sie sorgsam genug sind, um niemanden zu mir zu locken. Schließlich waren Sie auch schlau genug, außerhalb der Sprechzeiten hierher zu kommen. Aber Ihretwegen. Sind Sie sicher, dass Sie wissen, was Sie tun?«

Schon sehr lange nicht mehr, dachte sich Cain, sagte aber nur: »Ich habe das unter Kontrolle, glauben Sie mir.«

Durch die Brillengläser blickte ihn ein skeptischer Zerp an. »Wie Sie meinen.« Der Arzt schob die Blätter zusammen. »Ich melde mich bei Ihnen, sobald ich damit durch bin.«

»Vielen Dank.«

»Aber ich habe eine Bedingung.«

Die plötzliche Schärfe in Zerps Stimme überraschte Cain. »Ja?«, fragte er.

»Wenn das vorbei ist, wenn Sie diesen Fall gelöst haben, dann reichen Sie Urlaub ein und buchen sich eine Rotreise oder eine blaue, egal, die Farbe spielt keine Rolle. Obwohl – schwarz nicht, irgendetwas Helles. Rot war doch Ihre Lieblingsreisefarbe, oder?«

Cain dachte zuerst, Zerp würde wieder spaßen, aber der blieb ernst. »Rot, ja, das stimmt«, sagte er verwirrt. »Das ist Ihre Bedingung?«

»Natürlich. Ich bin Ihr Arzt, und wie ich schon sagte, bin ich Ihrem Wohl verpflichtet. Und für mich sehen Sie mindestens genauso müde aus wie bei unserem letzten Treffen, wenn nicht noch mehr. Sie müssen mal ausspannen, Solomon, und wenn ich Sie so dazu bekomme, warum nicht? Also rot dann? Wenn Sie mir das jetzt schon sagen, kann ich Ihnen eine LSD-Kabine in vierzehn Tagen buchen. Meinen Sie, bis dahin ist die Sache durch?«

Cain nickte etwas benommen, er fühlte sich noch immer leicht überrumpelt.

Zerp hatte zu Stift und Block gegriffen. »LSD-Reise, rot, in vierzehn Tagen, Kabine reservieren für S. Cain, Dauer: drei Wochen« diktierte er sich selbst. Mit Nachdruck setze er einen Punkt hinter das Notierte. »Bestens.«

Drei Wochen, dachte Cain, da hast du mich ganz schön rangekriegt. Es musste Jahre her sein, dass er auch nur annähernd so lange Urlaub genommen hatte. Irgendetwas in ihm wollte protestieren, aber er wusste, dass das keinen Zweck gehabt hätte. Und außerdem: Vielleicht hatte Zerp ja tatsächlich recht, und die Reise würde ihm gut tun.

Er erhob sich.

»Noch einmal vielen Dank für Ihre Hilfe, Doktor.«

Zerp machte eine wegwischende Handbewegung. »Lassen Sie mal. Ist mir ein Vergnügen. Und außerdem bekomme ich Sie ja so dazu, auch mal an sich selbst zu denken.« Er nahm seine Brille ab und knetete sich den Nasenrücken. »Ich hoffe, ich finde etwas raus.«

Das hoffe ich auch, dachte Cain. »Bestimmt. Ich warte dann, bis Sie sich bei mir melden.« Er ging zur Tür.

»So machen wir das. Ach, und haben Sie Ihr Rezept eingelöst?«
Cain brauchte kurz, bis er wusste, was Zerp meinte. »Das Benzodiazepin?« Das hatte er völlig vergessen. »Ja, natürlich.«

Zerp kniff wieder die Augen zusammen. »Also gut«, sagte er dann. »Und noch eines, Solomon …«

»Ja?«

»Passen Sie auf sich auf.«


»Was willst du denn hier, Cain?« Smirn runzelte die Stirn, rollte seinen verwansteten Körper ein Stück mit dem Bürostuhl nach hinten, als ginge er in Lauerstellung. Die Hand legte er schützend über den Katalog Flatrate-Nutten und blitzte Cain mit grimmigen Augen an. »Bist wieder auf meine Zebras scharf, oder was?«

Smirn hatte sich also noch nicht ganz wieder beruhigt, dachte Cain, wäre ja auch zu schön gewesen.

»Ich brauch euer Meldungsarchiv: Ich will eure Festnahmen der letzten zweiundsiebzig Stunden durchschauen, und die Datenleitung ist im Eimer. Bei uns kommt mal wieder nichts mehr an.« Das stimmte zwar alles nicht, aber Smirn brauchte nicht zu wissen, weshalb er das Archiv der Bepo benutzen wollte statt das seiner Dienststelle. Die dreiste Lüge war riskant: ein Anruf bei der Gemapo, und sie würde Cain im Gesicht explodieren. Aber er setzte darauf, dass Smirn viel zu faul war, um das nachzuprüfen, zumal er keinen Grund hatte, an Cains Worten zu zweifeln.

Der Wachthabende Offizier der Bepo grunzte hinter seinem Schreibtisch und kratzte sich plakativ eins seiner Doppelkinns. Dann deutete er mit dem Daumen über die Schulter.

»Du kommst nicht mit?«

Jeder Besuch im Meldungsarchiv einer Behörde musste vom Archivaroffizier protokolliert und überwacht werden. Da den die

Bepo vor Jahren schon eingespart hatte, war es theoretisch an Smirn, dessen Funktion zu übernehmen.

Der lachte keuchend und freudlos auf. »Genau. Ich werde meine Zeit vergeuden, um seine Hochwohlgeboren Inspektor Solomon Cain auf seinem schweren Gang ins Archiv zu begleiten. Vielleicht halte ich ihm auch noch Händchen, wenn er mich darum bittet.« Mit gespielter Fassungslosigkeit schüttelte er den Kopf, was in etwa so aussah, als würde ein Ei auf einem Berg aus Fett hin- und herhüpfen. »Ab mit dir, du kennst ja den Weg. Ich kümmere mich lieber um die hier«, sagte er und klatschte mit der flachen Hand auf den Katalog.

Genau darauf hatte Cain gesetzt; er brauchte niemanden, der ihm über die Schulter schaute. Da hätte er auch gleich ins Gemapo-Archiv gehen können.

Er tippte einen Finger an eine imaginäre Mütze und ging an Smirn vorbei durch den Großraum der Bepo-Einsatzzentrale.

»Mach bloß keine Unordnung«, rief ihm Smirn nach.

Hinter dem Großraum musste Cain über eine enge Wendeltreppe nach unten, einen nackten Korridor entlang, und dann war er im Bepo-Meldearchiv. Das *Mriek-mriekmriekmriek-mriek* der Nadeldrucker schwoll ihm entgegen, als er die Tür öffnete. Wie erhofft war er allein. In diesem Raum liefen alle Meldungen aller Behörden zusammen, wurden auf Endlospapier gedruckt und schließlich kartonweise etikettiert und weggeräumt. So hatte jede Behörde Zugriff auf jede amtliche Verlautbarung jeder anderen Behörde – wenn sie denn nicht der Geheimhaltung unterlag und dann nur ans BDM übermittelt wurde. Ein Verwaltungsakt ungeheurer Dimension und in dieser von durchaus zweifelhafter Sinnhaftigkeit, aber er führte zumindest dazu, dass Amtshilfegesuche in aller Regel nur dann notwendig waren, wenn die Datenleitungen versagten. Oder man so tat, als ob.

Achtundsiebzig Industriedrucker standen hier, jeder für ein meldungspflichtiges Staatsorgan – Ministerien, Hauptämter, Polizeibehörden, aber auch die Handelskammer und die Börse, der Konsumverein und das Oberkommando der Rauschwehr – oder für eine hoheitliche, instanzenübergreifende Aufgabe, wie etwa die von Cain erwähnte, nämlich die der Festsetzungssammelstelle, die Festnahmen protokollierte. Jeder von ihnen schrieb in seinem eigenem Stakkato vor sich hin, manche beinahe ununterbrochen, andere wiederum gaben nur alle paar Tage Laut.

Zielstrebig durchmaß Cain den Raum und stand vor dem Drucker, der ihn hierher geführt hatte: Nicht an den Festnahmen war er interessiert, sondern an der Liste, die der Drucker der Generalinspektion für den Wiederaufbau der Bevölkerung ausspuckte und die alle Todesfälle humaner wie mechanischer Bürger sammelte. Die Liste, die da vor Cain in ihrem Karton darauf wartete, fortgeschrieben zu werden, hielt den administrativen Abschluss eines Prozesses fest, der auf dem Reißbrett eines Genetikers oder Ingenieurs begann, über eine Brutmutter oder Fertigungshalle ins Leben führte, um es dann schließlich in einem Recyclinghof oder auf einem Schrottplatz wieder zu verlassen. Was blieb, war eine Zeile auf einem grünen Bogen dünnen Papiers in jeder Behörde, die sich der Staat in seinem Erfindungsreichtum hatte ausdenken können. Cain griff in den Karton und hob den obersten Bogen heraus. In ihrer allumfassenden Endlichkeit war sie ein Dokument, das durch seine bloße Existenz beeindruckte, aber Cain war ihr eigentlicher Nutzen stets verborgen geblieben: Unsortiert, wie sie war, war sie ein ausgedrucktes Datenmonstrum, ein bürokratischer Wurmfortsatz, der irgendwann sicherlich mal einen Zweck erfüllt hatte und nun ein kaum beachtetes Dasein fristete. Im Ermittlungsalltag jedenfalls spielte die Liste beinahe nie eine Rolle, aber nun war Cain tatsächlich froh, auf sie zugreifen zu können:

Ihm war das Risiko zu hoch, mit gezielten Suchanfragen nach Todesfällen von Mitarbeitern des Rauschsicherheitshauptamts jemanden auf sich aufmerksam zu machen. Deswegen musste es diese Liste sein, und deswegen musste er sie hier bei der Bepo durchschauen, wo niemand ihn beobachtete. Es war ein zeitraubender Rechercheweg, aber für das, was er wollte, war er vollkommen ausreichend: Hatte es vom Zeitpunkt von Shems Suche an bis jetzt weitere Todesfälle in III B 3 gegeben, so würde er sie hier finden.

Er griff weiter nach unten ins Endlospapier und blätterte nach dem Zeitpunkt, ab dem er suchen musste.

Die Toten reihten sich aneinander, MIN nach MIN, Zuchtreihe nach Zuchtreihe, Name nach Name. Er konzentrierte sich auf den Eintrag *Einsatzort* und dort auf das Kürzel *HTW*. Haupttreuhandstelle West war der gängige Deckname für das Hauptamt, der immer dort im offiziellen Schriftverkehr benutzt wurde, wo es meinte, seine wahre Identität verbergen zu müssen, also quasi durchgehend. Alles, was er tun musste, um über weitere Todesfälle auf dem Laufenden zu bleiben, war also, Aberdutzende Meter dicht bedruckten Papiers durchzuschauen.

Er seufzte.

Den ersten Treffer fand er nach einer knappen halben Stunde. *MIN 6G2S-8N8S-LU91 Modell Fontmaster 4.1, Baureihe 344-81T SM109, Einsatzort HTW III B 3* las sich die Zeile.

Ein HMW, dem Modell zufolge eine Schreib-Maschine, wahrscheinlich der Projektprotokollant. Das war nicht verwunderlich. Wenn irgendjemand alle Mitwisser von Reboot umbrachte, dann musste der Schreiberling natürlich auch sterben. Gerade bei einem Geheimprojekt hatte kaum jemand mehr Einblick in die Materie als das zuständige Protokoll-HMW.

Er ging die Zeilen weiter durch.

Der nächste Fund war zwar nicht überraschender, aber relevanter.

*MIN C1T1-7H2Q-ST20 Tosh, Habakuk, Zuchtlinie 114-96N, Humanklasse AAA, Einsatzort HTW III B 3.* »Haben sie also auch den Referatsleiter umgebracht«, murmelte Cain. Er hatte damit gerechnet, aber die Tatsache grau auf blassgrün zu sehen, war dann doch noch mal etwas anderes.

Er schaute den Packen Papier in seiner Hand an: Wie viele mochten noch kommen?

Die Antwort, die er sich zweieinhalb Stunden später geben konnte, war: zwei.

Seit gestern, seit Shem seine Recherchen angestellt hatte, waren also vier weitere Hauptamtsmitarbeiter gestorben. Wer auch immer hinter den Morden stecken mochte, hatte seine Geschwindigkeit erhöht. Cain wusste nicht, wie viel Personal in III B 3 an Reboot mitgearbeitet hatte, aber ginge es in diesem Tempo weiter, würde schon bald niemand mehr übrig sein.

Cain legte die Liste zurück. Er hatte alles, was er hier in Erfahrung hatte bringen wollen.

Zurück im Großraum der Einsatzzentrale blickte Smirn von seiner Lektüre auf, als er Cain aus dem Treppenhaus kommen hörte. »Immer noch hier, Cain? Ich dachte, du wärst schon längst weg und abgehauen, als ich auf Klo einen abseilen war.« Er lachte trocken.

Wie lange kann man bloß in einem Nuttenkatalog lesen, fragte sich Cain. »Habe noch ein paar andere Dinge gecheckt. Dachte, wenn ich schon mal da bin, kann ich das gleich auch mit erledigen. Wer weiß, wann die Drucker bei uns wieder gehen.«

Smirn nickte desinteressiert und vergrub seinen Blick wieder in den Seiten.

Cain fiel etwas ein. »Sag mal, Smirn?«

»M-hm?« Smirn blätterte um.

»Hat sich eigentlich etwas am Terrorlevel geändert?«

»Immer noch gelb.«

»Und was macht die AAF zur Zeit?«

Smirn hörte auf zu lesen.

»Die AAF?«, fragte er und musterte Cain mit einem Gesichtsausdruck, der blasiertem Unverständnis ziemlich nahe kam.

»Abstinente Armeefraktion, du weißt schon, ist so eine Terrorgruppe.«

»Sehr witzig.«

»Also?«

»Was willst du wissen? Wo sie ihre nächste Bombe hochgehen lassen? Brauchst du vielleicht auch ein paar Fernsprechnummern? Weil ich dann gern für dich einfach mal nachschaue. Ich bin sicher, die fliegen hier irgendwo rum.«

»Wie aktiv die AAF gerade ist.« Cains Geduld näherte sich wieder der Nulllinie.

Smirn blies die Luft durch die Lippen. »Ganz großer Fall, was, deine Brutmutter?« Cain starrte ihn nur stumm an, und schließlich lenkte Smirn ein. Er legte den Katalog beiseite und erhob sich ächzend aus seinem Stuhl. »Mannmannmann, mit dir macht man was mit, Cain. Erst klaust du mir meine Zebras, jetzt soll ich für dich in irgendwelchen Fällen rumstöbern.«

Er ging wankend durch den Großraum, vorbei an der Wand mit dem Board, auf dem Fälle des laufenden Jahres festgehalten wurden, rot die offenen, schwarz die gelösten. Die meisten Einträge leuchteten karmesinrot, was Cain kaum wunderte: Die Hauptaufgaben der Bepo waren ordnungspolizeilicher Natur, einfache sicherheitsdienstliche Belange, sodass in ihren Reihen kaum fähige Ermittler zu finden waren – und die wichtigen Fälle landeten eh entweder bei der Gemapo oder dem Rauschsicherheitshauptamt. Wenn Grubb ihn aus der Gemapo schmeißen sollte, dachte er sich, könnte er immer noch Kleinkrimineller werden. Das schien ganz zuträgliche Karrierechancen zu eröffnen.

Vor einem mannshohen Metallkasten am hinteren Ende der Einsatzzentrale blieb Smirn schnaufend stehen. Mit der einen Hand stützte er sich an dem Trumm ab, mit der anderen drückte er sich das Steißbein, um seinen Rücken zu entlasten. Schweißtropfen hatten sich auf seiner Stirn gebildet. Cains Blick glitt wieder mal am Leib des Wachhabenden Offiziers der Bepo auf und ab, unfähig, das Rätsel zu lösen, wie sich ein so massiv adipöser Körper in einen Standardbürostuhl quetschen konnte.

Der Kasten, an dem Smirn sich von seinem Gang ausruhte, war ein alter, aber in Behörden immer noch weit verbreiteter Mensch-Maschine-Kommunikationsapparat, der mittels Tastatur und Lochkartenstanzer den Austausch mit HMWs ermöglichte. Smirn nahm die Hand vom Steißbein, deutete Cain an, noch ein wenig Geduld zu haben, und griff in seine Hosentasche. Er holte einen Pillenspender heraus, aus dem er sich zwei Pillen genehmigte. »Fenetyllin, bin gleich wieder hergestellt«, sagte er.

Cain nickte und versuchte, sich Smirn im Außendienst vorzustellen. Er schaffte es nicht.

Smirn hatte unterdessen genug neue Kräfte gesammelt, um den MMKA zu bedienen. Seine wurstigen Finger huschten überraschend flink über die Tasten. »So«, sagte er dann. »Kann sich jetzt nur noch um Stunden handeln.« Er lachte.

Cain zwang sich ein Lächeln ab. Bitte nicht, dachte er.

Tatsächlich dauerte es nur wenige Augenblicke, bis aus dem Kasten ein Surren ertönte, gefolgt vom metallischen *Klackklackklack* eines Lochkartenstanzers. Im Ausgabefach landete eine dicht beschriebene Pappkarte, ein schwachbrüstiges elektronisches Piepsen deutete das Ende des Vorgangs an.

»Da hast du deine AAF«, sagte Smirn und nahm die Karte

heraus. Mit dem Zeigefinger auf den Zeilen entlangwandernd, fing er an zu lesen. »Viel gibt es nicht.« Er schürzte die Lippen. »Anfang des Jahres ist da ein Raubmord. Haben einen Geldautomaten angegriffen, er ist dabei draufgegangen. War euer Fall.«

Cain erinnerte sich dunkel: Ein Kollege von ihm hatte ihn auf den Tisch bekommen, ein typischer Geldbeschaffungsanschlag, wie ihn die AAF mittlerweile immer häufiger durchführte. Manche sahen darin einen Beleg dafür, dass die ideologische Komponente des Kampfs der AAF zunehmend in den Hintergrund geriet und die Gruppe sich zu einer vor allem kriminellen Untergrundorganisation wandelte. Cain war sich da nicht ganz sicher, aber letztlich fehlte ihm die nähere Kenntnis zur Beurteilung der Lage. Es war lange her, dass er sich genauer mit den inneren Begebenheiten von Terrorgruppen beschäftigt hatte.

»Zwei Monate später haben wir eine Flugblattaktion in den Akten.« Smirns Stimme verhinderte, dass Cain gedanklich abdriftete. »Keine große Sache, an der Zweiten Universität. Kam aus dem Sympathisanten-Milieu, nicht von der AAF selbst. Die Täter haben wir, fünf an der Zahl. Gab meines Erachtens jeweils drei Jahre Sozialhygienekurheim. Was für bekloppte Idioten.« Smirn schüttelte den Kopf. »Okay, der nächste Eintrag ist ein echter Klassiker: Im Frühling haben sie den Chefdesigner von irgendeiner Drogenbutze entführt, auf kalten Entzug gesetzt und dann umgebracht. Ging groß durch die Presse, mit Bild und allem, kannst du dich erinnern?«

Nun war es an Cain, den Kopf zu schütteln, der Fall sagte ihm gar nichts. Nachrichten verfolgte er schon lange nicht mehr: Auf ferngelenkte Erfolgsmeldungen konnte er verzichten, und das, was nicht vom Ministerium für Öffentlichkeitsarbeit verwurstet wurde, war von so niederschwelliger Relevanz, dass es ihn eh nicht interessieren würde.

Smirn lachte. »Werden wir nie aufklären, hundertprozentig.«
Er wischte sich den inzwischen am Nasenbein heruntergelaufenen
Schweiß ab und ließ den Finger weiterwandern. »Letzter Eintrag:
Angriff auf ein Lysergsäurelager vor zwei Wochen. Haben drei
Tanks in die Luft gesprengt, keine Toten. Liegt genau wie die Ent-
führung beim Hauptamt.«
Cain griff sich nachdenklich ans Kinn. »Vier Fälle in knapp
neun Monaten. Viel ist das nicht.«
»Viel ist das nicht«, stimmte ihm Smirn zu. »Aber die Jungs
sind ohnehin viel ruhiger geworden.«
Möglicherweise hat sich das jetzt geändert, dachte Cain. Aber
irgendwie fühlte sich das nicht richtig an. Die klammheimliche
Mordserie passte so gar nicht zu dem lautsprecherischen Tamtam,
mit dem die AAF ihre Aktionen propagandistisch begleitete.
»Irgendwelche anderen Gruppen, die ins Auge stechen?«
Smirn blies die Luft durch die Lippen. »Wenn wir von allem so
viel hätten wie von Terroristen ... Aber ins Auge stechen? Gibt
sicherlich ein paar, aber da ist das Hauptamt eindeutig der bessere
Ansprechpartner.« Smirn reichte Cain die Lochkarte. »Wieso
fragst du ohnehin nicht die? Die könnten dir das alles doch viel
eher beantworten.«
Scharf schaute Cain Smirn an. Ahnte er etwas? Hatte er sein
Blatt überreizt? Doch auf Smirns Gesicht lag derselbe desinteres-
sierte Ausdruck wie schon die gesamte Zeit. Trotzdem gab sich
Cain Mühe, seine Antwort möglichst beiläufig klingen zu lassen.
»War nur so ein spontaner Gedanke. Und wenn ich schon mal
hier bin ... Aber ist sowieso nicht so wichtig.« Er nahm Smirn die
Karte ab. »Danke. Und außerdem: Du weißt ja, ich kann da nicht
unbedingt mit offenen Türen rechnen.«
Smirn lachte wieder auf, ein Geräusch, das einem Stakkato-
schnaufen sehr ähnlich war. »Sind die immer noch sauer, dass du

das Lager gewechselt hast? Na gut, wenn ich du wäre, würde ich mich vielleicht auch von denen fernhalten.«

Cain versuchte, eine vergnügliche Miene aufzusetzen, aber der Paranoia-Alarm ging trotzdem in ihm los. Wieso gab Smirn ihm so einen Ratschlag? Wusste er was? Oder war das nur eine harmlose Bemerkung? Smirn jedenfalls hatte er bislang nicht als jemanden eingeschätzt, der geheimnisvolle Andeutungen machte.

Er zuckte mit den Schultern. »Leben und leben lassen, was?«

»So seh ich das auch immer. Aber mal im Ernst: Du machst es ihnen auch nicht ganz leicht. Das auf der Müllkippe mit der Zigarette – das braucht schon Eier.«

Cain versteinerte. Hatte sich das also rumgesprochen. Andererseits, was hatte er erwartet? Er verfluchte sich jetzt für diese Aktion. So großartig sie im Moment auch gewesen war, er hatte schon genug Probleme. Und es war wenig hilfreich, jetzt auch noch derart auf sich aufmerksam zu machen. In Zukunft würde er vorsichtiger sein und sich zusammenreißen müssen.

»Und dann den Nikotniks die Kippen und den Alk einfach wiederzugeben, das bringt echt nur einer fertig, Cain.« Smirn startete den nächsten Lacher. »Ich fand's großartig, wenn du mich fragst. Gibt genug Spaßbremsen da draußen.«

Cain gab sich alle Mühe, gleichmütig zu wirken, als er abwinkte. Um das Thema zu wechseln, wedelte er mit der Karte. »Danke noch mal für die hier – und fürs Archiv. Ich werde dann mal müssen.«

»Alles klar. Dann schmeiß ich dich jetzt raus, bevor du doch noch meine Zebras klaust.« Smirn setzte sich in Bewegung.

Wenigstens, dachte Cain, schien Smirn jetzt nicht mehr sauer zu sein. Immerhin etwas.

Zurück an seinem Platz, ließ sich Smirn seufzend nieder und holte seinen Pillenspender wieder hervor. Cain tippte auf Smirns Schreibtisch. »Bis dann.«

»Bis dann, Cain.«

Auf dem Weg zum Ausgang drehte Cain sich noch mal um, aber der Wachhabende Offizier der Bepo war bereits wieder in seinen Katalog vertieft.

# 14

Das Rauschparteitagsgelände war die größte Freifläche Junktowns. Die größte genutzte jedenfalls. Im Nordwesten der Stadt gelegen, bot es Platz für mehr als eine halbe Million Liegen, auf denen sich bei Parteifeierlichkeiten die Konsumgemeinschaft niederließ, um zugedröhnt ihrem Staat und sich selbst zu huldigen. Zur Linken und Rechten ragten Stahlmasten mit Lautsprechern empor, zwischen denen Leinwände gespannt werden konnten, um psychedelische Muster und Farbfolgen auf sie zu projizieren. Das untere Ende des Geländes wurde abgeschlossen von einer niedrigen Rampe mit Zuschauersitzplätzen, die zumeist von ausländischen Delegationen benutzt wurden, denen die KP die Anwesenheit gestattet hatte – eine Ehre, die vor allem an die Marionettenregierungen der Satellitenstaaten ging, in die die Partei erfolgreich die Konsumrevolution getragen hatte. Das obere Ende bildete die Große Tribüne, ein massiger Riegel aus Granit, dessen First von einer gewaltigen Lotusblüte gekrönt war und aus dessen Mitte ein verhältnismäßig kleiner Balkon hervorsprang. Alle Höhepunkte der hier abgehaltenen Massenzeremonien spielten sich dort oben ab: Einmal im Jahr stand dort der Geliebte Tripsitter und hielt seine Ansprache, einmal im Jahr gaben sich dort die Goldenen Schützen jenen Schuss, mit dem sie sich ihre Titulierung, der Partei weiteren Ruhm und ihren Verwandten ein gesichertes Auskommen und gesellschaftliche Anerkennung verdienten. Hinter der Tribüne, den Masten und der Rampe und von innen nicht sichtbar, umgab ein Riegel gewaltiger Scheinwerfer den Platz, mit dem die Lichtspiele auf den Leinwänden ihre Verlängerung in den Himmel hinein erfuhren. Früher hatte hier einmal ein großes Stadion gestanden, der Überrest einer noch viel gigantischeren, aber schon vor Cains Geburt lange verschwundenen Anlage mit Sportplätzen und -hallen. Nach der Konsumrevolution hatten sie es abgerissen und der Fläche ihre neue Architektur übergezogen. Das war das Gestaltungsrecht des Siegers, natürlich, aber auch reiner Pragmatismus: Niemand machte heutzutage noch Sport.

Für die weniger großen Veranstaltungen abseits des alljährlichen Rauschparteitags lagen um den zentralen Zeremonienplatz weitere, kleinere Anlagen, die weniger Zuschauer fassten, dafür aber öfter benutzt wurden. Je nach Veranstaltungscharakter konnten die Partei und ihre Organisationen zwischen einem Amphitheater im Süden, einer Konzerthalle im Westen, einer weiteren, unprätentiöseren Liegefläche im Norden und einem Paradeplatz im Osten wählen, der vor allem für Aufmärsche und Formationskünste genutzt wurde. Lang gezogen und mit einer Zuschauertribüne versehen, die sich über seine gesamte westliche, vierhundert Meter lange Flanke erstreckte, war der Ostplatz des Rauschparteitagsgeländes die einzige dieser Anlagen, die der Bevölkerung durchgängig offen stand. Und tatsächlich war er ein belebter Ort: Das Rauschparteitagsgelände bildete den westlichsten Punkt des Revolutionsparks, der sich bis zur Parteizentrale der KP ins Stadtzentrum hinein erstreckte und eine Vielzahl Ehren- und Gedenkstätten enthielt. Der Besuch des Revolutionsparks galt als konsumgenössische Obliegenheit, und so landete, wer dieser hohen Pflicht nachkam, beinahe zwangsläufig auf dem Ostplatz, der offiziell Platz des Konsumistischen Friedens hieß, aber von niemandem so genannt wurde. Für den Besuch von Stätten der Konsumrevolution ließ sich zudem einmal im Quartal ein Abstinenzberechtigungsschein beantragen, weshalb der Ostplatz beliebtes Ausflugsziel all jener war, die eine Pause vom Drogenkonsum brauchten. Tagsüber sammelten sich auf ihm also nicht nur parteifromme Besuchergruppen des Revolutionsparks, die hier gemeinsam ihre Drogen schmissen, oder Schulklassen, die ihre politische Bildungsexkursion mit einem psychedelischen Picknick beendeten, sondern eben auch die Konsumgenossen, die einen nüchternen Tag außer der Reihe einlegen wollten. Der Ostplatz war dafür ideal: Eine der wenigen noch nicht stillgelegten Stadtbahnen Junktowns hatte hier eine Station, sodass man nicht mal weit laufen musste, um einen klaren Geist behalten zu dürfen.

Cain hatte seinen Adrenalinchopper am Eingang des Geländes abgestellt, auf den Parkplatz neben eben dieser Bahnstation, und hatte sich auf den Ostplatz begeben, den die Luftbedufter mit Omega-Myrrhe bestrichen, dem offiziellen Duft der Partei. Den ganzen Tag über hatte er nicht an den merkwürdigen Zettel gedacht und was er bedeuten mochte, dafür war zu wenig Zeit und Ruhe gewesen. Nun saß er auf der Zuschauertribüne in Reihe L, Abschnitt 16, wartete und hatte von beidem mehr als genug. Er war zwei Stunden früher gekommen, zum einen, weil er sonst nichts mehr zu tun hatte. Zum anderen aus alter Ermittlergewohnheit: Die zusätzliche Zeit gab ihm die Gelegenheit, ein Gefühl für den Ort zu bekommen und womöglich Dinge zu beobachten, die von Nutzen sein konnten. Aus diesem Grund saß er auch fünf Reihen weiter oben und im benachbarten Abschnitt, dort also, wo man ihn nicht unbedingt erwartete. Es konnte nie schaden, beim Treffen mit Unbekannten Vorsicht walten zu lassen. Bewaffnet war er allerdings nicht; die Dienstpistole lag zu

Hause: Wenn man es auf ihn abgesehen hätte, wäre dazu kein so umständlich arrangiertes Treffen nötig gewesen.

Er ließ den Blick über die Zuschauerreihen und den Platz unter ihm gleiten, wie schon Dutzende Male zuvor. Es war der letzte Werktag der Woche, und der Platz war voller als sonst. Ein paar Gruppen saßen oder lagen auf den Rängen, manche hatten Audiospieler dabei, ihre Musik – Parteihymnen hier, Hypno-Beat da, Narko-Schlager dort – mischte sich zu einem diffusen Brei, aus dem mal die eine, mal die andere Genrerichtung mehr herausstach. Eine rund fünfzigköpfige Truppe der Freizeitfront übte einen Formationstanz ein, und nach allem, was Cain beurteilen konnte, lag noch ein weiter Weg vor ihr. Zwei Drogenverkäufer drehten in diesem Abschnitt des Platzes ihre Runden: einer mit Karren unten auf dem Platz, einer mit Bauchladen auf der Tribüne. Bei ihm hatte Cain eine Tüte Ritalinbonbons gekauft, die er der Reihe nach lutschte, während er wartete.

Die der Tribüne gegenüberliegende Flanke des Platzes war von meterhohen steinernen Porträts des Großen und des Geliebten Tripsitters geschmückt, türkise Lotusflaggen zwischen ihnen und am oberen Ende der Zuschauerränge sorgten für die standesgemäße Einfärbung des Platzes. Vor manchen der Ikonen hatten Besucher Lotusblüten niedergelegt und Opiumkerzen angezündet, die es am Eingang zu kaufen gab.

Cain mochte den Ostplatz. Viermal im Jahr kam er hierher, des Sonder-ABS wegen, aber das allein war es nicht. Er setzte sich dann irgendwo auf die Tribüne, wie er es jetzt auch getan hatte, schaute und ließ seine Gedanken schweifen. Der Ostplatz war vielleicht der einzige Ort in Junktown, der so etwas wie ein öffentliches Leben hatte. Natürlich war es auch hier reglementiert und eingefasst von den Zwängen und Absurditäten des Parteilebens. Aber schob man all das beiseite, blendete die Votivgaben an die

Parteiführer und die auch hier allgegenwärtigen Uniformen aus, dann konnte man tatsächlich so etwas wie echte Muße in dem Treiben erkennen. Echten, von der Politik unverdorbenen Genuss. Freizeit. Vergnügen. Der Ostplatz gab einen Ausblick auf das, was hätte sein können, auf eine Gesellschaft, die sie einst als großes Ziel ausgerufen hatten, die offiziell noch immer als Sinn und Zweck des Ganzen ausgegeben wurde, aber irgendwo in den dunkleren Abschnitten ihres Wegs verloren gegangen war. Übrig geblieben waren Mindestwerte und Recyclinghöfe. Der Funke, den sie damals entzündet hatten, er hatte nur ein Strohfeuer in Brand gesteckt.

Wir hatten die Chance, dachte Cain, die Geschichte hat sie uns in die Hand gedrückt. Und wir haben es versaut. Verdammte Versager in einem Land, das nur in einem niemals versagte: weitere Versager zu produzieren.

Frust und Ekel überkamen ihn plötzlich, vor allem aber tiefe Traurigkeit. Er war selbst überrascht von der Heftigkeit, mit der ihn die Gefühle packten, und es dauerte, bis er ihrer wieder Herr wurde. Sich vor so einem Treffen selbst fertigzumachen war das Letzte, was er gebrauchen konnte. Er zwang seinen Blick ins Unendliche, an den Standbildern des Staatsoberhaupts und seines Vorgängers vorbei und über die Skyline des Regierungsviertels hinaus, die sich hinter dem Revolutionspark in der Abendsonne abzeichnete. Eine ganze Weile hielt er ihn dort und kämpfte, aber als er ihn aus dem nachlassenden Blau des Himmels zurückzog und auf seine Stiefelspitzen schaute, hatte er sich wieder im Griff.

Er holte seine Taschenuhr hervor und klappte sie auf: kurz nach sieben. In der verbleibenden Stunde würde er das Rätsel des Zettels nicht lösen können. Er hatte keine Ahnung, wonach er Ausschau halten sollte – er wusste ja noch nicht mal, was er überhaupt hier sollte oder wer ihn hierher bestellt hatte. Die Gruppe, die hinter der Mordserie und dem ganzen Rest steckte? Irgendjemand aus III B 3, ein verzweifelter Fachidiot, der um sein Leben fürchtete und in ihm einen rettenden Strohhalm sah? Der Gedanke, dass jemand aus dem Hauptamtsreferat dahinterstecken konnte, war ihm bei Bonbon Nummer drei gekommen – konnte durchaus sein. Jedenfalls gab es einiges in diesem Fall, das unwahrscheinlicher war als diese Möglichkeit. Oder jemand völlig anderes, eine dritte Partei, von der er bislang noch gar nichts wusste? Das war die Option, die er beinahe fürchtete – weil sie den Fall noch mal verkomplizieren würde. Der Pessimist in ihm hielt diese Variante für die wahrscheinlichste, aber vielleicht hatte das Schicksal zumindest einmal ein Einsehen.

»Sie sind zu früh, Solomon Cain«, sagte eine Frauenstimme hinter ihm. »Und am falschen Ort.«

Noch bevor Cain herumfuhr, wusste er, wen er sehen würde: D, die Frau aus Korts Kalender, die Frau auf den Bildern.

Sie stand in Reihe M, ein paar Schritte von ihm entfernt, und lächelte ihn leise an. Cain wollte aufspringen, aber mit einer Geste bedeutete sie ihm, sitzen zu bleiben. Sie stieg über die Bank und setzte sich neben ihn. »Wir wollten uns doch dort drüben treffen.« Mit dem Kopf zeigte sie auf die verabredete Reihe links unter ihnen.

Sie trug eine grüne Jacke aus Lederol, dazu eine graue Hose mit Schlag und eine gelbe Wolpryla-Paschmina. Ihr Haar war anders als auf den Bildern, nicht offen, sondern zu einem lockeren Knoten im Nacken gebunden. Zwei blonde Strähnen fielen vorn herab und umrahmten ihr Gesicht. Sie war schön, nicht klassisch, sondern auf eine eigenwillige, weniger langweilige Art. Schon auf den Ferrotypien war das zu sehen gewesen, aber das Drastische ihrer Posen hatte davon abgelenkt. Ihre Brauen waren deutlich dunkler als ihr Haupthaar, die Augen helles Grün. Erste Krähenfüßchen zeichneten sich in den Winkeln ihrer Augen ab, und Cain bemerkte, dass sie in ihrer linken, ihm zugewandten Schläfe einen Hirnschlitz hatte, etwas, das ihm auf den Bildern entgangen war. Sie mochte Anfang zwanzig sein, Mitte vielleicht. Irgendwas an ihr irritierte ihn, aber er konnte nicht sagen, was. Ihm missfiel, dass sie ihn überrascht hatte, dass sie seinen vollen Namen und sein Zuhause kannte und er nichts über sie wusste. Aber das allein war es nicht.

»Wer sind Sie, und was wollen Sie? Und wie haben Sie mich gefunden?«

Eine Weile lang sagte sie nichts und schaute einfach auf den Revolutionspark hinaus. »Sonnenuntergänge langweilen mich«, fing sie schließlich an. »Deshalb habe ich auch den Ostplatz ausgewählt: Man sieht hier keinen. Aber dabei zuzuschauen, wie die Nacht über die Stadt fällt – das ist überwältigend. Wie das Licht weicher wird und immer schwächer und sich die Schatten verbinden, ich mag das. Und kurz bevor das Licht ganz weg ist, gibt es diesen einen Moment, in dem die Farben noch mal voller Kraft leuchten. Ich wünschte, man könnte diesen Moment festhalten, irgendwie einfrieren, verstehen Sie? Dann hätten die Farben immer diese Intensität.«

Cain war verdattert. Er hatte nicht das Gefühl, dass D ihn auf den Arm nahm, dafür wirkte sie zu ernst und aufrichtig. Aber er hatte nicht damit gerechnet, dass sein konspiratives Treffen mit einer Betrachtung des abendlichen Farbenspiels beginnen würde. Noch bevor er eine Erwiderung fand, sprach sie weiter.

»Ich finde es gar nicht schlecht, dass Sie schon da sind, wirklich nicht. So bleibt uns mehr vom Abend. Ich meine, ich sitze schon eine ganze Weile auf der Tribüne, ganz oben in Reihe P, aber so können wir uns die Dämmerung gemeinsam anschauen. Zu zweit ist es doch viel schöner, finden Sie nicht?«

Cain wunderte sich, dass seine Antwort nicht aggressiver ausfiel, aber er fühlte sich immer noch überrumpelt und nicht in der Lage, auf Angriff umzuschalten. »Ich nehme nicht an, dass Sie mich hierher bestellt haben, um mir etwas über Ihre Liebe für den Abend zu erzählen«, sagte er.

Wieder lächelte sie. »Aber wäre das nicht der bessere Anlass? Sie könnten mir dann von Ihren Bonbons abgeben, und wir würden zusehen, wie der Tag stirbt.« Sie wurde ernst. »Die meisten Tage haben es verdient zu sterben, finde ich. Was meinen Sie, Solomon Cain?«

Darüber hatte er noch nie nachgedacht. Wahrscheinlich stimmte das sogar. Er zuckte mit den Schultern. Dann entsann er sich ihrer Worte und hielt ihr die Tüte mit den Bonbons hin.

»Danke«, sagte sie, während sie hineingriff. Sie holte einen der Drops heraus und steckte ihn sich in den Mund. Cain konnte hören, wie sie ihn ein paar Mal mit der Zunge an ihre Zähne heranklackte und ihn sich dann in die Wange schob. Wieder kroch in ihm dieses merkwürdige Gefühl der Irritation hoch. Was war es, das ihn so verwirrte, ja sogar beunruhigte?

»Sie haben natürlich recht«, fing sie wieder an. »Der Abend ist nicht der Grund, weshalb Sie hier sind.«

Na also, dachte Cain.

»Sie sind der Gemapo-Offizier, der den Fall der Brutmutter BM17 bearbeitet. Sie waren gestern in dem Haus von Jedediah Kort. Ich würde gern wissen, was Sie dort gemacht haben.«

Sie will die Akte, dachte Cain. Wirklich überrascht war er nicht, höchstens über ihre forsche Art. Denn was hätte es sonst für einen Grund geben sollen, ihn zu kontaktieren? Und außerdem: Wollten sie nicht alle die Akte? Jetzt war es vor allem interessant herauszukriegen, wieso sie hinter ihr her war und wo die Verbindung zur Mordserie lag.

»Woher wissen Sie das alles?«

242

»Jedediah hat mir das meiste davon erzählt. Jedenfalls das, was er mir noch erzählen konnte, bevor er festgenommen wurde. Dass BM17 tot ist, ermordet wurde und ein Beamter namens Solomon Cain im Fall ermitteln würde. Von seiner Sekretärin habe ich dann erfahren, dass er verhaftet wurde. Ich rief in seinem Büro an, weil er mir unser nächstes Treffen nicht bestätigt hatte.«

Das hatte ihm die Sekretärin verschwiegen, dachte er. Wahrscheinlich aus Angst, einen Fehler begangen zu haben. Er schob es beiseite: nicht weiter wild. Ein Gedanke durchzuckte ihn. »Sie wissen, dass Kort tot ist?«

Ihre Augen wurden groß, durch ihren Körper ging ein Ruck. »Nein, das wusste ich nicht.«

Test bestanden, sagte er sich, aber er war noch nicht vollends überzeugt. »Seit zwei Tagen schon.«

Eine Weile lang sagte sie nichts und blickte nur auf die Bankreihe vor sich. »Wie ist er gestorben?«, fragte sie schließlich.

Und den zweiten Test auch, dachte Cain. »Er hat sich in seiner Zelle erhängt.«

»Ich verstehe nicht … wieso? Was war mit ihm los?«

Sie wirkte betroffen, aber nicht traurig. Er ignorierte ihre Frage. »Sie standen sich nahe?«

Sie schüttelte den Kopf. »Wir hatten eine geschäftliche Beziehung, aber wir mochten uns.«

Hab ich dich, dachte er sich. Unweit der Stelle, wo die Leute anfingen zu lügen, lag irgendwo auch immer der Strick rum, mit dem man sie drankriegte. Jetzt musste er nur noch ein bisschen herumsuchen. Er hatte nicht vor, sie schon jetzt mit ihrer Lüge zu konfrontieren, weil er herausfinden wollte, ob er sie noch bei einer weiteren ertappen konnte. Und dass er ihre Fotos gefunden hatte, würde er ihr ohnehin noch nicht sagen: Möglicherweise würde sie dann wissen, dass er auch die Akte hatte, und das war ein Trumpf, den er noch nicht ausspielen wollte. Eventuell ließ sie sich auch anders aus der Reserve locken.

»Was für eine geschäftliche Beziehung hatten Sie denn mit Kort?«

»Eine sexuelle.«

Das hatte er nicht kommen sehen.

»Sie wirken überrascht.«

»In der Tat«, sagte Cain. Sinnlos, etwas anderes zu behaupten.

»Ich bin eine Oneirohure, Jedediah war einer meiner Stammkunden. Wir haben uns regelmäßig in seinem Wasteland-Iglu getroffen, ich hatte Sex mit ihm, und er hat mich dafür bezahlt. Das Konzept ist Ihnen vertraut?« Sie lächelte spöttisch, aber freundlich.

Cains Überraschung schlug um in Ärger über sich selbst, weil er sich von ihr so vorführen ließ. Souveräne Gesprächsführung sah anders aus. Gleichzeitig überlegte er, was diese neue Information wohl bedeuten mochte.

Oneirohuren waren keine gewöhnlichen Prostituierten. Sie verkauften nicht nur ihren Körper, sondern auch ihren Stoffwechsel, wenn auch nicht unbedingt beides gleichzeitig. Mittels einer Hirn-Hirn-Schnittstelle konnten ihre Freier ihren Metabolismus mit dem ihren koppeln und so an der Drogenerfahrung der Oneirohure teilhaben, ohne selbst die Droge nehmen zu müssen. Auf die Dienste von Oneirohuren griffen Kunden zurück, die ihre Toleranzen so hoch getrieben hatten, dass sie anders kaum noch auf ein High kamen. Vor allem aber waren es Kunden, die Gefallen an besonders gefährlichen Wirkstoffen hatten, an Substanz T oder 2XS etwa, ihren eigenen Körper aber nicht mit den Nebenwirkungen belasten wollten. Oneirohuren waren deshalb in aller Regel nicht nur sehr jung – in höherem Alter baute man unweigerlich geschäftsschädigende Toleranzen auf –, sondern auch sehr teuer. Und sehr schnell tot. Die Drogen, die sie für ihre Freier einnahmen, zerstörten binnen kürzester Zeit ihre Körper. So kurz war die durchschnittliche Lebenserwartung von Oneirohuren, dass sie in aller Regel nicht mal in die Nähe von Humanklasse D kamen, weil sie eine Überdosis erlitten, noch bevor sie in der Abwärtsspirale der Ratingkontrollen weit nach unten hätten sinken können. Das Leben einer Oneirohure fand auf der Überholspur statt: so verschwenderisch und ausufernd, dass es beinahe schon sprichwörtlich war und die Studios sie zu Protagonisten etlicher Empathonovelas und Fühlkinostreifen machten – Igluvillen in den besten Lagen, teure Kleider, Müll, so viel man sich wünschen konnte, und immer umgeben von den reichsten und einflussreichsten Leuten der Gesellschaft. Aber es endete immer in einer Sackgasse.

Es dauerte einen Moment, bis Cain aufging, dass er neben einer Todgeweihten saß. Aber jedenfalls erklärte ihr Beruf den Hirnschlitz. Und ihre eher verhaltene Reaktion auf die Nachricht von Korts Ableben.

»Und woher wussten Sie, dass ich in Korts Iglu war?« Cain versuchte, das Gespräch wieder an sich zu ziehen. »Er selbst kann Ihnen das nicht gesagt haben.«

»Das war ganz einfach: Ich habe Sie gesehen. Von meinem Iglu aus.«

»Von Ihrem Iglu aus.« Ein weiterer Punkt für sie.

»Ja, Jedediah und ich waren Nachbarn, mein Iglu ist auf der gegenüberliegenden Straßenseite. So haben wir uns kennengelernt; ich hatte eine Mülllieferung für ihn in Empfang genommen, als er nicht da war.«

Cains Hirn fing an zu strampeln. Er musste hier unbedingt die Oberhand gewinnen, bislang war sie ihm immer mindestens einen Schritt voraus gewesen. Er beschloss, auf alle Winkelzüge zu verzichten, und setzte zu einem Frontalangriff an.

»Mag sein. Es wird aber kaum Ihre nachbarliche Fürsorge gewesen sein, deretwegen Sie mir diesen Zettel hier haben zukommen lassen.« Er holte ihn aus seiner Manteltasche. »Warum sind Sie an diesem Fall interessiert?«

»Schauen Sie: Es wird dunkel, der Platz leert sich.«

Cains Blick folgte ihren Worten. Tatsächlich lag der Platz schon tief im Schatten der Zuschauertribüne, und das Sonnenlicht am Himmel war milchig geworden. Die Gruppe der Freizeitfront war verschwunden, andere Besucher machten sich auf, ihr zu folgen. Die Musik war weniger geworden.

Cain riss sich zusammen, als ihm klar wurde, was sie mit ihm gemacht hatte. »Hören Sie auf damit! Sagen Sie mir jetzt endlich, warum Sie mich kontaktiert haben.«

Sie seufzte. »Also gut. In Jedediahs Iglu gibt es etwas, das mir gehört. Und ich würde gern wissen, ob Sie mir helfen können, es wiederzubekommen.«

Na also, dachte Cain, warum nicht gleich so?

»Und was wäre das?«

»Bilder. Von mir. Ferrotypien – vielleicht haben Sie sie ja gefunden?«

Sie war ihm wieder ausgewichen, Cain war sich ganz sicher. Sie wusste, dass bei ihren Bildern auch die Akte von BM17 war, und sie wollte herausfinden, ob er sie hatte.

»Was sind das für Bilder?« Von ihm würde sie gar nichts erfahren.

»Kompromittierende.«

Sein Gesichtsausdruck musste entsprechend skeptisch gewesen sein, denn in ihrer Erwiderung glaubte er, eine Spur Trotz heraushören zu können.

»Man kann Oneirohure sein und trotzdem eine Privatsphäre haben.«

»Ich wollte Ihnen nicht zu nahe treten«, sagte Cain und machte sich eine mentale Notiz über eine mögliche Schwachstelle. Vielleicht waren ihr Selbstverständnis und mögliche Angriffe darauf etwas, das er später noch einmal gegen sie verwenden konnte.

»Schon gut.« Sie wirkte nicht wirklich bekümmert.

»Warum sagen Sie mir nicht, was Sie wirklich wollen?«

Im schwächer werdenden Licht des Abends zeichnete sich ihr Gesicht scharf gegen den Himmel ab, Cain musterte sie genau. Ihr Zögern dauerte nur einen Augenblick, aber es entging ihm trotzdem nicht. Jetzt wusste er es mit Gewissheit: Es war die Akte, die sie wollte.

»Ich will leben, verstehen Sie?«

Cain verstand nicht.

»Wie meinen …?«

»Mein Beruf bringt gewisse gesundheitliche Risiken mit sich, das wissen Sie. Ich mache das jetzt seit vier Jahren, was eine lange Zeit ist, und mir geht es gut, sehr gut sogar. Ich bin eine Triple-A, das mag mit ein Grund sein – ich habe gute Veranlagungen. Und ich suche mir meine Kunden genau aus und nehme nicht jeden Scheiß. Aber vor einem halben Jahr habe ich mich von einem meiner Lieblingskunden, einem Drogendesigner, breitschlagen lassen, etwas zu nehmen, das noch im experimentellen Status war. Das war nicht mal ein Job, eher ein Freundschaftsdienst; er war einfach nur wahnsinnig stolz auf seine Arbeit und wollte mich an ihr teilhaben lassen. Der Trip war unglaublich – mit wenig zu vergleichen, das ich schon mal genommen habe, und ich habe schon sehr viel genommen. Aber irgendetwas ging schief. Die Flashbacks waren und sind grauenhaft. Sie haben die Droge nie zugelassen.«

Sie zog die Beine an den Körper, schlang die Arme um die Knie und schaute auf den Ostplatz hinunter.

Cain sagte nichts.

»Ich habe alles versucht: Dialyse, Plasmapherese, wirklich alles, aber nichts half. Die Ärzte sagten, sie würden die Substanz nicht aus meinem System herausbekommen. Ich fing an, mich damit abzufinden, dass ich jederzeit in einen Trip zurückgezogen werden könnte, aus dem, das versicherte man mir, ich irgendwann nicht mehr zurückfinden würde. Irgendwann während einer dieser Horrorhallus würde mein Kreislauf versagen, und zwar endgültig, und das wäre es dann.«

»Kort hat Ihnen Heilung in Aussicht gestellt?« Es war ein Schuss ins Blaue und ein Versuch, die Geschichte mit Projekt Reboot zu verbinden, ohne allzu viel preiszugeben. Vielleicht wusste sie ja, was Reboot war. Außerdem war er sich nicht sicher, was er sagen sollte, Betroffenheit einer Fremden, einer potenziellen Verdächtigen in einer Mordserie gegenüber empfand er als falsch. Sachlich zu bleiben schien ihm die beste Wahl zu sein.

Sie schüttelte den Kopf. »Nicht ganz. Ich habe ihm das nie erzählt, das ist zu privat. Aber ich wusste, dass Jedediahs Firma an einem geheimen Regierungsauftrag arbeitete. Er hatte das mal vor rund zwei Monaten erwähnt – die meisten Männer sind nach dem Sex sehr redselig, und er war da keine Ausnahme. Wahrscheinlich wollte er sich auch ein bisschen vor mir aufspielen, zeigen, wie wichtig er war, deshalb erzählte er mir das. Wenn er das nicht getan hätte, hätte ich gar nicht gewusst, worum es ging, als mich Oophoron ansprach.«

»Oophoron?«

»Ein Wettbewerber von Pregnantam. Einer ihrer Vorstände ist ebenfalls ein Kunde von mir. Woher er meine Verbindung zu Pregnantam kannte, weiß ich nicht, aber wahrscheinlich ist es nicht sehr schwer, so etwas herauszubekommen, wenn man es drauf anlegt. Er hatte mich ziemlich durchleuchtet – oder durchleuchten lassen. Er wusste von meinen gesundheitlichen Problemen und bot mir einen Deal an.«

Cain lauschte gebannt. Das Gehörte war völlig neu für ihn. Sollte das tatsächlich des Rätsels Lösung sein, fragte er sich. Industriespionage? An die Möglichkeit hatte er noch gar nicht gedacht, aber klang das irgendwie glaubhaft? Vielleicht. Kein Konzern war wahnsinnig genug, sich mit dem Rauschsicherheitshauptamt anzulegen, nach allem allerdings, was selbst Pregnantam gewusst hatte, war es die Generalinspektion für den Wiederaufbau der Bevölkerung gewesen, die hinter dem Projekt stand. Dass Oophoron den eigentlichen Auftraggeber kannte, war demnach de facto ausgeschlossen. Und die Generalinspektion war zwar immer noch ein Staatsorgan, aber ein aggressiver Konzern mochte sich durchaus zutrauen, die bräsigen Beamten dieser Bürokratiemühle zu übervorteilen. Er musste sich dringend Informationen über Oophoron beschaffen, sagte er sich. Ohne weitere Details war es unmöglich, die Geschichte, die ihm da aufgetischt wurde, zu überprüfen. Für den Moment aber war es das Schlaueste, ihr einfach zu folgen und sich über Inkonsistenzen später Gedanken zu machen.

»Sie sollten ihm das Geheimprojekt bringen, und er würde Ihnen Heilung verschaffen«, nahm er den Faden wieder auf.

»So in der Art. Er konnte mir nur nicht versprechen, ob die Kur erfolgreich wäre. Bekomme ich noch ein Bonbon?«

Wieder reichte er ihr die Tüte. »Nicht? Warum nicht? Und wieso konnten Sie nicht einfach dafür bezahlen?«

Sie schob sich ein neues Bonbon in den Mund. *Klackklack* konnte Cain es an ihren Zähnen hören.

»Glauben Sie mir, ich habe mir diese Fragen auch gestellt. Die Antwort ist ziemlich einfach: Oophoron hat noch keine Kur, dafür brauchen sie die Daten von Pregnantam. Und selbst dann konnten sie mir keinen Erfolg garantieren, das wäre ja alles hochexperimentell gewesen.«

»Hört sich nach einem ziemlich ungleichen Handel an.«

»Tut es. Nur was hatte ich zu verlieren?«

»Warum haben Sie nicht einfach Kort davon erzählt? Wenn das Projekt Ihnen wirklich helfen kann, müssten Ihre Chancen bei Pregnantam viel besser sein als bei einem Konkurrenten, der sich mit der Materie erst noch vertraut machen muss.«

»Zwei Gründe. Erstens: Oophoron hat im Gegensatz zu Pregnantam eine Pharmasparte. Pregnantam war nur der ausführende Gebärkonzern, alles andere wäre über die Generalinspektion gelaufen. Die aber ist unerreichbar für mich. Oophoron hingegen hätte mit dem Projekt weitergearbeitet, und erst das hätte mir eventuell helfen können – nicht ein paar Hundert Föten im Leib einer Maschine. Zweitens: Die Chance, dass Pregnantam trotz allem irgendetwas aus dem Projekt entwickeln würde, das mir nützen könnte, wäre nicht dadurch geringer geworden, dass ich die Daten an die Konkurrenz verraten hätte. Pregnantam hätte das wirtschaftlich geschadet, aber ob ihre Forschungsabteilung mit Ergebnissen aus diesem Projekt hätte aufwarten können oder nicht, wäre davon nicht beeinflusst worden. Und das hätte ich von Jedediah erfahren, auch ohne dass ich ihn jetzt schon hätte einweihen müssen.«

»Sie sind zweigleisig gefahren.«

»Wie ich sagte: Ich will leben.« Sie lächelte traurig.

Cain schaute weg und in die Dämmerung. Was sie sagte, klang plausibel, jedenfalls folgte es einer inneren Logik. Aber es bot noch keinerlei Erklärung für die Mordserie. Er entschied sich, nur das zu sagen, was ohnehin offensichtlich war.

»Sie wollen die Akte von BM17.«

»Ich brauche sie.« Dann, nach einer Pause, fragte sie: »Ab wann wussten Sie es?«

»Quasi schon von Anfang an. Sie haben mich als den bezeichnet, der den Mord an BM17 bearbeitet. Nicht als den, der Kort festgenommen hat. Wären die Bilder Ihr eigentliches Interesse gewesen, dann hätten Sie für mich eine Bezeichnung gefunden, die mehr ihr Verhältnis zu Kort in den Vordergrund gestellt hätte, nicht die Brutmutter. Die Brutmutter hat mit Ihren Bildern nichts zu tun.«

»Verdammt.«

Jetzt war es Cain, der lächeln musste.

Für den Fall, dass sich das alles als wahr herausstellen sollte, überraschte er sich bei der Überlegung, sie ihr tatsächlich zu geben. Er fragte sich, wieso er diese Möglichkeit überhaupt abwog. Weil wenig dagegen sprach, dachte er. Es machte eigentlich keinen Unterschied – dass er die Kopie der Akte hatte, dass es überhaupt eine Kopie gab, war ein gut gehütetes Geheimnis. Pregnantam war ihm egal, der Konzern würde nicht daran zugrunde gehen, und der Auftrag war mit dem Tod von BM17 ohnehin geplatzt. Außerdem konnte er Grubb und dem ganzen Rauschsicherheitshauptamt eine mitgeben: Wieso Reboot unbedingt geheim bleiben musste, verstand er immer noch nicht, aber das war zumindest in dieser Sache egal. Das Projekt in die Hände eines Konzerns zu geben hieße, den Willen des Hauptamts auf einem völlig neuen Niveau zu hintertreiben. Er musste sich eingestehen, dass das durchaus seinen Reiz hatte. Und wenn er dabei womöglich noch das Leben seiner Sitznachbarin retten konnte, war das sicherlich nicht die schlechteste Option.

Was ihn zurückbrachte zu ihrer Person. Alles stand und fiel mit der Wahrhaftigkeit ihrer Erzählung. Und da war noch diese irritierte Unruhe, die sie in ihm auslöste. Es war, als würde er ein bekanntes Lied hören, aber mit einer anderen Melodie, als hätten plötzlich alte Lieblingskleider eine völlig neue Passform.

Er musterte sie von der Seite – wie sie, die abgeknickte Faust gegen das Kinn gestützt und den Kopf nach vorne geneigt, mit leicht geschürzten Lippen die heraufziehende Dämmerung betrachtete, hatte sie gleichermaßen etwas Zartes wie Skeptisches an sich.

Die Erkenntnis traf ihn wie ein Hammerschlag.

So heftig durchfuhr es ihn, dass er nach Atem schnappen musste und es ihn beinah von der Bank riss.

Die Frau neben ihm hätte die jüngere Schwester seiner Frau sein können.

Schon während dieser Gedanke ihn durchfuhr, bemerkte er seine Unzulänglichkeit. Es war ein schiefer Vergleich, ein inadäquater Notbehelf, der etwas auszudrücken versuchte, für das es keinen Ausdruck gab.

Schweiß brach ihm aus.

Nicht im Aussehen ähnelten sie sich, das wäre ihm sofort aufgefallen – es war ihre Art, wie sie sich gab und sich bewegte, die der ihren so sehr glich.

»Ist alles gut?« Seine Reaktion war ihr nicht entgangen. Sie drehte den Kopf zu ihm, ohne ihre eigentliche Körperhaltung zu verändern, und schaute ihn fragend, aber unaufgeregt an.

Nichts war gut. Wie konnte das sein? Wie konnten sich zwei Menschen, die so unterschiedlich waren, sich so sehr gleichen? Es schien ihm eine Ewigkeit zu dauern, bis er ein Nicken zustande brachte, und es kostete ihn beinahe alle Kraft, die er hatte. »Danke«, brachte er anschließend mühsam heraus, »ich brauche nur bald meinen nächsten Schuss.«

»Haben Sie ihn mitgebracht? Ansonsten könnte ich Ihnen auch etwas von meinen –« Sie griff in ihre Jackentasche, hielt aber inne. »Da ist er!«, rief sie.

»Wer?« Cain blickte sich um, konnte aber niemanden entdecken. Park und Tribüne hatten sich weiter geleert. Im herabdämmernden Dunkel des Abends waren sie beinahe allein auf den Rängen.

»Der Moment! Sehen Sie?« Instinktiv griff sie nach seiner Hand und schaute mit weit aufgerissenen Augen in die Ferne. »Schauen Sie, die Farben!«

Und Cain schaute.

Am Horizont flammten die Farben des Regierungsviertels noch einmal auf, das Türkis des Flaggenmeers, das Braungold der lang gezogenen Glasfassade des Politlabors, das aus dieser Entfernung makellose Weiß des Rauschsicherheitshauptamts, selbst das Grau der vielen anderen Granitbauten strahlte noch einmal satte Farbtiefe in die Welt, bevor das Licht vom Himmel verschwand und die Nacht die Skyline schluckte.

Auf ihrem Gesicht lag ein verzauberter Ausdruck, für Cain aber gab es nur eine Hand, die warm die seine umschloss. Eine Hand und das Chaos aus Entsetzen und Verwirrung, das in seinem Innern wütete.

Unten auf der anderen Seite des Platzes begannen weiße Strahler, die Porträts der beiden Tripsitter anzustrahlen.

Sie ließ seine Hand los.

»Haben Sie das gesehen? Genau das habe ich gemeint!« Sie klang noch ganz ergriffen. »War das nicht schön?«

Abermals konnte Cain nur nicken.

»Wenn ich nicht aufgepasst hätte, hätten wir den Moment beinahe verpasst«, sagte sie, immer noch aufgeregt. »Darauf müssen Sie achten!«

Cain nickte wieder, abwesend.

Sie wurde ernst. »Sie brauchen Ihren Schuss, oder? Warten Sie, nehmen Sie einen von mir.« Abermals griff sie in ihre Jackentasche und kramte darin herum.

Cain fand die Sprache wieder. »Schon gut«, wehrte er ab und räusperte sich. »Es geht schon wieder.«

Sie hörte auf zu suchen. »Sind Sie sicher?«

»Bin ich. Wirklich.«

»In Ordnung. Es wäre wirklich kein Problem.«

»Danke. Ich weiß das zu schätzen.«

Sie schwiegen eine Weile.

»Solomon Cain?«

»Ja?«

»Was machen wir jetzt mit der Akte?«

Das war eine gute Frage. Und keine, die er heute würde beantworten können. Er musste auf Zeit spielen. »Kommen Sie morgen zu Korts Iglu, dann sehen wir weiter. Schaffen Sie das? Der Ort sollte Sie ja vor keine größeren Schwierigkeiten stellen.«

»In Ordnung. Passt Ihnen mittags?«

Er war zu sehr mit seinen eigenen Gedanken beschäftigt, als dass es ihn gestört hätte, wie sie wieder das Heft in die Hand nahm. Er nickte.

»Dann sollten wir jetzt gehen. Je früher Sie Ihren Schuss bekommen, desto besser.«

Cain stützte sich mit beiden Händen von der Bank ab. Sie stand ebenfalls auf. Gemeinsam gingen sie die Zuschauerreihe entlang, bis sie an eine Treppe kamen, die nach unten auf den Platz führte.

Erst jetzt bemerkte er, wie kühl es geworden war. Aus der Graubeigen Sandeinöde, die unweit von hier begann, wehte leichter Wind herüber und hob den Myrrhegeruch. Wenn man sich anstrengte, konnte man sogar den Sand schmecken. Cain strengte sich an, um seine Gedanken unter Kontrolle zu bekommen, und als sie unten angekommen waren, ging es ihm schon wieder besser.

»Dann also bis morgen«, sagte sie.

»Ja.«

Eine Weile standen sie sich gegenüber, wortlos. Er, die Hände in den Manteltaschen vergraben, sie, die Arme um sich geschlungen, um sich zu wärmen.

»Danke für die Bonbons.«

»Keine Ursache.«

Ihm fiel etwas ein. »Ich weiß immer noch nicht Ihren Namen.«

»Deliria.«

D, dachte Cain. »Das ist nicht Ihr richtiger.«

»Für heute muss er reichen. Schlafen Sie gut, Solomon Cain.« Sie drehte sich um und ging. Nach wenigen Schritten hatte die Dunkelheit das Grün ihrer Jacke geschluckt.

Cain stand noch lange auf dem Platz des Konsumistischen Friedens und schaute ihr hinterher.

# 15

»Solomon.« Shems Stimme klang erstaunt.

»Stör ich?« Cain hatte eigentlich nicht vorgehabt, seinen Schwager noch mal in der Sache anzurufen, aber die Recherche, um die er ihn bitten würde, war völlig ungefährlich und würde womöglich sogar als Ausrede herhalten können, sollte doch jemand Shems Verwicklung in dem Fall auf die Schliche kommen.

»Es ist Wochenende.«

Sein Schwager hatte sich ziemlich schnell wieder gefasst, dachte er. »Du bist im Büro.«

Er hörte Shem am anderen Ende der Leitung seufzen. »Was kann ich für dich tun?«

»Könntest du dir für mich mal einen Konzern namens Oophoron anschauen? Finanzen, Aktivitäten und so? Das wäre klasse.«

»Klar, ich habe ja sonst nichts zu tun.«

Cain war sich nicht sicher, ob das die Wahrheit oder Sarkasmus war, wie so oft bei seinem Schwager.

»Muss auch nichts Ausuferndes sein. Nur einen groben Überblick.«

»Schon klar. Ist er börsengelistet?«

»Ist er. Habe mir schon seinen Kurs angeschaut: nichts Aufregendes.«

»In Ordnung. Kann ich jemanden mit Finanzkenntnissen hinzuziehen, oder kann das mit deinen Ermittlungen Probleme geben? Würde die Sache beschleunigen.«

Cain überlegte. Je offener Shem mit seiner Bitte umging, desto weniger gäbe es Anlass, noch einen anderen Grund für den Kontakt zu seinem Schwager zu argwöhnen. Eine Lüge versteckte man am besten hinter einer Wahrheit.

»Mach, das ist nicht sensibel.«

»Bist du unter der Leitung zu erreichen?«

Cain war am Morgen zu BM17 gefahren, weil er mit Stukk sprechen wollte und der Mechapathologe noch mit der Brutmutter beschäftigt war. Jetzt stand er in ihrem fünften Stock auf dem Flur der Pädiatrie und telefonierte von einem der Fernsprechapparate, die auf jedem Stockwerk installiert waren. Stukk rumorte irgendwo in den Räumen hinter ihm.

»Wahrscheinlich noch eine halbe Stunde. Ansonsten versuch es im Büro oder schick mir eine Rohrpost.«

»Gut. Mach ich.« Shem zögerte. »Sonst alles in Ordnung?«, fragte er dann.

Cain wusste, worauf die Frage abzielte. Er hatte sich schon vor dem Gespräch überlegt, was er Shem sagen könnte, das ihn beruhigte, aber gleichzeitig für potenzielle Mithörer unverdächtig klang. »Ja, alles gut. Und wegen gestern: Mach dir keine Sorgen, die Dosis war nicht verunreinigt. Ich habe das noch mal gecheckt – es hat niemand an ihr rumgepfuscht.«

Das war nicht der schlaueste Code, aber es würde hoffentlich reichen, um Shem mitzuteilen, dass ihnen niemand auf den Fersen war. Er konnte das zwar nicht so sicher wissen, wie er Shem gegenüber tat. Aber wie er ihm schon am Tag zuvor gesagt hatte, gab es keinen Grund anzunehmen, sie wären kompromittiert worden. Und je sicherer Shem sich fühlte, desto geringer war das Risiko, dass er durch panisches Verhalten Verdacht erregte.

258

»Okay, gut zu wissen. Danke. Bis dann.« Shem legte auf.

Cain hing die Hörmuschel zurück auf ihren Haken. Jetzt Stukk.

Er fand den Mechapathologen in einer der Behandlungsräume auf dem Boden liegend, halb unter einer Relaisstation verborgen. Nur die Beine schauten noch heraus.

»Was machst du da?«

»Den Pädiatriespeicher auslesen. Komplett überflüssiger Protokoll-Schwachsinn, wenn du mich fragst, aber was soll's.« Ein metallisches Rütteln erklang, gefolgt von einem halb unterdrückten Fluch.

»Scheinst Spaß zu haben.«

»Leck mich. Dieses verdammte Scheißteil! Die Alte ist aber auch widerspenstig.« Stukk ächzte, abermals ertönte das Rütteln, dann Klimpern. »Mann!«

»Freut mich zu hören, dass es dir gut geht«, sagte Cain. Mangels Stuhl setzte er sich auf den Wickeltisch und sah sich um.

Der Behandlungsraum war klein und wurde nur schwach erhellt von einer Lampe, die Stukk über die Schiene der Förderkette gehängt hatte, mit der die Säuglinge in Hängewiegen liegend ins Behandlungszimmer hinein- und wieder hinaustransportiert wurden. An der großen elektronischen Wandtafel mit den Diagnoseanzeigen hatte Stukk sich bereits zu schaffen gemacht: Die Verkleidung lag auf dem Fußboden, Kabel waren in Buchsen gesteckt und führten zu einem Datenrekorder auf dem Fußboden. Daneben lag Stukks Werkzeugkasten.

Das Protokoll, dachte Cain. Er wusste, wie sehr Stukk das Protokoll hasste. Wurde ein HMW Opfer eines Gewaltverbrechens, verlangte die Vorschriften eine Analyse aller Systeme, ungeachtet dessen, wie weit die Ermittlungen schon waren. Stukk würde hier noch auf Wochen beschäftigt sein, in Beschlag genommen vom Ausfüllen Aberdutzender Formulare, die ohnehin niemand mehr lesen würde. Kein Wunder, dass es um seine Laune nicht besonders bestellt war.

Cain ließ die Beine baumeln.

Dann fiel ihm etwas ein.

»Du hast mir die Fotos nicht rumgeschickt.«

»Liegen da in dem Beutel.« Stukks Hand erschien seitlich unter dem Relais und deutete mit einem Schraubenschlüssel auf die Wiegestation in der Ecke.

Cain stützte sich von seinem Sitzplatz ab und folgte Stukks Anweisung. In der Wiegeschale lag ein Beweismittelbeutel. Er nahm ihn in die Hand: außen ordentlich beschriftet, den Plastikschuber mit den Dias und die mit Gummiband zusammengehaltenen Ferrotypiepacken innen drin. Cain merkte, wie sich sein Puls beschleunigte, aber er bemühte sich, keinen Blick auf sie zu werfen.

»Ich musste sie einfach noch eine Nacht behalten, sorry dafür. Dieser Kort konnte sich wirklich glücklich schätzen. Ein krass versautes Schnittchen hat er sich da ausgesucht.« Stukk rüttelte so heftig am Unterbau des Relais herum, dass der gesamte Apparat in seiner Verschraubung wackelte. »Was – ist das – für eine – verdammte Dreckscheiße hier!«

»Ich habe sie gestern getroffen.« Cain legte den Beutel wieder ab und drehte sich zur Relaisstation um.

Das Rütteln stoppte.

»Du hast was?« Stukk robbte rückwärts unter der Station hervor und setzte sich auf.

»Ich hab sie getroffen. Oder sie mich.«

»Wie jetzt?«

»Sie wohnt gegenüber von Korts Iglu und hat uns gesehen. Sie will ihre Bilder wiederhaben.«

Stukk brauchte eine Weile, dann fing er an zu grinsen. »Und – wirst du sie ihr geben?«

Cain zuckte mit den Schultern. »Der Fall ist noch nicht abgeschlossen. Aber ich sehe keine Möglichkeit, wie die Bilder tatsächlich Beweismittel sein sollten. So, wie sich die Lage darstellt, haben sie nichts mit BM17 zu tun.«

»Du kannst sie ihr ja gegen ein paar Gefälligkeiten geben.« Stukks Grinsen wurde breiter. »Die weiß jedenfalls, was gut ist. Hab heute früh erst mal ein paar Proteinriegel gefrühstückt, um meine Eier wieder aufzufüllen. Das war eine Nacht, Jungejunge.«

Cain beschloss, nicht darauf einzugehen. Für gewöhnlich störten ihn Stukks Obszönitäten nicht, aber in diesem Fall missfielen sie ihm. Du baust eine Bindung zu ihr auf, sagte er sich, Vorsicht. Gleichzeitig merkte er, wie er allein dadurch aufgeregt wurde, dass er an sie dachte.

»Sie ist eine Oneirohure«, sagte er, um irgendetwas zu sagen.

Er hätte wissen müssen, dass das Wasser auf Stukks Mühlen war.

Der Mechapathologe klatschte in die Hände. »Jackpot, Sol! Das ist ja der Hammer! Die macht hundertpro die Beine breit für die Bilder! Und Beine hat sie, das kann ich dir sagen.« Er gluckste in sich hinein.

»Lass gut sein. Als ob ich so was machen würde. Und außerdem wäre das illegal.«

»Ach, komm. Lass mich doch ein bisschen träumen. Eine Oneirohure! Mann, die würde mir für mein Monatsgehalt nicht mal die Hosen ausziehen. Du bist echt ein Glückspilz, Sol!«

»Ja, ja, ich erzähl dir dann, wie es war«, sagte Cain halb ironisch, halb, um das Thema abschließen zu können. Wieso hatte er Stukk überhaupt davon erzählt? Wahrscheinlich, weil du über sie reden wolltest, sagte er sich.

»Jedes schlüpfrige Detail, sonst kannst du was erleben.« Stukk strahlte, als hätte man ihn mit Koks gepudert. »An einem Tag die

Akte finden, am nächsten Tag eine Oneirohure klarmachen. Ich würde sagen, du hast einen Lauf. Wie war die eigentlich?«

»Wer?«

»Die Akte, Mann!«

»Außer, dass es um ein streng geheimes Regierungsprojekt ging und BM17 mit Prototypen schwanger war: Ich weiß es nicht. Waren jede Menge Forschungsunterlagen drin, aus denen ich nicht schlau geworden bin. Medizinische Testreihen und all so was. Ich habe Zerp gebeten, sie mal für mich anzuschauen.«

»Zerp?« Stukk merkte auf. »Deinen Doktor? Sicher, dass das eine gute Idee war?«

»Zerp kann man vertrauen.« Cain nickte bekräftigend.

»Hm. Na, wenn du meinst. Ich bin immer vorsichtig, wenn es um Leute geht, die der Staat mal auf Sozialhygienekur geschickt hat. Du weißt nie, wie die tatsächlich ticken.«

»Wirklich, Zerp ist in Ordnung.«

»Okay, aber pass auf dich auf, ja?«

»Klar. Er ist der Einzige, der noch von der Akte in Korts Tresor weiß.« Er und Deliria. Cain mochte sich nicht richtig an den Klang dieses Namens gewöhnen, er fühlte sich unecht an und billig. Bis er ihren richtigen wüsste, würde er bei D bleiben.

Er überlegte kurz, warum er Stukk nicht erzählt hatte, dass sie die Akte statt der Bilder haben wollte. Wahrscheinlich, weil er wirklich mit dem Gedanken spielte, sie ihr zu geben, sagte er sich. Das war etwas, das er ganz sicher für sich behalten würde. Manche Geheimnisse schloss man tief unten in sich weg und teilte sie auch nicht mit seinem Freund und Partner. Und das war definitiv eins dieser Sorte.

»Was machst du, wenn Zerp dir sagt, was in der Akte steht?«

»Kommt darauf an, was es ist. Vielleicht hat das ja wirklich nichts mit dem Fall zu tun, und dann …«

»Das glaubst du doch wohl selbst nicht.«

Cain zuckte mit den Schultern. Nein, tat er nicht. »Ich denke, ich werde mich einfach überraschen lassen und dann spontan entscheiden.«

»Mach«, sagte Stukk. »Aber bau keinen Scheiß. Mit dem Hauptamt ist nicht zu spaßen, das weißt du besser als jeder andere.«

»Ich weiß. Werde ich nicht. Aber es gibt offensichtlich jemanden, der das anders sieht.«

»Was meinst du?«

Sie waren die einzigen Menschen in der Brutmutter, trotzdem sah Cain sich noch mal um, bevor er zu sprechen ansetzte. »BM 17 ist nicht das einzige Mordopfer in diesem Fall. Irgendjemand bringt die Leute aus der Forschungsabteilung um, die dieses Projekt hier angestoßen haben.«

Stukks Mund öffnete sich. Er schaute erst verdattert, dann fing er sich. »Nur damit ich dich nicht falsch verstehe: Du meinst die Forschungsabteilung vom Hauptamt, nicht die von Pregnantam, richtig?«

Cain nickte.

Stukk ließ den Schraubenschlüssel los. »Wow. Ich meine, krass … Echt jetzt?«

»Echt jetzt.«

»Scheiße, Mann, Sol, ist dir klar, was das heißt?«

»Ja, das ist der Grund, weshalb Grubb das alles unter Verschluss halten will.«

»Das meinte ich nicht. Wenn rauskommt, dass wir das wissen, stehen wir auch auf der Liste.«

»Dazu wird es nicht kommen.«

Stukk verzog skeptisch das Gesicht. »Woher willst du das wissen?«

»Wie sollte das denn jemand rauskriegen? Die Quelle, von der ich diese Info habe, ist extrem verschwiegen, das Hauptamt selbst hält die Sache unter Verschluss, als ob es um seine Existenz ginge, und ich habe nicht vor, in dieser Sache Flugblätter zu verteilen.« Cain atmete tief durch. »Ich gehe mal davon aus, dass du das auch nicht tun wirst.«

Stukk knurrte. »Okay, aber noch mal: Bau keinen Mist. Ich habe keine Lust, dass ich der Nächste bin, an dem in diesem Fall rumgemacht wird.« Er warf einen Blick auf die Relaisstation.

»Versprochen, ich passe auf.«

Stukk schüttelte den Kopf. »Das ist einfach zu heftig. Bist du sicher, dass deine Quelle da richtige Informationen hat?«

»Ganz sicher. Ich habe das auch selbst überprüft: Es stimmt.«

»Wie viele sind es?«

»Mindestens achtzehn.«

Stukk rang um Fassung. Cain schaute ihm dabei zu; es tat ganz gut, seinen Partner zur Abwechslung mal sprachlos zu sehen.

»Sonst noch was, das ich wissen sollte?«, fragte er schließlich. »Hat sich vielleicht der Geliebte Tripsitter gemeldet und will mal mit uns essen gehen?«

»Das war alles. Ich halte dich auf dem Laufenden.«

»Weiß nicht, ob ich mich darüber freuen soll.«

Cain seufzte. Er deutete auf die Relaisstation, um Stukk auf andere Gedanken zu bringen. »Irgendetwas, das uns weiterhilft? Nach allem, was wir wissen, sind es ja die Föten gewesen, wegen denen BM17 ermordet wurde.«

Stukk schaute die Station finster an. »Dieses Teil will mich doch verarschen – ich kriege einfach die Speicherklappe nicht auf. Werde wohl mit dem Schneidbrenner ran müssen. Aber um deine Frage zu beantworten: unwahrscheinlich. Es gab ja noch keine Niederkunft mit Prototypen. Jedenfalls nicht laut Entbindungs-protokoll. Der letzte Wurf von BM17 ist ein gutes Jahr her. Das waren ganz normale Triple-A-Parteischranzen. Und direkt nachdem BM17 aus dem Mutterschutz zurückkam, hat man ihr die Föten in den Leib gespritzt, die du schon gesehen hast.« Er schürzte die Lippen. »Ich fürchte, zur Klärung deiner Lieblingsfrage hat unsere Leiche hier nichts mehr beizutragen.«

»Okay, aber wenn du noch was findest, gib mir Bescheid.« Dann kam ihn ein Gedanke. »Sind die Föten noch hier?«

Stukk schüttelte den Kopf. »Wurden gestern abgeholt. Die Weiche musste sie sofort ans Hauptamt überstellen. Keine Chance, da irgendetwas rauszukriegen.«

Cain nickte. Er hatte damit gerechnet, aber einen Versuch war es trotzdem wert gewesen.

Der Fernsprechapparat draußen auf dem Gang klingelte.

»Ich geh schon«, sagte Cain. »Ist für mich.« Er schnappte sich den Beweismittelbeutel und machte sich auf den Weg.

»Ich melde mich bei dir.«

Stukk kroch wieder unter die Station. Als er schon drunter verschwunden war, rief er Cain hinterher: »Aber nicht vergessen: Ich will alles über deine Nutte wissen!«

Cain setzte zu einer Erwiderung an, gab es aber auf – es hätte doch keinen Sinn gehabt. Stattdessen verließ er das Behandlungszimmer und eilte zur Kommunikationszelle.

»Cain hier«, sagte er, als er abgenommen hatte.

»Ich bin's«, sagte Shem.

»Das ging schnell.«

»Du meintest, eine grobe Übersicht würde reichen.«

»Und?« Cain entschied sich, nicht auf die Spitze einzugehen. Er wurde langsam milde, dachte er. Oder müde.

»Ich hoffe, du hast mich nicht nach Oophoron gefragt, weil du da dein Erspartes investiert hast.«

»So schlimm?«

»Kann man so sagen. Ich musste auch gar keinen Kollegen fragen – es gibt nämlich einen umfangreichen Bericht über den Konzern in den Archiven. Oophoron hat sich vor elf Monaten an einem staatlichen Ausschreibeverfahren beteiligt und war deshalb vom Prüfungsausschuss der Handelskammer genauer unter die Lupe genommen worden.«

Cains Puls beschleunigte sich. Das musste der Pitch für Reboot gewesen sein.

»Was hat er gefunden?«, fragte er.

»Der Bericht ist ziemlich vernichtend. Ich weiß nicht, was aus der Ausschreibung wurde, aber eins ist klar: Oophoron wurde nicht zugelassen. Der Prüfungsausschuss kam zu dem Schluss, dass Oophoron nicht genügend Mittel besäße, um ein verlässlicher Partner zu sein. Will heißen: Die hatten Angst, dass die Firma während des Projekts Konkurs anmelden würde. Das Gebärgeschäft von denen läuft, aber sowohl in ihrer Narko- wie auch in ihrer Gentechniksparte haben sie sich eine Reihe teurer Fehlinvestitionen geleistet: eine Genspleißerei, die nicht ausgelastet ist, mehrere Psychopharmaka, die am Markt floppten, und ein paar Forschungsprojekte, die nichts geworden sind, in denen sie aber Millionen versenkt haben. Dazu kam noch eine Missernte vorletztes Jahr auf ihren Schlafmohnplantagen, und das war es dann mit der Kreditwürdigkeit. Die unternehmen zwar allerlei Bilanzkosmetik, um ihren Aktienkurs zu stützen, aber lange werden sie damit wohl nicht mehr durchkommen.«

»Das heißt, Oophoron bräuchte dringend eine Erfolgsmeldung.«

»Das ist eine milde Untertreibung.«

»Danke, Shem.«

»Sicher. Bis dann.« Es klickte in der Leitung.

Cain hängte auf. Das passte. Und es stützte Ds Geschichte. Ein von der Pleite bedrohter Konzern griff auf Industriespionage zurück, um nach verpatzter Ausschreibung an ein potenzielles Millionengeschäft des siegreichen Konkurrenten zu gelangen. Je nachdem, wie sehr die Ausschreibung ins Detail gegangen war, war sie es möglicherweise sogar erst gewesen, die Oophoron auf die Existenz von Reboot aufmerksam gemacht hatte – vielleicht sogar auf Pregnantam. Von da war es dann gar kein so weiter Weg mehr bis zu dem Angebot, das man D gemacht hatte.

Und wer seinen Konkurrenten die Ergebnisse stehlen wollte, der würde auch keine Scheu haben, die Notlage einer jungen Frau auszunutzen.

Hatte er das wirklich gerade gedacht? Die Notlage einer jungen Frau – er musste aufpassen, nicht seine Objektivität zu verlieren. Was immer es auch war, dass D in ihm auslöste, es durfte seine Ermittlungen nicht gefährden.

Ungeklärt war auch immer noch die Mordserie. Steckte da auch Oophoron hinter? Und wenn ja, was war das Motiv dahinter? Alle möglichen Mitwisser des Diebstahls zu beseitigen, erschien Cain gleichermaßen irreal wie sinnlos. Nicht nur müssten dazu auch sämtliche Akten vernichtet werden, was praktisch unmöglich war. Darüber hinaus hätte Oophoron auch keinen Nutzen davon gehabt, keinen jedenfalls, auf den Cain gekommen wäre.

Er überlegte, noch mal bei Stukk vorbeizuschauen, um über den Fall zu sprechen, aber ein Blick auf seine Taschenuhr brachte ihn davon ab: Es war Zeit, zu seiner Mittagsverabredung zu fahren.

Er wusste nicht, ob er sich darauf freuen oder davor fürchten sollte.


Sie trug einen luftigen Hosenanzug mit gelb-violettem Spiralmuster, ein dicker, silbrig glänzender Gürtel betonte ihre Taille, die

Haare hatte sie glatt zu einem Seitenscheitel gekämmt, und eine einzelne, dicke Strähne war mit Haarklemmen vor dem rechten Ohr drapiert. Um den Hals hing eine lange silberne Kette mit Kristallmedaillon, ihre Füße steckten in ebenfalls silbernen Plateauschuhen.

»Hallo, Solomon Cain«, sagte sie.

Er nickte zur Begrüßung. Halb hatte er gehofft, dass er sich gestern Abend geirrt hatte, aber da war die Ähnlichkeit wieder: diese halb kokette, halb schüchterne Art; wie sie den Kopf hielt, die Mimik.

»Warten Sie schon lange?«, fragte er.

»Sie wissen doch: Ich wohne gegenüber. Ich bin gerade erst rübergelaufen.«

Er nickte.

»Wollen wir?« Sie nickte in Richtung Eingangstür.

»Ja, natürlich.« Er war noch keine Minute da, und schon fühlte er sich wieder wie ein Trampel. Das konnte lustig werden.

Mit seinem Generalschlüssel schloss er auf.

»Nach Ihnen«, sagte er.

Sie stieß einen Laut der Bestürzung aus, als sie durch den kurzen Flur hindurch war. Cain schlug sich im Geiste an die Stirn: Er hätte sie vorwarnen sollen, dass Korts Anwesen Schauplatz einer polizeilichen Durchsuchung gewesen war. Einer sehr frustrierten.

Er ging ihr nach und schaute ins Wohnzimmer.

Es sah aus, als hätte man eine Gruppe Pubertierender auf Amphetamin hineingesteckt und den Raum dann mit Testosteronspray geflutet.

Die Diwane und Sitzkissen waren aufgeschlitzt und die Polyesterdaunen im gesamten Raum verteilt, die Beistelltische und Lavalampen lagen durcheinandergeworfen zwischen den Kissenkadavern, der Inhalt der Glasvitrinen war hinausgefegt worden und bildete nun kleine Nippeshäufchen auf dem Fußboden. Vom Fühlfilmapparat hing nur noch die Halterung an der Wand, er selbst lag mit gesprungenem Schirm darunter auf dem Fußboden. Die Tapeten wiesen hässlich gezackte Schnitte auf, von denen Fetzen herabgezogen waren auf der Suche nach Wandverstecken. Inmitten dieses Massakers stand der Diaprojektor so, wie Stukk ihn verlassen hatte: provisorisch zusammengebastelt und umgeben von benutzten Taschentüchern. Die Bong zu seinen Füßen war umgekippt und ausgelaufen.

Auf die Scheibe des Säulenaquariums hatte Stukk einen riesigen Smiley aus Kissenfedern geklebt.

»Was ist hier passiert?«, fragte sie fassungslos.

»Nach Korts Festnahme wurden alle seine Wohnungen durchsucht. Standardvorgehensweise«, sagte er absichtlich etwas vage.

Es half nichts.

»Das waren Sie?« Erschrocken drehte sie sich um.

Cain hob in einer Geste der Unschuld die Schultern. Er deutete auf den Smiley. »Das nicht. Und der Diaprojektor auch nicht. Das war mein Partner.«

»Der Kleine, der später kam?«

»Genau der.«

Sie nickte.

»Sie haben diesen Raum geschlachtet.«

»Wohnungsdurchsuchungen sind nie schön, tut mir leid, dass Sie das so sehen müssen. Und für meinen Kollegen entschuldige ich mich.«

»Wenigstens scheint Ihr Kollege Spaß an der Sache gehabt zu haben.«

»Er ist eine Frohnatur.«

Langsam wagte sie sich ins Wohnzimmer vor und stieg über die

Kissen hinweg. Mit einem Fuß zeigte sie auf die zusammengeklebten Taschentücher. »Nicht zu übersehen.«

Stukk, fluchte Cain innerlich. Sorgte für Ärger, selbst wenn er gar nicht da war. Er fühlte sich schuldig, Stukk die Dias überhaupt erst gegeben zu haben.

Sie deutete mit dem Finger auf die leere Schiene des Projektors. »Hier ist nichts.« Sie schaute ihn an.

Ihm ging auf, dass sie nicht wusste, wo Kort die Sachen gelagert hatte.

»Oben.« Er wies mit dem Finger zur Decke.

»Sieht es da genauso aus?«

Cain wiegte den Kopf hin und her. »Möglicherweise.«

»Sie sind unmöglich, wissen Sie das, Solomon Cain?« Sie kniff die Augen zusammen und spitzte den Mund, schien aber nicht tatsächlich wütend zu sein. Dann wurde sie ernst. »Vielleicht ist es besser so.«

»Was?«

Sie beschrieb einen großen Bogen mit dem Arm. »Das hier, das ganze Durcheinander.«

Ratlos runzelte Cain die Stirn. Bei ihren Gedankensprüngen kam er nicht mit.

»Ich bin oft hier gewesen, dieser Ort war mir sehr vertraut. Und ihn jetzt in diesem Zustand zu sehen macht es irgendwie leichter für mich. Leichter, als in ein Zimmer zu kommen, das noch genauso ist wie beim letzten Mal, obwohl sich sonst alles geändert hat. Verstehen Sie? So ist es ein bisschen, als wäre das ein anderer Ort.«

Cain war sich nicht sicher, ob er verstand, aber er nickte trotzdem. »Tut mir leid, wenn das für Sie schwierig ist.«

»Ist schon okay. Danke. Nach oben?«

Er nickte. Sie stieg die Stufen empor. Cain schaute sich noch mal um, atmete tief durch und folgte ihr dann.

Oben angekommen, sagte er: »Im Schlafzimmer, hinten im Schrank.«

Sie ging am Sexraum vorbei, ohne einen Blick durch die offene Tür hineinzuwerfen, und Cain war sehr dankbar dafür. Sollte sich Stukk auch noch dort zu schaffen gemacht haben, hätte es wahrscheinlich größerer Erklärungsversuche bedurft als im Erdgeschoss. Er schaute selbst nach: Hatte er nicht. Trotzdem schloss er die Tür.

»Sie mussten lange suchen, bis Sie ihn gefunden hatten, oder?«, fragte sie, als sie beide im Schlafzimmer standen. Korts Anzüge lagen zertrampelt auf dem Boden des Schranks, die Tür des Wandtresors stand offen.

»Nein, das Chaos ist der Spaßteil des Jobs, der kommt immer.«

Überrascht schaute sie ihn an. »Sie können ja sogar Witze machen.« Sie wirkte amüsiert.

Er griff in seinen Uniformmantel und holte den Beutel mit den Bildern hervor.

»Hier sind Ihre Aufnahmen.«

»Sie hatten sie also bei sich? Warum haben Sie sie mir denn nicht schon unten gegeben?« Sie blickte ihn verblüfft an, aber Cain zuckte nur mit den Schultern. Er wusste es selbst nicht.

Sie nahm ihm den Beutel ab. »›Beweismittel‹«, las sie vor. »›Aktenzeichen 14 K 437 Schrägstrich 40 Gemapo.‹ Sie haben eine Kinderhandschrift, wissen Sie das?«

»Das ist nicht meine.«

»Lassen Sie mich raten: Ihr Partner.«

»Ja.«

»Ich bin beruhigt.«

Cain wurde nervös. Was sollte das bedeuten? Außerdem wusste er, was jetzt kommen würde. Und er hatte noch immer keine Antwort darauf.

Sie schaute vom Beutel in ihrer Hand hoch. Und wieder überrumpelte sie ihn.

»Sie haben die Akte nicht dabei.«

Er schluckte. »Nein.«

»Weil Sie noch nicht wissen, ob Sie sie mir geben werden.«

Er nickte und erwartete einen Wutausbruch, vielleicht sogar Drohungen, irgendeine Szene, aber nichts dergleichen passierte.

Sie sah ihn nur an.

»Sie sind ein merkwürdiger Mensch, Solomon Cain«, sagte sie sanft.

Das war der Moment, in dem ihm klar wurde, was mit ihm geschah. Diese Reaktion, dieser eine Satz war alles, was er brauchte, um es zu erkennen. Es ergab keinen Sinn, aber in diesem Moment war sie die Quintessenz all dessen, was er schon so lange vermisste. Er wehrte sich dagegen, weil es falsch war. Nur änderte das nichts daran, dass es das war, was er fühlte. Dreh dich um und geh, schrie es in ihm, dreh dich um und geh. Stattdessen sagte er nur: »Was meinen Sie?«

»Sie trauen mir nicht.«

Cain spürte einen Kloß im Hals. »Wie könnte ich?«

»Und trotzdem haben Sie sich mit mir getroffen.«

»Es erschien mir zweckdienlich.«

»Es erschien Ihnen zweckdienlich.«

»Ja.«

»Für Ihren Fall.«

Wieder musste er schlucken. »Ja.«

»Trotzdem haben Sie mir die Fotos zurückgegeben, Beweismittel in Ihrem Fall.«

»Sie sind nicht relevant.«

»Für mich schon.«

»Ich habe sie mir nicht angeschaut.«

»Woher wissen Sie dann, dass sie nicht relevant sind?«

»Mein Partner hat sie durchgesehen.« Er spürte, wie er in Panik geriet. Das hier war ein Rückzugsgefecht, das er verlieren würde.

»Der Projektor und die Taschentücher.«

»Ja.«

»Und Sie haben sie sich trotzdem nicht angeschaut?«

»Nein.«

»Warum nicht?«

»Das ist privat.«

»Ich habe nichts zu verbergen.«

Sie ließ den Beutel fallen und öffnete ihren Gürtel. Mit einem raschen Griff nach hinten öffnete sie ihren Hosenanzug, der an ihrem Körper herab zu Boden glitt. Im nächsten Moment stand sie nackt da. Ihre Kette hing nun zwischen ihren perfekten Brüsten. Sie stieg aus ihren Plateauschuhen und ging auf ihn zu.

»Bitte«, sagte er beinahe flehend.

Dann war sie bei ihm und legte ihre Hand auf seine Wange. Cain fiel erst jetzt auf, wie klein sie eigentlich war. Ihr Kopf reichte ihm nicht mal bis zum Kinn.

»Wovor haben Sie Angst?«

Er nahm ihre Hand von seinem Gesicht, hielt sie aber weiter fest.

»Ich …«, fing er an.

»Wenn Sie mich nicht wollen, müssen Sie es nur sagen.« Wieder lächelte sie.

Cain küsste sie hart auf den Mund, und sie öffnete sich ihm. Er griff nach ihrem Kopf, krallte sich in ihre Haare, sie drückte sich fester gegen ihn, sodass er ihre Körperwärme durch die Uniform hindurch spüren konnte. Sie riss sich von ihm los, aber nur, um ihm aus seinem Mantel zu helfen, dann ging sie vor ihm in die Knie, öffnete seinen Gürtel und zerrte seine Hose herunter. Eine

Hand glitt unter seinen Sack und begann, ihn sanft zu massieren, die andere umschloss seinen hart werdenden Schwanz. Mit der Zunge umschlängelte sie seine Spitze und rieb ihn dann zwischen ihren Brüsten, die sie mit ihren Oberarmen zusammenpresste. Als Cain aufstöhnte, nahm sie ihn in den Mund. Langsam bewegte sie ihren Kopf auf und ab, ihr Mund war warm und feucht; ihre Zunge kitzelte sein Vorhautbändchen. Er spürte, wie das Sperma in ihm aufstieg, während sie an ihm saugte, bereit, sich in sie hinein zu entladen. Aber sie öffnete die Lippen und gab ihn frei. Sie stand auf. »Komm«, sagte sie und legte sich aufs Bett, das Cain zwei Tage zuvor zerwühlt hatte.

Sie öffnete ihre Beine, und irgendwo in einem unabhängig vom Rest seines Körpers funktionierenden Teil seines Gehirns stellte Cain fest, dass er Stukk recht geben musste: Was hatte diese Frau für Beine! Er folgte ihrer Aufforderung, vergrub den Kopf zwischen ihren Brüsten, bis sie ihn atemlos nach oben zog. »Fick mich«, sagte sie, bevor sie ihn küsste und seinem Schwanz mit einer Hand den Weg wies. Er drang in sie ein, sie stöhnte auf und umschlang ihn mit beiden Beinen. Mit langsamen, rollenden Bewegungen ihres Beckens führte sie ihn immer tiefer, beide stöhnten sie jetzt im selben Rhythmus. Ihr Mund suchte sein Ohr. »Komm«, flüsterte sie. Hatte Cain sich bis jetzt noch zurückgehalten, gab es nun kein Halten mehr. Er stieß heftiger und ruckartiger in sie hinein, sie hielt ihn fest in den Armen, und dann kam er: Seiner Kehle entrang sich ein gurgelnder Laut, während sich sein gesamter Körper zusammenkrampfte und er sich in sie ergoss.

Danach lagen sie beide zwischen den Laken. Schweigend.

»Wie geplant war das?«, fragte Cain schließlich.

Sie drehte sich zu ihm. »Halb. Ich glaube, so richtig habe ich mich dazu erst entschlossen, als du so hilflos dastandest und ich die Sache mit der Akte angesprochen habe.«

»Hilflos?«

»Vollkommen.«

»Aha«, sagte Cain. Darüber musste er nachdenken.

»Ist das schlimm?«, fragte sie.

»Wieso? Ich meine, wieso war das ausschlaggebend?«

Sie hielt einen Moment inne. »Seit unserem Gespräch gestern habe ich geglaubt, dass du eine gequälte Seele bist. Und in dem Moment wusste ich es.«

»Dann war das Mitleid?«

»Nein. Weil ich mich dir nah gefühlt habe.«

Er hatte auf dem Rücken gelegen, den Blick an die Decke gerichtet. Nun drehte er ihr den Kopf zu. Diese Frau schaffte es immer wieder, ihn zu verblüffen. Durchdringend sah er sie an, aber wenn sie ein Spiel mit ihm spielte, dachte er, dann war sie zu gut, als dass er sie dabei ertappen konnte.

Sie legte ihm die Hand auf die Brust. »Das ist okay. Ich muss nicht wissen, was dich quält, Solomon Cain. Ich maße mir auch nicht an, das ändern zu können. Aber ich wollte dir gerade einfach nah sein. Reicht dir das?«

Zu seiner eigenen Überraschung tat es das. »Ich glaube schon.«

»Gut.« Sie lächelte wieder ihr Lächeln.

»Was machen wir jetzt?«

»Ich weiß es nicht. Lass es uns herausfinden.«

Cain wusste nicht, was er darauf antworten sollte. War das alles nicht völlig absurd? Er, hier im Bett eines Verdächtigen, der sich selbst in seiner Zelle erhängt hatte – oder ermordet worden war –, und mit einer Prostituierten, die normalerweise mit Topmanagern und Prominenten verkehrte und so jung war, dass er ihr Vater hätte sein können, wenn Männer denn noch Kinder zeugen würden. Der Bulle und die Nutte, dachte er. Ein mieses Klischee aus einem drittklassigen Fühlfilm. Er schüttelte den Kopf.

»Du glaubst das nicht.« Sie setzte sich auf.

Erst jetzt hatte er Zeit, sie eingehend zu betrachten. Er hatte ihre Frisur zerstört, das Haar fiel ihr offen über ihre schlanken Schultern. Sein Blick glitt über ihre festen, hohen Brüste mit den kleinen, kreisrunden Nippeln – sie hatte noch immer die Kette um – hinunter zu ihrem straffen Bauch. Direkt über ihrem linken Beckenknochen hatte sie ein regenbogenfarbenes Tattoo, eine Strukturformel.

»LSD«, sagte sie und nahm seine Frage vorweg.

»Natürlich.«

Er suchte ihren Blick. »Ich weiß es nicht. Das alles ist so …« Er schwamm. »Wir sind so unterschiedlich«, versuchte er sich an einer Rettung und merkte selbst, wie hohl sie klang.

»Ja, das sind wir. Aber wir sind beide echt.«

Was sollte das denn nun schon wieder heißen? Bevor er zu einer Antwort kommen konnte, sprach sie schon weiter.

»Wenn du denkst, ich mache das hier nur wegen der Akte: Das stimmt nicht. Ich will die Akte nicht mehr.«

»Nicht?«

»Doch, natürlich will ich sie. Aber nicht so, verstehst du? Das hier war etwas, das ich wollte, richtig wollte. Nicht, weil ich es als Teil eines Handels verstanden habe. Und ich werde dich auch nicht dazu drängen, sie mir zu geben. Wenn du das machst, machen solltest, dann nur, weil du sie mir wirklich geben willst. Hörst du? Das ist wichtig. Nicht weil du denkst, du wärst mir irgendwie verpflichtet.«

Sie stand auf und fing an, sich anzuziehen.

»Was machst du?«

»Ich muss gehen. Ich habe einen Termin mit einem Kunden und sollte vorher noch duschen.«

Cain wusste nicht, was er darauf erwidern sollte. Er hatte noch nicht ganz verarbeitet, was sie gerade gesagt hatte, und ihre plötzliche Geschäftsmäßigkeit überforderte ihn.

»Machst du mir den Anzug zu?«

Er nickte. Sie setzte sich mit dem Rücken zu ihm aufs Bett, nahm ihre Haare nach vorne und wartete, bis er den Reißverschluss zugezogen hatte. Dann stand sie auf, schüttelte ihr Haar aus und hob den Beutel vom Boden. Sie riss den Verschluss auf.

»Sehen wir uns heute Abend?«, fragte sie, während sie einen der Bilderstapel durchging.

»Heute Abend?«

»Ja. Lass uns ausgehen, es ist Wochenende, und ich habe frei. Du auch?«

Wieso sah er nie kommen, was dieser Frau im Kopf rumging?

»Okay …?«

»Also abgemacht. Um sechs, untere Serotoninallee.« Sie warf ihm einen Blick zu. »Und lass deine Uniform zu Hause, ich will dich in Zivil.«

»Um sechs, Serotoninallee.« Er nickte.

Sie schien das Bild gefunden zu haben, das sie gesucht hatte. Wie ein Frisbee warf sie es ihm zu. Es landete neben ihm auf dem Bett.

»Hier, für dich.«

Dann zwinkerte sie ihm zu und huschte aus dem Zimmer.

Cain hörte, wie sie die Treppe hinunterging. Er nahm das Bild in die Hand: Es war ein Porträt von ihr. Sie lächelte in die Kamera. Er atmete tief durch. Unten fiel die Tür ins Schloss.

Es wurde Zeit, dass er sich eine Lüge für Stukk ausdachte.

# 16

Cain wusste nicht, wann er das letzte Mal vor seinem Kleiderschrank gestanden und überlegt hatte, was er anziehen sollte. Er wusste nicht mal, wann er das letzte Mal in Zivil aus dem Haus gegangen war. Er fuhr mit dem Finger über eine der Uniformen, die im Schrank hingen. Er mochte sie, so wie er seinen Beruf mochte. Ehrliches, unaufgeregtes Grau. Es war eine prestigeträchtige Farbe – jeder wusste, dass die Maschinen es waren, die diesen Staat am Leben hielten, und die Gemapo sorgte dafür, dass es den Maschinen gut ging. Trug er diese Uniform, hatte er eine Funktion. Trug er sie nicht, dann – ja, was dann? Er runzelte die Stirn. Diese Frage hatte sich ihm zu lange nicht gestellt, als dass er jetzt eine Antwort darauf gehabt hätte.

Er betrachtete sich im Schrankspiegel, und die Falten auf seiner Stirn vertieften sich. Er war noch immer durchtrainiert, kein Gramm überflüssiges Fett verunzierte seinen Körper. Aber trotzdem war er alt, darüber machte er sich keine Illusionen. Sechsundfünfzig war er jetzt, und er zog sich für eine Frau an, die mindestens dreißig Jahre jünger war als er. Sicher, sie war nach der Konsumrevolution geboren worden und kannte die alte Zeit nur aus der Schule. Alter war für sie bedeutungslos, heutzutage waren große Unterschiede in den Human- und Mechanklassen der Stoff, aus dem Skandale waren. Aber er war noch auf die alte Ordnung geeicht, und das reichte, um sich unwohl zu fühlen.

Sie beide seien echt, hatte sie gesagt. Ergab das irgendwie einen Sinn?

»Sinn«, sagte er zu seinem Spiegelbild. »Mach dich nicht lächerlicher, als du ohnehin schon bist.« Er hatte eine erste Verabredung, und schon fing er an, nach Sinn zu suchen. Konnte man noch armseliger sein?

Und doch: Wenn er ehrlich zu sich war, freute er sich auf den Abend. Freute sich, Zeit mit ihr verbringen zu können. Er wurde noch immer nicht schlau aus dieser Frau, und er hatte auch die Möglichkeit nicht ganz verworfen, dass sie auf eine andere, zwielichtigere Art in den Fall verwickelt war. Aber das änderte nichts daran, dass er sich mehrmals dabei ertappt hatte, wie er auf die Uhr schaute.

Er nahm einen violetten, eng taillierten Anzug mit zweireihiger rot-orange gestreifter Weste heraus und ein Hemd mit Stehkragen. Dazu entschied er sich für Spectators aus Lederol. Er hängte die Kleidung auf den Stummen Diener neben dem Schrank, damit sie noch auslüften konnte.

Es klingelte an der Haustür.

Keine Sekunde glaubte Cain an privaten Besuch. Wer hätte das auch sein können? Argwöhnisch ging er nach unten zur Tür. Durch den Spion blickte er in das bebrillte Gesicht von Doktor Zerp.

Verwundert zog er schnell die Tür zum Raum zu, in dem er hauste, und machte Zerp auf. Im Kopf ging er durch, in welches Zimmer er seinen Arzt bitten konnte, ohne jeden sozialen Standard zu sprengen. Viele fielen ihm nicht ein … das Crack-Zimmer vielleicht. »Doktor Zerp«, rief er aus. »Kommen Sie rein. Was kann ich für Sie tun?«

»Danke, aber was halten Sie davon, wenn wir uns im Garten unterhalten? Der Tag ist heute so mild.«

Cain verstand. Zerp wollte ausschließen, abgehört zu werden. Ihm kam das entgegen. »Selbstverständlich. Gehen Sie einfach ums Iglu rum, ich komme gleich nach.«

»In Ordnung, bis gleich.« Zerp machte sich auf den Weg.

Cain ging zurück in die Küche und holte zwei Flaschen Surrogatlimo aus der Kühltruhe, aus dem Drogenschrank nahm er etwas AN1. Er gesellte sich zu Zerp.

Sein Garten war ein löcheriges Stück Kunstrasen, auf dem sich der Flugsand aus der Graubeigen Sandeinöde sammelte. Mit Ausnahme einer kaputten Waschmaschine, eines Schuhs ohne Sohle und ein paar leerer Einmachgläser lag kein Müll rum.

»Ich bin kein Draußenmensch«, sagte er entschuldigend und bot Zerp eine der Flaschen und das AN1 an.

Zerp schmunzelte. »Das hatte ich auch nicht von Ihnen erwartet, Solomon.« Er öffnete die Flasche und trank einen Schluck. Das AN1 lehnte er ab. »Sicher, dass ich nicht störe?«

Cain steckte den Upper in seine Tasche. Es konnte nur einen Grund geben, weshalb Zerp ihn aufsuchte. »Selbst wenn Sie mitten in der Nacht geklingelt hätten, würden Sie nicht ungelegen kommen. Aber ich bin froh, dass Sie jetzt gekommen sind – nachher hätten Sie mich nicht mehr angetroffen.«

»Sie haben eine Wochenendschicht?«

»Ich bin verabredet.«

Ein überraschter Ausdruck erschien auf Zerps Gesicht, dann schaute er zufrieden. »Gut für Sie, Solomon. Das höre ich gern.«

»Ich nehme mir halt Ihren Rat zu Herzen«, sagte Cain achselzuckend und versuchte, seinen Ärger über sich zu verbergen. Warum hatte er das überhaupt ansprechen müssen? In Zukunft musste er sich mehr zusammenreißen. Nicht einfach bei dem Gedanken, dass er in nicht mal einer Stunde von hier aufbrechen würde. Um sie zu treffen.

Der Arzt musterte ihn eindringlich, und womöglich erriet er, was in Cain vorging; von weiteren Fragen sah er jedenfalls ab. Stattdessen nahm er noch einen Schluck. Dann kam er ohne seine übliche Anfangsplauderei sofort zur Sache. »Das war eine spannende Sache, Ihre Akte.« Er wischte sich den Mund mit dem Ärmel ab.

Cain war dankbar für den Themenwechsel.

»Sie haben sie also durch? Sind Sie aus ihr schlau geworden?«

»Ich habe sie durch. Und ja, ich bin schlau aus ihr geworden.«

Cain hielt den Atem an.

»Sie sind da auf eine wissenschaftliche Sensation gestoßen, Solomon. Und auf was für eine.«

Cain atmete aus. Endlich würden sich die Teile zusammensetzen. Sein Herz machte einen Hüpfer.

»Eine, die man auch als Laie versteht?«

»Oh, ich glaube schon. Tatsächlich ist die Materie gar nicht so kompliziert. Wenn Sie das Fachwissen gehabt hätten, hätten Sie den Sinn hinter dem Ganzen auch verstanden, ohne Mühen sogar.«

»Dann spannen Sie mich bitte nicht weiter auf die Folter: Was ist Projekt Reboot?«

Zerp straffte seinen lang gestreckten Körper und sah Cain beinahe feierlich an.

»Das Ende aller Toleranzen.«

Das Ende aller Toleranzen? In Cains Hirn fing es an zu rattern, aber er brauchte noch mehr. »Bitte, Doktor, geht es etwas ausführlicher?«

»Natürlich, entschuldigen Sie. Projekt Reboot löst das größte Problem psychoaktiven Konsums: dass Substanzen nach und nach an Wirkkraft verlieren, weil sich der Metabolismus an sie gewöhnt. Reboot baut das Nervensystem und den Stoffwechsel so um, dass solche Toleranzen nicht mehr entstehen.«

Cain schaute Zerp an.

»Verstehen Sie die Konsequenzen?«, fragte ihn der Arzt.

Langsam nickte er. »Ich glaube ja.« Er begann gerade erst, das, was er da gehört hatte, zu durchdenken, aber Zerp hatte recht: Man musste kein Wissenschaftler sein, um zu verstehen, was das bedeutete.

Drogen, die wieder wirkten.

Drogen, die mehr taten, als nur Entzugserscheinungen zu verhindern.

Drogen, die wieder hielten, was sie versprachen:

Tanzen mit den Göttern.


Sein Puls beschleunigte sich. »Ja, ich bin mir der Konsequenzen bewusst, Doktor.«

Was hatte Shem über die Wissenschaftler in III B 3 gesagt – dass sie an einem zentralen Problem dieses Landes säßen? So wie es aussah, hatten sie es gelöst.

Er öffnete seine Surrogatlimo.

»Das ist groß«, sagte er.

»In der Tat, das ist es.«

Cain nahm einen tiefen Zug. Die Surrogatlimo britzelte in seinem Mund, während er sie hinunterschluckte.

Danach war er bereit für Einzelheiten.

»Wie?«, fragte er.

»Ich fürchte, jetzt wird es ein wenig komplizierter. Unterbrechen Sie mich einfach, wenn ich zu sehr in Fachjargon abgleite. Den Unterlagen zufolge, die Sie mir gegeben haben, verfolgt Reboot zwei Ansätze, einen neuronalen und einen metabolistischen. Toleranzen entstehen, wenn die Rezeptorendichte auf der Oberfläche einer Synapse herunterreguliert wird. Die Zelle versucht so, auf Reizüberflutung zu reagieren. Zum einen ziehen sich die Rezeptoren ins Zellinnere zurück und weniger neue werden gebildet, zum anderen werden vorhandene Rezeptoren phosphoryliert.«

»Phosphoryliert?«

»Es wird eine Phosphatgruppe an den Rezeptor gehängt, wodurch seine Aufnahmefähigkeit sinkt. Das Ergebnis ist dasselbe wie bei der Internalisierung: Es können weniger Botenstoffe aufgenommen werden. Infolgedessen gibt die Synapse weniger Signale weiter.«

Das Prinzip war Cain bekannt; er verfluchte es jeden Tag. »Die Droge verliert an Wirkung.«

»Ganz genau. Eine andere Möglichkeit des Körpers, sich gegen zu viele Reize zu wehren, ist die Abschwächung der Signaltransduktion, etwa, indem er weniger G-Proteine synthetisiert, wodurch die noch verbliebenen Rezeptoren einer Synapse weniger effizient aktiviert werden.«

Cain ging ein Licht auf. »In der Akte gab es diese Tabelle, in einer Spalte stand etwas von GPCR – hat das was damit zu tun?«

Zerp nickte. »Ja, richtig, da ging es um die Aktivierung von G-Protein-gekoppelten Rezeptoren, sogenannten GPCRs. Die gesamte Tabelle bezieht sich auf das, was ich gerade meinte. Sie zeigt eine Testauswertung von Reboot, und das sind in der Tat unglaubliche Zahlen. Noch nach mehr als hundert Tagen war praktisch keine Toleranz zu erkennen – und das bei quasi permanenter Verabreichung von reinem Heroin! Ich habe noch nie etwas gesehen, das dem auch nur annähernd nahe kommen würde. Die Aktivierung der Rezeptoren war konstant bei dreiundneunzig Prozent oder darüber, die Abnahme der Rezeptorendichte zu vernachlässigen und die Regeneration der intrazellulären Speicher von Neurotransmittern bei Werten, die jeder Erfahrung spotten. So etwas dürfte es eigentlich gar nicht geben.«

Cain nahm einen Schluck aus der Flasche. »Wie haben die das hinbekommen?«

»Ich bin kein Bioingenieur, und offen gestanden, das ist der Teil der Unterlagen, dem ich nur grob folgen konnte. Sie haben rumgebastelt, an Zellen, an Genen, eigentlich an allem. Mit dem Ergebnis, dass sich die Rezeptorzellen in einem Tempo regenerieren, dass eine Abnutzung de facto nicht mehr stattfindet. Jedenfalls keine, die irgendeine relevante Auswirkung auf ihre Signaltransduktion hätte. Und wie gesagt, das ist nur die eine Hälfte von Reboot.«

»Was macht die zweite?«

»Die ist im Prinzip noch beeindruckender, weil sie so viel umfassender ist. Wie gut kennen Sie sich mit unserem Stoffwechsel aus?«

Cain zuckte mit den Schultern. »Ich weiß, dass es ihn gibt.«

Zerp seufzte. »Ach, Solomon, das ist so schade. So entgeht Ihnen die ganze Brillanz. Ich weiß nicht, wer Reboot entwickelt hat, aber als Wissenschaftler und Arzt muss ich meinen Hut vor diesen Leuten ziehen. Das ist nichts weniger als ein Jahrhundertwerk. Wirklich, das ist eine Leistung, vor der man Respekt haben muss. Ach, was rede ich da – Ehrfurcht, Solomon, Ehrfurcht muss man haben!«

Zerp hatte sich in Eifer geredet, aber für Cain war einzig wichtig, worin diese Jahrhundertleistung bestand, von der der Arzt sprach.

»Doktor, was haben die denn jetzt gemacht?«

»Natürlich«, beeilte sich Zerp zu sagen, »entschuldigen Sie, meine Begeisterung geht mit mir durch. Es ist ein Jammer, dass die ganzen Details für Sie verloren sind, aber dann muss es eben eine grobe Verkürzung tun. Zusammenfassend lässt sich sagen, dass Reboot den Stoffwechsel des Menschen grundlegend neu gestaltet. Organe, Blut, Enzyme, Aminosäuren, katabole, anabole Prozesse – eigentlich alles ist überholt worden, komplett.«

»Wozu dieser Aufwand?«

»Der Stoffwechsel, der in diesen Unterlagen beschrieben wird, ist so auf den Konsum von psychoaktiven Stoffen hindesignt, dass er sie binnen kürzester Zeit wieder abbaut – und zwar restlos. Sie erinnern sich vielleicht an eines der Formulare, das etliche Substanzen aufgelistet hatte. Es hatte eine handschriftliche Notiz am Rand.«

Cain erinnerte sich. Es war das zweite Blatt gewesen, das er sich genauer angeschaut, aber nicht verstanden hatte. Jetzt dämmerte es ihm allerdings. »Da standen lauter Zeiten drauf«, entsann er sich.

»Das meine ich. Im Prinzip ist dieses Blatt die Zusammenfassung des gesamten Projekts: Die Zeiten sind Stundenangaben, nach denen Testsubstanzen unter die Nachweisgrenze gefallen waren, und darin liegt schon die Sensation: Stunden! THC etwa ist nach neun Stunden unter der Nachweisgrenze, Morphin nach etwas mehr als acht Stunden. Stellen Sie sich das mal vor: Sie spritzen sich eine Dosis Morphin, und in gut acht Stunden hat Ihr Körper die Stoffwechselprodukte so weit abgebaut, dass die Droge Ihren Metabolismus nicht weiter belastet. Dafür braucht es sonst Monate. Überlegen Sie sich das mal! Keine Toleranzen, keine gesundheitlichen Schäden, nix. Wissen Sie, was das bedeutet, Solomon?« Auf den Wangen des Arztes hatten sich rote Flecken gebildet, die blassblauen Augen strahlten.

Cain nickte langsam. »Projekt Reboot hat den perfekten Drogenkonsumenten erschaffen.«

Das war das Geheimnis. In all seiner einfachen Schönheit. Der perfekte Drogenkonsument.

Der neue Mensch.

Und er war dahintergekommen.

Niemand hatte ihn aufhalten können, nicht mal Grubb. Er setzte die Flasche an, legte den Kopf in den Nacken und nahm mehrere lange, tiefe Züge.

Er hatte es geschafft.

Wie von weit weg hörte er Zerp ihm zustimmen.

»Ganz genau. Das ist eine Leistung, die das Leben zukünftiger Generationen massiv verbessern wird.«

Er klappte den Kopf wieder nach vorne und nahm die Flasche vom Mund. »Zukünftiger?«

»Selbstverständlich. Für unsereins kommt das zu spät, Solomon, tut mir leid, ich hoffe, Sie haben sich keine Hoffnungen gemacht.« Der Arzt lachte. »Die Veränderungen am Genmaterial sind so massiv, dass sie nicht nachträglich vorgenommen werden können. Das Glück eines wirklich und wahrhaftig konsequenzenlosen Drogenkonsums bleibt denen vorenthalten, die nach uns kommen werden.«

Cain verspürte einen leichten Stich der Enttäuschung, auch wenn ihn das eigentlich nicht überraschte. Postnatale Genmodifikationen waren riskant, teuer und meistens den Aufwand nicht wert. Und niemand züchtete Prototypen, wenn er dieselben Ergebnisse auch mit Testreihen erzielen konnte, für die die Sozialhygienekurhäuser eine praktisch unbegrenzte Zahl an Probanden offerierten. Trotzdem. Den Weg aus dem Jammertal vor sich zu sehen, ihn aber nicht beschreiten zu können, das war hart, und er brauchte einen Moment, um darüber hinwegzukommen.

Er trank seine Flasche aus und warf sie in den Garten.

»Warum tötet jemand deswegen?«

Zerp tat es ihm gleich. »Natürlich habe ich darüber auch schon nachgedacht. Aber ich habe keine Antwort, Solomon. Dafür sind Sie zuständig. Ich bin nur ein Arzt, der ein paar Unterlagen gelesen hat.«

Cain nickte. Die Frage war auch mehr an sich selbst gestellt, er hatte sie einfach ausgesprochen, damit sie in der Welt war und er sich an ihr abarbeiten konnte.

»Dieses Projekt ist Millionen wert«, sagte er. »Wer auch immer auf diese Zuchtreihe das Patent anmelden kann, wird in Geld schwimmen. Und selbst wenn es in staatlichen Händen bleibt, das Unternehmen, das den Zuchtauftrag bekommt, ist auf Ewigkeiten eine Goldgrube.«

»Ich stimme Ihnen zu.«

»Aber ich sehe keinen Grund, weshalb deswegen jemand eine bereits empfangene Zuchtreihe Prototypen töten sollte.« Und wieso das Rauschsicherheitshauptamt das Projekt selbst vor dem ermittelnden Gemapo-Offizier geheim hielt. Sicher, Reboot war wahrscheinlich das weitreichendste Projekt, das jemals aufgelegt worden war, und die Einführung der neuen Zuchtreihe würde enorme Umwälzungen mit sich bringen. Aber warum ihm so kategorisch die Akteneinsicht verwehrt geblieben war, wollte sich ihm nicht erschließen.

»Ich bin sicher, Sie finden eine Antwort«, sagte Zerp. »Überall dort, wo Geld und Politik zusammenkommen, mangelt es erfahrungsgemäß nicht an Gründen, über Leichen zu gehen.«

»Ich fürchte, Sie haben recht.«

»Dann wissen Sie auch, dass Sie sich vorsehen sollten.«

»Ja, und das gilt auch für Sie.« Cain dachte an all die Toten, von denen Zerp gar nichts wusste. »Hören Sie, Doktor, ich habe Ihnen nicht alles erzählt, und das will ich auch gar nicht, weil ich Sie nicht noch weiter in Gefahr bringen will. Aber die Leute, die hinter Reboot her sind, verstehen keinen Spaß. BM17 ist nicht das einzige Mordopfer in der Sache. Und das Hauptamt will diese Angelegenheit unbedingt unter dem Teppich halten. Dass Sie diese Unterlagen gesehen haben, darf niemand jemals erfahren, am besten vernichten Sie sie. Es tut mir leid, dass ich Sie da überhaupt mit reingezogen habe.«

»Solomon.« Der Arzt trat einen Schritt auf Cain zu und legte ihm beruhigend die Hand auf den Arm. »Ich habe Sie schon beim ersten Mal verstanden, als Sie in meinem Büro saßen, und ich weiß, worauf ich mich da eingelassen habe. Wirklich, machen Sie sich keine Sorgen um mich.«

Cain schaute Zerp eine Weile an, dann nickte er. Zerp ließ seinen Arm los.

»Also gut. Danke, dass Sie mir geholfen haben. Ohne Sie hätte ich noch immer keine Ahnung, worum es hier eigentlich geht.«

Zerp machte eine abwehrende Handbewegung. »Ich habe zu danken, wirklich. Ich bin ein alter Mann, und ich habe die Zukunft gesehen. Das war jedes Risiko wert.«

Cain nickte nur stumm, aber aus einem Impuls heraus ergriff er die Hand des Arztes und drückte sie.

»Ich werde jetzt gehen, Solomon, sonst verpassen Sie noch Ihre Verabredung.«

»Ich bringe Sie nach vorne.«

»Nicht nötig, Sie haben sicherlich noch einiges zu erledigen, bevor Sie losmüssen. Ich finde den Weg schon allein. Aber denken Sie daran: Sie schulden mir noch eine Rotreise.« Zerp machte sich auf den Weg.

»Ist nicht vergessen, Doktor.«

»Gut. Danke für die Limo.«

»Jederzeit.«

Dann war der Arzt um das Iglu herum.

# 17

Der Opiatti GTI hielt neben Cain am Straßenrand. Er hatte den metallicgrünen Buggy schon von Weitem kommen sehen – die Serotoninallee verband das Regierungszentrum mit dem Handelsdistrikt, und am Wochenende war sie praktisch komplett ausgestorben. Die Iglubüros der KGBs und Konzerne lagen komplett verwaist an der Straße.

»Lad deinen Chopper hinten rauf und steig ein.«

Er hob sein Gefährt auf die Ladefläche zwischen den Streben des Überrollkäfigs und setzte sich zu ihr. Sie trug ein neongrünes Fransenkleid, weiße, ellbogenlange Handschuhe und eine schwarz glänzende Federboa. Sie schaute an ihm herunter. »Herr Inspektor, ich hätte Sie beinahe nicht wiedererkannt.«

Cain knurrte. Er fühlte sich unwohl in seinem Anzug.

»Ach, komm schon, du siehst toll aus. Solltest du viel öfter machen. Die Uniform macht dich so alt.«

»Ich bin alt.«

»Nicht so. So Ich-geh-zum-Lachen-in-den-Keller-alt, du weißt, was ich meine.«

»Mhm.«

Sie trat aufs Gas, der Amphetaminmotor des Buggys antwortete mit tiefem Röhren.

Wenige Minuten später waren sie auf der zweiten Transversalen Richtung Osten unterwegs.

»Ich wünschte, wir könnten einen anderen Weg nehmen«, sagte sie, »aber wir würden sie sowieso irgendwo kreuzen.«

»Was kreuzen?«

»Das da.« Sie wies mit dem Kinn nach vorne. Noch bevor Cain der Geste folgen konnte, wusste er, was sie meinte.

Vor ihnen kam die Recycling-Bahn in Sicht.

Stahlmasten, ähnlich denen eines Skilifts, durchbrachen die Büroreihen des Handelsdistrikts und führten eine einzelne Schiene quer über die Transversale hinweg nach Norden. Diese Schiene nahm ihren Anfang an drei Orten in Junktown: der zentralen Sammelstelle der Sanitätskommissariate beim GGA, dem Sozialhygienegerichtshof und unterirdisch unter dem Rauschsicherheitshauptamt. Endpunkte hatte sie nur einen: den Recyclinghof Jaxton im Norden der Stadt. Die Verballhornung ihres Namens hatte sich nie auf diesen Ort übertragen, obwohl der ihre ein Teil des seinen war. Aber es gab Dinge, über die machte man auch in Junktown keine Witze. An die Schiene wurden die Recycling-Kapseln gehängt, die jene bedauernswerten Gestalten transportierten, deren Humanklasse von Ärzten, Richtern oder Lektoren auf D herabgesetzt worden war. Sie hatten der Konsumgesellschaft nur noch auf dem Wege zu dienen, dass sie ihre Biomasse den Gebärkonzernen wieder zur Verfügung stellten.

Müll ist so wertvoll, dass er ein Handelsgut geworden ist, dachte Cain. Aber Menschen werden recycelt. Ein glorreiches System, das wir da haben.

»Ich hasse es, unter diesem Ding durchzufahren. Ich bekomme jedes Mal Gänsehaut«, sagte sie.

»Was meinst du, weshalb sie quer durch die gesamte Stadt führt? Genau dafür ist sie da. Damit du daran erinnert wirst, anständig zu bleiben.«

Sie schüttelte sich. »Trotzdem.« Sie trat aufs Gas.

Bitte lass jetzt keine Kapsel vorbeifahren, dachte Cain. Die Bahn an sich war schon ein Stimmungskiller.

Wenige Sekunden später waren sie drunter durch. Cain atmete auf.

»Wohin fahren wir?«, fragte er, teils aus echter Neugier, teils um sie auf andere Gedanken zu bringen.

»Dahin, wo ich herkomme.«

»Wir besuchen eine Brutmutter?«

Sie lachte. »Nicht ganz.«

Sie steuerte den Wagen auf die mittlere der drei Fahrbahnen und beschleunigte noch mal. Die Boa flatterte im Fahrtwind.

»Meine Zuchtreihe ist die 313-74G, wir wurden als Revuetänzerinnen aufgesetzt.«

Deshalb die Beine, dachte Cain.

»Nach der Brutmutter bin ich wie vorgesehen auf die Staatsakademie der Darstellenden Künste gegangen, aber bald schon fing mich das Training an zu langweilen. Ich stellte einen Versetzungsantrag, und es gab zu Hause riesigen Ärger. Meine Eltern waren selbst Tänzer, beide Mitglieder in der Rauschkunstkammer, sie hatten beim Zuchtministerium extra eine Tänzerin angefordert – für sie war es ein Ding der Unmöglichkeit, dass ihr Kind einen anderen Beruf ergreifen würde als sie selbst.«

»Was wolltest du werden?«

»Zerebralmechaniker.«

»Fast dasselbe.«

»Kann man so sagen. Als mein Versetzungsantrag bewilligt wurde, schmissen sie mich raus. Ich war zwölf.«

Wie sie von ihrer Kindheit sprach, machte ihn mehr verwundert als betroffen. Sie tat es so unbekümmert, als erzählte sie ihm von Hypnokuchen und Schmusemaschinen.

»Was hast du gemacht?«

»Was ich wollte: auf die Hirntechnische Oberschule gehen. Das Geld aus meinem Aufzuchtprogramm wurde zwar wegen des Ausbildungswechsels reduziert, aber ich hatte immer noch genügend übrig, um mir ein Iglu in der Nähe der Schule zu leisten. Jedenfalls so lange, bis meine Eltern auf die Idee kamen, ihre Beziehungen spielen zu lassen, um das Programm zu stornieren. Da war ich dann wirklich pleite.«

»Sie haben was?«

»Sie dachten wohl, dass ich gezwungen wäre, wieder zu ihnen zurückzukommen. Bin ich aber nicht. Ein Burlesque-Tänzer, den ich noch von der Staatsakademie kannte, nahm mich bei sich auf. Und da fahren wir jetzt hin.«

»Und wo ist ›da‹?«

»Im Rotlichtviertel. Freust du dich?«

Es war ihm ziemlich egal, wohin sie fuhren. Solange er neben ihr sitzen und ihr zuhören konnte, war alles in Ordnung. Ihre Geschichte mochte traurig sein, aber er genoss sie trotzdem.

»Sicher«, sagte er.


Junktowns Amüsiermeile war ein rund zwei Dutzend Blocks umfassendes Gebiet, in dem die kreative Schaffensfreude einer hormonell aufgepeppten, vergnügungssüchtigen Narko-Gesellschaft auf die Widrigkeiten einer nur noch mühsam instandgehaltenen urbanen Infrastruktur traf. Das Viertel war über Jahre hinweg von der KP mit hohen Summen auf Hochglanz getrimmt worden – zielten seine Angebote und Versprechen doch ganz im Sinne der Staatsdoktrin auf hedonistische Triebabfuhr und Hyperkonsum ab. Doch Mangelwirtschaft und Budgetkürzungen hatten auch hier ihre Spuren hinterlassen, und die Blingbling-Fassade zeigte inzwischen deutliche Risse.

Nicht jede der ausgebrannten Glühbirnen in den leuchtenden Eingangsbaldachinen der Beischlafkabinenhotels wurde mehr ersetzt, manche der Koitomatenhallen standen halb leer und trist da, und zwischen modernisierten Wichsarenen und Cunnilinguslounges fand sich auch immer mal eine völlig durchgerostete Entsaftungsanlage oder eine Rubbelstation, deren poröses Polyurethan-Innenleben entweder von unbefriedigten Kunden oder einfach nur zugedröhnten Flaneuren herausgerissen worden war.

Neue, strahlende Neonreklamen wechselten sich ab mit welken Plakaten; von *MASTERbation* bis *MegaMechaXXL* versprachen sie Abhilfe für so ziemlich jedes sexuelle Bedürfnis.

»Hier bin ich groß geworden. Wir fahren gerade auf meinem Schulweg«, sagte sie.

»Da war noch mehr los, oder?« Cain sah kaum jemanden auf der Straße oder in den Etablissements. Vor drei Jahren hatte die Regierung die Sexbezugsscheine drastisch reduziert, sodass die meisten Besuche im Rotlichtviertel nun aus eigener Tasche bezahlt werden mussten. Entsprechend waren die Besucherzahlen zurückgegangen, was den Abstieg des Viertels noch weiter beschleunigt hatte.

Abends, Wochenende, und das Sexviertel ist leer, dachte Cain. Und so was nannte sich doch tatsächlich Kulturförderpolitik.

»O ja, das war es«, antwortete sie. »Aber trotzdem: Ich komme gern hierher zurück. Mit diesem Ort verbinde ich viele glückliche Erinnerungen. Riechst du das?«

Cain zog die Luft durch die Nase ein. Die Straßenbedufter im Rotlichtviertel wechselten im Gegensatz zu denen anderer Viertel nicht täglich ihre Geruchsorte, sondern gaben fortwährend ein nach Muskatnuss riechendes Stoffgemisch aus Yohimbin und Tibolon ab, das im Volksmund nur Geiloron genannt wurde.

»Ich weiß, was du riechst«, sagte sie, noch bevor er antworten konnte, »aber für mich ist das der Geruch meiner Jugend.«

»Weil die ja auch schon so lange vorbei ist.«

Sie lachte. »Genau.«

Unter der Neonreklame einer Koitomatenhalle hielten sie an. *Slot Machines gone Slut Machines* blinkte ihre Offerte auf sie herab. Cain zog eine Augenbraue hoch.

»Warte hier einfach«, sagte sie und war schon aus dem Wagen. Im Foyer der Halle standen ein paar Konsumaten, in einen von ihnen steckte sie einen Kreditstab und drückte eine der Angebotstasten. Das Ausgabefach leuchtete, sie griff hinein und kam wieder zurück.

»Fürs Abendessen«, sagte sie.

»Und ich dachte schon …«

»Ich stehe nicht auf Maschinen.«

Cain schaute sie an.

»Du hast die Bilder doch gesehen«, rief sie in gespielter Empörung aus.

»Nur eins. Als mein Partner den Diaprojektor angemacht hat. Und eins, als er die Bilder gefunden hatte.«

»Also zwei.«

»Zwei, nicht mehr. Ich schwöre es.«

»Ich wusste es, Solomon Cain, du bist einfach verdorben.«

»Ich höre ein Glashaus splittern.«

»Der Punkt geht an dich.« Sie lenkte den Buggy zurück auf die Straße.

»Ich habe die Schule beendet, obwohl ich schon mindestens zwei Jahre vorher wusste, dass das doch nichts für mich ist«, nahm sie ihre Erzählung wieder auf. »Wenn du im Rotlichtviertel bei einem Burlesque-Tänzer wohnst, kommst du schneller mit gewissen Bereichen des Vergnügungssektors in Berührung, als wenn du in einem Parteiinternat aufwächst.«

»Nicht unbedingt«, sagte Cain.

»Stimmt.« Sie lachte wieder. »Jedenfalls hatte ich hier schon recht früh meine ersten Nebenjobs. Erst als Drogenverkäuferin in einem Sexfühlfilmtheater, dann als Tänzerin in einem Striplokal, tanzen konnte ich ja. Von da aus war es kein weiter Weg mehr, und bei einer Informationsveranstaltung der Mietmenschenkammer in der Gegend habe ich einen Antrag ausgefüllt. Ich mag Sex, und für das, was man mag, auch noch bezahlt zu werden, erschien mir ideal. Das bringen sie einem doch auch immer im Staatskundeunterricht bei, oder? Zwei Wochen später hatte ich meine Approbation. Vom Honorar meines ersten Kunden habe ich mir den Hirnschlitz machen lassen.«

»Er ist nachträglich implantiert? Ich hatte mich schon gefragt, wieso Revuetänzerinnen mit Zerebralapplikation gezüchtet werden.«

»Werden sie nicht. Aber ich wollte immer einen haben, schon als Kind. Ein Zerebralmechaniker ohne Hirnschlitz, das geht natürlich nicht. Für mich war das die Erfüllung eines lange gehegten Traums. Nach der OP schlug mir einer meiner Kunden vor, Oneirohure zu werden. Und ich sagte mir: Warum nicht? Das Aussehen hast du, und jetzt hast du auch die notwendige Hardware. Ich wollte außerdem nie auf Dauer in einem Schaufenster sitzen. So fing das an.«

Cain nickte. »Und jetzt bist du hier.«

»Jetzt sind vor allem wir hier.« Sie fuhr den Buggy die Einfahrt zwischen einem kleinen Beischlafkabinenhotel und einem Spermabad entlang und parkte ihn auf einem leeren Parkplatz im Hinterhof.

Sie sprang raus. »Komm!«

»Wohin?« Er kletterte aus dem Wagen.

»Aufs Dach.« Sie schloss eine Tür auf in der Rückwand des Hotels. »Da oben habe ich eine Wohnung.«

Er folgte ihr. Das Hotel war ein altes Iglu aus der Zeit vor der Konsumrevolution, sechs Stockwerke hoch, mit aufgeplatztem Putz und einem abgeflachten Dach. Sie nahm seine Hand und führte ihn durchs Treppenhaus zu einem Paternoster. In der Kabine küsste sie ihn.

»Schön, dass du dir Zeit genommen hast für mich.«

Ganz verdattert über diese plötzliche Gefühlsbekundung, musste er einen Moment nachdenken, was er dazu sagen sollte. »Schön, dass du mich sehen wolltest.«

Sie küsste ihn noch mal.

Der Paternoster rumpelte sie nach oben, wo sie ausstiegen und sie die Tür zu ihrer Wohnung aufschloss.

»Es ist kein Wasteland-Iglu, das sollte ich vielleicht vorher sagen. Also wundere dich nicht. Aber ich habe hier gewohnt, nachdem ich bei Melchizedek ausgezogen bin.«

Er schaute sie fragend an.

»Dem Burlesque-Tänzer.«

»Ah, okay.«

Sie machte das Licht an. Cain blickte in ein kleines Ein-Raum-Apartment. Eine Surrogatküchenzeile, Nasszelle, ein Futon mit einem Berg von Kissen, ein durchgesessenes Sofa und eine Stimmungsorgel. Eine Plexiglastür führte hinaus auf die Dachterrasse.

»Meine erste eigene Wohnung«, sagte sie. »Das war hier mal ein Wartungsraum für die Klimaanlagen, hat man mir erzählt. Der vorige Besitzer hat daraus ein Apartment gemacht und zog selbst dort ein, ist aber zugedröhnt vom Dach gefallen. Der neue Besitzer wollte nicht denselben Fehler machen und hat es vermietet. An mich. Vor einem Jahr hab ich es gekauft, wahrscheinlich vor allem aus Sentimentalität. Inzwischen bin ich viel zu selten hier, als dass es eine sinnvolle Investition gewesen wäre. Aber auf eine gewisse Weise bin ich das hier mehr als mein Iglu.«

»Mir gefällt es«, sagte er.

»Willst du was trinken? Und wenn ja, mit was?« Sie legte das Päckchen aus dem Konsumaten auf die Küchenzeile.

»Einen Milchshake. Mit Brombeer und etwas AN1, wenn du hast.«

»Kommt sofort. Wenn du magst, kannst du schon mal nach draußen gehen, man hat eine tolle Aussicht von da.«

»Ist gut.« Er öffnete die Plexiglastür und trat aufs Dach.

Die meisten anderen Etablissements der näheren Umgebung hatten eine ähnliche Höhe wie das Hotel, aber sie hatte nicht zu viel versprochen: Die Aussicht war beeindruckend.

In dem langsam dichter werdenden Abend glommen die Lichter der Leuchtreklamen von unten herauf, während zur Linken, am nördlichen Horizont, der Handelsdistrikt in die Dunkelheit sank. Zur Rechten, tief im Süden, waren im Zwielicht die Hügel der Müllhalde Junktowns zu sehen.

Cain trat an den Rand des Dachs, den ein schwachbrüstiges Metallgeländer abgrenzte und von dem er sich sorgsam fernhielt: Eine Lücke mit nach außen gebogenen Streben zeigte unübersehbar an, wo der frühere Hotelbesitzer sich Richtung Asphalt bewegt hatte, und Cain verspürte keinen Drang, es ihm nachzutun. Direkt gegenüber lag eine Freifläche, deren Aufbauten er für einen Wasserspielplatz gehalten hätte, wenn ihn nicht das hektisch gelb blinkende Firmenlogo der Golden Shower Inc. eines Besseren belehrt hätte.

»Keine Bange: Man riecht sie nicht, auch nicht, wenn sie in Betrieb sind. Die haben ein ganz gutes Abzugssystem.«

Er drehte sich um. Sie war aus dem Apartment gekommen und hielt zwei Shakes in den Händen. »Hier«, sagte sie und reichte ihm einen. »Mit Brombeere und AN1.«

»Danke.«

Gemeinsam tranken sie ihre Drinks und blickten in die Dämmerung.

»Ich habe noch nie jemanden hier mit raufgenommen«, sagte sie. »Es ist schön hier, nicht?«

Er nickte. »Das ist es. Bis auf die Pissduschen.«

Sie lächelte. »Bis auf die Pissduschen.«

Er zeigte auf den Horizont. »Ostseite. Kein Sonnenuntergang.«

»Aber Nachteinbruch.«

»Wird noch ein wenig dauern.«

»Du bekommst die Akte«, sagte er plötzlich. Er hatte es nicht geplant, aber er wusste auch, dass es kein spontaner Entschluss war. Die Entscheidung war schon lange gefallen, wenn er ehrlich war, schon während ihres ersten Treffens im Ostpark. Er kannte die Gründe, und er kannte sie nicht, er wusste nur, dass es ihm richtig erschien.

»Ich weiß«, sagte sie.

»Du weißt?«

»Ja.«

»Woher?«

»Weil du zwar immer deine Gemapo-Uniform anhattest, ich aber noch nie mit dem Polizisten Solomon Cain gesprochen habe.«

Er zog an seinem Strohhalm. Das war einer dieser typischen Sätze von ihr, die die Dinge auf eine Weise ausdrückten, die ihm nie eingefallen wäre. Die aber trotzdem, dachte man eine Weile über sie nach, ziemlich scharfsinnig waren. Oder möglicherweise gerade deshalb.

»Komm, trink deinen Shake aus, ich will dir was zeigen.« Sie eilte zurück ins Apartment und winkte ihm, ihr zu folgen.

»Was denn?«, fragte er, als er durch die Dachterrassentür trat.

»Unser Abendessen.«

Sie hielt ein aufgerolltes, rot isoliertes Kabel in der Hand mit einem Schlitzstecker am einen und der Schnittstelle eines Neuronalinjektors am anderen Ende. Cain begriff sofort, was sie vorhatte, und wehrte ab.

»Du musst das nicht, das weißt du.«

»Aber ich will. Hast du das schon mal probiert?«

»Nein, aber –«

»Kein Aber. Jetzt zier dich nicht so. Da ist doch nichts dabei.«

Bei dem Kabel handelte es sich um eine HH-Leitung, eine Hirn-Hirn-Verbindung, die es ermöglichte, die Gehirne von zwei Personen gleichzuschalten, von denen nur eine einen Hirnschlitz besaß. Sie wollte ihn an ihrer Drogenerfahrung teilhaben lassen.

»Komm schon. Ich nehme ja nichts Gefährliches. Nur ein bisschen Heroin, nichts weiter.«

»Was ist mit der Dämmerung?«

»Es wird jeden Tag eine neue geben.«

Sie trat auf ihn zu und schmiegte sich an ihn. »Wann hattest du dein letztes wirkliches Heroin-High? Also eins, das dich nicht nur wegknallt und dein Zittern betäubt und deinen Magen bis zum nächsten Schuss in Schach hält. Eins, das dich fliegen lässt.« Sie blickte ihm in die Augen. »Ist schon eine Weile her, oder?«

Das war es, dachte er. O ja, das war es.

»Flieg mit mir, Solomon Cain.«

Ja, das wollte er. So sehr, dass es beinahe schmerzte.

»Was muss ich tun?«

»Leg dich hin und entspann dich.« Halb sank er in die Kissen des Futons, halb drückte sie ihn nieder. Sie griff zum Nachttisch und holte aus seiner Schublade einen steril verpackten Neuronalinjektor: eine lange, biegsame Plastiknadel mit Halbleiterkern. Mit geübtem Griff steckte sie ihn auf die Schnittstelle des Kabels und entfernte die Verpackung. Sie sah seinen Blick und grinste. »Es tut nicht weh. Nicht mehr als ein normaler Schuss.«

»Ich hoffe für dich, dass du recht hast.«

»Dreh dich um und mach dich locker.«

Er spürte einen kleinen Stich, als die Nadel in das Zervikalmark unterhalb seines Schädelansatzes drang, und verkrampfte sich unwillkürlich – dann war alles vorbei.

»Siehst du? War gar nicht schlimm.« Verwundert griff er sich an den Nacken und tastete vorsichtig herum – die Nadel steckte. »Ich merke gar nichts«, sagte er.

»Gut, dann sitzt sie richtig. Aber Vorsicht, reiß sie nicht wieder raus.«

Sie stand auf und holte ihr Spritzbesteck und das Päckchen von der Küchenzeile. Sie riss den Plastikverschluss ab. Mit dem Stauschlauch um ihren linken Oberarm kochte sie die Heroinlösung in einem Löffel auf, anschließend zog sie sie in die Spritze. Dann griff sie zum anderen Ende des Kabels.

»Bist du bereit abzuheben, Solomon Cain?«

Er nickte.

Sie küsste ihn zart auf den Mund und steckte sich das Kabel ein.

Beinahe augenblicklich fühlte Cain Vorfreude in sich prickeln, und er brauchte einen Moment, bis ihm klar war, dass es ihre Vorfreude war, die er da spürte. Die Erkenntnis ließ ihn scharf die Luft durch die Nase ziehen. Das Prinzip einer Hirn-Hirn-Schnittstelle kannte er natürlich, aber er hatte es noch nie am eigenen Leib erfahren. Das war ein Vergnügen, das man sich nur als Großverdiener leisten konnte oder als Gewinner im Lotus-Lotto geschenkt bekam.

Es war, als hätte man eine zweite Person in sich.

Sie bemerkte seine Reaktion und lächelte.

»Gut?«

»Ungewohnt … aber ja, gut. Sehr.«

»Dann warte mal ab.«

Sie nahm die Spritze in den Mund. Konzentration flutete sein Rückenmark und gab der Vorfreude klare, elegante Spitzen, als sie ihre Gedanken auf ihre Armbeuge richtete und eine Vene suchte. Sie fand eine. Setzte sich den Schuss. Und schloss die Augen. Sie lehnte sich zurück in die Kissen. Cain musterte sie. Sie war völlig entspannt, und er fragte sich, wie lange –

In seinem Gehirn kollabierte ein Stern.

Aus der Sternenexplosion wurde Helligkeit, und er fühlte wieder diesen alten Freund, die Welle aus liebender Wärme und Sicherheit, wärmer und kuscheliger als die wärmste und kuscheligste Decke, die er je besessen hatte, und sie überrollte ihn und umhüllte ihn, fuhr in seinen Mund und seine Kehle hinunter und machte sich dort breit, bis sie ihn ganz ausfüllte und da nur noch Wärme war und Sicherheit und Geborgenheit, und die Wärme wurde zu Wissen und Macht, deretwegen ihm niemand mehr etwas konnte, auch Grubb nicht und das Rauschsicherheitshauptamt, und er wusste erst, dass alles gut werden würde, und dann, dass alles keine Rolle spielte, als er auf einem Kissen aus warmer Luft die Welt betrachtete und die Welt klein wurde und weit weg war, und aus tiefer Ruhe wurde so tiefe Ruhe, dass sie ganz dicht wurde und fest, weil die Zeit ihn vergaß, und er badete in ihr wie in einem Bad, das die perfekte Temperatur hatte, immer haben würde, und sein Geist leerte sich, und er ließ alles hinaus ins Nichts gleiten, und alles wurde warmschwarz, und nichts anderes zählte mehr, weil es nichts anderes mehr gab.

Er wachte auf, weil ihm kalt war. Für einen Moment wusste er nicht, wo er war oder was geschehen war. Er setzte sich auf, inzwischen war es Nacht geworden, und alles fiel ihm wieder ein. Er schnappte nach Luft.

Und dann, zum ersten Mal seit einer Ewigkeit, zum ersten Mal, seitdem er das Amtsschreiben mit dem Planquadrat der Stele bekommen hatte, weinte Cain.

Anfangs versuchte er sein Schluchzen noch zu unterdrücken, aber die Tränen brachen sich in der Dunkelheit Bahn, und er gab ihnen nach.

Er spürte eine Bewegung neben sich, dann eine Hand auf seiner Schulter.

»Was ist? Was ist mit dir?« Ihre Stimme klang beunruhigt.

»Nichts.«

»Warte, ich mach die Stimmungsorgel an. Ich stell sie auf *Soothing Calm*, das bringt mich immer runter, wenn ich aufgebracht bin oder einen schlechten Trip hatte.« Sie knipste die Lavalampe neben dem Futon an, dann stieg sie halb aus dem Bett und machte sich an der Stimmungsorgel zu schaffen.

Wieder schüttelte es ihn. Er wischte sich übers Gesicht. Als er anfing zu sprechen, klang er schon wieder beinahe ruhig.

»Ich hatte keinen schlechten Trip. Ich hatte nur vergessen, wie schön es ist.«

Sie kam zu ihm zurück. Cain spürte die Schwingungen der Stimmungsorgel wie eine sanfte Einflüsterung.

»Ich meine, natürlich weißt du es. Du erinnerst dich daran, dass es unglaublich war, aber du erinnerst dich nicht daran, *wie* es war. Doch, auch das tust du, aber du kannst es nicht mehr nachempfinden, verstehst du? Du bist gestrandet mit diesen Erinnerungen, mit dieser Sehnsucht danach, aber du hast keine Chance. Nichts kann das ersetzen, nichts kann da rankommen. Du jagst dir deine Schüsse in die Venen, aber da kommt nichts mehr. Nur Koma. Als würdest du schwimmen wollen, und alles, was du hast, ist das Bild von einem Wasserglas. Und dann …« Er suchte nach einem passenden Abschluss.

»Bäm«, sagte sie.

»Genau: Bäm.«

»Aber wie kann das sein?« Er fuhr sich, plötzlich wieder aufgebracht, durch die Haare. »Wie kannst du das noch so intensiv spüren?«

»Intensiv? Ich habe schon die ersten Kunden, die sich beschweren, dass das Erlebnis nachlässt. Und sie haben recht: Es ist nicht mehr so wie früher. Da ging mehr, viel mehr. Du warst einfach schon viel zu lange nicht mehr auf einem richtigen Trip, dass dich das so umgehauen hat. Außerdem bin ich jünger. Und als Oneirohure bekomme ich mehr ABS, zum Erhalt meiner Arbeitskraft.«

»Das wusste ich nicht.«

»Dass ich jünger bin? Unverschämt!«

Er war noch zu sehr mit seinen Gedanken beschäftigt, um auf den Witz einzugehen. »Das ergibt Sinn, die Sache mit den AB-Scheinen«, sagte er abwesend. Vor allem aber verstand er jetzt, wieso Oneirohuren diese Unsummen für ihre Dienste verlangen konnten. Er hatte das vorher nie verstanden und immer für übertrieben gehalten. Aber das war es nicht, nicht mal annähernd.

»Was?«, fragte sie.

»Was meinst du?«

»Du schaust mich so an.«

»Wie denn?«

»Als ob dir plötzlich mein Marktwert aufgegangen wäre.«

»Enttäuscht es dich, wenn ich dir sage, dass genau das der Fall ist?«

Sie lachte. »Du bist unmöglich.«

Er stand auf. Das HH-Kabel baumelte gegen seinen Rücken. Es war lose; sie musste den Hirnstecker ausgetöpselt haben, als sie wach geworden war. Er zog die Nadel aus seinem Nacken.

»Was machst du?«, fragte sie.

»Lass uns gehen. Wir holen die Akte.«

»Jetzt?«

»Ja, jetzt gleich. Dann kannst du morgen gleich zu deinem Oophoron-Kontakt gehen.«

»Morgen ist immer noch Wochenende. Und außerdem ... Es gibt da etwas, das du vorher wissen solltest.«

»Was?«

»Erinnerst du dich daran, dass ich vorhin gesagt habe, ich habe dich noch nie als Polizisten gesehen?«

»Ja. Ich habe das schon verstanden, was du damit meintest. Dass ich mich dir gegenüber nie wie ein Polizist benommen habe.«

»Ja, aber darum geht es mir gerade nicht.«

»Ich hab keine Ahnung, worauf du hinauswillst.«

»Dass du mir die Akte womöglich nicht geben solltest. Nicht geben willst.«

Cain verstand nicht. »Was meinst du?«

Sie atmete tief durch.

»Weil meine Flashbacks und Oophoron und der Deal, den ich mit denen habe, nur die halbe Geschichte sind. Und weil sich für die andere Hälfte vielleicht der Polizist interessiert.«

Cain wurde es eiskalt. »Was meinst du?«, wiederholte er seine Frage.

»Ich gehöre zum Widerstand.«

Nach einer sehr langen Schrecksekunde war er immerhin in der Lage, einen Gedanken zu fassen.

Du bist eine Terroristin, schoss es ihm durch den Kopf. Er war unfähig zu sprechen.

»Ich bin Mitglied in einer Gruppe, die bei dir auf den Fahndungslisten steht.«

Du bist eine Terroristin.

»Du musstest das wissen, bevor du mir die Akte geben würdest. Verstehst du? Damit du die Chance hast, es nicht zu tun.«

»Du bist eine Terroristin.« Es war ein tonlos dahingesprochener Satz. Für Cain fühlte es sich an, als würde ein Fremdkörper seinen Mund verlassen, etwas, das nicht zu ihm gehörte.

»Das ist eine Frage der Perspektive.« Sie lächelte, aber diesmal war es ein trauriges Lächeln.

Cain versuchte, einen Gedanken zu fassen, aber es ging nicht. Alles in ihm war zum Stillstand gekommen.

»Sag doch etwas, bitte.«

»Gehörst du zur AAF?«, hörte er sich schließlich fragen. Es war alles, was er denken konnte.

Sie schüttelte den Kopf. »Zum NDU, zum Neuen Diätistischen Untergrund.«

Von einem NDU hatte er noch nie etwas gehört, er kannte nicht mal einen alten. Wie neu also musste diese Gruppe sein? Und wenn es tatsächlichen einen alten gab: Würde er dann ADU heißen oder einfach nur DU? Es war die Absurdität dieser Überlegung, die ihm seine Handlungsfähigkeit zurückgab.

»Du hast mich benutzt.« Es war kein Vorwurf, den er da formulierte, nur eine Feststellung.

»Habe ich nicht. Ich habe dir die Wahrheit gesagt, bevor ich dich benutzen konnte.«

Cain wusste darauf nichts zu antworten. Er wollte ihr widersprechen, wollte ihr sagen, dass sie sein Vertrauen missbraucht hatte, dass sie ihn emotional erpressbar gemacht hatte, aber ihm fehlten die Worte, um auszudrücken, was er fühlte.

Er wandte sich ab.

»Ich habe das Treffen mit dir arrangiert, weil ich die Akte wollte, das stimmt«, fing sie an. »Weil ich in dir ein Mittel zum Zweck gesehen habe, wie ich es auch in Jedediah sah. Und ja, ich hatte vor, dich zu verführen – welche andere Möglichkeit hätte ich denn auch gehabt? Aber alles, was danach kam, unser Treffen heute Mittag, das war etwas anderes. Das war echt, Solomon Cain, und wenn du dir gegenüber ehrlich bist, weißt du es auch. In Jedediahs Iglu ging es nicht um die Akte. Da ging es um das, was ich schon länger wusste, aber mir erst in diesem Moment eingestand: dass du eben nicht nur ein Mittel zum Zweck bist.«

Er wusste es. Aber das änderte nichts an seiner Wut.

»Hast du deswegen die Stimmungsorgel eingeschaltet – damit sie mich einlullt, wenn du mir das beichtest?«

Mit der Faust schlug sie die Stimmungsorgel aus. Das sanfte Trösten verschwand aus Cains Kopf. »Du weißt, dass das nicht wahr ist.« Zorn schwang in ihrer Stimme mit. »Ich habe sie eingeschaltet, weil du geweint hast. Weil du fertig warst, nachdem ich dich auf einen Trip mitgenommen habe, der den Namen verdient.«

»Ja, um mich weiter einzulullen.«

»Wenn du das glaubst, ist es am besten, wenn du mich hier und jetzt verhaftest.«

»Du hättest es mir früher sagen müssen.«

»Wahrscheinlich hätte ich das, ja. Aber ich wollte nicht. Weil ich Angst hatte, dass du dann gehen würdest. Ich wusste, dass ich es dir würde sagen müssen. Aber ich wollte dich zumindest einen Moment lang für mich haben, und sei er auch noch so kurz. Vielleicht war das egoistisch. Aber ich konnte nicht anders.«

Er starrte sie an, sagte aber nichts.

»Glaub mir, wären die Dinge anders, wäre es auch für mich leichter. Jedediah hätte ich die Akte ohne Gewissensbisse abgenommen, und ich war kurz davor, dass er mich ins Vertrauen zog, als ihr ihn verhaftet habt. Und dann warst da plötzlich du.«

»Na, dann sollte ich mich vielleicht dafür entschuldigen, dass ich dir in die Quere gekommen bin«, sagte er beißend.

Sie antwortete nicht gleich. Als sie es tat, war ihre Stimme ein ersticktes Flüstern.

»Es ist das Beste, was mir passieren konnte.«

Cains Wut verrauchte.

Er versuchte noch eine Zeit lang, sie aufrechtzuerhalten, aber es war sinnlos. Er kam nicht gegen sich selbst an. Es spielte keine Rolle, was das heißen mochte, was das alles verändern würde, bereits verändert hatte. Er wusste nur, dass seine Wut nicht mehr haltbar war. Nicht in diesem Moment.

Aber das, was anstelle seiner Wut trat, war gerade zu kompliziert, als dass er damit hätte klarkommen können.

»Dieser NDU – wieso hast du dich ihm angeschlossen?«, versuchte er sich mit einer faktenorientierten Frage abzulenken.

»Weil mein Körper mir gehört. Weil es unwürdig ist, sich als Kulturschaffender, als denkendes Wesen von einer verantwortungslosen Herrscherclique regieren zu lassen. High zu sein, ist das Beste, was unser Körper leisten kann, aber ich will dann high sein, wann ich es will, nicht wenn es mir irgendein Ministerium vorschreibt. Dieses System behauptet, es habe uns befreit von Konsumverboten und von der Unterdrückung des freien Willens. Aber das stimmt nicht. Vielmehr hat man in langsamer, trügerischer, systematischer Vergewaltigung jeden in ein Gefängnis aus Zellen, Muskeln und Synapsen gesteckt, das man beim ersten Anzeichen von Widerstand in Nährboden für Petrischalen verwandelt. Die Recycling-Bahn und alles, was sie bedeutet? Das muss aufhören. Deswegen habe ich mich dem NDU angeschlossen. Es war eine sittliche Entscheidung, für die ich keine Alternative gesehen habe.«

Sie hatte langsam, beinahe zögerlich angefangen, sich aber mit jedem Satz mehr in Fahrt geredet.

»O ja, wir können wählen«, machte sie weiter, und aus ihren

Augen blitzte es Cain an. »Und wie wir wählen können. Wir können wählen zwischen pervers großen Stimmungsorgeln und elektrischen Dosenöffnern, zwischen Mülllieferungen am Morgen oder am Abend. Wir können wählen zwischen der Freizeitfront und dem Konsumverein, dreiteiligen Anzügen in den richtigen Farben und vier verschiedenen Höhen unserer Parteispenden, zwischen hirnlähmenden Fühlfilmen und den hirnlähmenden Wichsshows da draußen. Wir können wählen, unsere Zeit in Milchbars zu verbringen oder stattdessen einen Bausparvertrag für unser Iglu abzuschließen, ob wir uns vom Zuchtministerium einen Jungen oder ein Mädchen schicken lassen und welchen Beruf er oder sie einmal haben soll. Wir können das alles. Wir können sogar wählen, uns einzuschließen und zu Hause in unserer Pisse zu verrecken. Aber wir können nicht wählen, uns den nächsten Schuss nicht zu setzen, die nächste Pille nicht zu schmeißen. Was aber ist Heroin wert, wenn du keinen Grund mehr hast, es zu nehmen?«

Sie saß im Bett, den Körper angespannt wie zum Sprung, die Nasenflügel bebend.

Cain stand da und hatte ihr mit wachsendem Horror zugehört. Nicht was sie sagte, erschreckte ihn, sondern dass sie es sagte. Denn er kannte diese Predigt, er hatte sie schon oft gehört; mit anderen Worten zwar, aber der stets gleichen Botschaft. Er selbst war es gewesen, der sie sich gepredigt hatte, immer und immer wieder, nachts zu Hause und auf dem Weg zur Arbeit, beim Essen, beim Scheißen, in den Einsatzbesprechungen, den obligatorischen Blocksitzungen, beim Einkaufen. Wenn aber sie, die Terroristin, ihm seine eigene Predigt halten konnte – wer war er dann?

»Sag es mir, Solomon Cain, was ist es wert?«

Er konnte es nicht. Er konnte ihr die Antwort, die sie hören wollte, nicht geben.

»Bitte«, sagte er stattdessen. »Bitte hör auf damit.«

»Du kannst dich nicht für immer verstecken. Ich weiß, dass du mich verstehst, dass du genauso denkst wie ich, auch wenn du es mir nicht sagst. Weil du die richtigen Augen hast, um zu sehen, was um dich herum passiert. Aber du hast die falsche Wahl getroffen. Du bist nach innen emigriert, hast dich zurückgezogen in dein Iglu und merkst gar nicht, wie sehr du dich selbst damit quälst.«

»Und du glaubst, Gewalt macht es besser?«

»Gewalt? Du spielst tatsächlich die Gewaltkarte? Dann pass mal auf. Die Gewalt geht aus von dem System, dessen Uniform du trägst. Von den Drogentests, den Konsumvorschriften, den Sozialhygienegerichten. Aber das allein ist es nicht. Ich meine nicht den Stiefelschritt, den Faustschlag in den Verhörzellen, ich meine nicht mal die Tür, die im Recyclinghof ins Schloss fällt. Das sind alles nur die Symptome einer viel größeren Gewaltorgie. Nämlich der Gewaltorgie der Verhältnisse, in die wir hineingezüchtet werden, in denen wir nicht atmen können und die uns sogar noch zwingen, den Müll selbst zu kaufen, in dem wir ersticken. Du fragst mich nach Gewalt? Ich nenne es Wahrheit, die sich Bahn bricht.«

Cain hatte ihr äußerlich ruhig zugehört, aber seine Wut war zurückgekommen; in ihm kochte es. Er nutzte ihre Atempause, um sich selbst Luft zu verschaffen.

»Wahrheit, sagst du? Es ist die Wahrheit, die es euch gestattet, Unschuldige umzubringen? Ja, Unschuldige, schau nicht so überrascht. Ich kenne diese euch so eigene Argumentation, dass es in einem Unrechtssystem keine Unschuldigen gibt, dass ein jeder eine Schraube ist, die der Maschine hilft, sich weiterzudrehen. Ich bin ihr schon begegnet, da war deine Zuchtlinie noch nicht mal im Fünfjahresplan eingeplant, und ich fand sie schon damals zum

Kotzen. Weil ihr es euch damit so verdammt einfach macht. Ihr sprecht die ganze Zeit von den Verhältnissen, die euch zu Dingen zwingen, die ihr nicht wollt. Aber für den Rest lasst ihr diese Ausrede nie gelten, schon mal drüber nachgedacht? Der Chauffeur, der draufgeht, wenn ihr den Funktionärswagen in die Luft jagt – Teil des Systems. Der Drogenverkäufer, dem es die Existenz vernichtet, wenn ihr seine Kokslieferung in den Ausguss schüttet – Teil des Systems. Der Kartomat, dem die Dioden platzen, weil ihr die Dopaminfabrik anzündet, in der er die Arbeitszeit erfasst – Teil des Systems. Nenn es Wahrheit, aber es bleibt trotzdem, was es ist: Mord. Die letzte Woche war eine der blutigsten, die ich je erlebt habe, aber ihr seid wahrscheinlich auch noch stolz drauf.«

Sie schaute ihn entgeistert an. »Wovon redest du?«

»Von den achthundert Föten, die vor nicht einmal einer Woche verreckt sind, weil ihr BM17 umgebracht habt. Wo waren die denn Teil des Systems? Oder nimm die Wissenschaftler: Ja, alles Hauptamtsmitarbeiter. Aber dass sie an einer Sache gearbeitet haben, die tatsächlich etwas bewirkt, die tatsächlich mal etwas zum Guten ändern könnte, das spielt alles keine Rolle, oder? Verdammt, sie haben das Verfahren entwickelt, das du brauchst, damit Oophoron dir womöglich den Arsch retten kann, und was macht ihr? Ihr bringt sie um, schön der Reihe nach. Ich kann dir gar nicht sagen, wie sehr mich das anwidert, weil mir wirklich die Worte dafür fehlen.«

Sie hatte sich vom Futon erheben wollen, war aber mitten in der Bewegung erstarrt. »Bitte, was? Wir sollen BM17 ermordet haben? Und irgendwelche Wissenschaftler? Wo nimmst du das denn her? Wir ermorden überhaupt niemanden, wir sind nicht die AAF oder die Hedonistische Befreiungsfront. Wir verteilen antikonsumistische Flugblätter, und ja, wie zerstören Drogenvorräte.« Ganz langsam stieg sie vom Bett herunter. »Unsere Gewalt richtet sich gegen das System als solches, nicht gegen seine Amtsträger oder irgendwelche Mitläufer. Und schon gar nicht gegen Föten oder Wissenschaftler. Ich weiß nicht mal, wovon du redest.«

Verwirrung begann, Cains Zorn zu durchsetzen. »Du willst mir also sagen, dass ihr BM17 nicht ermordet habt? Und mit der Mordserie im Rauschsicherheitshauptamt auch nichts zu tun habt?«

»Genau das will ich dir sagen. Das mit der Mordserie höre ich gerade zum ersten Mal.«

»Das ergibt keinen Sinn.«

»Und ob es das tut. Wieso sollten wir denn BM17 umbringen, wenn wir die Ergebnisse dieses Projekts haben wollen? Uns hätte doch klar sein müssen, dass das nur unnötige Aufmerksamkeit der Behörden mit sich bringt. Und wie gesagt: Jedediah war kurz davor, mir die Akte einfach so zu geben. Wieso hätten wir das aufs Spiel setzen sollen?«

Er wusste es nicht. Ihr Einwand war schlüssig, aber das musste nicht heißen, dass er auch stimmte.

Sie nahm seine Hände. Widerwillig ließ er sie gewähren.

»Warum sollte ich dich anlügen, wenn ich dir doch alles andere gesagt habe? Wenn du mir nicht glaubst, schau in eure Terrorkartei. Alles, was du zum NDU finden wirst, ist weit von dem entfernt, was du uns vorwirfst.«

Er musste schlucken. »Uns – wie sich das anhört.«

»Es tut mir leid, wenn ich dich damit enttäusche. Aber ich bin, wer ich bin. Und ich dachte, das solltest du wissen, bevor du mir die Akte gibst. Ich will dich nicht belügen.«

Er hasste es, sich eingestehen zu müssen, dass er sie verstand.

»Ich weiß«, sagte er.

»Gut.«

»Du bist wirklich sicher, dass ihr weder BM17 noch die Leute vom Hauptamt ermordet habt?«

»Ganz sicher. Selbst wenn wir so etwas wollten – unsere Ressourcen würden dafür kaum ausreichen. Wir sind nicht groß, und wir haben kaum Unterstützer. Aber wir haben gute Verbindungen zur Polizei. Wir haben sogar eine Quelle im Hauptamt.«

Cain war überrascht.»Im Hauptamt? Wie das?«

»Ich weiß nicht, wer es ist, aber ich weiß, dass er unzufrieden damit ist, wie die Dinge laufen. Man kann im Hauptamt arbeiten, aber trotzdem Verstand und Herz haben.«

»Und die hat euch auf Reboot aufmerksam gemacht?«.

Sie schüttelte den Kopf.»Nein, ich weiß nicht, ob sie davon weiß. Sie hat uns bislang ein paar Hinweise auf Säuberungsaktionen oder Kontrollen gegeben, nichts Großes. Sie scheint mir nicht sehr hoch in der Hierarchie zu stehen, aber immerhin.«

Immerhin. Cain wusste nicht, was er davon halten sollte, er hatte noch nie von einer Indiskretion im Hauptamt gehört. Sollte das allerdings stimmen, ließ sich diese Quelle ja sogar für seine Sache anzapfen. Um rauszukriegen, wie das Hauptamt auf die Mordserie reagierte etwa, überlegte er. Für den Moment aber gab es Dringenderes zu klären.

»Und deine Krankheit? Und Oophoron und die Wirtschaftsspionage? Stimmt das alles wirklich, oder gehört das nur zu deiner Tarnung?« Er entzog ihr seine Hände.

»Alles davon ist wahr. Durch Oophorons Herantreten an mich ist der NDU erst auf das Geheimprojekt aufmerksam geworden.«

Cain nickte und dachte daran, was er sich heute früh im Gespräch mit Shem gesagt hatte: Eine Lüge versteckt man am besten hinter einer Wahrheit. Er war offensichtlich nicht der Einzige, der diesem Leitspruch folgte.

»Wir wissen bis heute nicht, worum es dabei eigentlich geht«, sprach sie weiter.»Aber nachdem der Oophoron-Vorstand mich darauf angesetzt hatte und Jedediah immer von einer unglaublich wichtigen Regierungssache sprach, dachten wir, dass es nicht schaden kann, wenn wir uns das mal ansehen. Vielleicht ist es komplett unbrauchbar für unsere Arbeit, vielleicht kann es mich nur heilen, vielleicht nicht mal das.«

Er merkte, wie seine Bereitschaft wuchs, ihr zu glauben. Aber wenn das alles stimmte – wer war dann für die Morde verantwortlich?

Ein ähnlicher Gedanke war offenbar auch ihr durch den Kopf gegangen. »Irgendjemand ermordet Mitarbeiter des Hauptamts?«, fragte sie ungläubig.

»Ja, die Brutmutter war nur der Anfang.«

»Ich werd verrückt.«

Cain hatte davon selbst erst vor einem Tag erfahren, aber inzwischen so oft drüber nachgedacht, dass er beinahe vergessen hatte, wie ungeheuerlich das alles klang. Allerdings konnte er jetzt keine Rücksicht darauf nehmen, dass sie diese Nachricht erst noch verarbeiten musste. Er war mit seinen Gedanken schon einen Schritt weiter.

»Das muss unter uns bleiben, hörst du? Auf keinen Fall darf das propagandistisch ausgeschlachtet werden. Dieses Wissen ist gefährlich, und es sollte niemand darauf aufmerksam gemacht werden, dass wir es haben. Klar?«

Sie nickte langsam.

»Klar. Von mir wird niemand was erfahren.«

»Gut.«

»Was wirst du jetzt tun?«, fragte sie ihn nach einer Weile.

»Ich denke, ich werde jetzt gehen. Ich muss nachdenken.«

Sie nickte wieder. »Was wird aus uns?«

»Die Akte …«

»Ich rede nicht von der Akte.«

»Ich weiß es nicht. Es … es ist …« Er suchte nach Worten. »Mir geht gerade so viel im Kopf herum, dass ich nicht mehr klar denken kann. Es erschreckt mich, was du gesagt hast, aber es erschreckt mich auch wieder nicht. Ich verstehe, wieso du so gehandelt hast, aber … Ich bin verwirrt. Ich brauche Zeit.«

Mit milder Traurigkeit schaute sie ihn an.

»Solomon Cain, ich habe dir gestern gesagt, dass du ein merkwürdiger Mensch bist, und ich glaube, so nah bin ich noch nie an einer Liebeserklärung gewesen. Ich kann sehr gut nachempfinden, wie du dich gerade fühlst, und ich verstehe vollkommen, dass du Zeit brauchst. Ich wünschte, wir hätten uns unter anderen Umständen kennengelernt, aber vielleicht konnten wir uns nur unter diesen so nahe kommen. Ich kenne dich erst seit zwei Tagen, aber ich bin immer der Meinung gewesen, dass es nicht die Menge an gemeinsam verbrachter Zeit ist, die etwas über die Beziehung zweier Menschen aussagt.«

Sie trat einen Schritt auf ihn zu und strich ihm mit der Hand über die Wange. »Es war nie meine Absicht, dich zu verletzen, auch wenn mir klar ist, dass ich es getan habe.«

Cain spürte, wie der Kloß im Hals wuchs. Er griff nach ihrer Hand.

»Ich weiß«, sagte er mühsam.

Dann floh er aus der Wohnung.

# 18

Ungeduldig trommelte Cain mit den Fingern gegen die Wand der Fernsprechzelle. »Komm schon«, stieß er zwischen den Zähnen hervor, »geh schon ran.«

Nur Tuten.

Die Telefonistin schaltete sich in die Leitung. »Es tut mir leid, aber Barnabas Stukk ist nicht zu erreichen.«

Cain knallte die Hörmuschel zurück in die Wandfassung.

»Das habe ich auch gemerkt, vielen Dank auch.«

Er verließ die Zelle und stand in der Nacht. Um ihn herum blinkte und lockte das Rotlichtviertel, Cain aber fühlte sich so einsam wie schon lange nicht mehr. Er hatte versucht, Stukk anzurufen, ihn sowohl zu Hause als auch im Büro und in der Brutmutter zu erreichen, aber nirgends hatte er Glück gehabt. Es war der erste klare Gedanke, den er hatte fassen können, nachdem er aus der Wohnung raus, den Paternoster runter und unten auf dem Parkplatz des Hotels angekommen war und sich dann im zuckenden Neonlicht der Flaniermeilen verloren hatte. Wie lange er so rumgeirrt war, wusste er nicht, aber mit Stukk zu reden – das war ein Plan gewesen, ein Anker, der ihm wieder Halt hätte geben können. Jetzt war er den auf ihn einprasselnden Gedanken erneut hilflos ausgesetzt.

Wahrscheinlich war Stukk wieder irgendwo unterwegs, vielleicht sogar hier im Rotlichtviertel, und amüsierte sich ins Koma.

*Pimpimpim* machte es neben ihm. Er drehte sich um und sah eine Prostituierte, wie sie in ihrem Schaufenster saß und an die Scheibe klopfte. Sie winkte.

Cain machte eine abweisende Geste und ging weiter. Vor einer Drogerie blieb er stehen.

Das könnte eine Idee sein, dachte er.

Er schritt durch die zischend in die Wand gleitende Tür und sah sich um.

Regale voll der guten Dinge.

Psychoaktiva in Pulverform, auf Blottern, als Pillen, in Einmalspritzen und Fläschchen, geordnet nach Wirkklassen:

Aphrodisiaka: Amortentia, Amylnitrit, Phallin, Soma, Tibolon, Yohimbin.

Delirantia: Atropin, Ditran, DPH, EA-3167, Hyosciamin, Ibotensäure, Muscimol, Scopolamin, Spank.

Dissoziativa: Angel Dust, Duettin, DXM, Kef, Ketamin, Mnophka, MXE, Salvinorin A, Soul, Substanz T.

Empathogene: 4-Fluoramphetamin, BD, Can-D, Chew-Z, GBL, GHB, MBDB, MDA, MDMA, Oxytocin.

Entheogene: 2-CB, Ayahuasca, Bhang, Kava, Marihuana, Meskalin, Peyote.

Psychedelika: 2XS, Adrenochrom, ALD-52, Alpha-MT, Bromo-DragonFLY, DMT, DOB, Ergin, Lot Six, LSD, LSH, Mescalin, Ololiuqui, Psylocibin, TMA, Yopo.

Sedativa: Cannabis, Diazepam, Flunitrazepam, Heroin, Laudanum, Pentobarbital, Pesh, Propofol, Samthauch.

Stimulantia: 4-MEC, Adrafinil, Betaphenethylamin, Crack, Crystal Meth, Ephedrin, Fenetyllin, Glitterstim, Jet, Ketracel-white, Kokain, Melange, Molokko Plus, Nuke, Speed, Theobromin.

Träume, abgepackt in Plastikblistern und in allen Handelsklassen, geordnet nach Grundmotiv:

Arbeit, Augen, Baby, Betrug, Bett, Blindsein, Blut, Brutmutter, Drogen, Einbruch, Ertrinken, Fallen, Feuer, Fliegen, Geburt, Gefahr, Geld, Geruch, Haare, Held, Hochzeit, Horrortrip, Iglu, Kampf, Konsum, Kuss, Lotus, Maschine, Monster, Mord, Müll, Nacht, Nacktsein, Ohnmacht, Partei, Party, Pille, Prüfung, Rating, Rausch, Recycling, Sand, Schuhe, Shake, Sex, Sonne, Spritze, Tod, Toilette, Treppe, Tripsitten, Tür, Türkis, Uniform, Verfolgung, Versammlung, Wasser, Weinen, Weiß, Zähne, Zeitdruck.


Emotionsdestillate in Flashampullen, geordnet nach Primäraffekt:

Ekel: Disgusto, FriedeFreudeEiterkeit, Hosenschiss, Komedonen XXL, Kotzbrocken, Madengeburtstag, Nekrophilia, Pickelpopper, Salmonella, Schabenfreude, SlimyFeeling, Smelly Pussy, Windelparty, Würgreiz: Ein Medley.

Freude: Achterbahn, AnalPleasure, Cozy Blanket, Euphoria, Frühlingsgefühle, Geilogeilo, Grandezza, Hahaha, In! Your! Face!, Morning Glory, Lol, Parteiliebe 2.0, Petting Remastered, Pumped, Schmackofatz, Siegesstraße, Streicheleinheit, Süßmaul, Triumphator, VIP-Fuck, Wochenende!

Furcht: 4 Horsemen, Alone in the Dark, Anxiolo, Claustrophobia, Deathrow, Herr Sorge und Frau Angst, Hunted I, Hunted II, Lampenfieber, Panic Room, PhoBOSS, Schulweg, Terror – A Compilation, Unterm Bett, Vertigo, Waterboarding, Zu spät.

Traurigkeit: Allein Allein, Bored to Death, CUTmyself, Depri, Desperato, Downdowndown, Dumped, Elegia, Emoboy, Empty Hollow, Ignored, Keiner da, Multo Suizido, Nooooooo!, Paint it Black, Prügelknabe, Tears don't fly, Unsichtbar, Vernachlässigt Teil 4, Versagerkind.

Überraschung: Ahnungslos, Boo!, Busted, Dementia Permanentia, Fragezeichen-Hula, Heart Attack, Ka-Tsching!, Metamorph, Mirror Scare, One In A Million, Schlüsselloch, Schockotron, WTF. Verachtung: Arschkriecher, Bottom, FuckFace, Mobbing Inc., Lakainatur, Low Life, Nachtreten Reloaded, Narziss-o-rama, Schlampenalarm, S.O.B., Spacko-Tai-chi, Untermensch, Wurm-Parade. Wut: #!@?!&$!, 180 mmHg, Amokathlon, Auf Fresse, Best of Selbsthass, Betrayed, Born2Kill, Dies Irae, Eifer.Sucht, Enough, Frustschieber, Fuck'em, Furor 1x1, H.A.S.S., Hatefuck, Nontenance, Offenso, St. Anger, Sturmernte, The Dark Side, Ultraviolence.

Alles da.

Man musste nur noch auswählen.

Und sofort kamen die Gedanken wieder: was sie gesagt hatte über die Wahl, die sie hatten, und die, die sie nicht hatten. Überall in der Drogerie hingen Schilder, die ihr recht gaben: KONSUM IST ERSTE BÜRGERPFLICHT und DER NÄCHSTE DROGENTEST KOMMT SICHER prangte es über den Regalen, DENK AN DEIN RATING, KONSUMGENOSSE warnte es ihn vom Kassenbereich entgegen. Neben der Tür grüßte ein Pappaufsteller: ALLE MACHT DEN DROGEN.

Mühsam schob er die Erinnerung an die Diskussion mit ihr zurück.

Vor dem Regal mit den Dissoziativa blieb er stehen.

Weil nur selten dazu gegriffen wurde, war Duettin kurz über dem Fußboden einsortiert. Cain musste sich bücken, um eine der in hellblaue Plastikfolie eingeschweißten Popper-Fläschchen aus dem Regal zu nehmen. Während er zum Kassomat ging, fragte er sich, ob die Idee wirklich so gut war wie ursprünglich gedacht.

Duettin erlaubte es, innere Zwiesprache zu führen, als würde man sich mit einer zweiten Person unterhalten – hervorragend geeignet für Überlegungen, bei denen man einen klaren Kopf brauchte, aber keinen hatte. Allerdings war es durch die Art der Einnahme – Inhalation – schwer zu dosieren: zu wenig, und man würde zusammenhanglose Selbstgespräche führen. Zu viel, und man durfte sich über einen schizoiden Schub freuen. Außerdem neigte der Konsum von Duettin dazu, mit schwer kalkulierbaren Nebenwirkungen einherzugehen. Cain wiegte das Fläschchen in der Hand. Er hatte gerade keine andere Möglichkeit.

Das Fläschchen wanderte in das Registrierfach des Kassomaten, der den Preis berechnete. Cain steckte einen Kreditstab in den Bezahlschlitz, das Fläschchen kullerte ins Ausgabefach, und Cain steckte es ein.

Beim Verlassen der Drogerie erklang ein Tusch, und eine elektronische Stimme plärrte ihm ein »Sehr gut! Und jetzt genießen, Genosse!« hinterher.

Genau das würde er nicht tun.

In einem Beischlafkabinenhotel abseits der Hauptstraßen des Rotlichtviertels mietete er sich ein. Nach Hause zu fahren, kam nicht infrage: Er wusste nicht, ob seine Wohnung inzwischen abgehört wurde, und sollte er mit sich reden, während er auf Duettin war, konnte das böse für ihn enden.

Die Kabine war klein, nur mit einem Bett ausgestattet, über dem an Schwenkarmen verschiedene Vaginalstutzen und Dildos herabhingen. An der Wand gab es einen Schalter für die Pheromondüsen am Kopfende des Betts.

Cain verriegelte die Einstiegsluke, zog Anzugjacke und Weste aus und schlüpfte aus den Schuhen. Mit dem Fläschchen in der Hand warf er sich aufs Bett. *Sprich mit dir!* stand in gezackten Großbuchstaben auf der Folie und darunter in kleinerer Schrift:

*Duettin DB000 477 Wirkstoffe: Hebephrenin (125 mg), Rethorasol (120 mg), Antichlorpromazin (80 mg) Antiflupentixol (80 mg), Dosis zur Inhalation. Warnhinweise beachten.* Hergestellt von: Loquora Werke NNO 12 209, Jaxton, gemäß IN 217-4. Cain drehte das Fläschchen, bis er die Warnhinweise entdeckt hatte: *Kann Psychosen hervorrufen oder verstärken oder verdrängte Traumata aktivieren. Nicht für Selbsttherapie geeignet, kein Ersatz für Psychotherapie.* Was soll's, dachte er. Er riss die Plastikfolie ab, drehte den Deckel ab und drückte das Fläschchen schnell an das eine Nasenloch, zog scharf die Luft ein, dann ans andere. Ein milder Geruch nach Fensterreiniger durchströmte ihn. Er warf das leere Fläschchen auf den Boden. Jetzt musste er nur noch warten.

»Worauf denn?«

»Auf das Einsetzen der Wirkung.«

»In Ordnung, aber meinst du nicht, du hast Besseres zu tun?« Die Stimme in seinem Kopf klang auf altbekannte Weise herablassend. In diesen Tonfall verfiel er immer in Situationen, in denen er sich überlegen wusste. Er hatte ihn nur noch nicht gegen sich selbst angewendet.

»Natürlich, deshalb nehme ich diesen Scheiß ja.«

»Also, raus damit. Obwohl – lass mich raten: Du willst mit mir über den Fall reden.«

»Das war jetzt nicht allzu schwer.«

»Klar, was anderes hast du ja auch nicht. Vier Tage Wochenende, Drogen so viel man will an jeder Ecke, aber du kennst nur Arbeit. Der Staat, den du mit aufgebaut hast, scheint dir nicht mehr so ganz zuzusagen.«

Wut stieg in Cain auf, aber es sah keinen Sinn darin, sich jetzt zu streiten, vor allem, weil er ohnehin nicht gegen sich gewinnen konnte.

»Können wir uns jetzt aufs Wesentliche konzentrieren?«

»Bitte. Fang an.«

»Dieser Fall – ich bekomme ihn einfach nicht zu fassen. Er hört einfach nicht auf.«

»Was meinst du?«

»Ich habe die Mordserie entdeckt, von der BM17 nur der sichtbare Teil war. Ich kenne die Bedeutung von Reboot, obwohl sich das Hauptamt alle Mühe gegeben hat, die Existenz dieses Projekts geheim zu halten. Ich weiß, dass ein Konkurrent von Pregnantam hinter Reboot her ist. Und dass es eine Terrorgruppe gibt, die dasselbe will.«

»Terror? Oder Widerstand?«

»Darum geht es gerade nicht.«

»Sondern?«

»Je mehr Puzzleteile ich zusammentrage, desto unklarer wird das Bild. Mir fehlt immer noch der entscheidende Teil – wer hier über Leichen geht und wieso.«

»In einem Mordfall ist das in der Tat ärgerlich.« Er kicherte.

»Spar dir deinen Sarkasmus.«

»Okay, okay. Aber was willst du von mir? Du sagst es ja selbst: Dir fehlt die entscheidende Information. Und die kann ich dir nicht geben. Ich bin du – schon vergessen?«

»Du sollst mir beim Sortieren helfen. Ich bin gerade zu durcheinander dafür.«

»Alles klar. Also: Reboot, was wissen wir darüber?«

»Das ist ein Zuchtprogramm. Mit ihm will das Rauschsicherheitshauptamt das Toleranzproblem lösen.«

»In Ordnung. Warum ist das wichtig?«

»Weil Drogen, die ihre Wirkung verlieren, langfristig die Legitimität des Staates untergraben.«

»Wer könnte also ein Interesse daran haben, dass Reboot ein Misserfolg wird?«

»Staatsfeinde. Terroristen.« Er kam sich vor, als säße er auf der Schulbank. War er immer so anstrengend?

»So. Wir haben also ein Motiv. Gibt es noch weitere? Hat Oophoron vielleicht eins?«

»Sie haben eines, Reboot in die Hände zu bekommen – die stehen kurz vor der Pleite und brauchen dringend einen Umsatzbringer. Reboot wäre das. Aber es ergibt wenig Sinn, dass sie deshalb versuchen, das Projekt zu kippen.«

»Wieso nicht? Wenn sie allein die Daten von Reboot haben, würden sie noch mehr Geld damit machen.«

»So einfach ist das nicht. Selbst wenn es ihnen gelänge, alle an Reboot Beteiligten umzubringen, blieben immer noch die Datensätze. Und die können sie nicht alle löschen. Das ist völlig ausgeschlossen. Und außerdem: Nicht einmal Pregnantam hat gewusst, dass das Hauptamt der Auftraggeber ist. Wenn Oophoron aber alle Informationen über Reboot durch Spionieren bei Pregnantam erhalten hat – woher sollten die das Wissen haben, um Hauptamtsmitarbeiter ermorden? Vor allem: Die können nicht glauben, damit durchzukommen. Selbst wenn es ihnen gelänge, alle und jeden umzubringen. Glaubst du, das Hauptamt würde nichts unternehmen, wenn Oophoron plötzlich mit einer Zuchtreihe auf den Markt käme, die eindeutig auf Reboot zurückzuführen ist?«

»Nein, glaube ich nicht. Aber wieso wollen die dann Reboot überhaupt haben? Das Hauptamt wird auch so keinen Spaß verstehen.«

»Siehst du: Ein weiteres Indiz dafür, dass bei Oophoron niemand vom Hauptamt weiß. Für die ist der Auftraggeber die Generalinspektion. Mit der kann man so was eher machen: Ein bisschen Schmiergeld da, ein bisschen Anwaltsgerangel dort, und schließlich einigt man sich. Das wäre schon machbar.«

»Okay, dann scheidet Oophoron aus. Bleiben die Terroristen.«

»Bleiben die Terroristen.«

»Du wirkst nicht sehr angetan.«

»Weil ich nicht glaube, dass der NDU das war.«

»Glaubst nicht oder willst nicht glauben?«

Cain wurde wieder wütend. Was sollte das? Er hatte einen Sparringspartner gewollt, nicht jemanden, der ihn ständig reizte.

»Es ist einfach nicht sehr wahrscheinlich. Ich habe noch nie vom NDU gehört. Das allein ist noch kein Grund, aber ich werde morgen überprüfen, wie groß und aktiv diese Gruppe ist. Und ich glaube nicht, dass ich viel in den Akten finden werde. Eine Gruppe aber, die im Verborgenen Hauptamtsmitarbeiter umbringt, braucht Verbindungen, Ressourcen und genaue Kenntnisse von der verschlossensten Behörde überhaupt. Das schaffst du nicht aus dem Nichts heraus. Und wenn du über all das verfügst, bist du auch irgendwo schon mal aufgefallen. Und zwar im großen Stil.«

»Nicht, wenn du das mit dem Verbergen so gut drauf hast, wie du sagst.«

»Zugegeben. Aber warum sollte der NDU alle umbringen, wenn er die Akte von BM17 ohnehin bekommen hätte? Es stimmt, der Tod von BM17 ist da eher hinderlich gewesen. Zumal es der Gruppe nichts bringt, alle Projektmitarbeiter umzubringen.«

»Wenn sie das Projekt scheitern lassen wollen, schon.«

»Aber dazu müssten sie erst mal wissen, worum es überhaupt geht. Nur wenn sie das wüssten, bräuchten sie die Akte nicht mehr. Und wie gesagt: Ein Regierungsprojekt scheitert nicht, indem man alle Leute umbringt, die damit zu tun haben.«

»Ich fürchte, du hast recht: Der Aufwand stünde auch in keinem Verhältnis zum vermeintlichen Nutzen.«

»Sag ich ja.«

»Schöne Scheiße.«

»Was meinst du?«

»Vorausgesetzt, du hast in deinen Annahmen und Schlussfolgerungen keinen Fehler gemacht, heißt das, dass es noch eine dritte Partei gibt. Mit bislang unbekanntem Motiv. Könnte also besser um deine Ermittlungen bestellt sein, das meine ich.«

»Wieso plötzlich so anteilnehmend?

»Ich hänge da genauso drin wie du.«

»Dann solltest du dich vielleicht ein bisschen bemühen, konstruktiver zu sein.«

»Bin ich das nicht? Du bist dir jetzt sicher, dass es eine dritte Partei gibt.«

»Ja, aber die Vermutung hatte ich schon vorher.«

»Wie auch immer. Ich glaube sowieso, dass das nicht dein Problem ist.«

»Was meinst du? Meinst du Grubb?«

»Vergiss mal Grubb für den Moment, der ist zwar in der Tat ein Problem, aber eins, um das wir uns zumindest nicht jetzt und hier kümmern müssen.«

»Und um welches Problem müssen wir uns dann jetzt und hier kümmern?« Cains Ton wurde wieder genervter. Inzwischen war er ziemlich ungehalten. Er hatte keine Lust mehr auf seine eigenen Spielchen.

»Um das, weshalb du tatsächlich das Duettin genommen hast.«

»Das haben wir gerade diskutiert.«

»Haben wir nicht.«

»So. Das weißt du also besser als ich.«

»Nicht besser. Genauso gut. Du willst es bloß nicht wahrhaben.«

»Das ist lächerlich.«

»Ist es das? Ist es das?« Die Stimme in seinem Kopf klang jetzt ebenfalls zunehmend gereizt.

»Ja, ist es. Und wenn du so gut weißt, worüber ich reden will, dann sag du es doch.«

»Es wäre besser für uns beide, wenn du es sagen würdest. Du solltest dich der Tatsache stellen, auch wenn es wehtut.«

»Wann genau hast du noch mal deine Therapeutenausbildung beendet?«

»Dein Sarkasmus wird dir hier nicht helfen.«

»Das weißt du jetzt also auch noch? Na los, dann sag mir doch den Rest auch! Komm schon, spuck's aus!« Er war jetzt wirklich zornig.

»Bitte, wenn du es so willst.«

»Ja, will ich. Ich will wissen, was du für einen Schwachsinn verzapfen wirst.«

»Okay, mein Lieber, genug jetzt. Keine Spielchen mehr. Du willst es so, du kriegst es so. Der Grund, weshalb du das Duettin genommen hast, ist der: Du willst wissen, wie du zu der Nutte stehst und ob du ihr die Akte geben solltest – jetzt, wo sich herausgestellt hat, dass deine Freundin eine kleine Terroristin ist.«

»Du bist …«« Ihm fehlten die Worte für das, was er ausdrücken wollte.

»Er hat recht, Solomon.«

Die Stimme, die sich gerade in sein Zwiegespräch eingeschaltet hatte, war nicht seine eigene. Es war eine, die er vor neun Jahren das letzte Mal gehört hatte, am Abend vor dem Rauschparteitag.

»Nein.« Seine Stimme kippte vor explodierender Panik. »Das kann nicht sein, das geht nicht. Wie kannst du hier sein?«

»Er hat recht«, wiederholte sie. »Deswegen hast du doch das Duettin genommen, oder?«

Für einen Moment glaubte er zu ersticken. Er hätte das Duettin nie nehmen dürfen, dachte er. Er hatte gewusst, dass die Nebenwirkungen erheblich sein konnten. Aber dass so etwas möglich war, damit hatte er nicht gerechnet.

»Wieso eigentlich nicht?«, fragte sie. »Ich bin ein Teil von dir. Das hast du doch nicht vergessen.«

»Geh bitte, verschwinde.« Tränen stiegen in ihm auf. »Ich schaffe das nicht.«

»Ich werde nicht gehen, und du wirst das schaffen.«

»Du hast mich vor neun Jahren verlassen«, sagte er, und es war ihm, als risse er allein mit diesen Worten alle Wunden wieder auf, »ohne Abschied, ohne auch nur ein Wort der Erklärung. Nicht mal informiert hast du mich, ich musste es von denen erfahren. Von denen! Weißt du, was du mir damit angetan hast? Kannst du dir vorstellen, was ich durchgemacht habe?«

»Es tut mir leid, wenn es hart für dich war. Aber jetzt gibt es Wichtigeres.«

»Du hast jedes Recht verspielt, hier zu sein.«

»Da mich dein Unterbewusstsein hierhergebracht hat, würde ich sagen: Du hast mir dieses Recht gegeben.«

»Verschwinde.«

»Ich bin hier, um dich vor einem Fehler zu bewahren, Solomon. Du willst wissen, ob du ihr die Akte von BM 17 geben solltest. Lass mich dir eine klare Antwort darauf geben: Nein, solltest du nicht.«

Er hatte die Panik noch immer nicht ganz unter Kontrolle, aber der bestimmende, absolute Ton ihrer Stimme half ihm dabei: Er reizte seinen Widerspruch.

»Wirklich? Nach all dem, was du mir angetan hast, willst du mir jetzt auch noch Ratschläge geben?«

»Natürlich. Weil ich mich um dich sorge.«

»Wenn du das wirklich tätest, wärest du niemals gegangen. Dich als Goldene Schützin zu melden – wie konntest du mir das antun?«

»Ich habe es aus Liebe zur Partei getan.«

»Aus Liebe zur Partei? Ich kann gar nicht sagen, wie krank du mich machst. Du hast mich zurückgelassen in diesem Jammertal aus Flaggen und Müll, und jetzt sprichst du von Liebe.«

»Hast du dich wirklich so weit vom Konsumismus und allem, was dir mal heilig war, entfernt? Es ist das höchste Opfer, das man für die Sache bringen kann. Du, der du so viele Opfer für die Bewegung erbracht hast, solltest das verstehen.«

In Cain klappte ein Schalter um. Die letzten Reste der Panik verschwanden, als sich helle Wut Bahn brach. Ihretwegen hatte er gelitten, jahrelang, litt noch immer, und nun kam sie zurück und machte ihm Vorhaltungen. Das war zu viel, war unverzeihlich. »Nein! Ich kann es nicht verstehen!«, schrie er. »Wie konntest du das nur machen? Wie blind kann man nur sein? Und wie egoistisch?«

Sie war eiskalt.

»Es spielt keine Rolle, was du von meiner Entscheidung hältst. Deshalb bin ich nicht hier. Du bist kurz davor, einen Fehler zu begehen. Das kann ich nicht zulassen.«

»Was weißt du schon von Fehlern?«

»Von deinen eine ganze Menge. Und der Solomon, den ich einmal geheiratet habe, würde an die Weitergabe streng geheimem Regierungsmaterials nicht mal im Traum denken.«

»Ja? Ist das so? Vielleicht stimmt das sogar. Aber den Solomon, den du einmal geheiratet hast, gibt es nicht mehr. Und weißt du, warum? Weil du ihn vor neun Jahren verlassen hast, deshalb.«

»O nein, Solomon, du weißt, dass du dir das gerade ziemlich einfach machst. Tu doch nicht so, als hätte dich erst mein Opfertod zum Renegaten gemacht. Du hast schon lange vorher den Glauben an die Sache verloren. Und zur Gemapo bist du auch schon Jahre vorher gewechselt.«

»Renegat? Das bin ich in deinen Augen?«

»Als was würdest du dich denn sonst bezeichnen? Du hast der Bewegung den Rücken zugekehrt, Jahre bevor ich zur Goldenen Schützin wurde, schon vergessen? Du warst ja schon immer sehr gut darin, die Augen vor der Wahrheit zu verschließen, aber spätestens, als sie dir von ihrer Mitgliedschaft in einer Terrorgruppe erzählte und du nichts getan hast, statt sie zu verhaften – spätestens in diesem Moment hättest selbst du das erkennen müssen.«

»Das muss ja sehr bitter für dich gewesen sein.«

»Weißt du was? Das war es. Zweifel zu haben, ist eine Sache. Ihnen nachzugeben, eine andere. Sie und ihresgleichen machen diesen Staat kaputt, und du stehst daneben und schaust zu.«

»Ich glaube, dieser Staat hat sich schon lange vorher selbst kaputt gemacht.«

»Ich hätte nie gedacht, dass du mal so tief fallen würdest.«

»Und ich hätte nie gedacht, dass du so verbohrt sein könntest und dein Leben wegwerfen würdest.«

»Du bist gerade dabei, deins wegzuwerfen. Wegen dieser Unterlagen sterben Mensch und Maschine – und du willst sie einer Terroristin geben.«

»Sie werden damit nichts anfangen können. Und ihr wird es vielleicht das Leben retten.«

»Das spielt doch keine Rolle. Wer bist du denn, dass du es dir erlaubst, dich zum Herrn über die Geheimnisse dieses Staats aufzuschwingen? Du bist nicht mal mehr ein Lektor, du bist nur noch ein Maschinenbüttel in einer grauen Uniform. Und nicht einmal die hat es verdient, dass du sie anziehst.«

»Verschwinde!« Er wurde wieder laut. »Verschwinde aus meinen Kopf und lass dich nie wieder blicken!«

»Das könnte dir so passen, nicht? Glaubst du, weil du sie jetzt hast, brauchst du mich nicht mehr? Aber weißt du, wie albern diese Annahme ist? Auch nur zu denken, sie könnte wirklich etwas an dir finden – ich würde lachen, wenn es nicht so traurig wäre. Du verspielst den letzten Rest an Würde, den du dir noch behalten hast.«

»Du hast deine Würde verloren, als du dir oben auf der Tribüne die Nadel in den Arm gesteckt hast.«

»Das ist dein einziges Argument, oder? Aber du vergisst, dass es in dieser Unterhaltung nicht um mich geht, sondern um dich und dein erbärmliches Verhältnis zu diesem Terrorflittchen. Ja, Solomon, sie macht die Beine für dich breit, jetzt, aber du glaubst doch nicht wirklich, dass sie dich noch ranlässt, sobald sie die Akte hat. So dumm kannst du doch gar nicht sein. Sie benutzt dich. Und du lässt dir das einfach gefallen.«

»Woher willst du das bitteschön wissen?«

»Weil ich derjenige von uns beiden bin, der klar denken kann. Wenn du es könntest, hättest du nicht das Duettin genommen. Und während du unbeirrt an deinem selbstzerstörerischen Kurs festhältst, bin ich es, die sich um dich kümmert.«

Er hatte nicht mehr die Kraft zum Schreien. »Du kümmerst dich nicht um mich«, sagte er matt. »Sonst wärst du nie gegangen.«

»Ich habe es wirklich so satt, dich dieselben Sätze wieder und wieder sagen zu hören. Wirklich, ich kann nicht mehr.«

»Dann sag mir, warum. Warum bist du gegangen?«

»Willst du das wirklich, dass ich dir das sage?« Jetzt war sie es, die laut wurde. »Willst du wirklich wissen, wieso ich mich für die Goldene Reihe gemeldet habe, warum ich mir unter den Augen Abertausender den Goldenen Schuss gesetzt habe?«

Die nächsten Worte spie sie ihm entgegen.

»Weil ich dich nicht mehr ausgehalten habe! Weil ich dich und dein ewiges Herumnörgeln so satt hatte, dass ich die Überdosis dir vorgezogen habe! Du warst mal ein Held der Revolution, aber du hast den Sieg nie vertragen. Nachdem wir gewonnen hatten, bist du bitter geworden, obwohl es dafür gar keinen Grund gab. Hast dich darüber ereifert, dass die Partei die Ideale verrate. Dass alles anders werden müsste und man nur die eine Unfreiheit mit einer anderen getauscht hätte. Ich hätte dich jederzeit melden können, und mit meiner Aussage hätte dich nichts vor dem Recyclinghof retten können. Dieser ewige Feierabenddefätismus, das ständige Sticheln und Hinterfragen – du wärst dran gewesen. Wenn ich dich heute anschaue und sehe, wo du hingekommen bist, weiß ich nicht, wieso ich es nicht getan habe. Aber damals hatte ich die Wahl zwischen einem Leben mit dir und dem Gift, das du versprüht hast, und einem Opfer für die Partei, das mich unsterblich machen würde. Die Wahl fiel mir nicht schwer, Solomon, die Wahl fiel mir nicht schwer.«

Seine Antwort war ein wortloser Schrei, ein Laut, in dem sich sein gesamter Schmerz und sein Hass entluden. Mit einem roten Schleier vor Augen stürzte er sich auf sie, aber da war niemand. Er schlug mit seinen Fäusten nur gegen die Wand der Kabine.

Als er wieder zu sich kam, waren seine Knöchel blutig.

# 19

»Sol.«

»Bas.«

»Du hast versucht, mich zu erreichen? Ich habe an so ziemlich jeden vorstellbaren Ort vom Amt eine Nachricht bekommen, dass mich ein gewisser ›Cain, Solomon, Gemapo‹ sprechen will.«

»Ja, war wichtig.«

»Du hast es also auch schon gehört. Tut mir leid, Sol.«

»Ich habe was gehört?« Cain saß in seinem Büro und hatte gerade die Terrorkartei nach Einträgen zum NDU durchsucht, aber wie erwartet kaum mehr als Flugblattaktionen und Graffiti gefunden. Eine durch Sabotage eines Thermostats überbackene Kokaintranche ging noch auf ihr Konto, ansonsten gab es keine nennenswerten Meldungen. Die Terrorkartei nannte den NDU *»eine Terrororganisation der dritten Reihe: mangels weitreichender Vernetzung stark eingeschränktes Gewalt- und Wirkpotenzial, Aktivitäten mit Konzentration auf konsumkraftzersetzende Kommunikation. Entwicklung eines größeren Gefahrenpotenzials unwahrscheinlich.«* So sehr er diese Einschätzung beruhigend fand, so sehr alarmierte ihn Stukk jetzt. Tonfall und Gesichtsausdruck seines Partners gefielen ihm gar nicht.

»Zerp«, sagte Stukk. »Dein Doktor – ich dachte, deswegen hättest du mich sprechen wollen.«

»Was ist mit ihm?« Adrenalin schoss Cain in die Magengrube. Er ahnte, was Stukk sagen würde.

»Er ist tot. Ich habe die Meldung gerade bekommen und bin dann gleich zu dir. Ich dachte, du wüsstest davon?«

»Tot? Wie?«

»Sie sagen, es sei eine Überdosis gewesen.«

»Das kann nicht sein!«

»Das war auch mein erster Gedanke: Überdosis – bei einem Arzt?«

»Das war keine Überdosis. Ganz bestimmt nicht.« Cain war von seinem Stuhl aufgesprungen und lief aufgebracht in seinem Büro umher.

»Ich habe da auch so meine Zweifel. Aber weißt du, was das heißt? Die wissen auch von uns.«

Cain überlegte. »Nicht unbedingt. Vielleicht hat Zerp beim Recherchieren auf sich aufmerksam aufgemacht.«

»Unwahrscheinlich.«

»Okay, dann wissen sie von mir, auch wenn ich nicht weiß, wie. Aber es gibt keinen Grund anzunehmen, dass sie von dir wissen.«

»Ich wünsche wirklich, dass du recht hast. Verdammt, Sol, du hättest da von Anfang an deine Finger rauslassen sollen. Jetzt haben wir den Kabelsalat.«

Cain hörte nur mit einem Ohr zu. Wo hatte er einen Fehler gemacht? War Zerp gestern beobachtet worden, wie er nach Hause kam? Stand sein Haus unter Bewachung? Dann mussten sie schon vorher gewusst haben, dass er ihnen auf der Spur war. Nur: Wer waren die?

»Immer dieselbe Frage«, sagte er.

»Was?«

»Schon gut, ich habe laut gedacht. Kannst du mir mehr sagen? Wann ist das passiert?«

»Viel mehr weiß ich nicht. Sie haben ihn letzte Nacht zu in seinem Sprechzimmer gefunden. Er hatte Bereitschaftsdienst.«

»Und dann setzt er sich eine Überdosis? Er hätte doch eigentlich einen ABS für die Schicht bekommen müssen.«

Stukk zuckte mit den Schultern. »Ja. Aber wenn wir davon ausgehen, dass das ohnehin etwas anderes war …«

»Verdammt, das hätte nie passieren dürfen!« Cain wollte mit seiner Faust gegen die Wand schlagen, bremste aber kurz vorher ab, als er die Pflaster auf seinen Knöcheln sah.

»Was ist mit deiner Hand passiert?«, fragte Stukk, nachdem er Cains Blick gefolgt war.

»Verpfuschter Drogentrip.«

»Aber ordentlich. Bist du okay?«

»Bis gerade eben war ich das noch.«

»Tut mir leid, Sol.«

»Ich weiß.«

»Mach dir keine Vorwürfe.«

»Nein? Zerp ist tot, und wenn ich ihm …«

»Stopp«, unterbrach ihn Stukk. Er warf einen vielsagenden Blick durch den Raum.

»Hast recht.« Er stellte den Kurzwellenempfänger an. Sie spielten Parteijazz. »Allerdings«, fuhr er flüsternd fort, »wirft unser Spekulieren über Zerps Ableben auch schon Fragen auf, wenn man uns gerade abhört.«

»Ja«, antworte Stukk, nun ebenfalls flüsternd. »Aber zwischen Fragen aufwerfen und sich selbst belasten gibt es immerhin noch einen großen Unterschied. Wie auch immer: Wenn du das von Zerp noch nicht wusstest, weshalb wolltest du mich dann sprechen?«

»Mir sind gestern so viele Dinge durch den Kopf gegangen wegen des Falls … Ich wollte das einfach noch mal mit dir durchgehen.«

»Ich war unterwegs, mit einer der Neuen aus der Weichen, von denen ich dir erzählt hatte, weißt du noch? War geil. Aber tut mir leid, dass du mich nicht erreicht hast.« Er steckte die Hände in die Hosentaschen seines Uniformblaumanns. »Wenn du willst, können wir jetzt reden.«

»Danke, passt schon. Ich bin nur noch mal die Akten durchgegangen und hatte das drängende Bedürfnis, mit jemanden zu sprechen. Ist okay jetzt, wirklich.«

»Wirklich? Du weißt, wenn was ist – mir kannst du es sagen.«

»Ich weiß. Aber alles okay. Wieso bist du heute eigentlich hier?«

»Mich haben die heute aus dem Bett geholt: Draußen im 12. Distrikt ist ein Pilzsammler verreckt, und der Bereitschaftsmechapathologe war zu drauf, um zu arbeiten. Ich muss da jetzt gleich hin, aber ich dachte, ich schau vorher mal bei dir vorbei. Ich hatte so ein Gefühl, dass ich dich hier treffen würde.«

»Danke.«

»Immer.« Stukk wirkte beinahe verlegen.

»Hoffe, der Pilzsammler macht nicht allzu viel Arbeit.«

Stukk winkte ab. »Wird wahrscheinlich Altersschwäche gewesen sein. Und ich stell sowieso nur die Todesursache fest. Den Rest soll einer vom 12. machen, bin ja nicht bekloppt.«

»Viel Spaß dann.«

»Danke. Aber sag mal, was ist eigentlich aus deinem Bildertausch geworden?«

Cain seufzte. »Ich wusste, dass du mich das fragen würdest. Alles gut. Habe ihr die Bilder gegeben, und das war's dann.«

»Wie jetzt? Einfach so? Kein Ich-bin-Ihnen-ja-so-dankbar-Herr-Inspektor-ich-will-mich-erkenntlich-zeigen?«

»Nein.«

»Nicht? Nicht mal ein Handjob?«

»Nicht mal das.«

338

»Die Nutten sind auch nicht mehr das, was sie mal waren.«
Stukk schaute sinnend ins Leere.

»Tut mir leid, dich zu enttäuschen.« Cain spürte, wie es in ihm ungeduldig zu prickeln begann.

»Und du bist dir sicher, dass da nicht mehr war? Kein Austausch von Nummern, nichts?«

»Ja, bin ich. Sie hat sich bedankt, wenn du es genau wissen willst.«

»Na gut. Ich hoffe, du hast wenigstens ein Erinnerungsbild behalten«, erklärte Stukk achselzuckend. »Ich mache mich dann mal auf den Weg.«

»Alles klar, bis dann.«

»Und, Sol, pass auf, ja? Denk an Zerp.«

»Ist gut.«

Stukk schlüpfte durch die Tür.

Als er gegangen war, fing Cain wieder an, im Raum herumzustreifen. Der Schock über Zerps Tod saß ihm in den Knochen. Er machte sich Vorwürfe, dass er den Arzt da reingezogen hatte. Die Geschichte mit der Überdosis war hanebüchen. Zerp war aus dem Weg geräumt worden, weil er ihm die Akte gegeben hatte, da bestand für ihn kein Zweifel. Nur wie hatten sie davon erfahren? Und wie gefährdet waren er und Stukk? Es war unwahrscheinlich, dass Stukk im Visier der Verschwörer war, aber er selbst musste ihnen definitiv bekannt sein, ansonsten würde Zerp noch leben. Was ihn selbst betraf – er würde nun eben noch vorsichtiger sein müssen. Jetzt die Sache abzubrechen kam jedenfalls nicht infrage. Er machte sich eine mentale Notiz, seine Drogenvorräte zu Hause durch neue Einkäufe zu ersetzen: Er hatte keine Lust, wie Zerp eine Überdosis von Dosen zu bekommen, die plötzlich nicht mehr ganz das waren, was sie sein sollten. Aber wie sollte er jetzt weitermachen? Welche Spur konnte er verfolgen? Er hatte keine; keinen neuen Hinweis, keinen neuen Verdacht. Was also tun?

Schließlich gab er die Grübelei auf, es spielte keine Rolle, jedenfalls nicht für den Moment.

Die gestrige Nacht war übel gewesen, und er hatte seine Maximaldosis an Diazepam gebraucht, um sich wieder zu beruhigen. Aber am Ende hatte er sich zu einer Entscheidung durchgerungen. Er war nur ins Büro gekommen, um sich über den NDU zu informieren. Hätte seine Recherche seine Annahmen nicht bestätigt, hätte er noch mal neu überlegen müssen. Aber so stand sein Entschluss fest: Er würde ihr die Akte geben. Und er würde sich in dieser Sache von niemandem reinreden lassen.

Auch von einer Toten nicht.

Cain nahm seinen Uniformmantel vom Haken und zog ihn über.

Grimmig entschlossen und gleichermaßen unbeschwert euphorisch machte er sich auf den Weg.


Er parkte seinen Adrenalinchopper im Hof und nahm dann den Paternoster nach oben.

Die Tür zu ihrem Apartment stand offen.

Der bittere Geschmack von Vorahnung füllte Cains Mund, als er hindurcheilte.

Sie lag rücklings auf dem Futon, die Spritze noch im Arm. Erbrochenes hatte sich wie eine Flechte über ihr Gesicht und Haar gelegt und war hinausgewuchert auf das Kissen unter ihrem Kopf.

Cain stürzte auf sie zu, aber sie war schon kalt. Wimmernd wiegte er sie in den Armen.

Die Tür zur Dachterrasse ging auf, und der massige Leib von Lektor Mordechai Grubb erschien im Rahmen.

»Inspektor Cain«, sagte er mit seiner harschen, leisen Stimme. »Ich verhafte Sie wegen Hochverrats, der Weitergabe geheimer Regierungsunterlagen und der Unterstützung einer terroristischen Vereinigung. Sie sind erledigt.«

# DRITTER TEIL

## Deleatur

# 20

Die Sonne sank nieder hinter einem Junktown, das den Abend so gleichgültig verabschiedete, wie es den Morgen begrüßt hatte. Die Dämmerung war kurz, als hätte der Tag es eilig, seinem Leben ein Ende zu setzen, und in den Straßen verbanden sich die Schatten zu einem dunklen Tuch, das die Schrunden und Narben der Stadt beinahe gnädig überdeckte.

In Cains Raum aber gab es keine Dunkelheit, nur Licht.

Sie hatten ihn in eine Verhörzelle gebracht, gleich nach seiner Festnahme. Grubb war nicht allein gekommen; wenige Augenblicke nach seinem Erscheinen waren sie überall gewesen, im Apartment, dem Treppenhaus, unten auf dem Parkplatz. Er hatte keinen Widerstand geleistet.

Nun saß er hier, an seinen Händen noch immer ihr Erbrochenes, die Pflaster noch immer auf den Knöcheln. Er wusste nicht, wie viele Stunden vergangen waren, aber er wusste, dass die Standardvorgehensweise einen Zeitraum von sechs Stunden zwischen Festnahme und Beginn des Verhörs vorsah, wenn keine Eile geboten war. Zeit, in der der Gefangene mit seinen Gedanken allein war und die Furcht vor dem Kommenden wachsen konnte. Und in der ihn die beginnenden Entzugserscheinungen zusätzlich nervös, verletzlich und unsicher machten.

Er wusste, was vor ihm lag, aber das änderte nichts an der Wirkung, die das Warten auf ihn hatte. Im Gegenteil: Das Spiel zu kennen und trotzdem zu merken, wie sehr man seinen Regeln unterworfen war, war auf ganz eigene Weise beängstigend.

Bald.

Die Wand zu seiner Linken war komplett gespiegelt, aber er vermied es, hinzusehen. Er wusste, dass hinter dem Spiegel ein Adjutant saß und seine Bewegungen in einem Protokoll festhielt. Neben diesem Adjutanten stand eine Kamera, die er anschalten würde, sobald das Verhör begann. Nichts würde ihnen entgehen. Er wollte sich am Kinn kratzen, aber seine Hände waren mit Handschellen an den Tisch gefesselt, und er wollte sich nicht die Blöße geben, sich bis zu ihnen hinunterzubeugen. Der Stuhl, auf dem er saß, war kantig, kalt und mit dem Boden verschraubt. Die langen Stunden, die er gezwungen war, in derselben Position zu sitzen, fingen an, sich bemerkbar zu machen. Seine Muskeln schmerzten, das Bedürfnis, sich zu strecken, wuchs kontinuierlich.

Bald.

An seinem Hals klebten zwei Elektroden, in seine rechte Armbeuge hatten sie eine Sonde versenkt. Eine Manschette am linken Oberarm, ein Atmungsgürtel um seine Brust und Fingerelektroden an beiden Zeigefingern vervollständigten seine Verkabelung. Von den Messstellen führten Leitungen nach hinten, wo hinter seinem Rücken ein telemetrischer Monitor seine Vitalfunktionen anzeigte: Herzschlag, Atemfrequenz, periphere Hautdurchblutung. Blutdruck, Sauerstoffsättigung, Blutzuckerspiegel. Wann immer sein Körper während des Verhörs auffällig reagieren würde – der Monitor würde es zeigen. Und hinter dem Spiegel würde der Adjutant die Stelle im Polygraphenprotokoll ankreuzen für die spätere Gesamtauswertung. Kein Verhör wurde nur durch die Aufzeichnung der Biosignale gewonnen oder verloren. Aber sie konnten dem Verhörenden wichtige Hinweise geben, an welchen

Stellen er Druck ausüben sollte und wo er auf der falschen Fährte war. Wahrscheinlich reichte dieser Gedanke, um seinen Ruhepuls um zwei oder drei Schläge nach oben zu treiben. Der Adjutant würde das als *uPB/iv* im Protokoll vermerken: als *unklare Pulsbeschleunigung/intern verursacht.* Es waren die extern verursachten, die ihm Sorge machten.

Bald.

Ihm ging durch den Kopf, dass er zum ersten Mal eine Verhörzelle aus dieser Perspektive sah. Sooft er auch in solchen Räumen gewesen war (das Rauschsicherheitshauptamt besaß zwei Dutzend von ihnen), nie war es ihm in den Sinn gekommen, sich auch nur zur Probe auf den Stuhl zu setzen, auf dem er nun festgekettet war. Ein Versäumnis, wie er jetzt feststellte: Die Machtlosigkeit, die sich auf dieser Position spüren ließ, wäre eine wertvolle Erfahrung für jeden Verhörführer. Nicht dass es jetzt noch eine Rolle gespielt hätte, aber trotzdem. Alles in diesem Raum war darauf ausgelegt, den Verhörten einzuschüchtern – das fugenlose Weiß der Wände, das harte Licht, dessen Quelle nicht auszumachen war. Der Edelmetalltisch vor ihm, der über ein Aggregat im Boden so heruntergekühlt wurde, dass seine Berührung unangenehm war. Die beiden vergitterten Leuchtstrahler hinter dem Stuhl ihm gegenüber, die ihn auf Knopfdruck mit gleißend hellem Licht überfluten würden. Der Beistelltisch mit den Spritzen, die Kabel am eigenen Körper. Dieses Design aus der Gefangenenperspektive zu erleben, dachte er, sollte Bestandteil jeder Verhörschulung sein.

Bald.

Vier Tage war es her, dass er an einem ähnlichen Tisch gesessen und Kort verhört hatte. Wie schnell hatten sich die Verhältnisse doch geändert. Er dachte daran, wie er überlegt hatte, auf welchem Weg der Geburtsvorstand zu knacken sei, und er fragte sich, ob Grubb jetzt ähnliche Gedanken hatte. Allerdings gab es einen bedeutenden Unterschied: Er hatte nicht gewusst, ob Kort in den Mord an BM17 verwickelt war, für seine eigene Schuld hingegen gab es mehr als genug Beweise.

Obwohl – gab es die? Der Gedanke elektrisierte ihn. Was hatte Grubb tatsächlich gegen ihn in der Hand? Wahrscheinlich hatten sie die Akte bei Zerp gefunden, aber das bewies nicht, dass er sie ihm gegeben hatte. Das Original aus Korts Iglu hatte er nicht bei sich gehabt, als er zu ihr gefahren war. Er hatte es ihr am Abend geben wollen, am Ende eines gemeinsamen Ausflugs. Und dass er D gekannt hatte, war für sich genommen kein Verbrechen.

D. Ihren wahren Namen hatte er nie erfahren, ging es ihm durch den Kopf, und würde es wohl auch nicht mehr. Er war unwichtig gewesen, als er bei ihr hatte sein können. Jetzt musste er gegen Tränen ankämpfen. *UPB/iv.*

Mit hartem Klang ging die Tür auf.

Jetzt.

Grubb kam herein, ganz weiße Uniform, unter dem Arm eine weiße Stehmappe.

Cain ging auf, dass er keine Chance hatte, dass, egal wie dünn die Beweislage gegen ihn auch war, er diesen Raum nicht verlassen würde, bevor nicht alles auf dem Tisch lag. Egal, wie geschickt er sich auch anstellte, die oberste Regel eines Verhörs war universell und immer gültig und ließ auch ihm kein Schlupfloch offen: Die Kontrolle der Situation hatte derjenige mit der Akte in der Hand. Grubb würde ihn drankriegen.

»Inspektor Solomon Cain.«

Grubb hatte sich gesetzt und die Mappe vor sich auf den Tisch gelegt. Er schlug sie auf. Es war eine dicke Akte.

»›Materialidentifikationsnummer S3E3-2J8W-GZ09, Humanklasse AAA.‹ Zuchtlinie nicht vorhanden, da natural geboren.« Grubb fing an, in der Akte herumzublättern.

»Die Überraschung, Sie hier zu sehen, hält sich in Grenzen. Ich habe ein gutes Gespür für Menschen, die zu weit gegangen sind, um umzukehren. Bei Ihnen schlug es aus, und es hat mich nicht getäuscht. Leider, muss ich sagen.«

Cain sagte nichts.

»Wir Lektoren verbringen unseren Dienst damit, zu lesen – die Gesellschaft als Ganzes wie auch das einzelne Individuum. Unsere Aufgabe ist es, Fehler in diesem gewaltigen Muster des Lebens zu finden und sie zu berichtigen. Manche Fehler sind offensichtlich, um sie zu erkennen, bedarf es keines geschulten Auges. Andere wiederum sind so subtil, dass sie lange unerkannt bleiben und selbst der Geübte über sie hinwegliest. Sie allerdings gehören zu einer anderen Klasse von Fehlern.« Grubb machte eine Pause, als ob er etwas Interessantes auf dem Bogen vor sich gefunden hätte, und blätterte dann weiter.

»Unsere Aufgabe ist nicht allein eine von Schwarz und Weiß, wir müssen abwägen: Können wir an dieser oder jener Stelle das Muster noch so lassen, wie es ist? Es mag nicht perfekt sein, aber vielleicht noch hinnehmbar. Oder sind wir gezwungen, das Muster zu korrigieren, müssen wir womöglich sogar die ganze Stelle löschen? Das sind Entscheidungen, die uns unsere Aufgabe jeden Tag aufs Neue abnötigt, und es sind Entscheidungen, die wir mit größter Sorgfalt und Anstrengung treffen. Aber wieder: Sie sind eine Stelle im Muster, die uns vor ganz andere Schwierigkeiten stellt.«

Ohne von den Unterlagen aufzuschauen, griff Grubb in seine Uniform und zog einen Stift aus der Innentasche. Mit ihm unterstrich er langsam zwei, drei Zeilen und blätterte weiter.

»Sie gehören zu der Art von Fehlern, die selbst mit geringer Sachkenntnis und Aufmerksamkeit zu finden wären, wäre ihre Existenz nicht so unwahrscheinlich. Darin liegt ihre Gefährlichkeit. Weder sind diese Fehlerstellen von besonders verborgener Natur, ihre Defekte sind deutlich zu erkennen. Noch ist es fraglich, ob sie unser Handeln erfordern, dafür sind ihre Defekte zu massiv. Die Tatsache, weshalb uns diese Fehler so große Probleme bereiten, fußt auf einer Schwäche des menschlichen Geists: Wir gehen davon aus, dass die Dinge um uns herum nach klaren Gesetzmäßigkeiten ablaufen. Wir lassen einen Gegenstand in unserer Hand los und erwarten, dass er hinunterfällt. Es ist dieses paradigmatische Vertrauen, das uns in gewisser Weise erst handlungsfähig macht in einer Welt, die auf uns einstürmt mit millionenfachen Eindrücken und Anforderungen. Wir sortieren, blitzschnell und unbewusst auf der Basis unserer Erfahrungen und unseres Wissens. So sinnvoll diese Eigenschaft auch sein mag, macht sie uns doch anfällig für eine Blindheit gegenüber Dingen, deren Wesen anders ist als erwartet: Weil nicht sein kann, was nicht sein darf, beschließen wir, dass diese Aberration gar nicht erst existiert. So werden wir nicht durch sie herausgefordert, und unser paradigmatisches Vertrauen bleibt intakt. Sie, Inspektor Cain, sind so eine Aberration.«

Grubb legte den Stift beiseite. Er nahm das Blatt, das er aufgeschlagen hatte, und schob es an eine andere Stelle in der Akte. Während seines gesamten Monologs hatte er nicht einmal aufgeschaut, und auch jetzt wanderte sein Blick über die Bögen in der Mappe, als gäbe es Cain gar nicht.

»Sie sind ein Parteimitglied der ersten Stunde, ein Held der Konsumrevolution und ein Inspektor der Geheimen Maschinenpolizei mit einem Triple-A-Rating. Die Gesellschaft erwartet von einem Individuum in dieser Position ein Verhalten, das im Einklang steht mit den konsumistischen Idealen, alles andere wäre verstörend, würde das paradigmatische Vertrauen zerstören, und wie gesagt: Menschen tendieren dazu, dies nach Möglichkeit zu vermeiden. Also spielen sie herunter, was nicht zu ihrer Erwartung passt, verschließen die Augen vor dem Offensichtlichen und tun, als wäre nichts geschehen. Genau das ist mit Ihnen geschehen. Ihr Fehlverhalten wurde nicht übersehen, es wurde verdrängt. In gewisser Weise fördert die Partei dieses Verhalten sogar, indem sie sich nachsichtig zeigt gegenüber den Verfehlungen von Alten Kämpfern, von Hinterbliebenen Goldener Schützen und Veteranen.«

Komm zum Punkt, dachte Cain.

»So nachvollziehbar der Wunsch auch sein mag, denen entgegenzukommen, die Opfer gebracht haben für die Sache, so kontraproduktiv ist er von einer gesamtgesellschaftlichen Perspektive aus betrachtet. Er verwischt die Grenze zwischen Richtig und Falsch zumindest für das ungeschulte Auge, und er ermuntert das Entstehen von Fehlern, wie Sie es sind. Insofern trägt dieser Staat durchaus eine Mitschuld an Ihrer Situation: Man hat Sie zu lange sich selbst überlassen.«

Grubb war beinahe am Ende seiner Mappe angekommen.

»In Anerkennung dieser Mitschuld mache ich Ihnen einen Vorschlag. Sie kennen den Ablauf eines Verhörs ebenso gut wie ich, und dies ist mein Angebot: Ich bin kein Freund von Wahrheitsdrogen, sie sind unzuverlässig und unser beider nicht würdig. Ich verzichte auf sie. Wir beide ersparen uns ferner das Kräftemessen, dessen Ausgang ohnehin bereits feststeht, und Sie sagen mir, was ich wissen will – keine Lügen, keine Auslassungen. Dafür erspare ich Ihnen den Recyclinghof. Sie unterziehen sich einer Sozialhygienekur, Ihr Rating wird auf A3 herabgesetzt, aber Sie behalten sowohl Ihren Status als Alter Kämpfer wie auch den als GS-Hinterbliebener. Damit behalten Sie auch Ihre vollen Ruhestandsbezüge, denn den Dienst bei der Gemapo quittieren Sie. Dass Sie im Staatsdienst unhaltbar geworden sind, dürften Sie verstehen.«

Grubb schlug die Mappe zu und schaute auf. »Haben Sie dazu eine Meinung?«

Cain musterte ihn lange, schwieg aber weiter. Er kostete diesen Moment so lange aus, wie er dauerte – er wusste, es würde der letzte sein, den er auskosten konnte. Dass Grubb ihm dieses Angebot machte und es mit so weitschweifigen Ausführungen eingeleitet hatte, verriet ihm zwar, dass er etwas von ihm wollte. Aber genau das war es, was ihm Sorgen bereitete. Das Angebot war ein Köder, Grubb würde sich niemals an seinen Teil des Handels halten. Gab er ihm, was er wollte, wäre er das, was Grubb ihm bei seiner Festnahme gesagt hatte: erledigt. Solange Grubb nicht hatte, was er wollte, war er einigermaßen sicher. Die Frage war nur – wie lange würde das sein? Und was musste er in dieser Zeit über sich ergehen lassen?

Als Grubb aufging, dass Cain nichts sagen würde, huschte so etwas wie bitteres Begreifen über sein hartes Gesicht, und er seufzte.

»Ich hatte befürchtet, dass Sie mein Angebot ausschlagen würden. Enttäuschend ist es trotzdem.«

Cain sagte nichts.

»Schweigen wird Sie nicht retten.«

Und hier kommen die Drohungen, dachte Cain.

»Sie wissen bereits, was Ihnen vorgeworfen wird. Ich nehme an, auch dazu werden Sie keine Stellungnahme abgeben wollen. Das heißt, mit dem offiziellen Teil sind wir im Prinzip durch.«

Diesen Zug hatte Cain nicht kommen sehen. Grubbs Blick an seinem Kopf vorbei auf den Monitor hinter ihm verriet, dass seine Vitalfunktionen das auch seinem Gegenüber verraten hatten. Nicht ärgern, sagte er sich, gönn ihm nicht auch noch diesen Erfolg.

»Sie werden sich daran erinnern«, setzte Grubb wieder an, »was ich Ihnen bei unserem ersten Treffen gesagt habe: dass ich mich dafür interessiere, wieso wir trotz beinahe identischer Lebensläufe an so unterschiedlichen Punkten im Leben stehen. Ich habe Ihre Akte wieder und wieder studiert, und am Ende blieb nur eine Schlussfolgerung übrig.«

Na dann mal raus damit, du dämliches Arschloch, dachte Cain. Wenn Grubb glaubte, ihn auf diesem Wege aus der Reserve zu locken, hatte er sich geirrt.

»Sie sind ein Narzisst, Inspektor Cain. Ein unverbesserlicher Egomane, jemand, dessen Narzissmus so groß ist, dass er selbstzerstörerische Ausmaße angenommen hat. Sie sind ein Mann der Tat, intelligent, haben aber nie eine höhere Schule besucht, und Sie haben Ihre daraus resultierenden Minderwertigkeitsgefühle in ein Gefühl der Überlegenheit umgewandelt, das Sie allen gegenüber an den Tag legen, die eine bessere Bildung genossen haben. Für Sie sind das wirklichkeitsferne Theoretiker und Bürokraten, die keine Ahnung vom richtigen Leben haben. Ihre Eigenwilligkeit macht Sie zu einem guten Ermittler, der außerhalb normaler Schemata denkt, aber es ist Ihre Unfähigkeit, sich an Regeln zu halten, die Ihnen die Karriere verbaut hat: Trotz Ihrer Verdienste um die Revolution sind Sie nie über den Besoldungsgrad eines Unterintendanten hinausgekommen, und jetzt, am Ende Ihrer Laufbahn, sind Sie selbst davon deutlich entfernt. Sie führen das natürlich nicht auf Ihr eigenes Handeln zurück, weil Ihre Selbstverliebtheit diesen Grad an Reflexion nicht zulässt. Stattdessen wälzen Sie die Schuld ab auf eine Umwelt, die sich gegen Sie verschworen hat, weil sie es nicht ertragen kann, dass Sie alle mit Ihrer Brillanz überstrahlen. Das Ergebnis ist ein tief sitzendes Ressentiment gegenüber allen, die Sie als Teil dieser Verschwörung ausmachen, die Ihnen aber tatsächlich nur den Erfolg widerspiegeln, der Ihnen selbst verwehrt blieb. Innere Parteimitglieder,

Spitzenmanager und -funktionäre, Vorgesetzte – jeden, den die Konsumgesellschaft als Teil der Elite ansieht, verachten Sie als arrivierten Bonzen. Dieses Autoritätsproblem mischt sich mit einem selbstgerechten Beleidigtsein, das sich in einer über die Jahre zunehmend zynisch gewordenen Weltsicht äußert. Ihr an den Tag gelegter Defätismus ist daher weniger Ausdruck einer echten Ablehnung des Konsumismus und seiner Ideen als vielmehr das Produkt einer infantilen Geisteshaltung, die es nie geschafft hat, sich zu ihrer Umwelt in ein gesundes Verhältnis zu setzen, und die deswegen gezwungen ist, sich selbst als das ultimative Maß der Dinge zu betrachten.«

Cain erkannte die Falle, die Grubb ihm mit dieser Analyse stellte. Lehnte er sie ab, gab er ihm recht – seine Weigerung, ihm zuzustimmen, wäre nur ein weiteres Beispiel seiner Unfähigkeit, sich unterzuordnen. Nahm er sie an, gab er ihm ebenfalls recht, schlimmer noch: Er erkannte an, dass Grubb ihn durchschaut hatte. Das kleinere Übel wäre es also gewesen, Grubbs Profil von ihm als lachhaft abzutun. Doch Cain kam nicht umhin, sich in vielen dieser Worte wiederzufinden. Nicht in allen, aber es wurmte ihn, sich das eingestehen zu müssen. Er blieb weiter stumm, aber Grubb hatte ohnehin nicht mit einer Erwiderung gerechnet.

»Ihr egozentrisches Wesen ist auch der Grund dafür, weshalb Sie nicht abkönnen von Ihrem destruktiven Kurs: Ein Wechsel der Richtung oder auch nur die Annahme eines Hilfsangebots wie das von mir gerade eben käme für Sie dem Eingeständnis Ihrer eigenen Unzulänglichkeit und Fehlbarkeit gleich. Aber das geht nicht, weil die da oben nicht recht behalten können. Bis zum bitteren Ende muss es deshalb heißen: Sie allein gegen alle.«

Cain sagte nichts.

»Nachdem mir das bewusst geworden war«, machte Grubb unbeirrt in seiner eigenwillig scharfen Betonung der Konsonanten

weiter, »boten mir Ihre weiteren Schritte keine großen Überraschungen mehr. Sie waren ab diesem Zeitpunkt nur noch ein
interessantes, wenn auch letztlich frustrierendes Studienobjekt.
Ich verstand, weshalb Sie darauf insistierten, Einblick in die Akte
von BM17 zu erhalten, warum Sie gezögert haben, den Fall mit
dem Tod Korts zu schließen. Sie konnten nicht anders. Die Grenze, die ich Ihnen aufzeigte, übte eine so große Versuchung auf Sie
aus, dass Sie sie quasi überschreiten mussten. Dazu kam Ihr unbe-
gründeter, Jahre alter Hass auf das Rauschsicherheitshauptamt:
Sie hatten endlich eine Gelegenheit gefunden, es Ihrer alten Dienst-
stätte heimzuzahlen. Ich gab Ihnen die Gelegenheit, den Fall offen
zu lassen; ich wollte wissen, wie weit Sie tatsächlich gehen würden.
Dass Sie versuchen würden, sich die Akte trotz meines ausdrück-
lichen Verbots zu beschaffen, stand außer Zweifel. Dass Sie andere
mit in die Sache reinziehen würden, ebenfalls. Denn es war Ihnen
egal, dass Sie Ihren Schwager und Ihren Arzt damit zu Verbrechen
gegen diesen Staat anstifteten. In Ihrer Selbstbezogenheit gab es
für Sie nur noch Ihren Fall.«

Cain wurde beinahe schlecht, als er Grubb von Shem sprechen
hörte. Wie hatten sie das herausbekommen? Niemand außer ihm
hatte von Shems Recherche gewusst. Wo waren sie, wo war er zu
unvorsichtig geworden? Und was hatten sie mit Shem gemacht?
War er verhaftet? Tot wie Zerp? Es kostete ihn beinahe über-
menschliche Kraft, Grubb nicht anzufahren und schreiend Auskunft von ihm zu verlangen. Aber genau das wollte sein Gegenüber mit dieser scheinbar beiläufigen Erwähnung erreichen. Er
biss sich auf die Zunge. Schlimm genug, dass der Monitor hinter
ihm seine Bestürzung sichtbar werden ließ.

»Es gab tatsächlich nur einen Punkt, an dem ich mir nicht
sicher war, wie Sie handeln würden. Das war der Moment, in dem
Sie vom NDU kontaktiert wurden. Würden Sie sich Ihrer kon-

sumgenössischen Pflicht besinnen oder dem Anliegen der Terroristen nachkommen? Für mich war das der entscheidende Wendepunkt in Ihrem Leben. Hier würde sich zeigen, ob es für Sie möglich sein würde, den Pfad der Selbstzerstörung zu verlassen. Wie sich herausgestellt hat, war es das nicht.«

Nach diesen Worten war sich Cain sicher, dass Grubb nie vorgehabt hatte, ihm einen ehrlichen Handel vorzuschlagen. Wer so sprach, ließ niemanden gehen. Jetzt kam es nur noch darauf an, Grubb zu verwehren, was er wollte. Oder ihm die Sache zumindest so schwer wie möglich zu machen.

»Ich bin mir allerdings nicht im Klaren darüber, ob Sie die Dimension Ihres Verbrechens auch tatsächlich begriffen haben. Haben Sie das jemals wirklich bis zum Ende durchdacht? Sie waren gewillt, streng geheimes Regierungsmaterial einer Terrorgruppe auszuliefern. Ausgerechnet Sie!«

Die letzten zwei Worte hatte Grubb ihm entgegengebellt. Interessant, dachte Cain, zum ersten Mal zeigte er Gefühle. Nur, waren die echt oder Teil seiner Taktik?

»Man muss sich das einmal richtig vor Augen führen: Sie, der Revolutionsheld, unterstützen Terroristen.« Grubbs Stimme knirschte nun vor Aggressivität. »Ihr Werdegang dürfte damit einzigartig sein, aber wahrscheinlich verspüren Sie darüber nicht Scham, sondern perverse Freude und Stolz, weil Sie das auf eine verquere Art zu etwas Besonderem macht. Aber auch wenn ich gerade gesagt habe, dass die Quelle Ihres Defätismus eher rechthaberische Selbstverliebtheit ist als echte Ablehnung des konsumistischen Staats, ändert das doch nichts an der Verwerflichkeit Ihres Tuns. Ein Verbrechen bleibt ein Verbrechen, egal, aus welchem Motiv es begangen wurde. Wenn man so will, ist Ihres von allen möglichen sogar das niedrigste: Für Sie ist das alles nur eitle Selbstbestätigung gewesen. Sie haben diesen Staat nicht aus innerer Überzeugung heraus verraten, was schlimm genug wäre. Sie haben diesen Staat verraten, weil Sie sich von ihm ungerecht behandelt fühlten, weil Sie Ihren Willen nicht durchsetzen konnten. Sie haben sich aufgeführt wie ein bockiges Kind, das das Spielzeug kaputt macht, das es nicht bekommen kann. Es gab Momente, da habe ich für Sie und Ihre Situation durchaus so etwas wie Empathie entwickelt. Jetzt ekeln Sie mich nur noch an.«

In Cain arbeitete es, seine linke Gesichtshälfte zuckte, und er wusste, dass der Monitor steigende Erregung anzeigen würde, aber er versagte sich eine Erwiderung. Grubb verdiente seine Verachtung, nicht seinen Zorn.

»Ich habe bereits gesagt, dass ich diesem Staat eine Teilverantwortung gebe für das, was Sie aus sich gemacht haben. Daraus ergab sich die Frage, ob der Staat Ihren Absturz nicht hätte verhindern können. Die Idee des Konsumismus hat das Beste aus Ihnen herausgeholt, warum konnte sie es dann nicht erhalten? Die Antwort darauf habe ich mir nicht leicht gemacht, aber sie ist letztlich simpel: Weil sie Ihnen nur in Zeiten des Umsturzes ein Ventil bieten konnte für Ihren Narzissmus. Sie wurden gebraucht, Sie trieben Dinge voran. Während der Konsumrevolution konnten Sie sich als Mittelpunkt des Universums begreifen oder zumindest als einen Teil dieser Mitte. Und danach: nicht mehr. Der Aufbau der neuen Ordnung hat Sie nicht mehr interessiert; er war zu mühsam und der Fortschritt zu langsam. An die Stelle der Tat trat der Prozess, und damit schwanden für Sie die Möglichkeiten der Profilierung. Und weil der Narzisst in Ihnen nicht mehr die Aufmerksamkeit bekam, die er verlangte, entzogen Sie der Sache, die Ihre eigene gewesen war, die Gunst. Deswegen ist die Frage, ob der Staat etwas an Ihrem Werdegang hätte ändern können, in letzter Konsequenz auch zu verneinen: Ihr Naturell hat ihm keine Chance gelassen. Niemand konnte Sie von Ihrem Kurs abbringen, nicht der Staat, nicht die Partei, nicht Sie selbst. Das konnte nicht einmal Ihre Frau.«

»Ficken Sie sich, Grubb.«

Explosionsartig war es aus ihm herausgebrochen, und er bereute seine Worte, noch während sie seinen Mund verließen. Grubb hatte ihn geknackt. Mit einem hinterhältigen Angriff zwar, aber das änderte nichts am Ergebnis.

Wenn der darüber so etwas wie Triumph verspürte, ließ er Cain davon nichts spüren. Stattdessen faltete Grubb die Hände über der Akte zusammen und blickte ihn ruhig an.

»Sie glauben mir nicht?«, fragte er. »Ich kann es Ihnen beweisen.«

»Sie wissen überhaupt nichts, nichts wissen Sie!« Cain sah jetzt keinen Grund mehr, sich zurückzunehmen. Seine ursprüngliche Strategie war gescheitert, also schaltete er um auf Angriff. Er würde sinnlos sein, das wusste er, aber die Erwähnung seiner Frau brachte etwas in ihm zum Rasen, das er nicht mehr stoppen konnte.

»All Ihr Gerede von meinem Narzissmus und meinen selbstzerstörerischen Tendenzen – ersparen Sie mir Ihren Bullshit. Sie haben doch keine Ahnung.«

Grubb verzog keine Miene.

»Sie behaupten, ich hätte mich der konsumistischen Idee bedient, um meine Eitelkeit zu bedienen – das beweist nur, dass Sie nichts, aber auch gar nichts verstanden haben. Ich habe diese Idee geliebt. Ich habe die Freiheit geliebt, die sie mitbrachte, die Ehrlichkeit, mit der sie die menschliche Natur und ihr Bedürfnis nach Exzess betrachtete. Sie beendete einen Jahrhunderte alten, irrsinnigen Kampf gegen etwas, das nie ein Verbrechen war, aber immer so behandelt wurde. Der Krieg gegen die Drogen war sinnlos, teuer, vor allem aber selbst ein Verbrechen gegen die Menschlichkeit. Er hat in dieser Welt nichts bewirkt außer Leid. Was war ich stolz auf das, was wir erreicht hatten: die Kriminalisierung eines der tiefsten Bedürfnisse des Menschen aufgehoben, die Drogenkartelle entmachtet, das Elend der Junkies auf eine bloße Erinnerung reduziert, auf eine Lehrstunde für den Geschichtsunterricht. Wir hatten das Paradies.«

»Es freut mich zu sehen, dass Sie noch zu vaterländischen Regungen fähig sind«, sagte Grubb, leise, harsch, aber ruhig. »Was ist Ihrer Meinung nach dann passiert?«

»Wir haben aus dem Recht auf Rausch die Pflicht zum Rausch gemacht. Wir haben die Freiheit, die wir für einen kurzen Moment hatten, eingetauscht gegen neue Unterdrückung, haben aus den Fixerstuben und Crackhäusern Gefängnisse gemacht statt Vergnügungsparks. Schauen Sie sich doch um! So blind können doch nicht einmal Sie sein! Unser Staat zerfällt, weil jeder auf Droge sein muss; das Leben ist zurückgekrochen auf eine stinkende Matratze und dämmert vor sich hin, und die Einzigen, die noch funktionieren, sind die Maschinen. Die und unser lückenloses System der Repression. Für den Rausch haben wir gekämpft, aber unser Land auf einen Horrortrip geschickt, auf dem nicht mal mehr die Drogen kicken.«

Cain wusste, dass er sich gerade der Konsumkraftzersetzung schuldig gemacht hatte, vor einem Lektor und laufender Kamera. Es war ihm egal. Grubb hatte ohnehin gewonnen, und wenn zum Hochverrat, der ihm vorgeworfen wurde, noch ein weiterer Straftatbestand dazukam, war ihm das ziemlich gleichgültig. Es änderte nichts.

»Eine aufschlussreiche, wenn auch auf falscher Tatsachenanalyse beruhende Weltsicht haben Sie da«, sagte Grubb. »Machen Sie weiter.«

»Da ist nichts mehr«, sagte Cain, plötzlich ermattet. Er hatte das Bedürfnis, sich über das Gesicht zu reiben, aber die Handschellen zwangen seine Hände auf die kalte Tischplatte.

»Dann sind wir also Ihrer Meinung nach fertig hier?«

Ein Gedanke huschte durch Cains Kopf. Er sah Grubb direkt an. »Nein, sind wir nicht. Wenn Sie ohnehin alles wissen, sagen Sie mir: Wer hat BM17 und die Hauptamtsmitarbeiter ermordet?«

Über Grubbs Gesicht huschte ein bedauerndes Lächeln. »Mit Ihnen wird dieser Staat in der Tat einen außerordentlichen Ermittler verlieren. Haben Sie also auch das herausbekommen. Und selbst jetzt noch können Sie es nicht lassen.«

Cain sah Grubb weiter an, schließlich fing er an zu lachen. »Sie wissen es nicht. Das ist doch das, was Sie mir damit zu verstehen geben, oder? Sie wissen alles über mich, aber das haben selbst Sie nicht herauskriegen können. Irgendjemand bringt Leute aus Ihrem Haus um, und Sie haben nicht den leisesten Schimmer.« Er rüttelte noch immer lachend an seinen Handschellen. »Würden Sie mir die hier bitte abnehmen? Ich würde mir gern die Tränen aus den Augen wischen. Grubb, ich mag der Terrorist von uns beiden sein, aber Sie sind die Witzfigur.«

Grubbs Gesicht wurde wieder zu Stein. »Ganz im Gegenteil. Ich bin über die Todesfälle genauestens im Bilde. Schließlich habe ich sie selbst angeordnet. Bis zum heutigen Tag habe ich in dieser Sache dreiundfünfzig Personen und fünf HMWs liquidieren oder recyceln lassen.«

Cains Lachen verstummte abrupt.

»Sie haben richtig gehört, ich habe die Todesfälle angeordnet.«

Ungläubig starrte Cain ihn an.

Mitarbeiter des Rauschsicherheitshauptamts brachten Mitarbeiter des Rauschsicherheitshauptamts um: Das war Unsinn, dachte er. Oder doch? Er versuchte, sich einen Reim darauf zu machen, aber konnte es nicht. Kurz überlegte er, ob Grubb sich einen Scherz mit ihm erlaubte, aber der Lektor saß so ernst und unnachgiebig da wie schon während des gesamten Verhörs.

»Wieso?«, fragte er schließlich, mehr brachte er nicht heraus.

»Aus demselben Grund, aus dem das Lektorat immer handelt: aus Sorge um das Staatswohl.« Wieder erschien für einen kurzen Moment ein Lächeln auf seinem Gesicht, aber diesmal lag Überlegenheit in ihm statt Bedauern. »Sie sind ein intelligenter Mann, Inspektor Cain, Sie haben die Teile dieses Falls im Alleingang zusammengetragen, und das, obwohl wir uns alle Mühe gegeben haben, sie Ihnen vorzuenthalten. Aber diese Teile zum einzig sinnvollen Gesamtbild zusammenzulegen, das ist Ihnen nicht gelungen. Und wissen Sie, warum? Weil Sie die Dinge von Ihrer eigenen, ichbezogenen Perspektive aus betrachten und nicht vom Staat aus.«

Grubb hatte sich während dieser Worte leicht nach vorne gebeugt, als würde er zum Sprung ansetzen. Nun setzte er sich wieder auf.

»Projekt Reboot stellt die größte Gefahr für diesen Staat dar, die wir jemals gesehen haben. Deshalb musste jeder Beteiligte, jeder Mitwisser liquidiert werden, ob Mensch oder Maschine.«

Cain war noch immer fassungslos. »Sind Sie bekloppt? Projekt Reboot löst das drängendste Problem dieses Staats – wie kann das eine Gefahr sein?«

»Genau das meinte ich mit ichbezogener Perspektive: Sie sehen nur, was Reboot für den Einzelnen bedeuten würde. Die Konsequenz über das Individuum hinaus aber wird von Ihnen nicht mitbedacht. Diese politische Kurzsichtigkeit gab es leider auch in unserem Referat III B 3 – ansonsten wäre es gar nicht erst zu dieser enormen Gefährdung gekommen. Ich muss zugeben, Ihre Perspektive ist verlockend, aber sie missachtet vollkommen, was Projekt Reboot für den Staat bedeuten würde.«

»Klären Sie mich auf, ich bin offensichtlich tatsächlich zu beschränkt. Was würde Projekt Reboot für den Staat bedeuten?«

»Den Verlust der Kontrolle.«

»Immer noch: Ich kann nicht folgen.«

»Ein Metabolismus, der psychoaktive Substanzen innerhalb weniger Stunden bis unter die Nachweisgrenze abbaut? Können Sie sich vorstellen, was das für die Drogentests bedeutet?« Grubb schlug mit der Hand auf den Tisch. »Das Ende, Inspektor Cain, es würde das Ende bedeuten. Das Ende der Drogentests aber ist das Ende der Kontrolle des Staats über den Einzelnen und damit das Ende des Staats selbst. Aber dieser Staat wurde nicht errichtet, um durch den naiven Wunschtraum politischer Blindgänger zugrunde gerichtet zu werden. Soll der Staat ewig überdauern, muss die Kontrolle es auch.«

Cain schaute Grubb entgeistert an. Dann brach sich seine Empörung Bahn. »Das kann nicht Ihr Ernst sein«, schrie er. Vergebens zerrte er an seinen Handschellen. »Sie haben die Lösung für das größte Problem, an dem dieses Land zugrunde geht, und Sie kehren sie unter den Teppich, weil was? Weil Sie Angst davor haben, ein Mittel der Unterdrückung zu verlieren? Sie sind ein mieses Stück Scheiße, Grubb! Wir haben gekämpft für eine Welt, in der die Freiheit des Konsums alle anderen Freiheiten mit sich bringen würde. Nicht damit Leute wie Sie unsere Ideale mit Füßen treten können.«

»Beruhigen Sie sich wieder, Inspektor Cain, sonst lasse ich Sie sedieren.« Grubb schaute indigniert. »Dass Sie ein Narzisst sind, hatte ich gewusst. Mir ist bis eben unklar gewesen, dass Sie auch ein Schwachkopf sind. Es ging nicht um Freiheit, um Freiheit geht es nie. Revolution ist nicht der Versuch, Herrschaft abzuschütteln. Revolution ist der Austausch der einen Herrschaft durch eine andere. Und für Herrschaft braucht es Kontrolle, alles andere ist zweitrangig. Dieser Staat hat die perfekte Form der Kontrolle gefunden: Zum ersten Mal in der Geschichte der Menschheit lässt sich Staatstreue anhand von Blutwerten bestimmen, zum ersten

Mal Loyalität mit einem Becher Urin überprüfen. Diese Kontrolle zu erhalten, muss und wird unser oberstes Ziel sein. Und wenn das heißt, dass ich dafür den Tod von achthundert ungeborenen Bürgern dieses Staats anordnen muss, wenn ich dafür eine ganze Abteilung gutmeinender, aber fehlgeleiteter Bediensteter in der eigenen Behörde recyceln lassen muss, tangiert mich das nur insofern, als die Kontrolle aufrechterhalten bleibt. Wenn Sie das nicht verstehen, Inspektor Cain, sind Sie ein Kretin.«

Cain war fassungslos, zornig, ernüchtert, angeekelt – alles zusammen und nichts davon. In ihm hatte sich eine Leere breitgemacht, für die er keinen Ausdruck hatte.

»Weiß das Politlabor davon?«, fragte er beinahe hilflos.

»Und wieder bin ich überrascht von Ihrer Einfältigkeit. Als ich vor acht Tagen Kenntnis von III B 3 bekam, habe ich sofort die Implikationen verstanden, die Projekt Reboot bedeuten würde, und habe es auf GS Alpha hochgestuft. Von dem Moment an ging es nur noch um Schadensbegrenzung. Selbstverständlich habe ich das Politlabor darüber informiert. Der Geliebte Tripsitter ist in Kenntnis gesetzt und gab mir freie Hand bei der Lösung des Problems.«

Cain nickte matt. Auch das Politlabor. Er hatte schon immer gewusst, dass dort nur Nichtsnutze saßen. Wie er von hier aus weitermachen sollte, weitermachen konnte, war ihm völlig unklar. Zum ersten Mal in seinem Leben kapitulierte er, weigerte er sich, eine Aufgabe mit seinem Geist anzugehen. Das hier war mehr, als er ertragen konnte – das hier war das Ende.

Er tauchte ab. Wie lange er weg war, konnte er nicht sagen. Aber schließlich formte sich aus der Leere in seinem Verstand ein Gedanke.

»Wieso diese Scharade mit Epaphras Thon? Wieso all diese Umstände?«

»Wenn Sie so ein großes Projekt, wie Reboot eins gewesen ist, einfach einstellen, wirft das Fragen auf. Im beauftragten Konzern wie auch im Rauschsicherheitshauptamt. Fragen führen zu Gerüchten, Gerüchte führen zu Nachforschungen, Nachforschungen zu Enthüllungen. Das konnten wir nicht zulassen, dafür stand zu viel auf dem Spiel. Gebraucht wurde eine radikale Lösung, an deren Ende nichts mehr davon zeugen würde, dass Projekt Reboot jemals existiert hatte. Und selbst diese Reinigungsoperation musste möglichst unauffällig durchgeführt werden. III B 3 war dabei das geringste Problem: Ein paar platzierte Unterlagen da, ein paar Zeugenaussagen hier, und schon konnte das gesamte Referat wegen Insubordination abgeurteilt und recycelt werden. Die letzten Urteile werden in den kommenden Tagen gesprochen werden, und am Ende wird niemand die Prozesse mit dem Projekt in Verbindung bringen. Die losen Enden aufseiten der Wirtschaft waren dagegen heikler. BM 17 als Opfer einer Beziehungstat hinzustellen schien ein geeigneter Weg zu sein, um diesen Teil des Projekts zu beenden, ohne große Aufmerksamkeit zu erregen. Das plötzliche Auftauchen Korts in der entsprechenden Nacht hat allerdings für anfängliche Komplikationen gesorgt.«

Deswegen der große zeitliche Abstand zwischen der Ausschaltung der Brutmutter und der Vergiftung der Föten, ging es Cain auf. Die Mörder waren von einem liebestollen Geburtsvorstand überrascht worden und hatten erst noch Rücksprache über ihr weiteres Vorgehen halten müssen. »Aber dann kam er Ihnen wie gerufen«, dachte er laut weiter. »Durch die Dreiecksgeschichte wurde ihr fingiertes Tatmotiv noch glaubwürdiger.«

»Ganz genau.«

»Und Kort – haben Sie den auch …?«

»Kort war eine Sicherheitslücke, die geschlossen werden musste.«

Wieder nickte Cain. Plötzlich schlossen sich die Lücken, die

Teile setzten sich zusammen. Nur eins verstand er immer noch nicht.

»Warum haben Sie mich nicht abgezogen? Wenn die Gefahr, die von Reboot ausging, so groß war, warum das Risiko eingehen und mich auf dem Fall lassen? Sie haben mir ja sogar noch nach Korts Tod eine Woche Zeit gegeben, um nach anderen Lösungen zu suchen.«

Grubbs Mund umspielte ein ungeduldiges Zucken. »Gut, Inspektor Cain, dann erkläre ich Ihnen auch noch das. Aber ich habe es Ihnen eigentlich schon gesagt: Ihr Fall interessierte mich, also ließ ich Sie gewähren, um Sie zu studieren. Dass ich durch Sie auch noch die Gelegenheit bekam, den Wandel eines bloßen Defätisten zum Terroristen gleichsam in Echtzeit mitzuerleben, war unvorhergesehen, aber dankenswert. Ohne Sie wären wir auch nicht auf die Kontakte des NDU zu Pregnantam gekommen. Und ja, es war ein Risiko, Sie gewähren zu lassen, aber ein überschaubares. Seit ich mir Ihre Akte hatte kommen lassen, bewegten Sie sich in einer kontrollierten Atmosphäre. Ihre Möglichkeit, echten Schaden anzurichten, war gering, und um die Fälle, in denen Sie es taten, haben wir uns bereits gekümmert.«

Shem, fuhr es Cain durch den Kopf. »Was haben Sie mit meinem Schwager gemacht?«

»Er steht in diesem Moment vor einem Sozialhygienegericht. Wir konnten ihn erst festnehmen, nachdem wir Sie verhaftet hatten. Schließlich sollten Sie davon nicht durch irgendeinen Zufall erfahren.«

Cain riss schreiend an seinen Ketten und warf sich, so weit es Stuhl und Fesseln erlaubten, auf den Tisch und Grubb entgegen.

Der zeigte sich von Cains Ausbruch völlig unbeeindruckt und bewegte sich keinen Millimeter. »Das haben Sie über Ihren Schwager gebracht. Er hätte diesem Staat noch viele Jahre dienen können.«

»Ich mache Sie fertig, Grubb, das schwöre ich Ihnen!«, schrie Cain über den Tisch gebeugt Grubb ins Gesicht.

»Unwahrscheinlich.« Grubb schlug die Mappe an einer mit Lesezeichen markierten Stelle wieder auf und nahm ein zusammengefaltetes Stück Papier in die Hand. Er ließ es über den Tisch hinüber zu Cain schlittern. »Ich habe Ihnen doch gesagt, ich könne es beweisen: dass nicht einmal Ihre Frau Sie vor sich selbst hat retten können.«

Cain starrte auf das Blatt Papier vor ihm. Kalter Schweiß brach ihm aus. »Was ist das?« fragte er mit kaum verhohlenem Entsetzen und sackte zurück auf den Stuhl.

»Der Abschiedsbrief Ihrer Frau. Lesen Sie ihn. Wir haben ihn lange genug für Sie aufbewahrt.«

Zitternd nahm Cain ihn in die Hand. Er wusste, dass nichts Gutes davon kommen konnte, sonst hätte Grubb ihm den Brief nicht gegeben. Aber er hatte keine andere Wahl.

Er schlug den Bogen auf. *Solomon*, begann er zu lesen, und beim Anblick ihrer Handschrift schossen ihm die Tränen in die Augen. Er musste an sich halten, das Atmen fiel ihm schwer.

*Solomon, fing er noch einmal an, weil es keinen leichten Weg gibt, Dir das Folgende zu sagen, nehme ich den direkten: Ich habe mich für die Goldene Reihe gemeldet, schon für diesen Rauschparteitag. Ich weiß, ich müsste Dir das persönlich sagen, von Angesicht zu Angesicht, aber ich stelle fest, dass ich nicht die Kraft dafür besitze. Der Grund ist einfach: Ich bin krank, unheilbar, die Nachricht habe ich letzten Monat bekommen, und ich brauchte die Zeit bis jetzt, um diese Sache einigermaßen zu bewältigen. Du erinnerst Dich an meine Appetitlosigkeit, meine Schmerzen in der Leistengegend, meine Atemnot? Ich weiß jetzt den Grund dafür: Meine Nieren sind beinahe vollständig zerstört. Zu viele Drogen, wohl vor allem Kokain, die ich in all den Jahren genommen habe, und nun können sie nicht mehr. Mein Arzt prophezeit mir ihr Versagen binnen des nächsten halben Jahres. Ich will so nicht sterben, Solomon, ich will mich nicht langsam selbst vergiften, ich will kein D in meinen Ratingpass gestempelt bekommen. Ich will meine Würde behalten. Vor allem will ich nicht sterben, doch das steht offensichtlich nicht mehr zur Debatte.*

*Aber nicht deshalb habe ich mich gemeldet. Ich würde viel lieber gehen, indem ich mir in Deinen Armen einen letzten Schuss setze. Aber ich weiß, wie Du zu diesem Staat stehst, wir haben oft genug darüber gesprochen. Und auch wenn ich vieles von Deiner Kritik teile, treibt mich doch eines viel mehr um als der Kurs, den dieses Land eingeschlagen hat: Deine Sicherheit. Ja, Du bist ein Alter Kämpfer, ein Revolutionsheld, aber wird Dich das ewig schützen können? Du bist in Deinem Zorn so unbedacht, in Deinem Zweifel so offen, Liebling, dass ich für Dich fürchte. Niemand ist unantastbar, das weißt Du ebenso gut wie ich, aber im Gegensatz zu mir lebst Du nicht danach. Ich kann Dich ebenso wenig vor Dir selbst schützen, wie ich Dir Linderung geben kann für Deine Zweifel. Aber was ich Dir geben kann, ist ein weiteres Stück Schutz für die lange Strecke, die noch vor Dir liegt.*

*Ich bitte Dich: Erlaube, dass mein Tod einen Sinn hat, und verzeih, dass ich gehe, ohne Dich zum Abschied zu küssen. Sei versichert, dass ich am Ende glücklich sterbe, weil ich das Beste hatte, das diese Welt zu bieten hat: Zeit mir Dir.*

*In Liebe, Tab*


In Cain zerbrach etwas. Der Brief entglitt seinen Händen, weil er keine Kraft mehr in seinen Fingern hatte. Sein Gesicht zuckte, Tränen liefen ihm übers Gesicht. Er weinte hemmungslos.

All die ganzen Jahre.

Er hatte sich wundgedacht über der Frage, warum sie diesen Schritt gegangen war, warum sie sich nicht mal von ihm verabschiedet hatte. Die einzige Antwort, die er sich hatte geben können, war die, dass ihre Liebe zur Idee größer gewesen sein musste als die Liebe zu ihm, und er hatte nie gewusst, welcher Teil davon der entsetzlichere war. Er war darüber bitter geworden und hart gegen sich und gegen die Welt, nur es hatte nichts genutzt. Die Wunden waren zu Narben geworden, aber die Narben hatten nie aufgehört zu schmerzen.

Und jetzt dieser Brief.

Dieser Brief, der alles erklärte, der ihren Weggang zwar nicht weniger furchtbar machte, aber doch eine Antwort bot für die quälenden Gedanken, die seine konstanten Begleiter gewesen waren. Die Schlussfolgerung der mangelnden Liebe war eine Last gewesen, die ihn beinahe kaputtgemacht hätte. Was aber Vorwurf und Hader, Wut und Ohnmacht nicht geschafft hatten, das besorgte die Erkenntnis, dass all das umsonst und falsch gewesen war und er sich all die Zeit des Schlimmstmöglichen schuldig gemacht hatte.

Er hatte ihr unrecht getan.


Aus einer anderen Welt drang eine leise, harsche Stimme zu ihm. »Ich denke, Sie sind jetzt bereit, mir zu sagen, was ich wissen will: Wo haben Sie die Akte von BM 17?«

Er brauchte lange, bis ihm bewusst wurde, wo er war. Er saß immer noch an einen Tisch gefesselt in einer Verhörzelle des Rauschsicherheitshauptamts. Grubb ihm gegenüber, massig, unerbittlich.

»Die Akte, Inspektor Cain, wo haben Sie sie?«

Durch den Film seiner Tränen sah er ihn an. »Sie hatten ihn die ganze Zeit«, sagte er.

Die Erkenntnis kam erst mit den Worten, und als sie kam, traf sie ihn mit extremer Wucht.

Sie hatten ihn, schrie es in ihm. Sie hatten ihn!

Es war sein Brief, und sie hatten ihn ihm vorenthalten. Sein Leid, sein Zweifel, sein Zorn – all das war unnötig gewesen. Er hätte trauern können, wie sie und er es verdient hätten. Er hätte sich gewehrt gegen ihr Opfer, aber er hätte – irgendwann, irgendwie – verstanden. Und er hätte seine Trauerarbeit abschließen können. Er hätte weitergelebt; schmerzhaft wäre es gewesen, wäre es immer geblieben, aber Erinnerung und Liebe wären diesem Schmerz Linderung gewesen. Es hätte ihn nicht verkrüppelt. Er hätte ein Leben haben können, das die Bezeichnung wert gewesen wäre.

Und sie wäre nicht umsonst gestorben.

Neun Jahre sinnloser Qual, zwei verpfuschte Leben.

Es war die Liebe zu seiner Frau gewesen, die ihn gebrochen hatte. Der Hass auf Grubb brachte ihn zurück.

»Sie hatten ihn die ganze Zeit«, schrie er. »Sie hatten ihn die ganze Zeit!«

Wieder sprang er auf und schnellte vorwärts. Aber diesmal war es ihm egal, dass die Handschellen ihm ins Fleisch schnitten. Außer sich riss er an ihnen, ohne darauf zu achten, was sie seinen Gelenken antaten. Cain raste. Schaum trat ihm vor den Mund.

Vor ihm verkniff Grubb enttäuscht das Gesicht.

»Ich dachte, ich würde Sie so knacken können, Inspektor Cain. Aber ich sehe, dass ich mich geirrt habe. Ihre emotionalen Reserven sind beachtlich.« Er klappte seinen Daumen in die Handfläche und machte mit den übrigen Fingern eine winkende Geste Richtung Spiegel. »So kommen wir hier nicht weiter.«

Die Tür der Zelle flog auf, und vier Adjutanten eilten herein. Zwei von ihnen zwangen Cain zurück auf den Stuhl, der dritte umschloss seinen Kopf mit der Armbeuge und verhinderte so, dass er um sich biss. Der vierte nahm eine Spritze vom Beistelltisch und schaute Grubb an.

»Geben Sie ihm Natrium-Pentathol, die doppelte Menge.«
Der Adjutant nickte und griff eines der Fläschchen.

»Und jetzt noch mal, Inspektor Cain. Wo ist die Akte?«

# 21

Cain dämmerte. Das Wahrheitsserum, das sie ihm gespritzt hatten, kreiste noch durch seinen Körper, Hustenreiz und plötzliche Pulsbeschleunigungen rissen ihn immer wieder aus dem Halbschlaf. Er war nackt.

Irgendetwas musste er noch erledigen, aber er wusste nicht mehr, was.

Er konnte sich daran erinnern, wie die Nadel in die Vene in seinem Unterarm gefahren war und wie er sich vergebens dagegen gewehrt hatte. Er erinnerte sich auch an Grubb. Die Gestalt des Lektors war in der Rückschau noch viel massiger als in der Realität, sie wuchs heran zu einem Berg, der sein gesamtes Blickfeld ausfüllte.

WO IST DIE AKTE?

Er konnte die Stimme noch immer in den Ohren ringen hören. Er konnte auch sich hören, wie er schrie und wütete, und wie er schließlich unter dem Einfluss des Natrium-Pentathols anfing zu lachen und zu weinen, wie er sang und redete und schrie.

IN MEINEM ARSCH!

Er erinnerte sich, wie die Nadel wieder aufgetaucht war und sie ihm eine zweite Dosis verabreicht hatten, und dann verschwand alles hinter Schleiern. Er hörte sich lallen, aber er konnte nicht verstehen, was er von sich gab.

Hatte er Grubb verraten, wo die Akte war?

Ein Ruck ging durch die Wand, an der er lehnte. Er öffnete die

Augen, aber es war dunkel, er konnte kaum etwas sehen. Mit den Händen fing er an umherzutasten. Metall umgab ihn von allen Seiten. Er hockte im Innern eines eiförmigen Hohlkörpers, der sacht von einer Seite zur anderen schwang, als bewegte er sich an einer Aufhängung. Cain begriff augenblicklich, wo er war.

Er war im Innern einer Recycling-Kapsel.

Nicht dass die Erkenntnis ihn erschreckt hätte. Dass er dem Recyclinghof entgegenbaumelte, war lediglich die logische Konsequenz des Vorangegangen. Wie Kort war er eine Sicherheitslücke, die geschlossen werden musste.

Er lehnte seinen schmerzenden Kopf wieder an die gewölbte Innenwand der Kapsel. Ihre Kühle half ihm beim Klarkommen.

So würde es also zu Ende gehen. Gut. Nichts, was er jetzt noch verlieren konnte, wäre es wert gewesen, sein Schicksal ändern zu wollen.

Seine wunden Handgelenke brannten.

Er hatte das Geheimnis um den Tod von BM17 gelöst, aber zu welchem Preis. Zerp war tot, Shem war es auch oder würde es bald sein. D war tot. Alle waren sie seinetwegen gestorben. Er stellte fest, dass er keine Reue mehr fühlte oder Verzweiflung. Aber auch diese Erkenntnis vermochte es nicht, etwas in ihm zu regen, nicht mal Überraschung. Er war nicht mehr in der Lage, irgendetwas zu empfinden.

Projekt Reboot war so gut wie erledigt, und wer bis jetzt überlebt hatte, würde Grubbs Säuberungsaktion noch zum Opfer fallen. Es war ihm egal. Der Fall, der alles ausgelöst hatte, er spielte keine Rolle mehr. Er schloss die Augen.


Aus der Dunkelheit und den Gedankenschlieren des Natrium-Pentathols tauchte sie schließlich auf. All die Jahre hatte er sie zu

Unrecht verdammt. Aber auch die Scham darüber und den Hass auf seine Täuscher, den er gespürt hatte, gab es nicht mehr.

»Es hat nichts genutzt«, flüsterte er ihr zu. »Sie haben mich doch erwischt.«

»Ich weiß«, sagte sie. »Komm.«

Und so fand er doch noch etwas in sich. Erleichterung darüber, dass nun bald alles vorbei wäre und seine Qualen ein Ende hätten. Er wusste, was ihn erwartete. Es würde nicht wehtun. Bald, sagte er sich. Oder ihr. Er wusste es nicht.

Aber plötzlich riss es ihn hoch. Ihm war wieder eingefallen, was er noch hatte tun wollen, und der Gedanke daran stach hell durch den Drogennebel. Mit der Faust schlug er gegen die Wand.

Metall kreischte. Die Kapsel kam zum Stehen.

Verblüfft hielt er inne. War er das gewesen? Ein lachhafter Gedanke, aber sollte er jetzt schon angekommen sein? Er wusste, dass die Kapseln vom Hauptamt etwa anderthalb Stunden zum Recyclinghof unterwegs waren. Hatte er wirklich die meiste Zeit davon verkomert?

Als die Kapsel zur Seite kippte und nach einem kurzen Sturz hart am Boden aufschlug, wusste er, dass etwas Unvorhergesehenes passierte. Er hörte, wie sich an der verplombten Kapselluke zu schaffen gemacht wurde.

Die Luke sprang auf, der Schein einer Lampe fiel ihm ins Gesicht. Geblendet hob er die Hand vor die Augen.

»Kommen Sie raus, ich helfe Ihnen«, sagte eine Stimme aus dem Licht heraus, die er zwar kannte, aber nicht einordnen konnte.

Eine Hand griff die seine und zog ihn aus der Kapsel.

Es war Nacht, und er schmeckte den Sand der Graubeigen Sandeinöde in der Luft. Sie mussten sich bereits in den Außenbezirken Junktowns befinden.

Er drehte sich zu seinem Retter um – und erstarrte vor Verblüffung.

Vor ihm, die Lampe noch immer in der Hand, stand die ungeschlachte Gestalt von Wachtmeister Zachäus Brom. Die pomadisierten Haare, die schiefen Augen, der Fassbauch, die schlecht sitzende Bepo-Uniform, alles da.

Cains Gehirn weigerte sich, die Realität anzuerkennen.

»Brom? Was …? Wie …? Ich …« Die Überraschung kämpfte gegen das Natrium-Pentathol an, er mühte sich, zusammenhängende Gedanken zu fabrizieren.

Der Wachtmeister trat einen Schritt auf ihn zu und jagte ihm eine Spritze in den Oberarm.

»Hey!«, rief Cain überrascht und versuchte zurückzuweichen.

»Alles gut, Sie wirken benommen, das wird Ihnen helfen.« Brom schmiss die Spritze weg. »Neben der Kapsel liegen Anziehsachen. Ich musste Ihre Größe schätzen, aber es wird gehen.«

Cain rieb sich die Einstichstelle. Er konnte bereits merken, wie sich die Schleier lichteten. Die Verblüffung aber blieb. Was machte Brom hier? Und wo war hier? Er schaute sich um. »Wo sind …?« Das Sprechen fiel ihm noch immer schwer.

Vorsichtig wankte er die paar Schritte zur Kapsel zurück. In einer Tüte lag die Arbeitskluft eines Mechanikers inklusive Schuhen. Er begann sich anzuziehen.

»Auf einer Wartungsplattform der Recycling-Bahn. Ich habe hier auf Ihre Kapsel gewartet. An Ihrer Stelle wäre ich übrigens vorsichtig mit so schnellen Bewegungen wie gerade eben: Die Plattform ist nicht groß, und wir sind zwölf Meter über dem Erdboden.«

Cain war mit dem Anziehen fertig. Er knetete sich die Augäpfel. Sein Verstand kam nicht mehr hinterher. Wieso war Brom plötzlich nicht mehr dumm? Der Wachtmeister machte einen deutlich aufgeweckteren Eindruck als er selbst, musste er zugeben. Seine Stimme war zwar noch immer die eines Höhlenbewohners, aber er sprach und gab sich wie ein völlig anderer. Verdammt, dachte Cain, Brom *war* ein anderer.

»Wieso sind Sie nicht …« Er suchte nach einer Formulierung, die nicht vollkommen unmöglich war.

»Stupide?«, schlug Brom ihm eine Vervollständigung seines Satzes vor. »Dämlich? Beschränkt? Weil ich glaube, dass es gerade unnötig ist, mich zu verstellen. Wir sind hier unter uns.«

»Sie waren also immer schon so?« Cain machte eine unbestimmte Geste in Broms Richtung.

»Da es noch keine Pillen gibt, die Hirn wachsen lassen, würde ich sagen: ja.«

»Aber … wieso?«

»Weil man nicht für voll genommen wird. Weil man so mehr erfährt. Die Leute übersehen einen quasi, wenn man dumm ist. Dummheit ist die beste Tarnung, verstehen Sie?«

Cain merkte, dass ihm die Worte fehlten.

»Sie stehen da wie ein Koksgötze, Cain.« Brom grinste.

Cain schüttelte den Kopf, als hätte er nasse Haare.

»Woher wussten Sie …? Ich meine, wieso sind Sie hier?«

»Der NDU hat Sie nicht aufgeben wollen. Als wir von Bathsebas Ermordung und Ihrer Verhaftung erfuhren, haben wir unsere Quelle im Hauptamt aktiviert. Sie hat uns die Zeit Ihrer Abfertigung mitgeteilt.«

Wieder glotzte Cain Brom an. In seinem Hirn schalteten sich mehr und mehr Synapsen an, aber immer noch ging ihm das alles zu schnell. Brom war beim NDU? Dann fiel ihm ein, dass D davon gesprochen hatte, gute Polizeikontakte zu haben. Hatte sie damit Brom gemeint? Er hätte beinahe laut gelacht, aber hier stand er vor ihm und hatte ihn aus der Kapsel geholt.

»Bathseba, sagten Sie, hieß sie?«

»Hat sie Ihnen das nie verraten? Sie war immer ein wenig eigen mit ihrem echten Namen.« Ein trauriges Lächeln huschte über Broms missratenes Gesicht. »Bathseba war eine tolle Frau, aber das werden Sie wissen.«

Cain nickte abwesend. Er bemühte sich noch immer durchzusteigen. »Das heißt, Sie kannten sie schon länger? Wussten Sie auch, dass … Ich meine, wussten Sie von uns beiden?«

Brom nickte. »Ich war es, der vorgeschlagen hat, Bathseba auf Sie anzusetzen. Nach all der Zeit, in der ich Sie hatte beobachten können, schienen Sie mir ein ziemlich aussichtsreicher Kandidat für eine Rekrutierung zu sein. Dass das zwischen Ihnen dann mehr zu werden schien, war natürlich nicht abzusehen. Tut mir leid, wenn Bathseba auch ein persönlicher Verlust für Sie ist.«

Langsam holte Cains Verstand auf, was auch daran liegen mochte, dass das Gegenmittel die Wirkung des Natrium-Pentathols inzwischen beinahe vollständig aufgehoben worden hatte. Emotional aber war er noch lange nicht so weit. Zu viel seiner Weltsicht hatte sich in den letzten Minuten geändert. Brom hatte ihn für die Rekrutierung einer Widerstandsgruppe vorgeschlagen? Er fühlte sich völlig erschlagen von den Entwicklungen. Abermals konnte er nur nicken.

Brom schaltete die Lampe aus. »Weniger auffällig – man weiß ja nie. Und so können sich Ihre Augen an die Dunkelheit gewöhnen.«

»Wohin?«

»Rein in die Stadt, die Akte holen. Und Sie dann in ein Versteck bringen.«

»Die Akte?«

»Ja, natürlich. Also los. Wir haben nicht allzu viel Puffer. Ihre Kapsel sollte in nicht einmal vierzig Minuten im Recyclinghof ankommen. Sie wissen, was passiert, wenn sie das nicht tut.«

Er wusste es. Hochstufung des Terrorlevels, Großeinsatz von Zerebralwächtern, Lektoren in der ganzen Stadt. Zumindest war das die Theorie, die Praxis hatte er noch nie erlebt. Niemand vergriff sich an Recycling-Kapseln.

»Bleiben Sie hier in der Mitte bei der Kapsel, Sie wirken noch etwas wackelig auf den Beinen. Ich bringe uns runter.« Brom machte ein paar Schritte in die Nacht. Im müden Licht der Sterne konnte Cain das Stellpult ausmachen, mit dem sich die Plattform absenken ließ.

Die Akte, dachte er. Alle wollten sie die Akte haben.

Etwas machte Klick in seinem Hirn. Seine Augen weiteten sich.

»Warten Sie, Brom«, sagte er schnell. »Sie haben Ihre Dienstwaffe dabei, oder?«

Der Wachtmeister drehte sich um. »Habe ich, wieso?«, fragte er verwundert.

»Geben Sie sie mir.« Cain streckte die Hand aus.

»Was wollen Sie mit meiner Dienstwaffe?«

»Das ist ein Test. Ob ich Ihnen trauen kann. Also, geben Sie her.«

Brom runzelte die Stirn, griff aber zu seinem Holster. Er zog die Pistole heraus und reichte sie Cain. »Sind Sie jetzt zufrieden?«

Cain nahm die Waffe und wog sie in der Hand. Es war eine Cerebellum Neun-Milliliter, eine Nadelpistole, mit der Betäubungsprojektile verschossen wurden. Er steckte sie ein.

»Gut, Test bestanden. Sie sind tatsächlich keiner von denen.«

»Von denen?«

»Ja, ich musste sichergehen, dass Sie nicht von Grubb geschickt worden sind. Ich meine, doch, das sind Sie. Aber nicht direkt.«

»Von Grubb? Was reden Sie da? Ich bin beim NDU, und der hat mich geschickt. Sind Sie immer noch auf Droge?«

Cain schüttelte den Kopf. Mit einem Mal stand ihm alles klar vor Augen. Beinahe wäre er Grubb auf den Leim gegangen.

»Verstehen Sie denn nicht? Das ist alles von Grubb eingefädelt worden. Damit ich ihn auf diese Weise zur Akte führe.«

Brom zog verstört die Augenbrauen zusammen. »Was Sie da sagen, ergibt keinen Sinn.«

»Doch, tut es! Überlegen Sie doch mal: Grubb hat mich im Verhör nicht dazu gebracht, ihm das Versteck der Akte zu verraten, deshalb hat er zu Wahrheitsdrogen gegriffen. Und was immer ich geschwallt habe, als ich drauf war, es waren keine eindeutigen Informationen. Vielleicht habe ich es ihm gesagt, vielleicht nicht – Grubb kann jedenfalls nichts mit dem anfangen, was er gehört hat. Deshalb lässt er mich von euch befreien, wohl wissend, dass der NDU die Akte auch haben will. Ich führe euch zur Akte, er folgt mit Zebras – und *zack*!« Er klatschte seine Hände zusammen.

»Wir haben die Informationen von einer Quelle.«

»Aus dem Rauschsicherheitshauptamt, genau. D, ich meine Bathseba, hat mir davon erzählt, und ich fand es damals schon merkwürdig. Im Hauptamt gibt es keine Quellen, und wenn es sie gäbe, dann würden sie nicht eine kleine, Entschuldigung, ziemlich unbedeutende Widerstandsgruppe füttern.«

Brom sagte nichts mehr. Cain sah es in seinem Gesicht arbeiten.

»Verstehen Sie? Diese Quelle war von Anfang an ein Köder, ein Fake. Um euch kontrollieren zu können. Man hat euch mit ein paar unwichtigen Informationen angefüttert, hat euch ein paar Kontrollen ohne große Relevanz verraten und so euer Vertrauen erschlichen. Um euch ausschalten zu können, wenn ihr wirklich gefährlich geworden wärt, oder um euch für genau so eine Aktion benutzen zu können wie diese. Glauben Sie mir, Brom, der NDU ist kompromittiert.«

»Sie könnten vielleicht recht haben.« Brom war blass geworden. »Verdammt! Aber wie kriegen wir darüber Gewissheit?«

»Wir fahren in die Bepo-Zentrale. Das dauert wie lange? Zwanzig Minuten?«

»In etwa, ja.«

»Wenn ich mich irre und eure Quelle das ist, was sie zu sein vorgibt, kann noch kein Befehl vorliegen, nach mir mit Zebras zu fahnden, oder? Der Alarm vom Recyclinghof ist dann nämlich noch gar nicht losgegangen.«

Brom nickte nachdenklich. »Was, wenn Sie recht haben? Dann fahren wir ihnen direkt in die Arme.«

»Ich schmeiß Sie vorher raus. Wenn ich noch nicht gesucht werde, lese ich Sie wieder auf, und wir fahren zur Akte. Bin ich nach einer halben Stunde nicht wieder bei Ihnen, wissen Sie, was Sache ist, dann sollten Sie und der Rest des NDU abtauchen.«

»Sie wollen selbst in die Bepo-Zentrale? Wenn Sie recht haben, ist das Selbstmord.«

»Abwarten. Aber ich bin eh erledigt. Also, was ist?«

Brom überlegte einen Moment, dann nickte er. »Einverstanden, so machen wir's.« Er ging zum Stellpult, legte den An-Schalter um und zog an einem Hebel. Langsam ging es abwärts.

Am Fuß der Plattform stand ein alter Bepo-Buggy. »Fahren Sie«, sagte Brom. »Dann verlieren wir keine Zeit, wenn Sie mich nachher rauslassen. Der Schlüssel steckt.«

»In Ordnung.« Cain setzte sich hinters Steuer und ließ den Motor an.

Die Fahrt zurück durch die schlafende Stadt verlief schweigend. Cain hatte über zu viel nachzudenken, und Brom war so feinfühlig, ihn nicht dabei zu stören. Brom – von all den Überraschungen und Wendungen der letzten Tage, dachte er, war der Wachtmeister vielleicht die größte, mit Sicherheit die unglaublichste. Nein, korrigierte er sich, es gab noch eine andere, die größer, unglaublicher war als die Tatsache, dass sich sein dümmlicher Plagegeist als gewitzter Widerstandskämpfer entpuppt hatte. Die, deretwegen er Brom ewig dankbar sein würde, ihn aus der Recyclingkapsel befreit zu haben. Er schaute hinüber zu seinem Beifahrer. Wenn er die Zeit bekäme, würde er sich von all dem wahrscheinlich nie erholen.

Ein paar Blocks vor dem Regierungsviertel bedeutete ihm Brom, anzuhalten. Cain fuhr den Wagen an den Bordstein. Nichts rührte sich in der Straße.

»Da drüben, beim KGB Partyhüte, da warte ich auf Sie. Der Filialleiter ist ein Freund.«

Cain nickte.

Brom stieg aus. »Alles Gute. Und viel Glück.«

»Wird schon schiefgehen.«

Brom zögerte. »Nur für den Fall der Fälle: Wollen Sie mir sagen, wo Sie die Akte haben?«

Cain schaute ihn lange an.

Dann lächelte er.


Die Bepo-Zentrale lag in tiefer Nacht. Im Großraum der Einsatzleitung brannte auf einem einzigen Schreibtisch eine funzelige Lampe.

Bepo-Inspektor Uriel Smirn blätterte in seinem Katalog Flatratenutten.

»Morgen, Smirn«, sagte Cain.

Der Angesprochene schaute hoch und zuckte zusammen. »Spritz mir doch einen«, entfuhr es ihm. Er starrte Cain an, die Augen groß wie die Brüste auf den Seiten vor ihm. »Was machst du hier? Und was geht hier bitte vor sich?«

Cain krampfte es das Herz zusammen. Er hatte recht gehabt: Smirn wusste Bescheid, die Bepo war bereits alarmiert. Seine

Flucht war von Grubb arrangiert worden. Er kam nicht umhin, dem Lektor für die Raffinesse und die Umsicht seiner Schlingen und Fallen Respekt zu zollen. Die ganze Zeit über war er ihm einen Schritt voraus gewesen, mindestens. Und er hatte bis zum Schluss nicht gemerkt, dass er an der Leine geführt worden war. Er atmete durch. Aber dieses eine Mal würde er über ihn triumphieren. Grubb würde das Nachsehen haben.

Vorausgesetzt, die nächsten Minuten endeten nicht in einer Katastrophe.

In seiner Jackentasche umfasste er die Cerebellum fester.

»Nach mir wird also bereits gefahndet?«, fragte er, um ein Missverständnis auszuschließen.

»Ist vor einer guten Stunde reingekommen, der Wisch. Und ich so: Bitte was? Kannst du mir vielleicht mal erklären, was los ist?«

Cain schüttelte den Kopf. »Keine Zeit.« Seine Gedanken rasten. Vor über einer Stunde – es wurde knapp für ihn. Aber er musste es versuchen. »Wie viele Zebras sind schon draußen?«, fragte er gehetzt.

»Fünfzehn. Die übliche Nachtschicht. Der Rest geht jede Sekunde raus. Gerade kam die Meldung, dass sie aufgeladen und hochgefahren sind. Cain, die haben alle angefordert. Alle! Was geht hier vor sich?«

Manchmal liebte er die Bepo, dachte Cain. Würde diese Sumpfbehörde nicht an allen Ecken Geld einsparen, wären die Zerebralwächter alle aufgeladen gewesen und lange schon draußen. Er hätte keine Chance gehabt, ihnen dann noch zu entkommen. So aber blieb noch etwas Hoffnung. Sein Griff um Broms Waffe wurde wieder etwas lockerer: Smirn schien keine Anstalten zu machen, Alarm zu schlagen. Dazu war er viel zu verdutzt.

»Smirn, hör zu. Weil ich wirklich keine Zeit habe, kann ich mich nicht wiederholen, verstehst du?«

Indigniert nickte Smirn. »Ich bin nicht blöd, Cain.«

»Okay. Kannst du mir Zeit verschaffen? Die Zebras irgendwie aufhalten? Ich brauche nicht viel, aber jede Minute hilft.«

Smirn schaute ihn mit undeutbarem Blick an, ewige Sekunden verstrichen. Cains Hand presste erneut den Pistolengriff. Tu es, dachte Cain, lass mich nicht zum Äußersten gehen.

Schließlich nickte Smirn. »Wenn ich mir das so recht überlege: Bevor ich alle Zebras rausschicke, um einen Gemapo-Beamten zu suchen, sollte ich vielleicht noch mal beim Hauptamt nachfragen. Da liegt bestimmt ein Fehler vor.«

Cain atmete auf. Am liebsten hätte er den fetten Offizier geküsst. »Wie viel?«, fragte er stattdessen.

Smirn schürzte die Lippen. »Ich gebe jetzt die Bitte um Bestätigung raus. Dann geh ich auf Klo, wollte eh die ganze Nacht schon einen abseilen. Du hast vierzig Minuten, Cain, mehr geht nicht.«

Cain kam nicht umhin, sich über Smirns Verdauung zu wundern, aber er ließ die Waffe los und griff mit beiden Händen die Pranke des Bepo-Offiziers. Er drückte sie fest. »Danke, Smirn, danke. Das reicht.«

Smirn, dem Cains Gefühlsaufwallung sichtlich unangenehm war, nickte und zog seine Hand aus der Umklammerung. »Schon gut, schon gut«, sagte er. »Lass mich mal die Meldung fertig machen.«

Smirn rollte zu seiner Schreibmaschine und tippte ein paar Zeilen auf den eingespannten Bogen. Er zog ihn heraus, dann steckte er ihn in eine Luftpostkapsel und schickte sie ab.

»Danke noch mal, dass du das machst.«

Smirn winkte ab. »Ich mache gar nichts. Ich gehe lediglich sicher, dass ich meine Zebras nicht wegen eines Buchungsfehlers rausschicke. Stell dir mal vor, da kommt dann ein echter Aufruf, und ich hab keine mehr.«

»Das wäre in der Tat unglücklich.«

»Siehst du?« Smirn rollte vom Tisch weg. »So. Ich denke, ich sollte jetzt auf Klo gehen.«

Im Luftpostfach landete eine Kapsel.

Sie wechselten einen Blick, dann schauten sie hinüber zum Eingangskorb der Luftpostanlage.

Langsam rollte Smirn zurück, griff zur Kapsel und öffnete sie. Er las. Mit vielsagendem Blick hielt er Cain das Schreiben hin.

*Bestätige Fahndungsaufruf Cain, Solomon, Fahndungsstufe rot, Autorisierung RSHA-neun-zwei-sigma-tau,* las er.

»Da kann es einer wohl nicht erwarten, dich in die Finger zu bekommen«, sagte Smirn.

»Sieht so aus.«

Ein trauriger Ausdruck erschien auf Smirns Gesicht. »Hast sie zu viel geärgert, was?«

Cain musste plötzlich schlucken. Dann zuckte er mit den Schultern. »Ging nicht anders.«

Smirn nickte. »Wahrscheinlich wolltest du mir einfach nur noch einmal meine Zebras stehlen.« Er versuchte sich an einem Lächeln, scheiterte aber. »Vierzig Minuten. Ab jetzt.«

Cain schluckte wieder. »Danke.«

Smirn rollte sich erneut vom Schreibtisch weg und stand auf. Er presste die Hände gegen den Rücken. »Ich gehe jetzt scheißen, Cain. Und wehe, ich komme zurück, und mein Katalog ist weg.«

Wie ein Berg aus Gallert watschelte er aus dem Großraum, ohne sich noch einmal umzuschauen.


In BM 17 brannte noch Licht. Stukk saß auf einem Stuhl im Kindergarten und war über die aufgeschraubte Hauptplatine gebeugt, die hier ihren Wartungszugang hatte. Beim Anblick Cains winkte er ihn abwesend in den Raum und konzentrierte sich weiter auf seine Aufgabe.

»Sol.«

»Barnabas.«

Stukk schaute überrascht auf.

»Alles okay?«, fragte er. »Und was machst du eigentlich um diese Uhrzeit hier? Vor allem aber: Was hast du für Klamotten an?« Er legte einen Schraubenzieher beiseite und wischte sich die Hände an der Hose ab.

»Ich muss dich was fragen«, sagte Cain. Er lehnte sich in den Türrahmen.

»Um kurz vor fünf? Dann mal raus damit. Muss ja was Krasses sein.«

»Geht so. Sag einfach: Wie lange bist du schon Spitzel fürs Hauptamt?«

Stukk öffnete den Mund, als wollte er etwas sagen, klappte ihn zu und öffnete ihn wieder, blieb aber stumm.

»Na los, sag schon. Musst du doch wissen.«

»Ich …«, fing Stukk an.

»Seit wann, Barnabas?« Cains Stimme wurde hart.

Ausdruckslos starrte Stukk zuerst Cain an, dann huschten seine Augen über den Boden, als würden sie dort die Antwort suchen.

Nach einer Weile blickte er auf. »Wie hast du's rausgekriegt?«

»Du warst der Einzige, dem ich von Zerp erzählt habe. Aber ich hätte seinen Tod wahrscheinlich ewig mir angelastet, weil ich die Schuld bei mir gesucht hätte. Nachlässigkeit, irgendwo einen Fehler gemacht, unvorsichtig gewesen. So was. Aber dann hat Grubb mich auf die richtige Spur gebracht.«

Stukk zog die Augenbrauen zusammen. »Grubb?«

»Ja, Grubb. Hat im Verhör davon gesprochen, dass ich mich die ganze Zeit in einer ›kontrollierten Atmosphäre‹ bewegt hätte. Und das hat mich stutzig gemacht. Kontrollierte Atmosphäre – was sollte das heißen? Also hab ich angefangen nachzudenken. Nicht dass er mir viel Zeit dazu gelassen hätte, aber die Sache war auch ganz einfach. Du warst der Einzige, der eigentlich immer alles gewusst hat: dass ich die Akte gefunden hatte, dass ich sie Zerp gab, dass ich mich mit der Frau auf Korts Bildern getroffen habe, dass ich von der Mordserie im Hauptamt wusste – alles.« Cain stieß sich vom Türrahmen ab. »Und über alles hast du Grubb auf dem Laufenden gehalten.«

»Ich hab das nicht gewollt, dass das so endet. Mit Zerp und –«

»Spar's dir. Wirklich, spar's dir.«

Stukk verstummte.

»Aber sag mir: Wie hast du Shem drangekriegt? Ich habe ihn dir gegenüber nicht erwähnt.«

Stukk atmete durch. »Der Anruf, den du hier in der Brutmutter hattest. Als du gegangen warst, habe ich ihn zurückverfolgen lassen. Und es war klar, dass du mit deinem Schwager über den Fall gesprochen hattest, du vermeidest sonst jeden Kontakt mit ihm.«

Cain schwindelte. Sein Schwager würde wegen dieser Achtlosigkeit recycelt werden.

War er zu leichtsinnig gewesen, seinem eigenen Partner zu vertrauen? Aber wie hätte er nicht können? Dieses Vertrauen nicht als gegeben anzunehmen, hätte bedeutet, gar nichts mehr zu haben. Stukk war es, der ihn all die Jahre über mitgeschleift hatte, der ihm Stütze gewesen war. Und nun hier zu stehen und ihn über seinen Verrat sprechen zu hören – das war kaum zu begreifen.

Als er sprach, war seine Stimme tonlos. »Und dann hast du ihn einfach ans Messer geliefert.«

»Ich habe doch nicht gewusst, was passieren würde.«

»Nein? Was hast du denn erwartet?« Cain wurde laut. »Shem

steht deinetwegen vor einem Sozialhygienegericht. Was meinst du, was sie mit ihm machen werden?«

Durch Cains Tonfall hochgeputscht, wagte sich Stukk aus der Defensive. »Whoa, Sol, Moment mal. Ich habe das ehrlich nicht gewollt mit deinem Schwager, aber – schon vergessen? Du hast ihn da reingezogen, nicht ich.« Und setzte in einem Anflug von Trotz hinterher: »Das ist alles deine Schuld.«

»Meine Schuld? Dass ich einen Fall gelöst habe?«

»Nichts hast du gelöst! BM17 ist laut Akten immer noch von ihrem Geburtsvorstand und Liebhaber ermordet worden, und das wird ewig so bleiben. Was hast du denn schon erreicht? Du kennst die Wahrheit, ja, aber was nützt sie dir?«

Cain schüttelte den Kopf. Es hatte keinen Sinn, sich auf diese oder eine andere Diskussion einzulassen. Die Zeit wurde knapp, und er war lange schon über den Punkt hinaus, an dem Argumente eine Relevanz besessen hätten.

»Sag mir einfach, warum.«

Lange sagte Stuck nichts. Dann nickte er. »Weil du schon lange aufgehört hast, der zu sein, den ich mal einen Freund genannt habe.«

Cain runzelte die Stirn. »Was sagst du da? Ich bin nicht mehr dein Freund?«

»Nein, bist du nicht. Du bist eine Belastung, Sol, ein mies gelauntes Stück Galle, das nichts im Sinn hat außer seiner Arbeit und dem Motzen über die Partei. Du kennst nichts anderes mehr! Wann bitte hatten wir das letzte Mal Spaß zusammen? Sag es mir!«

»Wir waren vor vier Tagen das letzte Mal aus«, sagte Cain heiser. Er konnte nicht fassen, was er da hörte.

»Ja, und weißt du, was du gemacht hast? Du hast nur über den Fall gesprochen, ausschließlich. BM17 hier, Grubb da.« Stukk hatte sich in Fahrt geredet. »»Diese Akte, ich muss unbedingt diese

Akte finden‹«, machte er Cain nach. Dann wurde er wieder ernst. »Ich meine echten Spaß, richtigen, harten, bedingungslosen Spaß. Ohne Arbeit, ohne Kompromisse. Wann, Sol?«

Cain stand einfach nur da. Er konnte ihm keine Antwort geben.

»Ich bin garantiert nicht das linientreueste Parteimitglied, echt nicht«, redete Stukk weiter. »Aber wenn man mal so will, hast du dich des schlimmsten Verbrechens schuldig gemacht, das man in diesem Staat begehen kann: Du bist eine Spaßbremse geworden.«

»Ich kann das nicht glauben.« Cain fühlte sich, als hätte er einen Schlag auf den Kopf bekommen.

»Nach ihrem Tod fing das an. Ich meine, nicht das Nörgeln, das hattest du drauf, seitdem ich dich kenne, das war okay. Aber dieses grenzenlose Verachten, dieses Alles-ist-wirklich-und-abgrund-tief-schlecht-geworden, davon rede ich. Am Anfang hab ich das verstanden, vor allem, so wie das mit ihr abgelaufen ist und so. Hätte mich auch fertiggemacht. Aber ihr war der Eintrag ins Goldene Buch der Partei eben wichtiger als du. Und das ist jetzt neun Jahre her. Neun Jahre! Und du bist immer noch nicht weiter. Finde dich endlich damit ab.«

»Es reicht.« Cain war wieder da. Abscheu verzog seine Oberlippe.

»Wie du meinst.« Stukk hob beschwichtigend die Hände. »Wie gesagt, ich hab das so nicht gewollt. Aber wenn dich das Hauptamt anspricht, überlegst du dir eben zweimal, was du machst. Und für eine Spaßbremse geh ich nicht auf Sozialhygienekur.«

»So, gehst du nicht«, sagte Cain langsam.

»Tut mir leid, aber keine Chance, nein.« Stukk sah sich um. Sein Blick blieb für einen Moment am Fernsprecher des Kindergartens haften, bevor er weiter glitt. »Was wirst du jetzt tun?«

»Das würde ich bleiben lassen«, sagte Cain. Er zog die Cerebellum aus der Tasche.

»Das machst du nicht.«

»Zwing mich nicht dazu.« Er richtete die Waffe auf Stukk.

»Sol, hör zu, ich kann das regeln. Ich helfe dir beim Untertauchen, niemand muss wissen, dass du hier warst. Ich rede mit Grubb, und du –« Stukks Hand zuckte zum Schraubenzieher, und mit einem gewaltigen Satz warf er sich auf Cain.

Cain drückte ab. Viermal, schnell hintereinander.

Stukks Körper krampfte im Sprung zusammen und stürzte seitlich auf den Boden. Der Schraubenzieher rollte ihm aus der Hand.

Cain trat auf ihn zu. Mit der Stiefelspitze drehte er seinen Partner auf den Rücken. Die vier Pfeile steckten ihm in der Brust.

»Sol«, ächzte Stukk. Blutiger Schaum flockte ihm vom Mund, die Hände krallten sich durch die Luft in der vergeblichen Suche nach Halt.

Die Standardmunition der Polizei war auf sofortige Stoppwirkung dosiert: Ein Pfeil hätte ausgereicht, um selbst Smirns adipösen Leib auszuschalten, zwei Treffer waren bereits kritisch. Vier würden Stukks Metabolismus unter Krämpfen auseinandernehmen. Exitus in wenigen Minuten.

»Stirb einfach«, sagte Cain.

Er schloss die Tür des Kindergartens hinter sich, um das Schreien nicht mehr zu hören.


Als Cain aus der Brutmutter trat, war er ganz ruhig.

Was er noch hatte tun wollen, war getan. Im Osten blich die Nacht bereits aus, bald würde es dämmern. Seit er die Bepo-Zentrale verlassen hatte, war eine gute halbe Stunde vergangen. Demnächst würde die Stadt von Zebras wimmeln, aber er musste nur noch eine kurze Fahrt zurück in die Stadt unternehmen. Es würde reichen.

Er bereute es nicht, Brom das Versteck der Akte nicht mitgeteilt zu haben. Sie war für den NDU nutzlos. Nichts darin könnte einer Widerstandsgruppe helfen, und er machte sich keine Illusionen über die Zukunft von Brom und seinen Mitverschwörern. Grubb würde begreifen, dass sein Plan nicht aufgegangen und seine falsche Quelle enttarnt worden war. Damit hatte der NDU jeden Zweck für ihn verloren. Einen nach dem anderen würde er sie aufspüren und ausschalten.

Der Gedanke daran bedrückte ihn nicht. Noch vor wenigen Stunden hätte er das, jetzt nicht mehr. Cain war von einer Gelassenheit erfüllt, die nicht mehr erschüttert werden konnte. Es spielte alles keine Rolle mehr.

Auch die Akte nicht mehr, zumindest nicht mehr für ihn. Grubb hingegen würde nie aufhören, nach ihr zu suchen. Er würde sie allerdings nie finden. Noch ein paar Stunden würde sie im *Fixraum* liegen, dort, wohin er sie am Morgen des Vortags gebracht hatte, bevor er ins Büro gefahren war. Wenn Emuel Ink den Laden heute aufschloss, würde er eine Stunde auf Cain warten und sie dann, wenn er nicht käme, unter der Theke hervorholen und wie besprochen vernichten. Und das wäre dann das.

Er lief über den leeren Platz des Brutparks. Am Bepo-Buggy drehte er sich noch einmal um. Tief atmete er die frische, von Straßenbeduftern unberührte Luft ein und wieder aus. Hier hatte alles angefangen. Aber es würde hier nicht enden.

Solomon Cain startete den Motor und fuhr vom Gelände.


Sie fanden ihn bei der Stele seiner Frau.

# Anhang I

## Verzeichnis der Humanklassen

Rating   Materialqualität und Verwendungsmöglichkeiten

AAA      vorzüglich, keine Einsatzeinschränkungen

Aa1      überdurchschnittlich, minimale Einsatzeinschränkungen
Aa2
Aa3

A1       Minimum für Innere Parteimitglieder
A2
A3       Minimum für Höheren Dienst

Baa1     oberer Durchschnitt
Baa2
Baa3

Ba1      Durchschnitt, Minimum für Gehobenen Dienst
Ba2
Ba3      Minimum für Parteifunktionäre

B1       unterer Durchschnitt

B2
B3      Minimum für Mittleren Dienst

Caa1    unterdurchschnittlich
Caa2
Caa3

───── Junk-Schwelle ──────────────────

Ca1     ausreichend, Freistellung vom Arbeitsdienst und An-
        spruch auf Grundversorgung
Ca2
Ca3     Minimum für Parteimitglieder

C1      mangelhaft, Ausschluss von Parteiveranstaltungen
C2
C3      Ausfall im nächsten Quartal erwartet

D       Ausfall, Recycling

# Anhang II

## Abkürzungs- und Begriffsverzeichnis

**ABS**
Abstinenzberechtigungsschein: Erlaubnis, den Konsum bestimmter oder sämtlicher psychoaktiver Substanzen einzuschränken oder sogar einzustellen; gilt jeweils für einen Tag und wird entsprechend der beruflichen Notwendigkeit ausgestellt; Benutzung führt zu entsprechender Reduzierung des zu erreichenden Mindestkonsums

**AK**
Alter Kämpfer, Parteimitglied, dessen Eintritt in die Partei noch vor dem Systemwechsel stattfand, im engeren Sinn ein Parteimitglied mit einer aktiven Rolle während der Konsumrevolution

**AKV**
Aggressionseinleitendes Konsumverhalten: juristischer Begriff für – meist illegale – Konsumtion aggressiv machender Drogenmischungen im Vorfeld eines Gewaltverbrechens; kann mildernde Umstände nach sich ziehen

**BDM**
Büro für Datenerfassung und Meldewesen: Archivbehörde

**Bepo**
Bedarfspolizei: zuständig für Humanbürger und allgemeine Vollzugsaufgaben; Begriff wird auch als Individualbezeichnung verwendet

**BM**
Brutmutter: für Reproduktionsaufgaben eingesetztes → HMW

**CaZ**
CargoZentrum: für Warenlogistik eingesetztes → HMW; dient auch als Lager und Ausgabeort

**FF**
Freizeitfront: Einheitsverband aller Verbraucher

**Gemapo**
Geheime Maschinenpolizei: Sicherheitsbehörde für Mechanbürger

**GGA**
Generalgesundheitsamt: oberste medizinische Behörde, unter anderem verantwortlich für die Erstauswertung von Drogentests

**GH**
Goldener Hinterbliebener: verwaltungstechnische Abkürzung für die Hinterbliebenen eines Goldenen Schützen

**GS**
Geheimstufe

**Harte**
Polizei-Sprech für Mechanische Pathologie; vgl. dazu auch → Weiche

**HH-Leitung**
Hirn-Hirn-Verbindung: ermöglicht die Gleichschaltung zweier Gehirne

**HMW**
Höheres Maschinenwesen: ein intelligentes Maschinenkonstrukt mit Bürgerrechten, ein sogenannter Mechanbürger

**KdK**
Kraft durch Konsum: Unterorganisation der Freizeitfront, beauftragt mit der Gleichschaltung aller Bereiche des Konsums

**KGB**
Konsumgenössischer Betrieb: wird im Gegensatz zu Betrieben der freien Wirtschaft von der Partei kontrolliert

**KomSek**
Kommunikationssekretär: zur Abwicklung der internen Kommunikation einer Behörde oder Unternehmens eingesetztes → HMW; dient als Meldezentrale, Postzentrum und Telefonanlage. Übernimmt oftmals auch Aufgaben des Gebäudemanagements

**KP**
Konsumistische Partei: Einheits- und Staatspartei

**MIN**
Materialidentifikationsnummer: eindeutige Kennziffer zur Identi-

fizierung von Individuen; bei Humanbürgern auf den Oberarm tätowiert, bei Mechanbürgern ins Motorgehäuse geätzt

## MMKA
Mensch-Maschine-Kommunikationsapparat: Gerät zum Austausch zwischen Menschen und → HMWs; Kommunikation erfolgt über Tastatur und Ausgabe von Lochkarten

## Neun-Zwölfer
Interne Polizeiabkürzung für einen flüchtigen Verdächtigen

## Nikotnik
Vom Begriff Nikotin abgeleitete Bezeichnung für Mitglieder einer jugendlichen Subkultur, die als Zeichen des Protests gegen die herrschenden Verhältnisse demonstrativ den Konsum von Nikotin und Alkohol zelebrieren, der sogenannten Drogen der → Systemzeit

## NTA
Natal technischer Assistent: Fachangestellter für die Pflege und Wartung von Brutmüttern

## Politlabor
Höchstes politisches Führungsgremium der → KP

## RGB
Reproduktionsgesetzbuch: reguliert die Fortpflanzungswirtschaft durch Festlegung von Industriestandards

## SStGB
Sozialstrafgesetzbuch: Rechtskorpus, der die Voraussetzungen

und Rechtsfolgen strafbaren Handelns im Sinne der Sozialhygiene bestimmt

## Systemzeit
Pejorativ benutzter Begriff für die Zeit vor der Konsumrevolution, des Prohibitionssystems

## Trippi
Umgangssprachliche Bezeichnung für einen einen Mittelklassewagen der Baureihe Tripbant

## uPB/iv
Unklare Pulsbeschleunigung/intern verursacht: in Verhörprotokollen gebrauchtes Kürzel, das eine plötzliche Erhöhung der Herzfrequenz festhält, die ohne Fremdeinwirken oder eindeutige interne Ursachen (wie etwa Entzugserscheinungen) eintritt

## Unterkonsum
Unterschreiten der vorgeschriebenen Mindestmenge psychoaktiver Substanzen, zieht strafrechtliche Konsequenzen nach sich

## Weiche
Polizei-Sprech für Humanpathologie; vgl. dazu auch → Harte

## WO
Wachhabender Offizier: Bezeichnung für den Leiter einer Dienstschicht der Polizei

## Zebra
Zerebralscanner: Maschinen zum Aufspüren von Gehirnmustern

# Danksagung

Fantasie braucht Quellen, aus denen sie sich speisen kann. All die aufzuzählen, die zur Entstehung von »Junktown« beitrugen, wäre ebenso vergeblich wie ermüdend. Diese allerdings müssen hier erwähnt sein, weil sie bedeutender waren als alle anderen: Jeffrey Thomas' »Punktown« – nicht nur ein unfassbar gutes Buch, es zündete in mir auch den Wunsch, dasselbe zu machen, nämlich eine Welt zu erschaffen, in der eine Stadt die eigentliche Hauptrolle spielt. Auch wenn beide letztlich nicht mehr gemeinsam haben als eine Ähnlichkeit des Namens, hätte es ohne sein Paxton mein Jaxton wohl nie gegeben. Genauso wichtig: Hunter S. Thompson, der als Erster *the right kind of eyes* hatte. Und Roger McGuinn, dessen Rickenbacker-Intro »Mr Tambourine Man« erst unsterblich machte. Sein Jingle Jangle war der Sound, auf dem dieses Buch geschrieben wurde.

Mein Dank gilt weiterhin denen, die mich bei meiner Arbeit unterstützt haben. An erster Stelle muss mein Bruder Felix stehen: Schließlich war er es, der mich darin bestärkte, der Stadt, die erstmals in einer Kurzgeschichte in einer kleinen Anthologie auftauchte, einen ganzen Roman zu widmen. Junktown hat sich verändert, es ist politischer geworden, und Beatmädchen gibt es auch keine mehr, aber ich hoffe, es gefällt ihm trotzdem noch.

Mein Dank gilt ferner Nicole Schmidt und Susann Hoffmann, die beide sehr frühe Fassungen des ersten Teils zu lesen bekamen und sich die Mühe eines ausführlichen Feedbacks machten. Wahrscheinlich hätte ich öfter auf sie hören sollen. Ich danke auch meiner Goldstück-Agentin Hanne Reinhardt von der Agentur Simon in Berlin, die an das Manuskript glaubte, als sie noch nicht einmal wusste, wie es enden würde. Selbst wenn ich wollte, könnte ich mir keine bessere, tollere Betreuung vorstellen. Mein Dank gilt ferner natürlich und vor allem Sebastian Pirling vom Heyne Verlag: Er hatte den Mut und das Vertrauen, das Buch eines unbekannten Autors zu kaufen, von dem noch nicht einmal hundert Seiten existierten. Beim Schreiben räumte er mir Freiheiten ein, wie ich sie mir größer nicht hätten wünschen können. Für ihre Strenge hingegen danke ich meiner Lektorin Catherine Beck, die mir meine sprachlichen Schlampereien unbarmherzig anstrich und Besserung verlangte. Ohne sie wäre dieses Buch schlechter.

Diese Liste wäre sträflich unvollständig, würde sie einen wundervollen Menschen unerwähnt lassen – meine Freundin. In all der Zeit des Schreibens hat sie mir gegenüber erstaunliche Langmut bewiesen. Und auf der letzten Etappe, während eines vierwöchigen Fidschi-Urlaubs, klaglos hingenommen, dass ich Solomon Cain mehr Aufmerksamkeit schenkte als ihr. Danke, dass es dich gibt, Sarah.